Sat

Bij EPO verschenen eveneens:

Morgenrood, Stefan van den Broeck
Lek, Wim Geysen
Vuur, Wim geysen
Het oog in de deur, Pat Barker
Niemandsland, Pat Barker
Een andere wereld, Pat Barker
Waslala, Gioconda Belli
Het toekomstige verleden jaar, Lydia Chagoll
Reïncarnatie van een atheïst, Lucas Catherine
Orlanda, Jacqueline Harpman
De brug van de Gouden hoorn, Emine Sevgi Özdamar
Kronieken van Kalo Horio, Pierre Platteau
Tinisima, Elena Poniatowska
Mijn peepee, Annie Van Keymeulen
Leeuwerikshuis, Annie Van Keymeulen
Vlaams Vlees, Willie Verhegghe

Saturindi

Stefan van den Broeck

EPO

Omslagontwerp: Jan Depover
Foto voorplat: © Jim Sugar, 'Software Engineers at Industrial Light & Magic in San Rafael, California'
Vormgeving: EPO
Druk: drukkerij EPO

Lange Pastoorstraat 25-27
2600 Berchem
Tel: 32 (0)3/239.68.74
Fax: 32 (0)3/218.46.04
E-mail: uitgeverij@epo.be

Isbn 90 6445 157 5
D 1999/2204/43
Nugi 300

Verspreiding voor Nederland
Centraal Boekhuis BV Culemborg

Met dank aan:
Antonio, Charles, Claude-Henri, Eduardo, Eric, Ernst-Friedrich, Etienne, Ferdinand, Fidel, Friedrich, Gabriel, Jacobo, Julius, Karl, Louis, Max, Michel, Peter-Alexejevitsj, Peter, Pierre-Joseph, Paul, Publius, Robert, Salvador, Simon, Titus, Ursula, Zeno.

Opgedragen aan:
Martine, Felix, Kasper, Tobias.

Europe could become a rigorously planned economy aimed at eliminating pollution and conserving resources, a society in which 'If gross national product is no longer the goal... then attitudes to social position and to work will change.'

(Sicco Mansholt, voorzitter van de Europese Commissie, inaugurale rede, 24 juni 1972)

When the lies are spoken
give endurance to the weak
And when the heart of man is broken
Give the power to believe

(The Dream Academy (Nick Laird-Clowes), 'Power to believe', 1987)

Saturindi

Het is allemaal echt gebeurd. Of juist niet.
Sinds Heisenberg en Schrödinger is wat gebeurt maar een van de vele mogelijke gevolgen van wat voorafging. Betekent het feit dat al die andere mogelijkheden niet zijn gebeurd dan ook dat ze nooit mogelijk waren? Of zullen zijn? Of blijven ze mogelijk en daardoor even reëel als de realiteit vlak voordat ze gebeurde?
Mogelijkheden zijn vaak aantrekkelijker dan de werkelijkheid. Wie zal het me dan kwalijk nemen dat ik een mogelijke werkelijkheid verkies boven wat er uiteindelijk is gebeurd? Zeker omdat we die mogelijkheid zelf bedacht hadden.
Onze blauwdruk van de werkelijkheid heeft trouwens meer sporen nagelaten in mijn hoofd dan de gebrekkige verwezenlijking ervan. De wereld die erin werd opgeroepen, kan ik voelen, proeven, ruiken, horen... alleen niet zien. De realiteit – de verwerkelijkte mogelijkheid, die waarmee we geen rekening hadden gehouden – is maar een vage herinnering aan door atmosferische storingen misvormde televisiebeelden. Vier zintuigen tegen één.
Als de werkelijkheid me enkel door verslagen van anderen bekend is, hoe weet ik dan dat ze werkelijk is?
Omdat ze kenbaar is, ook al ken ik ze niet? Dat is met ons bedenksel ook zo.
Omdat ze gevolgen heeft in de wereld? Dat had ons bedenksel ook, en nog steeds. Ons bedenksel bestaat, is dus reëel in die zin.
Maar dat is spelen met woorden.
Maar wat dan nog? Sinds Parmenides doen filosofen niets anders meer. Ik weet ook wel: wat is, is. Als ik me

niet op het standpunt wil plaatsen dat de hele wereld gek is en dat ik de enige gezonde geest heb die dat bewijst, moet ik dat aanvaarden.
Het is niet gegaan zoals we hadden voorspeld. Dat is controleerbaar, bewijsbaar, onweerlegbaar. Maar laat me wel koppig genoeg zijn om te zeggen: 'Wat niet is, kan.'
Het lijkt me voorlopig het beste voor mijn geestelijke gezondheid om mogelijkheden te blijven beschouwen als uitgestelde werkelijkheid. Want in mijn geval doet alleen hoop nog leven.
Dit is het verhaal van een virtualiteit die bijna reëel werd. Bijna. Net niet.

Deel 1

Experiment to me
Is every one I meet.
If it contain a kernel?
The figure of a nut

Presents upon a tree
equally plausibly;
But meat within is requisite,
To squirrels and to me

(Emily Dickinson)

Tu quoque materiam longo qui quaeris amori
ante frequens quo sit disce puella loco

'Ook jij die materiaal zoekt voor een lange liefde
leer eerst op welke plaats veel meisjes komen.'
(*Ovidius, 'Ars Amatoria' I, 49-50*)

I guess this is our prime
like they tell us all the time
were you expecting some other kind?
Experience is cheap
If that's the company you keep
And before you know that it's free,
You've had it.
(*Aimee Mann, 'I've had it', 1993*)

Oswin

Laten we van het begin af aan duidelijk zijn. Bull en ik dachten, en ik denk nog steeds (van Bull weet ik dat niet zeker), dat de wereld verbeterd moet en kan worden. Wie het daar niet mee eens is, hadden we in die tijd al bij voorbaat een zak of een teef gevonden. Voor mij geldt dat trouwens nog steeds, al besef ik nu dat het gevoel wel wederzijds zal zijn. In ieder geval, als u of uw lezers geen enkele voeling hebben met een bende wereldverbeteraars houdt u nu het best op met noteren of zij met lezen.

– *Dat is genoteerd.*

Oswin

Mooi, dan kan ik nu voor de anderen bij het begin beginnen.

De waarheid is dat ik in het begin helemaal niet zo'n geëngageerd type was. Ik studeerde politieke en sociale wetenschappen omdat dat de minst afstotende keuzemogelijkheid was die mijn vader me had opgegeven. Ik was voorbestemd om later in de dorpspolitiek te gaan, net als hij. Maar Rechten of Economie sprak me helemaal niet aan. 'Pol en soc' had het voordeel dat het vol kleurrijke figuren zat en dat mijn vader dacht dat ik er werd voorbereid op wat hij met me voorhad en me dus met rust liet. Eerlijk gezegd interesseerde politiek me maar matig, maar ik had nooit geleerd hoe ik tegen mijn vader moest ingaan. Zoiets leerde je niet in ons dorp.
Het was Bull die me het licht deed zien.
Bull zag eruit zoals zijn naam suggereert. Een oermens uit het ruigste platteland dat ons landje rijk is. Zijn voorouders kwamen uit Engeland, wat zijn naam verklaarde. Maar Bull was vooral de zoon van de enige communist van zijn dorp, en hij putte daar een zekere trots uit.
Hij probeerde een Castrobaard te kweken, maar zijn rode haren saboteerden al bij voorbaat zijn pogingen om op El Commandante te lijken. Bovendien had hij een bloedhekel aan uniformen. Geruite hemden en gerafelde jeans waren meer zijn stijl.
Ik leerde Bull echt kennen op een van de beruchte TD's van onze faculteit. Voordien was hij voor mij enkel een luidruchtige stem in het auditorium geweest, die graag en vaak met professoren in de clinch ging, daarbij geruggesteund door een – blijkbaar via een soort rodecatechismuslessen verworven – woordelijke kennis van de voornaamste communistische geschriften. Bull zag er dan wel uit als een ongelikte beer, hij

kon vlot het *Communistisch Manifest* citeren. In het Duits. Dat en zijn haarkleur bezorgden hem al vlug de bijnaam Red Bull. Zijn voorkeur voor tegenspreken had hem in ieder geval al een jaar gekost; hij was een jaar ouder dan ik.
Op de voornoemde TD was hij al behoorlijk in de olie toen hij me met een willekeurig graaigebaar uit een groepje onwennig van een glas sippende schachten sleurde en tegenover zich aan een tafeltje neerplofte.
Hoe ik eigenlijk heette, want dat ik de enige uit zijn jaar was die hij nog niet bij naam kende.
Hij vond Oswin een pedant klinkende naam, maar dat was voor hem geen reden om me verder te negeren. Integendeel. Ruim een uur lang praatte hij op me in, de hele politieke actualiteit met dikke tong en rollende ogen op de korrel nemend, alsof de remediëring van alles wat er misging in het land afhing van de snelheid waarmee hij mij kon overtuigen van wat het ook was dat hij me wilde aanpraten. Er was geen ontkomen aan, want hij had mijn voorarm in een ijzeren greep en zijn waanzinnig rollende ogen hadden een hypnotiserend effect op me.
Toen hij na lange tijd tot de conclusie was gekomen dat een rechtschapen mens niet anders kon dan lid worden van de Communistische Partij, besloot hij met een lallend: 'Dat vraagt om een toast!'
Hij griste twee pinten van een voorbijglijdend dienblad, schoof er één met veel overlopend schuim in mijn richting, hief zijn glas en keerde het in één keer om boven zijn wijd geopende muil.
Met simultaan openvallende mond ('Slackjawed', noemen de Amerikanen dat) zag ik het vocht in nauwelijks meer dan een seconde in zijn keelgat verdwijnen. Hij boerde omstandig en spoorde me met een ferme tik op mijn schouder aan: 'Kom op, ad fundum!'

Op dat moment dacht ik alleen aan ontsnappen. Maar na een paar gedwongen ad fundums begon Bulls overweldigende gedrag me te amuseren en aangezien hij de rest van de avond zijn mond hield over politiek en over een stevig moppenarsenaal bleek te beschikken, zijn mijn herinneringen aan die TD overwegend positief gebleven.
Vooral omdat Bull na middernacht met een ontwapenende directheid op meisjesjacht ging en kennelijk geen moeite moest doen om de nodige mokkeltjes aan de haak te slaan. Het betekende dat ik die avond voor het eerst omringd was door een groep ontremde meisjes, en ook al was hun voornaamste aandachtspunt mijn nieuwe luidruchtige vriend, toch deelde ik mee in de kwistig rondgestrooide kusjes en mocht mijn schoot die avond verscheidene keren kennismaken met in strakke jeans verpakte meisjesbillen. Het stelde niet veel voor, en geen van de meiden vergezelde me achteraf naar mijn kot, maar voor mij, die tevoren nauwelijks een betekenisvoller contact met meisjes had gehad dan naar monokini's staren op het strand, was deze onschuldige variant op groepsseks een meer dan goede reden om voortaan Bulls gezelschap op te zoeken. Zijn luidruchtigheid en zijn obsessie met Marx en Engels nam ik er graag bij als hij me in de buurt van, tenminste in theorie, verleidbaar vrouwelijk schoon bracht.

Mijn aanvankelijk op puur opportunisme gebaseerde relatie met Bull veranderde echter al vrij snel in een diepe, gemeende vriendschap. In nuchtere toestand was Bulls geluidsniveau draaglijk en tijdens de vele gesprekken die we op café en later op elkaars kot voerden werd me snel duidelijk dat zijn politieke overtuiging gedragen werd door een stimulerende intelligentie. Bull was geen partijpapegaai, zoals communisten in mijn milieu maar al te vaak werden afgeschilderd. Hij kende zijn ideologie maar hij begreep ze ook, wist ze toe te passen op hedendaagse toestanden en citeerde nooit te onpas. Bovendien bezat hij een aanstekelijk enthousiasme, gekoppeld aan een ontwapenend relativeringsvermogen dat hem als politicus grote electorale diensten had kunnen bewijzen als hij voor een beter in de markt liggende partij zou zijn opgekomen.

Een extra aantrekkingskracht ging uit van Bulls computer. In een tijd dat echt nog niemand van Internet had gehoord, beschikte hij al over een modem, die hem in staat stelde om te communiceren met geestesgenoten in het hele land. Bovendien beschikte hij over een hele batterij verslavende spelletjes.

Voorlopig beperkte Bulls politieke activiteit zich tot het organiseren van betogingen, discussieavonden en stakingen op de campus met zijn vrienden van de ultralinkse studentenvereniging.

De manier waarop Bull over politiek praatte, was zo meeslepend en verhelderend dat ik mezelf erop betrapte dat ik met open mond naar hem luisterde.

Politiek had me – zoals gezegd – nooit echt geïnteresseerd, maar ik besefte nu dat die desinteresse voornamelijk voortvloeide uit onbegrip. Politiek was te ingewikkeld, zeker voor mij, die was opgegroeid in een bourgeoismilieu dat uit puur conservatisme christen-democratisch stemde en voorts het kennisniveau over politiek bij zijn jeugd zodanig laag hield dat eventueel afwijkend stemgedrag later zo goed als onmogelijk werd.

Maar wat Bull zei, begreep ik, en vooral: het deed me begrijpen dat politiek helemaal niet zo ingewikkeld was, maar dat er enkel een taalprobleem bestond. Politici deden alle moeite van de wereld om hun doen en laten in een hermetisch jargon te verpakken: hetzij onbewust, omdat dat de taal was die ze op de universiteit hadden geleerd, hetzij bewust, om verwarring te zaaien en contestatie daardoor te bemoeilijken, zoals Bull beweerde. Maar in wezen ging het allemaal over wie wat krijgt en wie wat moet afstaan. En wat Bull me vooral leerde, is dat het daar niet over zou mogen gaan.

Red Bull bekeerde me tot het kamp van de idealisten, en dat vind ik tot op de dag van vandaag een hele prestatie.

Mijn bekering ging wel niet zo ver dat ik lid werd van zijn studentenvereniging. Ik had nu eenmaal weinig zin om tijdens een of andere betoging door de rijkswacht met de wapenstok bewerkt te worden, wat Bull – afgaande op de blauwe plekken die hij me meermaals met veel trots toonde – regelmatig overkwam. Maar pamfletten uitdelen en deelnemen aan een discussieavond, daarop kon men mij in die dagen wel eens betrappen.

Ook waagde ik me aan de lectuur van *Das Kapital* – wat ik vrij snel opgaf voor een toegankelijker inleiding op het marxisme in stripvorm – en het *Communistisch Manifest*, dat me veel beter beviel. De militante toon maakte de latente verzetsheld in me los, tenminste in de beslotenheid van mijn kot – een rechthoek van vier bij drie meter in een door mijn vader met zorg geselecteerde studentenkazerne met keuken op de gang.

En zo kwam het dat ik aan het eind van mijn eerste jaar voor het eerst het gevoel had dat ik de wereld begreep. De marxistische analyse, van verklarende noten voorzien door Red Bull, leek me – en lijkt me nog steeds – onweerlegbaar, al verschilden Bull en ik wel van mening over het tweede hoofdstuk van het marxisme – de revolutie. Maar daar zal mijn aangeboren afkeer voor geweld wel voor iets tussen gezeten hebben. De militante toon van Marx deed mijn bloed dan wel sneller stromen, maar dat wilde nog niet zeggen dat ik bereid was het voor de goede zaak te laten vergieten.

Maar daar was in die tijd ook geen enkele aanleiding toe. Op politiek vlak was er in het land toentertijd weinig te beleven. Het was geen tijd van zware sociale onrust, waardoor de politieke dimensie van mijn vriendschap met Red Bull vrij snel op de achtergrond geraakte en zijn verbazende succes bij het zwakke geslacht weer mijn volle aandacht kreeg. Ik was vastbesloten de kruimels van wat hij zo gretig en achteloos consumeerde mee te pikken. Pas in ons derde jaar zou daar verandering in komen.

Bull

Oswin? Ja, die ken ik, ja! Altijd een chichinaam gevonden, maar alla. Het is niet de fles maar wat erin zit dat telt!
Hoe het allemaal is begonnen? Dat moet in ons derde jaar geweest zijn. De tijd van het *Het Dolle Konijn*!
Het Dolle Konijn was het gazetje van 't stakingscomité. Ge weet wel, de staking van '86. Allez, de gazetten hebben er nog vol van gestaan. Ze vonden het zo koddig dat '86 juist het omgekeerde was van '68.
Waar staking? Ah, overal: Zuid-Korea, Parijs en ook bij ons, natuurlijk.
Ja, ja, een paar gazetten hebben heel efkens gedacht dat het eindelijk revolutie ging worden. De onnozelaars.
Pas op! Voor mijn part, gaarne! Ik had op de eerste rij gestaan, maar ik wist al van in het begin dat het niks kon worden. Hoewel, achteraf bekeken is het het begin van ons groepje geweest. En in zekere zin hebben we toch een revolutie gemaakt. Allez, dat vind ik toch, van de anderen weet ik dat zo niet.
Maar ik zie dat ik u aan 't verliezen ben. Ik zal maar eens van bij het begin beginnen. 'Ab ovo' zegden de Romeinen, 'vanaf het ei.' En in zekere zin begint mijn verhaal ook met een ei.

Het duurde uren voordat Oswin opendeed die dag. Ik had nochtans hard genoeg geklopt. Eerst dacht ik dat hij er niet was, maar ik hoorde hem stommelen. Ik riep zijn naam en hij zei dat hij de sleutel niet kon vinden.

Als ge 't mij vraagt, lag hij zich weer af te trekken, de gefrustreerde! Ja, een ladykiller is 't nooit geweest, maar daar hebben we het nog wel over.

Afijn, toen hij eindelijk de deur opendeed, vroeg ik om te plagen:

'Waarom doet ge die deur eigenlijk op slot?'

Ik zag hem rood worden en hij begon te stotteren.

'Heb jij geen les?' vroeg hij toen.

'Geen lessen meer! Gedaan! We staken!' zei ik, terwijl ik mijn regenjas op zijn bed smeet.

Hij was zijn hemd nog aan 't dichtknopen, zag ik.

'Staken? Waarvoor?' vroeg hij met een klein stemmetje.

'Niet vóór iets! Tegen! Tegen de verhoging van het inschrijvingsgeld, het beleid van de raad van beheer! De democratisering van het onderwijs komt in het gedrang en door de voortdurende besparingen gaat het wetenschappelijk onderzoek achteruit. Wij studenten moeten een front vormen om de heren machthebbers te laten weten dat we niet met ons laten sollen! Het rectoraat hebben we al bezet!'

Ja, en ik meende het nog ook, hé! Pas op, nu ook nog wel, maar nu zou ik het zo niet meer zeggen. Dat vakbondsgezeik is zo rap gedateerd, hé?

Ik zag het direct aan zijn gezicht. Hij zat met een ei.

Oswin was een fenomeen! Als ge hem vroegt om – ik zal maar zeggen – een pint te gaan pakken, dan vroeg hij zich al af hoeveel gevaarlijke kruispunten we zouden moeten oversteken om aan het café te geraken!

Allez, bij wijze van spreken.

Dat ei van Oswin was zo doorzichtig als het groot was: er zat een melange van angstjes in, gaande van 'Zal ik door te staken niet te veel lessen missen en zo op 't eind van het jaar gebuisd zijn?' tot 'Staken? Ik ga hier toch geen piket moeten staan, zeker? Zie dat die van de fascisten op ons bakkes komen kloppen!'

'We gaan morgenvroeg piket staan aan de poort van de faculteit. Niemand komt erin. Ge komt toch ook?' vroeg ik om hem wat te plagen.

Weet ge, we waren de beste vrienden, maar af en toe kreeg ik het van hem wel op mijn zenuwen.

'Ik zal u komen aflossen tegen de middag', zei hij om ervan af te zijn.

Ik liet hem maar alleen. Dat was het beste in zo'n geval. Ge moest hem de tijd geven om aan iets nieuws te wennen en dan kreegt ge hem meestal wel mee. Dikwijls ging hij na verloop van tijd zelfs haantje-de-voorste spelen, precies of hij had alles zelf verzonnen.

'Ik ben ermee weg. Er is een vergadering in auditorium E, vanmiddag.'

Ik vertrok om op die vergadering mijn uitleg te gaan doen.

Wat was er nu eigenlijk gebeurd?

Wel, de kameraden hadden een oproep uitgehangen voor een boycot van de lessen en een mars op het rectoraat, om ons solidair te tonen met de studenten in Parijs die er zwaar tegenaan gingen. Daar hadden ze zelfs die Cohn-Bendit van in de jaren '60 opgegraven! Nu moet ge weten, we deden zo tien oproepen op een jaar en meestal kwam daar drie man en een paardenkop op af. Maar ik weet niet wat het was – misschien het feit dat er in Parijs een student was doodgeschoten door de flikken –, ineens stonden we daar op het plein met een paar honderd studenten. Vooral die van Letteren en Wijsbegeerte waren er rap bij om de zaak plat te leggen. In een opwelling was ik toen met een paar kameraden over de afsluiting van het rectoraat gekropen, en omdat we toch al binnen waren hadden we de zaak daar maar bezet. Nu moesten we natuurlijk ook nog een reden verzinnen voor de bezetting, want we vonden dat we deze kans niet mochten laten voorbijgaan.

Op de achterkant van een ad-valvasbriefje schreef ik een 'eisenpakket' dat we afgaven aan de leden van de raad van bestuur, die juist in vergadering bijeen waren. Met de mededeling dat ze de zaal niet uit mochten voordat aan onze eisen was voldaan.

Wat eisten we zoal? Opschorten van de verhoging van het inschrijvingsgeld, een beter financieel beheer, meer sociale voorzieningen voor minderbedeelde studenten en meer van dat soort dingen. Allemaal voor de democratisering – lees 'goedkopermaking' – van het onderwijs. We wisten wel dat de raad van bestuur daar niks aan te zeggen had – buiten dat financieel beheer dan – maar we zouden al content geweest zijn met een intentieverklaring en een open brief aan de minister, waarin ze zeiden dat ze onze eisen steunden.

Maar ge kent proffen. Of ge kent ze niet. In ieder geval: als een prof door studenten onder druk wordt gezet, verandert hij direct in een koppige ezel. Zelfs als hij vindt dat ze gelijk hebben, zal hij alles doen om ze geen gelijk te geven maar het te doen voorkomen dat hij zelf op het idee is gekomen. Ze wilden dus niet buigen en zo was de staking geboren. We lieten de heren uiteindelijk vertrekken en sloten de deur van het rectoraat achter hun gat, zodat ze de volgende dag niet meer binnen konden.

Ik ging terug naar ons hoofdkwartier – lees: ons stamcafé – met de vertegenwoordiger van de trotskisten, de anarchisten en de studentenvertegenwoordiger in de raad van bestuur en we spraken tussen pot en pint de strategie af.

We organiseerden een vergadering in auditorium E van de Letteren en Wijsbegeerte (omdat daar achthonderd man in kon), om de basis te raadplegen en uit te leggen waar de staking eigenlijk over ging. Een paar gasten gingen mee naar mijn kot en mijn computer om een gazetje ineen te flansen: *Het Dolle Konijn*, met exclusieve foto's van de acties, het eisenpakket en verslagen van de gebeurtenissen.

Ja, de rest is allemaal niet zo van belang.

Feit is dat die staking een paar weken heeft geduurd en dat de gazetten erin geslaagd zijn ze een week lang te negeren. De bezetting van het rectoraat gaven we na een week op omdat het nogal moeilijk was om daar permanent iemand binnen te houden en ook nog te bevoorraden. Maar er is toen veel betoogd en veel kat en muis gespeeld met de politie. Uiteindelijk is alles uitgemond en doodgebloed in een nationale betoging in Brussel, met te slecht weer om echt een overweldigende opkomst bijeen te krijgen. En daarna begon de kerstvakantie en was het definitief gedaan, want na nieuwjaar was iedereen al vergeten waarom we eigenlijk aan het staken waren en een hoop papa's had thuis gezaagd dat ze al dat geld niet betaalden om hun jong volk te laten staken. En toen ook in Parijs alles uitdoofde, was het rap gedaan met de 'november '86', zoals een paar gazetten de stakingsgolf hadden genoemd.

Zoals gezegd, het stelde niet veel voor. Om te beginnen was het een beetje onnozel om te gaan staken tegen iets dat drie maanden tevoren al was beslist en ingevoerd, en van al die betogers waren er misschien honderd die de eisen echt belangrijk vonden en geen schrik hadden van de flikken of van een eventuele buis. De trotskisten hadden gehoopt dat we – zoals in '68 – de arbeiders zouden meekrijgen en dat het deze keer wel zou lukken, maar welke arbeider zat toen nog op de revolutie te wachten? Toch in België niet, met zijn index, zijn dertiende en veertiende maand en vooral een werkloosheidsniveau dat hoog genoeg is en een werkloosheidsuitkering die laag genoeg is om iedereen die werkt koest te houden, uit vrees om al zijn voordelen te verliezen. Ook omdat de vakbonden het systeem al van voor de oorlog niet meer willen veranderen, alleen de scherpe kantjes wat bijvijlen en eruithalen wat erin zit. Begin dan als arbeiders maar eens een revolutie.

Maar goed, ik zou het over ons groepje hebben. Daarvoor moeten we terug naar de staking, zo ongeveer de derde dag. Er waren nog een paar faculteiten waar gewoon les werd gegeven. De burgerlijk ingenieurs deden nooit mee; ten eerste hadden ze te veel werk – 36 uur les per week en elke twee weken een toets –, maar bovendien zat die richting vol met mannen die zo rap mogelijk zo rijk mogelijk wilden worden in het systeem en die het niks kon schelen dat een hoop armoedzaaiers het geld niet had om dezelfde studies te doen als zij; dat was weeral minder concurrentie. Ik ben eens gaan praten in zo'n auditorium; ik was blij dat die mannen geen rotte eieren bij hadden. Als ge een studie wilt maken over neoliberale, ultrarechtse ideeën bij studenten: één adres. Pas op, bij de dokters is het niet beter.

In ieder geval: we hadden besloten om met een grote betoging naar de faculteit van de Wetenschappen te trekken en daar de boel plat te leggen, al was het maar voor één dag. Desnoods metselden we een muur voor de ingang. (Dat is toen trouwens gebeurd, maar niet daar of op die dag.)

Die betoging was de eerste keer dat Oswin actief meedeed aan de staking. Ik zag aan zijn gezicht dat hij er niet helemaal in geloofde, maar ik had hem er ondertussen al wel van overtuigd dat een staking niet per se zinloos was als ze haar doel niet bereikte. Als signaal naar de machthebbers toe, etcetera. Ja, ik kende mijn jargon in die tijd.

En zijn ei? Ja, daar zat hij nog wel mee, maar de groep was groot genoeg om niet opgemerkt te worden door profs en om zich in weg te stoppen als er klappen vielen. Een revolutionair was hij toen nog niet, maar als hij die dag op zijn ei was blijven zitten, zou er van ons groepje waarschijnlijk nooit sprake zijn geweest. Maar daar komen we nog op terug.

De studentenvertegenwoordiger in de raad van bestuur hield een speech die even ophitsend was als een liedje van Sœur Sourire, maar gelukkig was iedereen al enthousiast genoeg om ook zonder bezielde aansporingen in feeststemming de stad in te trekken.

Aan een kruispunt met een grote laan botsten we op een politiekordon. Ik zag Oswins ogen schichtig van links naar rechts schieten. Er gingen klappen vallen, want op de voorste rij waren ze die flikken aan 't uitschelden voor rotte vis en achteraan begonnen ze te drummen.

De flikken in dat kordon waren allemaal jonge gastjes, die van hun commissaris de opdracht hadden gekregen de staking te breken voor zes uur 's avonds, anders moesten ze maar overuren maken. Die mannen wilden natuurlijk op tijd bij hun vrouw of hun lief zijn, dus voor spelletjes hadden ze geen tijd.

Er klonk een kort bevel en de eerste 'matrak' knalde op de zatte kop van de student met de grootste mond. Direct daarop chargeerden ze. We vlogen uiteen als duiven op een plein. Ik zag er cafés en winkels in vluchten, maar de meesten vlogen achteruit. Oswin was bij de eersten om te vertrekken, maar hij zat gevangen in de hoop, dus hij kon niet weg.

Gelukkig gingen de flikken niet door. Halverwege de straat trokken ze zich terug en konden we de betoging weer organiseren. Ik overlegde met de studentenleiders en we besloten naar auditorium E te gaan om de strategie te bespreken.

Met vier stonden we voor een overvolle zaal en iedereen verwachtte van ons dat we zouden zeggen hoe we de flikken gingen aanpakken. Er werd gegild, gezongen, gebruld en gelachen. Tot die van de trotskisten zijn hand opstak en als een halve wilde in de microfoon begon te brullen.
'We moeten door dat kordon breken! Dood aan de fascisten! Alle macht aan het volk! We slaan ze in de prak!'
De studentenvertegenwoordiger, die in theorie de leider van de staking was, stond met zijn mond vol tanden en ik zag dat de zaal al helemaal klaar was voor een robbertje knokken met de politie. Mij kon het niet veel schelen. We waren met genoeg om door dat kordon te breken en voordat ze hun waterkanon hadden geroepen zouden we al bij de faculteit Wetenschappen zijn aangekomen. Ook Marx heeft – in *De 18de Brumaire van Louis Bonaparte* – geschreven dat het proletariaat de machine van de burgerlijke staat moet 'stukslaan', 'breken'. De trotskist keek triomfantelijk de zaal in, waar de enkelen die tegen aanvallen waren, werden overstemd door oorlogszuchtig gebrul.
'Als niemand een ander voorstel heeft?' fluisterde de studentenvertegenwoordiger toen het lawaai was gaan liggen.
Ik bereidde me al voor op een paar blauwe plekken voor de goede zaak toen er iets gebeurde dat ik nooit voor mogelijk had gehouden.
Ergens midden in de zaal stond iemand op en vroeg het woord: Oswin.
Hij was nog een beetje onzeker, maar toen iedereen luisterde zei hij op rustige, een beetje ironische toon:
'Zou het niet veel eenvoudiger en productiever zijn om via de zijstraten in kleine, onopvallende groepjes rond het kordon heen te trekken en zo naar de faculteit Wetenschappen te gaan? Dan wordt er niemand gewond en zullen we ongetwijfeld meer volk overhouden om daar de lessen te storen.

Als we ons laten oppakken, bereiken we ons doel niet, en het is ook slechte publiciteit.'
De hele zaal werd muisstil. Oswin had net heel helder verwoord wat waarschijnlijk de helft van de zaal dacht maar niet durfde te zeggen.
De trotskist keek ons aan op zoek naar steun, maar de studentenvertegenwoordiger stond duidelijk aan de kant van Oswin en ook ik en de anarchist zagen in dat hij gelijk had. Er waren zeker tien manieren om de faculteit Wetenschappen te bereiken, zonder dat de politie ons zag of wij hen.
De trotskist murmelde nog iets over 'geen revolutie zonder geweld', maar Oswins voorstel had iedereen weer met twee voeten op de grond gebracht. Sommigen feliciteerden hem en groepjes zetten zich in gang om zijn plan in de praktijk te brengen. Uit vrees zijn leiderspositie te verliezen gaf de trotskist toe. Marx heeft ook gezegd dat de revolutie zijn tijd moet afwachten.

Afijn, om kort te gaan: Oswins plan werkte perfect, al was het achteraf gezien wel volkomen overbodig. De flikken waren ondertussen allang verdwenen; dat hoorden we van de harde kern die toch door het kordon had willen breken.
We konden de lessen verstoren en alles werd een soort van volkskermis. Mensen hingen uit hun venster en zwaaiden naar ons, er werd gezongen en gelachen. De stoet trok verder door de stad en op het kruispunt waar de flikken hadden gestaan besloot de leiding tot een zitactie. Iedereen ging midden op het kruispunt zitten en binnen de kortste keren zat het verkeer in de knoop.
Geen vijf minuten later waren de flikken daar weer om ons van het kruispunt te jagen. Ze trokken aan armen en benen, knuppelden en chargeerden. Opnieuw vlogen we allemaal uiteen. Ik liep in de richting van de faculteit Letteren en Wijsbegeerte,

nadat ik een tik van een 'matrak' had gekregen omdat ik niet op tijd recht was toen ze aanvielen. Ik zag Oswin voor mij uitlopen. We hielden in toen we dachten dat we ver genoeg waren. Maar toen we omkeken, zagen we een groepje flikken. Ze hadden het duidelijk op mij gemunt; ik was tenslotte een van de leiders. Ik schoot weg en Oswin volgde.
Het kostte ons wat tijd om de flikken definitief af te schudden, maar toen we even uit het zicht waren, doken we een café in en zagen ze door het venster voorbijlopen. De betoging was afgelopen, het zaad van ons groepje gezaaid.

Rimada

In die tijd ging ik veel om met Nusuto. Hij was even oud als ik en had iets vaderlijks. Dat kende ik niet van thuis. Neen, mijn vader was geen bruut of zo, hij was er gewoon niet. Hij is gestorven toen ik één was; ik ken hem alleen van foto's. Nusuto en ik gingen zo veel met elkaar om dat iedereen dacht dat we een koppel waren. Misschien dacht hij het ook, maar de waarheid is – en dat weet hij nu ook wel – dat ik nooit iets meer dan vriendschap voor hem heb gevoeld, al van op de middelbare school toen we bij elkaar klitten omdat we emotioneel en intellectueel twee jaar voorlagen op onze medeleerlingen. Dat zeg ik niet om op te scheppen, het was gewoon een feit. Hoogbegaafd zijn heeft ook zijn nadelen.
Nusuto was bezadigd. Nooit overhaast, heel voorzichtig in zijn oordelen, altijd bezig met de verschillende kanten van een probleem. En op een aandoenlijke manier cynisch. Iets in zijn ogen ontwapende zijn sarcasme voor mij, anders waren we waarschijnlijk nooit vrienden gebleven. Anderen vonden hem kil, maar ze kenden zijn ogen niet zoals ik. Hij was het tegendeel van wat je van een Latijns-Amerikaan zou verwachten. Als ik hem politiek moest situeren zou ik hem een

sociaal-democraat noemen, maar dan een van het academische type. Briljant theoreticus, veel dossierkennis, maar weinig voeling met mensen. Dat was mijn afdeling, zei hij altijd als ik hem zijn gebrek aan gevoeligheid verweet.
Hij noemde me 'Florence', zoals in 'Nightingale', omdat ik vrijwilligerswerk deed in instellingen voor mentaal en sociaal gehandicapten. Volgens hem had ik veel beter voor verpleegster of sociaal assistente geleerd dan voor sociologe, maar ik had mijn zelfrechtvaardiging klaar.
Als verpleegster zou ik alleen maar zorgen. Ik wou niet alleen helpen, maar ook begrijpen, iets veranderen.
Sociaal assistente vond ik dan weer te veel administratie. Het helpen was te afstandelijk.
Sociologie hielp me mensen te begrijpen, bevredigde mijn intellectuele honger en in het vrijwilligerswerk kon ik met mijn handen werken, mensen persoonlijk helpen, ze een hand geven als ze hulp nodig hadden, geen formulier. Hij legde me dan altijd uit dat dat formulier voor een hulpbehoevende waarschijnlijk veel nuttiger was dan mijn hand, maar hij heeft me nooit overtuigd.

Die dag zaten we in ons stamcafé achter een kop thee. Nusuto dronk alcohol – net als ik – enkel als ontremmer op fuiven. Het was niet de eerste keer dat ik Oswin en Bull zag, maar het was wel de eerste keer dat ze me opvielen. Ze kwamen het café binnengestommeld en doken hijgend achter een gordijn. Na een angstige blik door het raam haalden ze opgelucht adem en gingen aan een tafeltje schuin tegenover het onze zitten. Nusuto zat met zijn rug naar hen toe. Ik wist toen nog niet hoe ze heetten – mijn medestudenten interesseerden me maar matig vanwege hun hoog frivoliteitsgehalte – maar ik zag heel duidelijk de snee op Bulls voorhoofd en de scheur in Oswins jas. Opeens voelde ik een knagende bezorgdheid.

Dat hun toestand iets met de aan de gang zijnde staking te maken had, kwam zelfs niet bij me op. Ook het in het geval van Bull voor de hand liggende idee dat hij in een of andere dronkemansruzie was betrokken geraakt, werd snel weggevaagd door de sfeer die rond hen hing; geen van beiden was dronken. Ze waren opgewonden, maar hun uitgelaten gebaren dienden duidelijk om een recente angst weg te wuiven. Hen was onrecht aangedaan. Niets wereldschokkends, maar niettemin, onrecht.

Nusuto merkte dat ik langs hem heen staarde en draaide zich om.

'Ach, de "Marx brothers"!' spotte hij.

'Ken je hen?' vroeg ik.

'Vaagjes. Die ene met het bloed op zijn voorhoofd heet Bull. Ze noemen hem Red Bull, omdat hij voordurend Marx en Engels citeert. Die andere is zijn aanhangsel Oswin, een beetje kleurloos maar zonder zijn kompaan best genietbaar.'

'Je schijnt die Bull niet zo te mogen.'

'Ach, apparatsjiks! Sommige mensen denken dat Marx' boeken handleidingen zijn. Je slaat ze open, volgt de aanwijzingen en, hoezee: de wereld is gered! En het ergste is dat als je hen in vraag stelt, ze je direct een fascist of een bourgeois noemen.'

'Nusuto, je bént toch ook een bourgeois!' plaagde ik met een ondeugend giecheltje.

'O, je wordt bedankt!'

'Ik bedoel het niet negatief. Ik heb het *Communistisch Manifest* ook gelezen en wat jij altijd verkondigt als we het over politiek hebben, zou Marx "bourgeois-socialisme" noemen.'

'Ik meen me te herinneren dat hij daar geen goed woord voor over had.'

'Sinds wanneer trek jij je iets aan van wat Marx dacht?'

'Sinds jij hem blijkbaar op je nachttafel hebt liggen.'

'Doe niet zo gek. Het is jaren geleden dat ik dat gelezen heb. We zaten nog op de middelbare school.'

'Je hebt het anders merkwaardig goed onthouden.'

'Sommige boeken laten sporen na.'

'Blijkbaar.'

Hij was echt geprikkeld. Het verbaasde me van hem. Hij die altijd zo cynisch en onverstoorbaar was.

'Oh, je gaat toch niet mokken? Zo ken ik je niet.'

'Ik word ook niet elke dag voor bourgeois uitgescholden.'

'Je bedoelt dat je niet elke dag gedefinieerd wordt. Ik vind het geen scheldwoord. Zolang je hart op de juiste plaats zit, mag je voor mijn part zelfs een yuppie zijn. Vrede op aarde aan alle mensen van goede wil.'

'Rimada, je bent soms echt een wandelende Bond Zonder Naam-advertentie.'

'Wie is er nu aan het schelden?' lachte ik, wetend hoe hij over de Bond Zonder Naam dacht.

'Laten we maar een wapenstilstand afkondigen. Drink je nog iets?'

Even later sipten we van een verse kop thee, maar ik bleef stiekem over Nusuto's schouder naar Bull en Oswin kijken.

En toen gebeurde het.

Oswin keek op en onze blikken kruisten elkaar. Ik zag de 'travelling'-beweging van zijn hoofd stokken en terugkeren als was hij aan een haak blijven hangen.

En voor het eerst in mijn leven zag ik iemand voor mijn ogen smoorverliefd worden. En dan nog op mij. Ik besefte het direct, voelde me vreselijk gevleid en tegelijk gegeneerd.

Hij staarde me aan als een gezicht na het indrukken van de pauzetoets op de video. Met dezelfde gespannen trilling aan de randen.

'Waarom word jij nu opeens zo rood?' vroeg Nusuto.

'Ik... euh... vind jij het hier ook niet vreselijk warm?'

'Het zal de thee zijn. Drink eens iets fris of neem straks een douche.'
Nog even keek ik steels naar mijn aanbidder, wist instinctief dat we elkaar nog vaak zouden zien, ondanks Nusuto's antipathie.
Niet dat ik Oswins gevoelens deelde; voor een 'gevoelig mens' ben ik op het amoureuze vlak onthutsend nuchter, maar ik voelde wel aan dat het verlangen dat zopas was opengebloeid niet snel zou verwelken en koortsachtig naar bevrediging zou streven.
Nusuto had mijn blik opgemerkt en keek nog eens achterom.
'Ah, zo zit dat. Zo te zien ben jij het niet die een koude douche nodig heeft!' schamperde hij, en onmiddellijk vond ik hem lomp en oppervlakkig.
Hij schrok van mijn koele blik.
'Je gaat me toch niet vertellen dat jij...'
'Ik kan niet verdragen dat oprechte gevoelens geridiculiseerd worden.'
Hij keek me aan met een uitdrukking van oprechte verbazing en ergernis op zijn gezicht.
'Mijn God, Rimada! Wat heb jij? Sinds die twee zijn binnengekomen ben je helemaal van de kook.'
'Dat kun jij niet begrijpen. Daar ben jij te rationeel voor. Ik zou alleen willen dat je je cynisme een beetje intoomt.'
'In godsnaam, Rimada! Je gaat me toch niet vertellen dat je die twee clowns au sérieux neemt?'
'Ook clowns hebben gevoelens. En sinds wanneer gebruik jij zo vaak het woord "God"?'
'Ik geloof niet wat ik hoor! Wat is er gebeurd? Op welke planeet zijn we? Beam us up, Scotty!'
'Nusuto, je bent een schat, maar van oprechte emoties heb je evenveel verstand als van spaghetti koken, iets wat elke student nochtans verondersteld wordt te kunnen.'

'Rimada, kom even terug op aarde. Waar praten we over? We zaten hier rustig een kop thee te drinken, met milde ironie filosoferend over de zinloosheid van de aan de gang zijnde staking. Twee exemplaren van de mensensoort die we op licht oneerbiedige toon verbaal aan het dissecteren waren vallen hier binnen. Een van hen staart je aan met van die trouwe puppy-ogen en jij verandert in een lerares moraal die me de les spelt over eerlijke gevoelens en cynisme! Sta me toe dat ik even paf sta! Als ik niet zeker wist dat het gelijkstond aan de meest waanzinnige sciencefiction, zou ik nog gaan geloven dat je een aanval van liefde op het eerste gezicht hebt gekregen.'

'Doe niet zo onuitstaanbaar wereldwijs. En beeld je vooral niet in dat je mij door en door kent. Nee, ik ben niet verliefd, maar dat betekent nog niet dat ik geen respect kan opbrengen voor andermans gevoelens. Ik vind het wel aandoenlijk zoals hij daar zit.'

'Dat noem ik nog eens cynisme! Als je hem nu vertelde dat hij "aandoenlijk" was, zou hij waarschijnlijk ter plaatse door de grond zakken van schaamte en ergernis!'

'Ik vertel het hem toch niet.'

'Ik vertel hem toch ook niet hoe ik over hem denk!'

We hadden warempel echt ruzie nu.

Er viel een geladen stilte tussen ons.

'Ik moet naar mijn kot', bromde hij, terwijl hij met één hand zijn thee opdronk en met zijn andere zijn jas van zijn stoel probeerde te schillen.

Toen hij weg was, keek ik nog eens naar het tafeltje schuin voor me.

Ik zag aan de gebaren en de blikken dat Oswin bij zijn vriend informeerde wie ik was en – waarschijnlijk – waar ik woonde. Ik dronk mijn thee op, ging naar mijn kot en nam daar een douche, voor het eerst in mijn leven niet in staat mijn eigen gevoelens te duiden.

Nusuto

Laat ik het zo stellen. In het begin interesseerden Oswin en Bull me ab-so-luut niet. Op Rimada daarentegen was ik al jaren platonisch verliefd. Platonisch om twee redenen: ten eerste wist ik dat zij mijn gevoelens niet deelde en ten tweede vond ik het te riskant onze vriendschap op de helling te zetten door te proberen haar van mijn gevoelens op de hoogte te brengen. Ik denk niet dat ze het in die tijd doorhad. Tenzij vrouwen het altijd doorhebben, maar het alleen laten merken als wat ze doorhebben hen bevalt.

Na onze eerste aanvaring in ons stamcafé – of wat later ons stamcafé zou worden – vermoedde ik echter al dat ik, als ik in Rimada's buurt wou blijven, in het vervolg het gezelschap van Oswin en hoogstwaarschijnlijk ook van Bull zou moeten verdragen. Of Rimada verliefd was op Oswin wist ik niet, maar ik wist wel dat ze zijn eventuele toenaderingspogingen niet zou ontmoedigen, uit vrees zijn gevoelens te kwetsen. En ik had zijn ogen ook gezien: toenaderingspogingen zouden er zeker komen. Vooral met een beroepskoppelaar als Bull in de buurt!

Ik kende Rimada al van in onze middelbareschooltijd. Toen was ze al zo'n welzijnswerkerstype. Normaal inspireren die mensen mij enkel tot meewarig cynisme, maar Rimada was anders.

Zij paarde een haast evangelische menslievendheid aan een onthutsende nuchterheid. En ze was – in tegenstelling tot haar collega-wereldverbeteraars – een intellectueel. Ze wist wat ze deed perfect in te schatten, zag er de beperkingen van in, maar beweerde tegelijkertijd dat ze niet anders kon dan doorzetten. Zelfs al was ze een druppel op een hete plaat, zelfs al gaf ze door haar vrijwilligerswerk de regering een alibi om geen extra geld voor de verzorgingssector uit te trekken, zelfs al bleef tachtig procent van haar giften aan de Derde Wereld aan de vingers kleven, zelfs al kelderde haar voortdurend engagement haar sex-appeal, zelfs al was ze gedwongen om te gaan met evangelisten, '68-ers met de herseninhoud en het gebit van een debiele cavia, beroepsaltruïsten behept met een bijna joods schuldgevoel jegens de hele mensheid, neuroten die anderen hielpen om toch maar niet zichzelf te moeten helpen en Bond Zonder Naam-adepten met een verbeelding tartend gebrek aan mensenkennis, zelfs al bestookte ik haar met alle varianten van dit lijstje die mijn – al zeg ik het zelf – met de nodige verbale agiliteit gezegende brein kon concipiëren, ze liet niet af. Ik had gelijk, maar 'Ze Kon Niet Anders.' Ze kon niemand zien, horen of weten lijden zonder te hulp te schieten. Ze had het dan over de plicht tot naastenliefde die ieder mens heeft, over de in het strafrecht vastgelegde plicht van iedereen om een mens in nood te helpen, en als ik al die futiele argumenten met een goedgericht erudiet salvo torpedeerde, sloeg ze me met Giordano Bruno om de oren: de perfectie is onbereikbaar, maar door ernaar te streven bereikt de mens grootse dingen. De grondgedachte van *Degli eroici furori*, naar het schijnt. Ja, Rimada was een fenomeen. Haar ultieme argument was dat er maar één ding zinlozer was dan vrijwilligerswerk, en dat was niets doen.

En dat deed ik dus. Niets.

Correctie, ik deed wel iets: ik werkte aan mezelf. Mijn uitzonderlijke IQ zal u ondertussen wel zijn opgevallen, maar ik was vastbesloten het tot nut te maken. Tot nut van mezelf en van het algemeen. Alleen achtte ik mezelf hoog verheven boven het dagelijkse geploeter in instellingen voor mentaal gehandicapten. Mijn weg zou de politiek worden. Mijn vader vond altijd al dat ik het in me had om minister te worden. Als verbannen minister uit een Midden-Amerikaanse bananen-

republiek had hij toch enig recht van spreken ter zake, zou ik zo denken.
We waren vroeg genoeg naar hier geëmigreerd om mij van herinneringen aan mijn vaderland – op een paar typische geuren na – te vrijwaren. Vader liet zich naturaliseren, leerde de taal en engageerde zich in de sociaal-democratie. In de grootstad waar ik opgroeide was mijn getaande huid niet echt opvallend. Mijn verstand wel, al werd mijn iets te duidelijk overwicht op intellectueel vlak niet altijd geapprecieerd door mijn medeleerlingen. Maar Rimada is altijd mijn vriendin gebleven, al sinds ons veertiende jaar, toen we tijdens een groepswerk voor de school onze raakpunten ontdekten: belezenheid en intelligentie. Niet veel jochies van veertien hebben Tolkien al gelezen in het Engels, zoals Rimada, of Marx, in vereenvoudigde Nederlandse versie weliswaar, zoals ik.
In de daaropvolgende jaren ontdekten we wat ons onderscheidde: engagement tegenover stille revolte, cynisme tegenover gevoeligheid. Honderden malen is Rimada tegen een emotionele deur opgelopen, maar het scheen haar nooit te deren. Telkens als een mishandeld joch op de speelplaats haar een 'moeial' noemde wanneer ze hem bezorgd vroeg of alles in orde was, zag ik de messteek van de ondank dwars door haar heen gaan zonder een spoor achter te laten, om zich in mijn hart te planten en daar een plaatsvervangend litteken uit te kerven. Hoe vaker ik haar afgesnauwd zag worden telkens als ze iemand in emotionele nood trachtte te helpen, hoe sterker mijn voornemen werd om nooit iemand de kans te geven op mijn ziel te trappen. Ik begon haar te beschermen en ik waarschuwde haar voortdurend voor de ondank van de wereld. Maar al mijn pogingen om haar van die menslievende praktijken af te houden dienden meer om mij dan wel haar teleurstellingen te besparen. Want ik was te

verliefd om onverschillig te blijven als ze weer eens werd afgewezen. We woonden ver van elkaar – we zagen elkaar alleen op school – zodat ik niet eens de gelegenheid kreeg het ideaalbeeld dat ik van haar had te toetsen aan een door geregelde omgang kenbare werkelijkheid. Ik zag haar in die tijd als een soort dwaze heilige, wier onmetelijke goedheid enkel op hoongelach werd onthaald zonder dat ze dat zelf doorhad.
Op een dag legde ze mij uit dat de reactie niet belangrijk was. Het aanbod was alles. Geen hulp aanbieden zou haar meer kwetsen dan welke weigering om haar hulp te aanvaarden dan ook. Helpen was niet iets dat ze zich op een dag had voorgenomen, het was synoniem voor leven. Echt leven. Een Mens zijn. 'Een Mensch' noemde ze het. Haar oma was joods.
Het hielp me. Ik zag in dat haar altruïsme een in wezen egoïstisch motief had: haar eigen welbehagen. Het cynisme in die gedachte beviel me, stelde me gerust dat we in wezen niet zo veel van elkaar verschilden. Sindsdien is het tussen ons 'leven en laten leven'. Ik ben cynisch, zij is gevoelig. Samen zijn we best genietbaar gezelschap.
Maar ik wijk af. Vergeef me, ik zou het over ons groepje hebben.
Rimada en ik legden onze ruzie van het café snel bij. Tot na de staking zagen we niets meer van Oswin en Bull. (Rimada was – net als ik – niet het contesterende type en vermeed dus elke vorm van studentenprotest. Alleen als het tegen de fascisten was, kreeg je haar uit haar kot, met verbazende verbetenheid zelfs.) Maar ook daarna was het contact niet meer dan af en toe een steelse blik in het voorbijgaan, na afloop van een college. Ik had vrij snel door dat Oswin tot het verlegen segment van de bevolking behoorde. Het erg verlegen segment, zelfs. Mijn hoop dat alles bij het oude zou blijven groeide weer. Even.

Want op de winterfuif van onze faculteit gebeurde het onvermijdelijke.
Rimada en ik hadden voor fuiven een duidelijke afspraak. We gingen er samen naartoe, maar als we iemand zagen die ons zodanig interesseerde dat een chaperon hinderlijk werd, gingen we elk onze eigen weg. In de praktijk was zo'n situatie voor elk van ons slechts één keer voorgekomen, in ons eerste jaar. Allebei bekenden we achteraf dat het niet geworden was wat we ervan hadden verwacht. Rimada had snel ontdekt dat 'betekenisloze seks' niets voor haar was en ik was teruggedeinsd voor de overdreven aanhankelijkheid van mijn bedgenote. Sindsdien bestond de afspraak alleen nog in theorie en dansten we meestal met elkaar als de dansen met een koppelfunctie aan bod kwamen.
Het was een typische studentenfuif: met veel bier en bastonen. Ondanks mijn 'arty farty'-reputatie houd ik best van popmuziek en ik amuseerde me doorgaans prima op zo'n avond, zelfs al merkte niemand dat omdat ik pas laat op de avond dronken genoeg was om te dansen. Het alcoholgebruik temperde mijn rationalisatiedrang, zodat ik mijn meer ontremde zelf vrij ongegeneerd aan bod liet komen. Rimada was kies genoeg om me de dag nadien nooit te herinneren aan de sentimentele onzin die ik had uitgekraamd of het wat gênante enthousiasme waarmee ik op 'Paradise by the dashboard lights' had gedanst.
Rimada van haar kant genoot altijd met volle teugen van een fuif. Ze was niet van de dansvloer weg te slaan. Eén pint was meestal al voldoende om haar anders zo bedaarde ego te laten capituleren voor haar naar Caribische leute talende 'es'. Ze gaf dan vaak een heel eigen versie van de lambada ten beste met mij als tegenpruttelende partner, iets waartoe ik pas na vier pinten bereid was. Fuiven waren voor mij een rijke bron van erecties in die tijd.

Maar op die fuif waren Oswin en Bull voor het eerst zodanig aanwezig dat ze deel gingen uitmaken van onze avond.
Het begon natuurlijk tijdens de 'la Bamba'.
Het verbaasde me, maar eigenlijk ook weer niet, dat het Bull was die zich als eerste bij Rimada aanbood voor de obligate wang-wang-wang. Hij probeerde er wang-wang-mond van te maken, maar ze timede haar ontwijkingsgebaar perfect. Ik hield Oswin in het oog en zag dat hij de vorderingen van zijn vriend angstvallig volgde.
Tijdens de aansluitende reeks slows palmde Bull Rimada helemaal in. Ik kon niet horen wat hij haar allemaal toeschreeuwde, maar dat hij veel mee te delen had was duidelijk. Rimada's gelaat bleef voor mensen die haar niet kenden enigmatisch vlak, maar ik merkte de zweem van interesse in haar ogen en voelde dadelijk de jaloezie knagen. Ik zat de reeks slows uit, onopvallend mokkend op mijn stoel. Oswin volgde de twee met zijn ogen.
Toen een energieke beat de koppels uiteenrukte, zag ik Bull Rimada iets te drinken aanbieden. Ze aanvaardde en troonde hem mee naar mijn tafel. Dat stelde me een beetje gerust. Als ze echt in Bull geïnteresseerd was geweest, zou ze uit mijn buurt zijn gebleven. Ik kon nu beter de nuance in haar blik lezen en zag vooral geamuseerdheid. Terwijl de rest van het publiek uit de bol ging op de nieuwste dansd(r)eunen, bekeek ik met stilzwijgend dédain Bulls pogingen om Rimada te amuseren. Het was – door de herrie – een tafereel zonder klank, wat elke plooi in Rimada's mondhoeken met extra veel betekenis belaadde. Ik merkte het pas na een tijdje, maar Oswin bewoog zich in een zo onopvallend mogelijke kronkellijn langzaam in onze richting. Na een klein kwartier zat hij plots naast me, na me vriendelijk gevraagd te hebben of de stoel vrij was. Ik had tegen die tijd al besloten om er een avondje 'mensen kijken' van te maken. Ik wilde absoluut

weten hoe deze merkwaardige driehoek zich verder zou ontwikkelen.

Bull was gul met bier. Maar ik zag dat Rimada aanmerkelijk minder dronk dan hij ongetwijfeld had gewild. Na een tijdje stonden er achter haar halflege pint nog een drietal volle op consumptie te wachten. Ik schoot te hulp door er een voor mezelf op te eisen. Oswin zat toen al tien minuten oogpingpong te spelen tussen mij en de twee aan de overzijde van de tafel.

'Prima fuif, hé!' gilde hij plots in mijn oor.

Ik knikte. Het onderwerp verdiende geen gefundeerd waardeoordeel.

'Hebben jullie ook meegestaakt?' krijste hij, in een poging een gesprek op gang te brengen.

Ik gebaarde dat ik hem niet begreep en dat nekte de conversatie vakkundig. Ik had geen zin in participeren: ik observeerde. Aan zijn lot overgelaten richtte Oswin zijn aandacht nu op Bull en Rimada.

Na een tijdje kreeg Bull zijn vriend in de gaten en stelde hem voor aan zijn 'verovering'. Het zag ernaar uit dat zijn verleidingspoging het terrein aftastte voor Oswin. Zo kon die meer details over Rimada vernemen zonder het haar zelf te moeten vragen, want dat was blijkbaar een onoverkomelijke hindernis.

Maar die hypothese werd tegengesproken door het graaiwerk van Bull. Rimada weerde onopvallend maar heel doeltreffend zijn zogenaamd achteloze aanrakingen af. Haar ogen moesten hard werken om de bewegingen van de hyperkinetische communist te volgen. Ik zag hoe zij zijn blikken in de gaten hield; het werd mij – en haar kennelijk ook – snel duidelijk dat Bull met korte, gerichte blikken eerst de lichaamsdelen aftastte die hij wilde aanraken. Zo kon ze voorkomen dat hij haar hand nam, een arm om haar schou-

der legde en 'per ongeluk' langs haar borsten wreef bij het opstaan. Het was een heroïsch gevecht en Bull gaf geen blijken van teleurstelling.
Hij verlegde het strijdperk en nodigde haar opnieuw ten dans. Ze weigerde niet, wat me lichtjes verbaasde. Ik concludeerde dat ze het kleine steekspelletje zelf best amusant vond.
Terwijl de twee in het kluwen dansers verdwenen, besloot ik Oswin aan te spreken, aangezien van observeren nu even geen sprake kon zijn. De opluchting stond op zijn gezicht te lezen. Ik kan nu met zekerheid zeggen dat, als ik toen mijn mond had gehouden, er van ons groepje nooit sprake was geweest.
'Hoe is het afgelopen met de staking?' vroeg ik, tussen twee beats door.
'Zoals verwacht. We hebben niets bereikt. De raad van bestuur heeft geen enkele eis ingewilligd. Misschien volgende keer, als alles wat beter georganiseerd wordt.'
Zijn antwoord verraste me. Ik had een ultralinks pamflet verwacht over hartverwarmende solidariteit met de minderbedeelden, de onmenselijkheid van de machthebbers en de strategische opschorting van de acties in afwachting van nieuwe ontwikkelingen. Of iets dergelijks, ik ben niet zo bekend met het jargon.
Oswin was kennelijk niet op elk gebied even hulpeloos als in de liefde. Uit ons korte brulgesprek bleek dat hij de zinloosheid van de actie van meet af aan had ingezien, maar dat zijn vriendschap met Bull en de romantiek van het militante hem toch tot demonstreren hadden aangezet. Hij beleed zijn geloof in de eisen maar ontleedde haarfijn het hoe en waarom van de mislukking.
Het gesprek duurde langer dan de inhoud ervan zou doen vermoeden, maar het valt niet mee elkaar te verstaan terwijl

de decibels bij je trommelvlies om aandacht vechten. Bovendien onderbrak Oswin zijn korte betoog herhaaldelijk om Bull en Rimada over de dansvloer te zien evolueren, daarbij zenuwachtig op zijn lip bijtend.
'Bang dat hij haar zal inpikken?' Ik kon het niet laten.
Onmiddellijk maakte de beheerste houding van politiek commentator plaats voor de rusteloze bijna-paniek van de verliefde tiener.
'Maak je geen zorgen,' stelde ik hem gerust, 'Rimada is niet echt geïnteresseerd.'
'Oh', zag ik hem lippen, maar zonder te horen of hij de klank ook echt uitbracht.
Op dat ogenblik ging de muziek over in een zeemzoete ballade. Gespannen keek Oswin naar de ontwikkelingen op de dansvloer en samen met mij zag hij hoe Bull Rimada omarmde voor ze kans zag te ontkomen.
'Help!' seinde ze in mijn richting, maar ik vond dat ze haar eigen boontjes maar moest doppen. Het was haar keuze geweest om Bull niet af te wijzen. Haar onwil om hem te kwetsen had haar nu in een situatie gebracht waarin ze hem nog erger zou moeten kwetsen om van hem af te geraken. Het enige wat ze nu nog kon doen, was een excuus verzinnen. Het was een scenario dat ik al enkele keren had meegemaakt. Een keer had ik Rimada erop gewezen dat haar gedrag op fuiven haar wel eens een reputatie van 'femme fatale' zou kunnen bezorgen. Het idee schokte haar en ze verzekerde me dat haar schijnbare meegaandheid uitsluitend was ingegeven door respect voor andermans gevoelens.
Waarop ik de voor een cynicus heerlijke conclusie kon trekken dat de grootste wreedheden begaan werden met de beste bedoelingen.
Ze had nog niets bijgeleerd sindsdien, merkte ik.

Gelukkig voor haar bevestigde Bull – in tegenstelling tot zijn vriend naast me – zijn reputatie. Halverwege de dans greep hij haar stevig bij haar achterste, wat haar zo deed schrikken dat ze zich loswrikte en hem bijna een oorvijg gaf. Ze beheerste zich en beende naar ons tafeltje.

'Zie je wel', zei ik tot Oswin, benieuwd hoe hij zou reageren. Zijn gelaatsuitdrukking balanceerde tussen opluchting en vertwijfeling.

'Misschien heb jij meer geluk', drong ik aan. Mijn woordkeuze was weloverwogen. Ondanks mijn verrassende kennismaking met Oswin was ik er allerminst happig op hem met Rimada te zien aanpappen. De suggestie dat het welslagen van zijn eventuele verleidingspogingen van 'geluk' afhing, was – wist ik – genoeg om hem af te schrikken. Voor hem was het nu wel duidelijk: Rimada was een vamp en hij maakte geen schijn van een kans. Als zelfs zijn ladykiller-vriend al het deksel op de neus kreeg...

Toen Rimada bovendien, misnoegd over haar gebrek aan diplomatieke handigheid, mokkend voor zich uit begon te staren, zag ik de hoop in zijn ogen uitdoven. Rimada's avond ging dan ook voorbij zonder een toenaderingspoging van Oswin; die raakte algauw met mij verwikkeld in een interessant gesprek dat vertrok bij de binnenlandse politiek en eindigde bij een jenevertje in een café dat we, met Rimada als langzaam in het gesprek groeiende derde, hadden opgezocht om onze stembanden te vrijwaren van permanente beschadiging. Bull zagen we de hele avond niet meer, maar toen we de fuif verlieten, zag ik dat hij al genoeg vrouwelijk gezelschap rond zich had verzameld om aan zijn miskleun met Rimada geen trauma over te houden. Ons gesprek leerde me Oswin kennen als een leergierige jongen met linkse sympathieën, bijzonder scherpzinnig, nuchter en in staat tot een volstrekt objectieve analyse van elk – politiek – probleem.

Enkel zijn synthese verried zijn omgang met Bull: Oswin verwachtte nog zeer veel heil van puur marxistische recepten. Daarom was het gesprek naar het eind van de avond toe geanimeerder dan aan het begin. Rimada beperkte zich tot een scheidsrechtersrol en gaf om beurten hem en mij gelijk. Na verloop van tijd zag ik een kalmte over Oswin komen. Op een onverwachte manier was hij op één avond dichter bij Rimada gekomen dan hij ooit had durven hopen. Telkens als ze hem bijviel, zag ik zijn ogen stralen van geluk. Ook ik was tevreden. Op geen enkel moment had ik de indruk dat er zich een hechtere band tussen Oswin en Rimada vormde dan die tussen twee klasgenoten die plots ontdekken dat ze gelijklopende politieke ideeën hebben. En Oswin deed zelfs geen poging om daar verandering in te brengen.
Na die avond waren Rimada, Oswin en ik een trio, met elkaar verbonden door politieke eensgezindheid – met nuanceverschillen – en platonische liefde.
Dat Bull zich een tijdje later bij ons zou voegen achtte ik toen – ten onrechte – uitgesloten.

Ingenii dotes corporis adde bonis.

'Voeg een bruidsschat van verstand toe aan je lichaamskwaliteiten.'
(*Ovidius, 'Ars Amatoria' II, 112*)

So hear my words with faith and passion
For what I say to you is true
And when you find the one you might become
Remember part of me is you.
(*Lyle Lovett, 'Simple Song', 1987*)

Oswin

Mijn definitieve politieke ontwaken heeft alles te maken met een college: 'Actuele politieke problemen van de Derde Wereld' door professor Guzman. Het was een keuzevak in het derde jaar en aangezien Nusuto – aangelokt door het onderwerp van de cursus én de Latijns-Amerikaanse afkomst van de professor – het op zijn curriculum had staan en Rimada het dus ook volgde, had ik me halverwege het jaar bij die toegewijde groep wereldverbeteraars gevoegd. Het had me niet veel moeite gekost om ook Bull om te praten, al twijfelde ik voor het eerst of zijn motivatie wel puur politiek was. Ik had hem zien kijken naar Rimada en voelde me alleen veilig dankzij de overduidelijke minachting waarmee ze hem sinds de beruchte fuif bejegende.

Niet dat ik strikt gezien aanspraken had op Rimada's affectie, maar zij en Nusuto lieten me tenminste duidelijk horen dat

mijn gezelschap op prijs werd gesteld. Voor Nusuto vormde ik niet echt een intellectuele bedreiging en Rimada had van mij geen handtastelijkheden te vrezen. Toen toch nog niet.
Professor Guzman was een indrukwekkend man. Alleen al de geruchten over hem inspireerden tot onvoorwaardelijk respect en bij sommigen in de groep zelfs haast religieuze verering. Zijn flamboyante voorkomen, in toom gehouden door zijn smetteloze maatpak, gaf hem het fascinerende en tegelijk dreigende van een rommelende vulkaan net voor de uitbarsting. Men vertelde dat hij een politiek vluchteling was uit een van de bananenrepubliekjes in Centraal-Amerika; welk, dat bleef onduidelijk. Zijn uitstekende academische referenties hadden hem echter een job als gastdocent aan de universiteit opgeleverd, die hem ten minste twee jaar van de straat zou houden, en zijn talenknobbel stelde hem in de gelegenheid ons in met Spaanse stopwoorden (*¿verdad?*) doorspekt Engels en Frans toe te spreken, soms de twee tegelijk. Bovendien begroette hij ons bij het begin van elk college in onze eigen taal en beloofde daarbij elke week een beetje meer Nederlands te zullen gebruiken. Een belofte die hij feilloos nakwam. Hij had kort gehouden krulharen en de wat clichématige snor van de Centraal-Amerikaan, wat hem een wat maffieus uiterlijk gaf, maar zijn warme, geruststellende stem ontkrachtte die eerste indruk zeer snel. Zijn pak was altijd beige of grijs en op zijn revers droeg hij een rode roos, die geen twijfel liet over zijn politieke overtuiging. Desondanks heb ik hem nooit een student weten benadelen wegens een afwijkende mening.
Wel was hij niet vies van levendige discussies, waarin hij steeds een – in ruime zin – links standpunt verdedigde tegen enkele Wereldbank-aficionado's. Over de functie die hij had bekleed voor zijn ballingschap bestond enige twijfel. Sommigen noemden hem een ex-minister, anderen een in ongenade

gevallen kabinetsmedewerker van een minister onder de dictatuur in zijn land, nog anderen hielden het bij 'een dissidente professor met een te grote mond'. Een directe vraag erover omzeilde hij op vakkundige en niet mis te verstane wijze. We drongen niet meer aan.

Die bewuste dag was ik ten prooi aan wanhoop. De avond tevoren had ik voor het eerst voldoende moed bij elkaar geschraapt om Rimada alleen op te zoeken op haar kot, en hoewel het gesprek vrij gemoedelijk was verlopen, had het in de verste verte niet geleid tot enige toenadering op affectief vlak. Ach, laat ik het maar vertellen zoals het is gebeurd.

Rimada

Ja, dat college... Dat was een intense belevenis. Ik had stiekem een boon voor professor Guzman. Nee, niets erotisch of zo. De man boezemde me vertrouwen in, deed je weer geloven in de maakbaarheid van de wereld. Hij wist zelfs Nusuto te raken, maar dat moet je hem zelf maar vragen.
De avond daarvoor? Nee.
Of ja... was dat niet die avond toen Oswin plots voor mijn deur stond?
De arme schat! Een echt succes kon je het inderdaad niet noemen, dat gesprek. Vanuit zijn oogpunt toch niet. Als ik eraan terugdenk, moet ik zijn zenuwen toen zwaar op de proef hebben gesteld. Niet dat ik dat toen besefte; ik was veel te druk bezig met mijn toilet, want ik ging later die avond naar de bioscoop met Nusuto. Dat heeft hij toen nooit geweten, gelukkig. Ja, hij kwam wat ongelegen, maar ik had niet het hart om hem voor de deur te laten staan. Al zou ik niet geweten hebben wat te doen als hij me toen zijn liefde had verklaard. Maar dat kwam niet eens in me op. Het was alweer

lang geleden dat hij me op café zo verliefd had aangestaard. Ik was hem meer als een vriend dan als een aanbidder gaan beschouwen.
Ach, laat ik maar vertellen wat er toen gebeurd is.

Heel ongelegen, zo kun je het wel noemen! Ik stond over de lavabo gebogen mijn haren onder de kraan te wassen toen er geklopt werd. Ik zou het in de douche op de gang hebben gedaan, maar die was bezet en ik had geen tijd om te wachten. Ik drapeerde snel een handdoek rond mijn haren en opende de deur.

Oswin

Ze deed open in haar openvallende badjas, met een roze handdoek om haar hoofd gedrapeerd. Ik ving een glimp van haar rechterborst op, wat me dadelijk van mijn stuk bracht. De situatie was nogal gênant, hoewel ze helemaal niet moeilijk deed en me gewoon binnenliet.

Rimada

Neen, ik had er geen erg in dat mijn badjas openhing. Maar ik kan me wel inbeelden welke indruk dat op hem gemaakt moet hebben. Ach, weet je, in die tijd was ik nogal los met mijn lichaam. Niet losbandig, los. Ik schaamde me niet over hoe ik eruitzag en het kon me niet al te veel schelen wie me in mijn blootje zag. Waarschijnlijk ging ik ervan uit dat zolang ik geen seksuele bedoelingen had, de ander die ook wel niet zou hebben. Ja, naïef. Dat is toch normaal op die leeftijd? En als je nog nooit echt nare dingen met seks hebt meegemaakt? Nu nog niet, trouwens. Maar goed, ik liet hem dus binnen en zei dat hij maar even op het bed moest zitten terwijl ik me aankleedde.

Nee, ben je gek! Zo exhibitionistisch was ik nu ook weer niet. Ik opende de deur van mijn kleerkast. Hij kon niets zien.

Oswin

Maar wel raden! God, wat had ik het kwaad. Ik zat daar op dat bed, met zo'n gehaakte sprei waar ik voortdurend met mijn afgekloven nagels in bleef hangen, en ik durfde zelfs niet haar kant op te gluren, al was er niets anders te zien dan nu en dan een been of een arm die achter de deur uitstak. 'Oswin, oen, doe dan toch iets!' hoorde ik Bull in mijn oor roepen, en ondertussen taterde zij lustig verder. Dat ze niet veel tijd had maar dat ze toch blij was dat ik haar kwam opzoeken, dat ik op een andere keer nog maar eens moest terugkomen en dat we dan zeker uitgebreider zouden kunnen praten.

Rimada

Hij antwoordde met een paar vraagjes over de cursus sociologie en of ik hem niet met een en ander kon helpen en dat ik een leuk kot had. Wat hij erin zag, weet ik niet. Het verschilde in niets van duizenden andere meisjeskoten in de stad. Poster van Che Guevara, poster van David Hamilton, gordijntjes voor de ramen. Ik zei hem dus niet dat ik met Nusuto uitging, maar ik vroeg hem wel of hij me kon helpen. Ik wilde mijn lange leren laarzen aantrekken, en dat kostte me altijd veel moeite. Hij nam de laars van me aan alsof het een heilige relikwie was en aanvankelijk was hij helemaal geen hulp bij het aantrekken. Hij durfde er kennelijk nauwelijks tegen duwen, alsof hij vreesde dat het glazen muiltjes waren die elk moment konden breken. Pas toen ik hem wat aanporde, bood hij weerwerk tegen mijn stotende voet, tot mijn hiel met een plof op zijn plaats schoof.

Oswin

Ik kan nog altijd niet geloven dat ze niet doorhad hoe ongelooflijk suggestief dat gedoe met die laars wel was! Zeker voor iemand als ik. Ik liep die tijd voortdurend geil rond, al wist ik dat prima te vermommen als nervositeit. In ieder geval kon ik geen stokbrood in een papieren zak horen glijden zonder een erectie te krijgen! En toen ze bij het aantrekken van haar tweede laars ook nog suggestief kreunde, wist ik het zeker: dit was een verdoken uitnodiging! Maar toen ik opkeek, zag ik weer dat volkomen argeloze engelengezicht. Die volwassen puurheid, die elke erotische opwinding dadelijk klef en goor deed aanvoelen. Mijn moed en mijn erectie verschrompelden tot hun gewone, onbeduidende proporties.

Rimada

Ik begreep niet waarom hij plots zo verlegen deed toen mijn laarzen goed en wel op hun plaats zaten. Opeens begon hij nerveus rond te draaien, aan een van mijn cursussen op mijn bureau te frunniken en veel meer dan wat onsamenhangend gestotter kwam er niet meer uit. Om hem uit zijn lijden te verlossen zei ik toen maar: 'Ik moet weg. Kom je nog eens terug?'

Oswin

Toen ik haar even later alleen liet, galmde het door mijn hoofd: 'Kom je nog eens terug?' of, in Oswintaal: 'Ze wil me!', maar de euforie die dat besef had moeten opwekken zocht rillend dekking voor de koude douche van die andere stem: 'En jij bent te schijterig om haar aan te raken!'

Die nacht was het vooral die laatste stem die door mijn dromen echode.
Ik stond op met het besef dat zelfs als de vrouw van mijn dromen spiernaakt en luid hijgend op mijn bed zou komen liggen, met haar benen wijdopen, ik het nog niet zou aandurven haar te bespringen.
Laten we het erop houden dat ik behoorlijk teleurgesteld was in mezelf. Maar ik had het over professor Guzman.

Bull

Ik vertrouwde die Guzman niet helemaal. Hij was wel links, maar voor mij had hij genoeg de gatlikker uitgehangen als minister of kabinetsmedewerker van een dictator om hééél verdacht te zijn. Daarbij, een communist die een plaats krijgt aan een westerse univ... daar zit een geurtje aan! Nee, als ge het toen aan mij had gevraagd, had ik u gezegd dat Guzman naar de goesting van zijn baas een poot scheef had gezet en daarom was buitengekegeld. En nu hing hij de grote dissident uit om ergens anders aan de bak te komen. In één woord: een kazakdraaier!
En dat die zielige kwieten in mijn jaar er intrapten vond ik toen niet meer dan normaal. Daar waren het zielige kwieten voor, Nusuto en Oswin inbegrepen. Nee, ik zat daar voor Rimada. Sinds die fuif voelde ik nog altijd de rondingen van haar lijf als ik met andere meisjes danste.
Oswin moest maar eens laten zien dat hij een echte communist was. Monogamie is nergens goed voor, dat leidt op de duur toch tot overspel en bedrog of zelfs gedwongen prostitutie. Leve de vrouwengemeenschap! Weg met de hypocrisie en de uitbuiting van vrouwen in het burgerlijk huwelijk! Of zoals Marx het zei: 'Die bürgerliche Ehe ist in Wirklichkeit die Gemeinschaft der Ehefrauen. Man könnte höchstens den

Kommunisten vorwerfen daß sie an Stelle einer heuchlerisch versteckten, ein offizielle, offenherzige Weibergemeinschaft einführen wollten.' (*Communistisch Manifest*, 2)

Ja, ik was ervan overtuigd dat Rimada een stuk beter af zou zijn als Oswin haar tenminste al met mij deelde. Ze kon beter uit vrije wil meer dan één vrijer hebben dan dat het systeem haar ertoe dwong.

Nusuto

Professor Guzman is de meest begeesterende persoon die ik ooit in mijn leven heb ontmoet. Wat ons groepje dan ook gepresteerd moge hebben – voorzover het iets voorstelt – heeft het in grote mate aan hem te danken. Hij was de initiator – zij het ongewild –, de mentor en de uitvoerder van alles wat wij hebben bedacht. Zonder hem zou ons werk nooit de waarde hebben die het nu – ondanks alles – nog altijd heeft. O, in het begin bekeek ik zijn colleges met evenveel dédain als die van andere professoren, en zijn praktijkoefeningen vond ik amusant, maar niet meer dan dat. Hij was geen historicus in de traditionele zin van het woord, omdat hij meer begaan was met de toekomst dan met het verleden. Het cliché dat je uit de geschiedenis kunt leren probeerde hij – in tegenstelling tot verscheidene van zijn meer cynische collega's – nieuw leven in te blazen. Hij liet ons zelf situaties ontleden aan de hand van enkele eenvoudige maar weldoordachte vuistregels. Hij werkte steeds met zogenaamde fictieve modellen, gaf een beginsituatie aan en een aantal mogelijke ontwikkelingen of gegevens die ons in staat moesten stellen de evolutie zelf te voorspellen. Hij sprak, bijvoorbeeld, over een anonieme grootmacht en een vazalstaat met een criminele psychopaat aan het hoofd die – door allerlei politieke en pseudo-ethische ontwikkelingen in de grootmacht – plots niet meer paste in het beeld dat de grootmacht van zichzelf wilde ophangen en dus moest verdwijnen. We voorspelden niet alleen een invasie maar ook de retoriek die werd gebruikt om ze te rechtvaardigen en de reacties van de bondgenoten van de grootmacht. De volgende les las hij ons een droog verslag voor van de geschiedenis van de Dominicaanse Republiek in de vroege jaren '60 en de rol van de VS, met de bijhorende retoriek en reacties. De gelijkenis gaf velen visioenen van macht, van greep op de wereld. Opeens leek die begrijpelijk, beheersbaar, voorspelbaar zelfs. En dus ook verbeterbaar, dachten sommigen. Maar de oefeningen waren natuurlijk manipulaties van reeds bekende feiten. We voorspelden niets, Guzman stuurde ons door het toedienen van de juiste informatiemix handig naar een conclusie die hij al op voorhand kende. Ondanks mijn aanvankelijke sympathie voor hem – hij was ook Latijns-Amerikaan en links – stond ik op het punt hem in mijn mentaal archief te klasseren onder 'charlatan'.

Maar toen kwam dat ene college, waarin hij de regels van het spel lichtjes en mijn mening over hem drastisch wijzigde.

Rimada

Nusuto verraste me door op een dag heel enthousiast over Guzmans colleges te praten. Het leek wel de bekering van een verstokt atheïst. Maar al verraste het me, verbazen deed het me eigenlijk niet. Ik had altijd aangevoeld dat Nusuto's cynisme een façade was, een waarin hij op de duur zelf was gaan geloven omdat ze hem beschermde tegen ontgoochelingen. Ik wist dat Nusuto waanzinnig geïnteresseerd was in politiek. Hij zat voortdurend met zijn neus in een krant, keek naar alle nieuwsuitzendingen op de tv, verslond politieke analyses in tijdschriften en las politieke filosofen als Plato, Aristoteles, Cicero, Machiavelli, More, Bakoenin, Marx... Maar hoe meer hij las, hoe ontgoochelder en cynischer hij werd. Hij kende alle systemen en had ze allemaal zien mislukken of ontaarden. Zijn conclusie was: zolang de mens niet volmaakt is, kan geen enkel bestaand systeem – hoe prachtig ook – slagen.

Over die stelling hadden we eindeloze discussies.

Ik vond dat we dan aan de mens moesten werken, om hem zodanig te verbeteren dat ten minste één systeem behoorlijk zou kunnen werken.

Hij vond dat een nieuw systeem bedacht moest worden dat geen last zou hebben van het menselijk tekort.

Ik vond dat hij de kwadratuur van de cirkel zocht, omdat een staatsvorm noodzakelijkerwijze door en voor mensen is uitgebouwd. Naarmate ik hem daarvan meer en meer overtuigde, werd hij, in plaats van mijn strategie over te nemen, almaar zwartgalliger en cultiveerde hij bij politieke discussies steeds vaker een cynische minachting. Hij gedroeg zich niet alleen alsof het hem allemaal niets meer kon schelen, hij schepte er ook een duivels genoegen in om anderen hun illusies te ontnemen. Een gesprek met Nusuto was in die tijd genoeg om elke idealist dadelijk een depressie te bezorgen. Vreemd genoeg was Oswin in dat opzicht een uitzondering. Nusuto's tegenwerpingen inspireerden hem doorgaans tot heel creatieve gedachten en elke – soms denigrerende – kritiek ving hij op met de voor hem typische uitspraak: 'Dat weet ik nog niet zo zeker!' Oswin wist nooit iets zeker.

En nu sprak Nusuto plots vol vuur over professor Guzman. Volgens mij dacht hij dat de man hem eindelijk de weg zou wijzen naar zijn ideaal systeem. Waarop hij dat geloof baseerde, kon ik toen niet achterhalen, maar ik vermoed nu dat het iets te maken had met de praktijkoefeningen die hij ons gaf.

Die gaven je het gevoel dat de wereld gehoorzaamde aan kenbare wetten, en dat hij dus beheersbaar was.

Nusuto

Ik hoorde een neoliberale nitwit in die tijd eens zeggen: 'Professor Guzman ontkent de chaostheorie. Volgens hem is de wereld voorspelbaar.'
Ik antwoordde daarop dat de chaostheorie niet meer was dan dat: een theorie. En dan nog een die geboren was uit een postmodern gevoel van onmacht. Wetenschappers zijn vandaag de dag niet in staat het gedrag van een verschijnsel te voorspellen en gaan er dan maar van uit dat het principieel onmogelijk is dat gedrag te voorspellen. Een duidelijker *argumentum ad ignorantiam* heb ik zelden gehoord. Pure gemakzucht.
Ik besef goed dat ook die uitspraak absoluut niet past bij mijn imago. De futiliteit van de klassieke wetenschap, vooral van de wetenschappelijke pretentie de wereld te kunnen verklaren en beheersen, was een van mijn stokpaardjes in discussies. Voortdurend verwees ik naar de chaostheorie als bewijs voor de onvoorspelbaarheid van het leven!
Maar professor Guzman had iets ondefinieerbaars en ik weet niet waarom dat ene college me plots deed besluiten dat de tijd van het cynisme ten einde liep. Niet dat ik mijn houding tegenover de anderen zou wijzigen; ik zou mezelf eindelijk toestaan de levenshouding van mijn vader af te wijzen en te hopen op de realisatie van mijn levensideaal. Alle rationalisaties die ik had opgebouwd om het afsterven van mijn hoop te rechtvaardigen, waarin ik zelf was gaan geloven en misschien nog altijd geloofde en geloof, moesten uit de weg geruimd worden, wilde mijn hoop de kans krijgen vruchten te dragen. Ik sloopte mijn versterkingen, zelfs tegen beter weten in.

Met andere woorden: professor Guzman had me 'bewogen'. Een groter compliment kan een leraar niet krijgen.

Oswin

Ik ken de exacte inhoud van dat bewuste college uit mijn hoofd, omdat ik het sindsdien al ontelbare keren heb herbeluisterd. Er was in onze groep een student die ten behoeve van Engels- en Fransonkundigen de colleges van professor Guzman op band opnam en ze – tegen milde betaling – in het Nederlands vertaalde. Een paar dagen na het college vroeg ik hem een kopie van de opname. Zijn prijs was scherp, maar dat was voor mij toen al onbelangrijk.

Het college ging als volgt.

De professor kwam binnen, voor één keer niet gekleed in zijn gewoonlijke maatpak maar in een grof gebreide trui. Het lokte zelfs wat hilariteit uit. Niet dat we geen lesgevers met een trui gewend waren, maar hij kreeg er iets koddigs door. Alsof hij zich jonger wilde voordoen dan hij was.

'Mijn beste stoedenten, een goede morgen voor oe allen.' *(zijn beloofde Nederlandse zin en daarna in het Frengels:)* 'Vandaag wil ik u meenemen op een reis. Een reis naar een ver en warm land. Helaas is het klimaat het enige aangename aan onze reisbestemming. Mag ik vragen nota te nemen van wat ik u over dit land ga vertellen.

Onze bestemming is wat men een bananenrepubliek noemt. In dit geval is de naam letterlijk te nemen, want bananen zijn het grootste exportproduct van het land. Laten we het voor het gemak even "Indi" noemen, naar de hoofdzakelijk Indiaanse bevolking. Indi zucht al decennia onder het juk van een dictator, wiens macht stoelt op de onvoorwaardelijke steun van de grootgrondbezitters en op het leger, maar nu loopt zijn rijk ten einde. Ouderdom dwingt hem af te treden en de

politieke partijen – lang gemuilkorfd – en het voor de schijn opgerichte parlement beraden zich over een opvolger. Hier en daar durft iemand het woord "verkiezingen" uit te spreken. Dat is genoeg voor het leger om het parlement te bezetten en een eigen kandidaat op te leggen. Alle hoop op een rechtvaardiger leven in Indi lijkt daarmee van de baan.
Maar dat is maar schijn. Een legerofficier – laten we hem voor het gemak maar even Oswin noemen – *(met een monkellachje in mijn richting)* met progressieve ideeën beraamt een complot tegen de nieuwe dictator. Om zich van voldoende steun te verzekeren deelt hij wapens uit aan zo'n 2.000 burgers.
Het complot slaagt, mede dankzij het totale gebrek aan discipline bij het leger, dat grotendeels bestaat uit tegen hun wil geronselde Indianen. Bovendien is Oswin in dat leger waanzinnig populair. Hij installeert een triumviraat: hijzelf, een rechtse majoor en een conservatieve burger, kwestie van de grootgrondbezitters niet te alarmeren.
De Indianenopstand, bedoeld om de staatsgreep te ondersteunen en een beter leven voor de Indianen af te dwingen, wordt door de nieuwe machthebbers bloedig neergeslagen.
Tot zover lijkt er niet veel te zullen veranderen. Maar Oswin heeft andere ideeën voor zijn land, alleen... hij weet dat hij voorzichtig moet zijn.
De economie van Indi, gebaseerd op de productie en uitvoer van bananen en koffie – een beetje mijnbouw en verwerkende industrie in de steden niet te na gesproken – is namelijk zo goed als volledig in handen van enkele grootgrondbezitters, vooral de buitenlandse multinational die de bananenproductie en -uitvoer controleert. Dat bedrijf – we zullen het Internationale Fruitmaatschappij noemen (IFM) – bezit één miljoen hectare bananenbossen – waarvan de helft braak ligt – en heeft een jaarlijks budget dat dat van het hele land overstijgt. Het bedrijf beschikt over een vloot van 85 vrachtsche-

pen, bezit en beheert de spoorweg die door Indi loopt én Indi's enige telecommunicatiebedrijf en heeft ook een stevige poot in de elektriciteitsmaatschappij. Bovendien kan het bedrijf rekenen op de bescherming van de inlichtingendienst en het ministerie van Buitenlandse Zaken van zijn moederland: de grootmacht die de regio domineert en die we voor het gemak even Chaos zullen noemen. In de raad van bestuur zetelen hooggeplaatste politici, tot zelfs de broer van de minister van Buitenlandse Zaken van Chaos. De IFM beschouwt Indi als een melkkoe en is vooral geïnteresseerd in het behoud van de oude situatie. Vooral omdat het bedrijf al decennialang geen cent belastingen heeft betaald, dankzij goede contacten met de dictator. Het belastingsysteem is trouwens in alle opzichten feodaal te noemen. Wie rijk is, betaalt zo goed als niets.

Oswin wil hierin verandering brengen. Hij is een van die schaarse politici en nog schaarsere legerofficieren die een hart hebben voor de armen, in dit geval vooral de arme, uitgebuite Indiaanse boeren die voor een habbekrats moeten werken op de plantages van de IFM of van de eigen grootgrondbezitters. Hij vindt steun bij zijn aristocratische maar progressieve vrouw, die we voor het gemak maar even Rimada zullen noemen *(veelbetekenend geroezemoes dat me deed blozen)*, en bij de vakbonden, die echter vooral de belangen van de arbeiders in de steden verdedigen.

Er zijn er twee, onder de dictator nog clandestien: de corrupte Syndicale Federatie van Indi en de eerlijke, communistische Confederatie der Arbeiders van Indi, geleid door een voorbeeldig man, de ascetische communist Francisco.

De junta schrijft verkiezingen uit.

Uit de revolutie ontstaan drie partijen: twee centrumpartijen, het Revolutionaire Volksfront (RVF) en de Nationale Vernieuwingspartij (NVP), en de centrumlinkse Partij der Revolutionaire Actie (PRA). De PRA herbergt in haar rangen ook een aantal communisten die zich de Democratische Voorhoede laten noemen, omdat een echte communistische partij bij wet verboden is. De belangrijkste figuur in die groep is een journalist met een slecht karakter en een losbandige levensstijl. Laten we hem voor het gemak even Red Bull noemen. (*langdurig lachsalvo in de zaal*)

De drie partijen verdelen de zetels in het parlement in ongeveer drie gelijke delen. Maar er is nog de kwestie van de president. Dat moet een figuur zijn die voor iedereen aanvaardbaar is, maar die toch de progressieve plannen van de revolutionairen een eind op weg kan helpen. De keuze valt op een intellectueel met vage linkse ideeën; laten we hem voor het gemak even Nusuto noemen. (*algehele hilariteit*) Nusuto is een witte raaf, een van de weinige mensen in het land met een universitair diploma, met charisma, veel retorisch talent en... een hoge dunk van zichzelf. (*weer hilariteit*) Zijn burgerlijke afkomst maakt hem aanvaardbaar voor de grootgrondbezitters, zijn vaag linkse retoriek trekt de lagere klassen aan. De Indianen hebben geen zeggenschap. Zij zijn analfabeet en hoewel ze stemrecht hebben, is het voor hen onmogelijk om te stemmen.

Oswins militaire collega in de junta stelt zich ook kandidaat voor het ambt, maar zijn rechtse jargon is voldoende uit de mode om hem kansloos te maken tegen de nieuwe ster aan de Indiaanse hemel: Nusuto. De verkiezingen brengen Nusuto aan de macht in een presidentieel regime met ruime bevoegdheden. Oswin wordt in de nieuwe regering, vanwege zijn populariteit bij het leger, minister van Defensie.

Meer ga ik u over dit land niet vertellen. Nu is het aan u. Ik vraag niet te voorspellen wat er zou kunnen gebeuren; daarvoor hebt u te weinig gegevens. Neen, deze keer vraag ik u wat er zou moéten gebeuren. Het einddoel dat we nastreven

is een beter en rechtvaardiger leven voor iedereen in Indi. Noch de Nusuto noch de Oswin uit mijn verhaal weten hoe dat gerealiseerd moet worden. Aan u om het hen te vertellen. Hoe zou u, als pas verkozen president van Indi, het land erbovenop helpen? Dat is uw taak. Ik geef u veertien dagen de tijd om een politiek programma uit te werken, onderbouwd met argumenten die uw beleidskeuzes verantwoorden. Veel succes.'
En daarna ging hij voort met een overzicht van de geschiedenis van Guatemala.

Nusuto

De zaal was met verstomming geslagen. Voornamelijk omdat de meesten de opgegeven termijn wat krap vonden. Maar bij mij klikte er iets. Dit was de kans waar ik al zo lang niet meer op wachtte. Om het in de woorden van een ontwikkelingspsycholoog te zeggen: iemand had voor mij een speeltuintje afgebakend en ik popelde om erin te gaan spelen. Rimada twijfelde nog tussen ontzag voor de omvang van de opdracht en haar gewoonlijke welzijnswerkersreflex om er zonder omkijken in te vliegen.
Ik hoorde niet veel van het vervolg van professor Guzmans betoog.
Alleen de bel herinnerde me eraan dat ik nog in het auditorium zat.

Oswin

Eerlijk gezegd wist ik niet wat ik ervan moest denken. Guzmans verhaal had me geboeid en net toen het spannend werd brak hij het af. Nu moesten wij het vervolg schrijven! Ik besefte dadelijk dat ik te weinig notities had genomen, want

ik was ervan uitgegaan dat alles weer op een voorspellingsoefening zou uitdraaien, en dat gebeurde meestal in groep.
Ik voelde me een beetje overweldigd door de omvang van de opdracht. Red een land in twee weken tijd! Was dat niet meer iets voor Red?
Ik zag ook het nut niet in van een reddingsplan voor een fictief land. Wat kon Guzman daar meer uit afleiden dan onze politieke voorkeur, voorzover hij die al niet kende? Wie waren wij dat we van hem de kans kregen om voor virtuele god te spelen? Welk pedagogisch doel diende dat?
Mijn respect voor de professor leed niet onder mijn onverschilligheid. Het was duidelijk dat de man ons wilde uitdagen, alleen voelde ik me in die dagen niet echt in staat om om het even welke uitdaging met enthousiasme te aanvaarden.
En toen zag ik de blik in de ogen van Rimada.

Rimada

De opdracht kwam als een donderslag. Het land dat Guzman voor ons had geschetst – in details die aangaven dat hij zijn colleges minutieus voorbereidde – werd voor mij op slag een werkelijkheid. Hier was een volk in nood en ik – wij – kregen de kans het te redden. Het was een stimulerend vooruitzicht, zonder angst voor averechtse effecten als onze aanpak verkeerd bleek, want hoe echt het land ook leek, het bleef natuurlijk fictief. Guzman gaf ons de kans om onze wildste politieke dromen op te schrijven zonder rekening te houden met praktische bezwaren. O, de extase om onbelemmerd je instincten te kunnen volgen! Naïviteit was hier niet ver- maar ge-boden. Over het waarom van deze vlucht in de politieke utopie dacht ik niet na. Ik voelde alleen de vreugde van de roeper in de woestijn die eindelijk een publiek heeft gevonden. Al was het maar één professor.

Bull

Ja, ik was ook wat verrast. Al vertrouwde ik Guzman niet helemaal, ik vond het al veel waard dat iemand geïnteresseerd was in onze mening. Ik denk dat dat het begin was van mijn ommekeer.
Stel u daar niet te veel van voor. Ik ging er op geen enkel ogenblik van uit dat hij onze ideeën au sérieux zou nemen. Ik wist wat er zou volgen: hij zou elk plan vakkundig aan stukken trekken. Ik zag de hervormingsgeilheid al blinken in de ogen van Rimada, en ik wist toen al dat ze zwaar ontgoocheld zou worden bij de nabespreking. Ik nam me voor om haar die dag vakkundig te troosten, zoals alleen ik dat kon.
Het verbaasde me wel dat Nusuto er zo gehypnotiseerd bijliep. Ik had gedacht dat hij het spelletje van Guzman zeker zou doorhebben. Alleen Oswin gedroeg zich zoals te verwachten viel. Onzeker. Precies of iemand hem ging aanspreken op wat hij op papier zou zetten!
Maar zomaar voor de kloterij besloot ik Guzman zijn spelletje mee te spelen. Hij dacht dat hij al op voorhand wist wat hij van mij zou krijgen, maar... ik zou hem eens op het verkeerde been zetten. Dan zouden de anderen misschien zien wat voor een charlatan hij eigenlijk was. En misschien zou Rimada haar gedacht over mij wel veranderen.

Oswin

De opdracht van professor Guzman zou zeker een week lang niet meer in mijn hoofd zijn opgedoken als ik na het college niet met Nusuto en Rimada iets was gaan drinken. Nusuto was opvallend stil en afwezig, terwijl Rimada honderduit ratelde over die 'interessante' opdracht. Eindelijk eens een kans om zelf te laten zien wat we konden, vond ze. Dient

onze thesis daar dan niet voor? dacht ik. Ja, daar dacht ik zoal iets. Welke thesis? Ons derde jaar aan de universiteit was al goed onderweg, maar ik wist nog altijd niet waarover ik mijn thesis zou maken. Telkens als ik een onderwerp koos, leek het de volgende dag al niet meer zo'n goed idee.
Met het oog op mijn amoureuze aspiraties waagde ik het niet om Rimada tegen te spreken. Nu laten merken dat mijn engagement wat wankel was, zou mijn kansen voorgoed kelderen, besefte ik. Ik luisterde dus met meer dan gewone aandacht naar haar woordenwaterval en knikte af en toe instemmend, al had ik veel meer aandacht voor de harmonische klank van haar warme stem dan voor wat ze te vertellen had.
Later die avond zat ik op Bulls kamer en vertelde hem, terwijl hij op zijn computer tokkelde, over Rimada's trance, half twijfelend of het wel verstandig was hem van mijn vorderingen op de hoogte te houden. Maar hij was heel behulpzaam en gaf me zelfs wat goede raad.
Hij haalde een boekje uit zijn kast, sloeg het open en citeerde:

> 'Fac modo, quas partes illa iubebit, agas.
> Arguet: arguito; quicquid probat illa, probato.
> Quod dicet, dicas; quod negat illa, neges.
> Riserit: adride; si flebit, flere memento.'

(Dit heb ik opgezocht, hoor. Hij citeerde het in een Engelse vertaling die ik ongeveer als volgt begreep: 'Zorg er maar voor dat je de rol speelt die zij je oplegt. Ze zal afkeuren: keur zelf af; wat ze ook zal goedkeuren, keur het goed; beaam wat ze zal zeggen; wat ze zal ontkennen, moet jij ontkennen. Ze zal lachen, lach mee; als ze zal wenen, vergeet niet te wenen.')
'Wat is dat?' vroeg ik.

‘Ovidius’, zei hij met een grijns. *Ars Amatoria*, II, 198-201.’
‘Je bedoelt dat ik haar naar de mond moet praten?’
‘Dat niet alleen, ge moet haar laten zien dat ge iets in uw koppeke hebt. Dat ge niet alleen een braaf gastje zijt.’
Hij bladerde wat terug en citeerde weer:

> ‘Voeg een bruidsschat van verstand toe aan je lichaamskwaliteiten.’
> (*Ars Amatoria II, 112*)

‘Met andere woorden?’
‘De weg naar haar hart loopt via een goede taak voor Guzman.’
‘Bull, vertel je me nu dat ik een meisje kan verleiden met politiek?’
‘Nee, met goede politiek. Veel succes.’
‘*Ars Amatoria*, hé? Mag ik dat boekje eens lenen?’

Iam molire animum, qui duret, et adstrue formae:
solus ad extremos permanet ille rogos.
Nec levis ingenuas pectus coluisse per artes
cura sit et linguas edidicisse duas.

'Bouw nu een geest die duurzaam is en voeg die toe aan je schoonheid:
die alleen houdt stand tot de finale brandstapel.
Geen lichte zorg moet het zijn je brein te beschaven
met hogere kennis en twee talen te leren.'
(*Ovidius, 'Ars Amatoria' II, 119-122*)

The thought that life could be better
is woven indelibly
into our hearts
and our brains.
(*Paul Simon, 'Train in the distance', 1981*)

Nusuto

Het is vreselijk gênant, maar ik zal het maar opbiechten.
Ik had een Plan, toen. Een ideaal politiek systeem dat ik al in mijn tienerjaren op mijn eentje had uitgewerkt en dat – dacht ik – niet afhankelijk was van het menselijk tekort. Ik weet het... het klinkt stom, puberaal, naïef. Ik wist goed dat ongeveer elke tiener drie keer per week in zijn hoofd de wereld verbetert en dat het allemaal niets voorstelt. Mijn vader liet geen kans voorbijgaan om de naïviteit van de jeugd belachelijk te maken. Hij was misschien iets té verbitterd geworden

door wat hem overkomen was. Ik aanbad mijn vader en dreef dan ook venijnig de spot met al wie zulke plannen in mijn bijzijn ontvouwde. De wereld verander je niet met plannen maar met geknutsel; dat heet Realpolitik. Dat was de stelling van mijn vader. De wereld verbeteren was een evolutie; het lukte niet met revoluties, dat was volgens hem voldoende bewezen. En ik geloofde hem. Zijn overtuiging was de bron voor mijn afkeer van alles wat naar een systeem rook.

En toch kon ik mijn systeem niet vergeten. Het was mijn Grote Geheim. Een idee dat je hebt, dat je tegen beter weten in waardevol vindt, maar waarvan je weet dat het anderen niet zal aanspreken, erger nog, hun spotlust zal opwekken. Mijn cynisme moest mijn Groot Geheim aan het oog onttrekken. Ja, ik geef het toe, een deel van mij was een Idealist. Het ergste was nog dat mijn idee dateerde uit mijn puberteit, en ondanks al mijn op vakliteratuur gestoelde pogingen om het te ontkrachten, om argumenten te ontdekken die het voor eens en voor altijd als een vergeelde foto in de kartonnen doos van mijn adolescentie zouden doen belanden, zoals een tiener rationalisaties opbouwt om te rechtvaardigen dat hij van favoriete muziekstijl verandert onder druk van zijn vrienden, was ik er niet in geslaagd mijn Kleine Professor – zoals Eric Berne het zou noemen – ervan te overtuigen dat hij ongelijk had. Stiekem was ik daar blij om, maar tegelijk besefte ik dat de kritiekvastheid van mijn idee het voor de buitenwereld niet aanvaardbaarder maakte. Het bleef immers een jeugdidee, een jeugdzonde, en niet het resultaat van een rijp en door vele jaren studie gefundeerd beraad. Vandaar mijn vermoeden dat ik waarschijnlijk iets over het hoofd zag, dat de ontkrachting van mijn systeem ergens in een obscuur politiek boek op mij lag te wachten.

Maar ondertussen bleef het systeem tegen de tralies van mijn repressie duwen, schreeuwend om aandacht. Professor Guzmans opdracht was voor mij de ideale gelegenheid om mijn plan eindelijk uit te laten. De opdracht zou geen consequenties hebben voor ons eindresultaat, en indien mijn plan aanleiding gaf tot hilariteit kon ik altijd nog beweren dat het een typische, cynische Nusuto-grap was, omdat ik Guzmans opdracht te futiel vond om ze ernstig te nemen. Desondanks besloot ik toch voorzichtigheid aan de dag te leggen. De schroom was immers groot in die tijd, zo groot dat ik nu nog moeite heb om dit te vertellen. Ik zou het dan ook op prijs stellen als er niet te veel aandacht werd besteed aan de puberale wortels van mijn aandeel in het werk van ons groepje. Vooral omdat het uiteindelijke resultaat zo ver afweek van mijn puberplan dat mijn gehechtheid eraan iets belachelijks krijgt, al beweer ik nog steeds dat het de basis was van wat we hebben bereikt.

Rimada

In de week na professor Guzmans opdracht was Oswin niet van me weg te slaan. Meestal moest hij me delen met Nusuto en zaten we met z'n drieën rond een tafeltje in wat ondertussen ons stamcafé was geworden. Te pas en te onpas kwam hij bij me aankloppen en dan zaten we urenlang te praten. Eigenlijk zat ik te praten en hij luisterde. Hij zorgde er alleen voor dat het gesprek over Guzmans opdracht bleef gaan.
Na een tijdje viel het me op dat hij me voortdurend zat aan te staren. Ik werd er op niet mis te verstane wijze aan herinnerd dat hij verliefd op me was. Ik probeerde die wat gênante aandacht te negeren, al was ik op een of andere manier ook erg gevleid. Maar zijn starende blik betekende niet dat hij wegdroomde. Vaak kwam hij terug op iets waarvan ik al vergeten was dat ik het had gezegd, en hij attendeerde me vriendelijk op contradicties, me op voorhand al een plausibel excuus

suggererend voor mijn foutje. (*Je maakt waarschijnlijk een grapje!* of *Dit bedoel je waarschijnlijk symbolisch.*)

Ook op café ging het gesprek meestal over de opdracht. Ik ging er helemaal in op en achteraf gezien is het wel een beetje belachelijk hoe je als student belang kan hechten aan een fictief probleem, enkel en alleen omdat het je aanspreekt. Nusuto luisterde, net als Oswin, maar er was een verschil. Oswin probeerde duidelijk iets van me te leren – wat ook mijn ijdelheid streelde – terwijl Nusuto dienstdeed als klankbord waar ik verschillende ideetjes op kon uittesten. Al wist ik op voorhand dat hij ze allemaal zou afkeuren, aan de nuances in zijn antwoorden kon ik voelen welke hij wel zag zitten. Oswin verdedigde me telkens als Nusuto iets te scherpe kritiek leverde, d.w.z. telkens als Nusuto's kritiek een verdedigende reactie van mij uitlokte.

Na een week was ik Oswins overdreven aandacht beu. Zo tactvol mogelijk probeerde ik hem dat duidelijk te maken.

'Vertel eens wat jij voor Guzman hebt bedacht, Oswin', vroeg ik toen hij na een college weer als een schoothondje achter me aan liep.

Hij verstarde en bleef stilstaan, daardoor een kleine opstopping veroorzakend in de volle gang. Ik merkte dat ik hem in verlegenheid had gebracht. Maar toch drong ik aan.

'Ik vind wat jij zegt allemaal heel zinnig', bracht hij ten slotte uit.

'Ga je dan dezelfde dingen voorstellen als ik? Dat klinkt niet erg origineel. Ik had jou toch anders ingeschat.'

Hij was even oud als ik maar iets in zijn manier van doen zette je ertoe aan hem als een klein kind toe te spreken.

'Ik... ik weet nog... niet zo goed wat ik ga... voorstellen.'

'Maar je hebt toch wel wat ideeën? Meestal heb je toch erg leuke ideeën als we met z'n drietjes zitten te kletsen.'

'Ach... ik weet het niet...'

'Da's jouw probleem, Oswin. Je hebt te weinig zelfvertrouwen. Geloof eens in jezelf, je hebt heus de capaciteiten om iets heel origineels te maken.'
Ik zei het maar om hem wat op te peppen en om ervoor te zorgen dat hij zich wat minder op mij zou concentreren. Zijn aanhankelijkheid had me al minstens één bioscoopavond met Nusuto gekost, omdat die geen zin had om samen met Oswin te gaan.
Maar ik voelde in hem nog steeds een zekere ontreddering, zij het niet meer zo erg als even voordien. Toen we de faculteit verlieten, verkeerde hij in een soort trance. Toen hij niet reageerde op mijn groet wist ik dat ik mijn doel had bereikt. Die avond kon ik weer gezellig met Nusuto naar de film, in plaats van voor de vierde dag op rij over Guzmans opdracht te praten. Hoe fascinerend het onderwerp ook was, zo fanatiek was ik nu ook weer niet.

Bull

In die tijd zag ik Oswin alleen als hij op mijn kot kwam zagen over zijn liefdesleven. Het was het enige waar hij in die tijd over praatte. Over die opdracht van Guzman heb ik toen geen woord gehoord. En als ge dan weet wat er daarna allemaal is gebeurd... Ja, mensen kunnen veranderen. Laat niemand u iets anders wijsmaken.
Aan die opdracht heb ik welgeteld twee namiddagen gewerkt. Ik had een paar uur na het college al in mijn kop wat ik zou schrijven. Ik wist dat ze zaten te wachten op een arsenaal sovjetrecepten: nationalisaties, coöperatieven en planeconomie, maar ik was vast van plan ze eens een poepke te laten rieken. Ik wist wel dat ze in mij een soort anachronistisch fossiel zagen, iemand die klakkeloos geloofde wat Marx en Engels hadden opgeschreven. Of nog erger: die klakkeloos geloofde

wat zij dachten dat Marx en Engels hadden opgeschreven, want ze hadden ze natuurlijk zelf niet gelezen.
Ik zou ze eens een lesje in marxisme geven.
Nee, ik had in die tijd meer aandacht voor Rimada. Niet dat ik veel gelegenheden had om haar aan te spreken. Ze zat altijd met haar twee schoothondjes op café te tateren. Soms zat ik aan een tafeltje ernaast, maar ze hebben mij, denk ik, nooit zien zitten.
Tijdens de colleges probeerde ik wat in haar buurt te zitten, maar ook daar zat ze altijd tussen haar minikordon. Ik hoorde al roddels over de driehoeksverhouding Rimada-Oswin-Nusuto. Maar ik wist wel beter. Voor zo'n zaken heb ik een goede neus. Met Oswin moest ik niet rekenen, die was ongevaarlijk, en als die Nusuto echt het lief van Rimada was, dan had hij op die fuif wel meer spel gemaakt toen ik met haar stond te dansen.
Ik had Oswin dat Ovidiusgedoe aan de hand gedaan om ervoor te zorgen dat hij twee weken aan een stuk aan zijn werkje voor Guzman zou zwoegen om indruk te kunnen maken op Rimada. Maar het duurde nog een week voordat hij effectief ophield met achter haar aan te lopen.
Nu moest ik alleen die Nusuto nog uit de weg krijgen. Maar dat bleek een groter probleem. Toen ik op een avond niks anders te doen had en het een beetje beu was om op mijn computer te zitten tokkelen, wandelde ik in de richting van Rimada haar kot. Ik zag ze juist buiten komen, aan de arm van Nusuto. Ik volgde ze en zag dat ze naar de cinema gingen.
Die Rimada zou niet gemakkelijk te vangen zijn, dat was wel duidelijk. Nusuto was dan wel niet haar vrijer, maar hij hing bijna als een lijfgeur rond haar (of zij rond hem). En als we mekaar eens kruisten in een gang zag ik wel dat ze nog altijd niet hoog met mij opliep.

Maar juist het feit dat het moeilijk zou zijn, maakte het extra aantrekkelijk. Ik wil hier nu niet stoefen, maar als ik in die tijd met mijn vingers knipte kon ik direct kiezen tussen drie-vier willige wijfkens. Op de duur was het niet meer plezant. Maar hier was een uitdaging. Ja, ik weet dat het een cliché is, maar wat wilt ge? Ik heb mijn eigen leven niet verzonnen. Ik nam me voor om zo rap mogelijk een situatie te creëren waarbij ik met Rimada alleen was. Dan zou ik het verleidingsarsenaal 'copyright Red Bull' wel eens bovenhalen.

Oswin

Ik begreep er in die tijd helemaal niks van. Ik had niet door dat Bull me op een zijspoor wou zetten; ik dacht dat hij Rimada nu wel had opgegeven, na zoveel onverschilligheid van haar kant. Ik had beter moeten weten. Ik had toch mijn eigen ervaring om lessen uit te trekken. Ze negeerde mij ook grotendeels en toch was mijn interesse niet getaand.

Ovidius' lessen indachtig had ik haar ideeën dagenlang zorgvuldig beluisterd, om haar in mijn opdracht zo veel mogelijk naar de mond te kunnen praten. Ook dat had ik blijkbaar slecht begrepen.

Toen ze me naar mijn ideeën vroeg, wist ik wat me te doen stond: ik moest – voor het eerst in mijn leven – origineel zijn, of ik mocht haar voorgoed vergeten. Ovidius had makkelijk praten: 'Speel de rol die ze je geeft.' Dat was een rol die mijn mogelijkheden ver te boven ging, dacht ik toen.

Na een paar dagen piekeren kwam ik tot de conclusie dat er maar één manier was om iets nieuws te vinden. Ik moest van nul beginnen en in zuivere cartesiaanse traditie stap voor stap de problemen analyseren, oplossen en de oplossingen synthetiseren. Wat wist ik over Indi, waar wilde ik heen, welke obstakels waren er? Zo'n aanpak levert soms misschien een frisse kijk op, maar ervaring heeft me ondertussen (toen nog niet) geleerd dat je veel meer gevaar loopt open deuren in te trappen, vooral als je weinig tijd hebt. Ik ging zonder al te veel overtuiging maar niettemin gestaag aan het werk.

Op de avond voor we ermee klaar moesten zijn (ik was dat weekend op kot gebleven om door te werken), werd ik door twijfel verteerd. Het was niet het meest overzichtelijke of orthodoxe politieke programma geworden. En was mijn motivering wel steekhoudend genoeg? Het leek me allemaal zo nieuw, zo onvertrouwd, wat ik had opgeschreven. Ik had geen bewust referentiekader om het aan een kritische evaluatie te onderwerpen. Waar heb ik het toch allemaal vandaan gehaald, vroeg ik me af.

Ik vertrouwde het niet, maar ik moest het er maar mee doen, de tijd was om. Wat het ook was, in mijn oren klonk het op z'n minst origineel. En was dat niet wat Rimada had gevraagd? Toch kon ik me niet ontdoen van de gedachte dat 'origineel' en 'belachelijk' verwante begrippen waren.

Maar had ik bij Ovidius niet gelezen:

> 'Seu ludet numerosque manu iactabit eburnos
> tu male iactato, tu male iacta dato;'
> (*Ars Amatoria* II, 203-204: Als ze een spel zal spelen en met de hand genummerd ivoor zal gooien, gooi jij dan slecht, en geef haar de slecht gegooide stenen.)

Rimada overtroeven met mijn werk was niet alleen onmogelijk, het was – als ik de liefdesleraar mocht geloven – ook niet gewenst.

Er niettemin van overtuigd dat mijn geloofwaardigheid – voorzover ik die al had – de volgende dag niet zou overleven, maar ook dat er nu eenmaal geen ontkomen aan was, dook ik die nacht tussen mijn ongewassen lakens.

Rimada

De vorming van ons groepje kreeg zijn laatste duwtje in de rug tijdens het college dat Guzman had gereserveerd voor het inleveren van onze taken. Voornamelijk omdat we erin slaagden elkaar te verbazen, in positieve zin.
De eerste die ons verbaasde was de professor zelf. Maar dat waren we ondertussen van hem gewend. In plaats van onze werkjes op te halen en ze thuis te verbeteren, vroeg hij ons om ze kort voor te stellen aan de hele zaal, een opdracht die niet iedereen met evenveel enthousiasme tegemoet zag.
Natuurlijk waren er te veel studenten om alle voorstellen tijdens één college te horen. Het toeval wou echter dat we alle vier tijdens het eerste college aan het woord kwamen. Ik was zelfs de allereerste.

Bull

Paniek genoeg, omdat iedereen naar voren moest komen om zijn gedacht te zeggen. Ja, studenten... in groep altijd een grote mond, maar als ze er alleen voorstaan...
Maar ik was toch benieuwd wat Rimada allemaal te vertellen had. Van mij had ze in ieder geval op voorhand al geen kritiek te vrezen. Ze zag er om op te vreten uit in die dunne, gebroken witte trui, die haar tieten het uitzicht gaf van reusachtige Mellow cakes met witte chocolade.
Wat ze zei, was niks wereldschokkends. Voor mij toch niet.
Wat het wel was? Wilt ge dat echt weten? Het was maar een hoop welzijnswerkersgezeik!
OK, ge moet het zelf weten.

Ze stelde voor de lonen te verhogen, de arbeidsomstandigheden te verbeteren, beter en gratis onderwijs uit te werken, kosteloze ziekenzorg in te voeren. Ze had het ook over een beter wegennet, met goedkoop openbaar vervoer en een actieve huisvestingspolitiek.
Enfin, ze had er dus niks van begrepen! Iedereen was het erover eens dat het een prachtig programma was, maar toen Guzman vroeg hoe ze dat allemaal wilde verwezenlijken, waar ze het geld vandaan zou halen, hoe ze de medewerking van de multinational zou krijgen, stond ze met haar mond vol tanden...

Nusuto

Rimada trapte, zoals verwacht, in de eerste de beste val. Ze had haar hart weer eens laten spreken, zonder haar verstand aan het werk te zetten. Waarschijnlijk had ze de 'finishing touch' aan haar plan gegeven tijdens de middagpauze in de instelling voor probleemkinderen waar ze in het weekend vrijwilligerswerk verrichtte. Haar hart was weer eens aan het bloeden geslagen.
Mijn tenen krulden van plaatsvervangende schaamte toen Guzman haar minzaam maar niettemin onmiskenbaar van haar wereldverbeterende voetstuk kegelde met één goedgemikte vraag.
Praktische bezwaren hadden Rimada nooit iets gezegd en ze had duidelijk de indruk dat Guzman die ook niet zou opwerpen, ondanks mijn waarschuwingen tijdens onze brainstormsessies op café. Ja, Rimada wist altijd heel goed hoe de wereld zou moeten zijn, daar bestond tussen ons ook geen onenigheid over, maar nooit vroeg ze zich af hoe dat doel het best bereikt kon worden. Ze was de haast crimineel naïeve mening toegedaan dat alle mensen zouden aanvoelen dat ze

gelijk had, en dus uiteindelijk wel zouden doen wat moest gebeuren. Als ik haar dan weer met beide voeten op de grond zette, zei ze dat als mensen niet vanzelf tot inzicht kwamen, ze dan onderwezen moesten worden: een waarlijk socratische gedachte. Mijn verdere bezwaar dat zo'n volksopvoeding niet alleen enorm tijdrovend, maar zelfs ronduit onproductief en onmogelijk was, gezien de dikte van de meeste schedels, wuifde ze weg met haar reeds aangehaalde Giordano Bruno-argument. Toen Guzman haar vroeg hoe ze iedereen zo ver wilde krijgen dat ze haar plan zouden aanvaarden, antwoordde ze dan ook doodleuk: 'Met een voorlichtingscampagne.'

Oswin

Rimada's plan was als een sprookje. Het was stukken gedetailleerder dan het mijne en bevatte een heleboel lovenswaardige gedachten die haar als mens voor mij alleen nog maar aantrekkelijker maakten. Zoveel compromisloze goedheid had ik niet voor mogelijk gehouden, maar ze trok me zeer aan. Het plan liep uit in ongelooflijk gedetailleerde oplossingen voor zelfs het kleinst mogelijke leed dat een volk kan treffen. Rimada had plannen voor crèches, vakantieparken, psychologische begeleiding van gehandicapten, buurtcomités, volwassenenonderwijs, solidariteitsfondsen voor minderbedeelden... Ovidius' bescheidenheidslessen indachtig kon ik niet anders dan tevreden zijn: haar overtroeven was uitgesloten.

Tegelijk besefte ik heel goed dat haar plan evenveel praktische waarde had als een dossier vol slogans van de Bond Zonder Naam. Het veronderstelde een even grote menslievendheid bij iedereen die het moest uitvoeren maar zelfs ik was ervan overtuigd dat dat onmogelijk was. Haar plan gaf blijk van een totaal gebrek aan sociologisch inzicht, nochtans haar hoofdvak.

Rimada

Ik voelde me wat bedrogen achteraf. Guzman had het over een politiek programma. In mijn ogen is zoiets bij uitstek een langetermijnproject. En welk partijprogramma bevat naast de doelstellingen ook nog de methodologie?
Natuurlijk had ik toen ideeën over hoe ik mijn doel wou bereiken, alleen had ik niet de tijd om zoiets complex daar op één, twee, drie uit de doeken te doen.
Wat ik had opgeschreven was het ultieme streefdoel, niet iets dat ik op één ambtstermijn verwezenlijkt wilde zien.
Een voorlichtingscampagne. Dat heb ik gezegd, ja, maar daar bedoelde ik oneindig veel meer mee dan het verspreiden van wat foldertjes en spotjes op tv. Ik voelde wel dat ik een beetje voor schut stond. Maar ik vond het, en vind het nu nog, volkomen onterecht. Hoe kun je iets verbeteren als je niet eerst zegt waar je naartoe wilt? Niemand had mij gezegd dat ik de weg erheen zelf nog moest aanleggen.
Nu, achteraf bekeken heb ik zelf wel wat bedenkingen bij mijn plan. Niet bij wat ik had opgeschreven, maar bij wat ik in mijn hoofd had als methode. Ik had natuurlijk niet echt een bruikbaar plan over het hoe, al dacht ik dat toen misschien wel. Maar zo naïef als ik uit dat college tevoorschijn kwam, was ik nu ook weer niet! Ik had sociologie als hoofdvak, nota bene, en ik ben afgestudeerd met onderscheiding, dus...

Bull

Ik mocht optreden na een nitwit die aanraadde buitenlandse investeerders aan te trekken door de overheidsgronden te verkopen, om zo concurrentie met de multinational mogelijk te maken. Dat zou – volgens hem – de economie stimuleren en meer belastinginkomsten genereren om de arme boeren en arbeiders te kunnen helpen. Guzman wees hem erop dat hij vergeten was het belastingstelsel aan te passen.

Ze waren nog niet helemaal uitgelachen toen ik hun aandacht bijeenkuchte.

Ik zag aan hun smoelen wat ze dachten: Kameraad Lenin gaat het eens zeggen.

Tien minuten later keken ze wel anders...

Oswin

Bulls programma was de grootste verrassing. Het begon nochtans heel orthodox, vanuit zijn standpunt bekeken. Hij stelde voor alle braakliggende gronden van de IFM te onteigenen. De zaal begon al te giechelen.

Dan stelde hij voor het belastingsysteem te hervormen naar het model van de grootmacht Chaos, wat al een paar wenkbrauwen deed fronsen. Met de nieuwe inkomsten wilde hij een bank oprichten die goedkope leningen gaf aan de boeren, zodat ze een stuk van de onteigende grond konden kopen. Zo konden ze hun eigen bedrijf beginnen en zou de vrije concurrentie beginnen te spelen. Dat zou de IFM dwingen tot een verbetering van de arbeidsvoorwaarden, wilde ze haar personeel behouden, en tot een verlaging van de prijzen. Ook in de industrie wilde hij een dergelijke operatie invoeren om de concurrentie te bevorderen. Het spel van vraag en aanbod kon dan beginnen en zo zou Indi een kapitalistisch paradijs worden. De rest was een kwestie van afwachten, voegde hij er enigmatisch aan toe.

Het was doodstil toen hij uitgepraat was.

Guzman vroeg ten slotte wat er af te wachten viel.

Bull keek eens spottend naar de verbouwereerde zaal en zei toen:
'De onvermijdelijke opstand van het proletariaat in deze kapitalistische mesthoop.'

Nusuto

Red Bull heeft ons toen allemaal verrast, mij incluis. Hij had heel goed gezien dat Indi, zoals Guzman het had geschetst, niet klaar was voor een communistische revolutie, als men de marxistische orthodoxie volgt. Communisme kan enkel volgen op een fase van kapitalisme. Indi's economische structuur was nog grotendeels feodaal. Dat was een van de redenen waarom Marx een revolutie in Rusland onmogelijk achtte. Lenin heeft hem ongelijk en Stalin ten slotte gelijk gegeven.
Bull had ons overbluft door nog orthodoxer uit de hoek te komen dan we van hem hadden verwacht, terwijl zijn openingsvoorstel suggereerde dat hij zijn idealen had verraden en was overgelopen naar het andere kamp.
Hij had ons twee keer op het verkeerde been gezet en genoot er duidelijk van. Ondertussen had hij wel helemaal niets gezegd over hoe hij die toekomstige revolutie dan zag gebeuren...

Rimada

Het was voor mij de aanleiding om mijn mening over Bull drastisch te herzien. Hij had – naast zijn te weinig in toom gehouden amusementswaarde op fuiven – blijk gegeven van een eigenschap die ik in hem niet had vermoed: intelligentie. Nusuto's eerdere predikaat van partijpapegaai had hij overtuigend afgeschud, zonder ook maar één keer zijn

ideeën te verraden. Het is niet veel mensen gegeven boven hun imago uit te stijgen door het radicaal te bevestigen in plaats van het te weerleggen. Bull had onze definitie van hem definitief gedefinieerd en zo van een stigma een ereteken gemaakt.
De manier waarop hij een heel auditorium op het verkeerde been zette, deed me haast jubelen van plaatsvervangende trots. Guzman had op zijn plan ook helemaal niets aan te merken. Ik merkte zelfs een tevreden glimlachje op zijn getaande gezicht.
In ieder geval kreeg ik door Bulls voordracht zin om na afloop eens met hem te praten. Als ik hem een beetje ken, was dat precies waar hij op uit was.

Nusuto

En toen was het mijn beurt.
Ik wil er meteen op wijzen dat wat ik voorstelde in belangrijke mate afweek van mijn eerder aangehaalde Plan. Het was een in alle opzichten afgezwakte versie ervan. Ik besefte namelijk dat mijn zorgvuldig opgebouwde imago geen vlucht in de naïviteit toeliet. Mijn Plan stond in grote lijnen wel op papier, maar wat ik uiteindelijk zei, was erop berekend mijn status in de groep niet op het spel te zetten.
Bulls verrassende act zette me ertoe aan geen al te grote risico's te nemen. Hij was slimmer gebleken dan hij leek, als ik nu 'dommer' overkwam dan ik was, zou dat des te meer opvallen en zou het haast onmogelijk worden mijn toehoorders ervan te overtuigen dat het maar een grap was geweest. Ik wilde te allen prijze een vergelijking tussen mij en Bull ontlopen. Mijn ego zou het niet hebben aangekund. Het gevolg was dat mijn voordracht vrij onopgemerkt voorbijging.

Bull

Nusuto? Daar herinner ik me echt niks meer van. Ik was veel te druk bezig.

Ik hield Rimada in 't oog om te zien hoe ze reageerde op wat ik had gezegd.

Ze zag dat ik naar haar keek en we begonnen een steekspelletje van kijken en wegkijken. Maar ze wilde naar de voordrachten luisteren en toen Nusuto aan 't woord kwam, knipoogde ze naar mij. Of het was om van mij af te geraken of om iets te beloven weet ik niet, maar ik weet wel dat ik de rest van het college op een wolk lag. Een wolk waar alleen Oswin me nog af kreeg met zijn voordracht. Ja, dat was wel de grootste bom die dag.

Oswin

Ik vond Nusuto zo ongelooflijk wijs! Hij analyseerde kort de obstakels voor vooruitgang in Indi en legde daarbij veel nadruk op de IFM en de invloed van de lokale grootmacht Chaos. Hij concludeerde dat het erom ging de privileges van de IFM om te buigen in voordelen voor de bevolking, maar dat dat in een eerste fase zeker niet kon zonder Chaos al te veel voor het hoofd te stoten. Hij concentreerde zijn programma dan ook op de industrie in de steden, waar hij de vakbonden steunde en de arbeidswetgeving aanpaste, met kortere werktijden en betere lonen. Alles was berekend op de verbetering van het leven van de gewone arbeider en de uitbouw van een sociale zekerheid. De aanpassing van het belastingstelsel was volgens hem onaanvaardbaar voor de IFM. Maar hij vond wel dat de maatschappij verplicht kon worden om tenminste het beperkte bedrag dat ze verschuldigd was te betalen. Verder stelde hij contacten met buurlanden voor om

de export van niet door de IFM geproduceerde goederen te bevorderen en de economie zo iets minder afhankelijk te maken van de multinational.
Hij wees er nog eens op dat alle goedbedoelde, verdergaande veranderingen op de onwil van de IFM en Chaos zouden stuiten en dat het dus beter was de voorzichtige weg te kiezen.
Daar had ik ook aan gedacht, maar ik had het niet echt in rekening gebracht in mijn voorstel.

Rimada

Guzman vroeg wat de boeren van Indi aan Nusuto's boodschap hadden.
Nusuto antwoordde heel eerlijk: 'Niets, behalve de wetenschap dat er iemand aan het bewind is die bij de eerste gelegenheid die zich voordoet ook iets voor hen zal doen.'
'Als je zoveel rekening houdt met de IFM kun je evengoed wachten tot de bomen horizontaal groeien', probeerde Guzman te schamperen.
'Is het dan beter om op hun tenen te trappen en de klok definitief te laten terugdraaien?' repliceerde Nusuto. We konden toch niet zo naïef zijn te denken dat de IFM zijn wingewest zomaar zou laten afpakken. De banden met de Chaotische regering betekenden een permanente dreiging van een invasie. De geschiedenis kende voorbeelden genoeg. Neen, volgens hem moesten we onze plannen beperken tot wat haalbaar was.
Ik begreep zijn betoog volkomen, zag er de logica van in, maar toch voelde ik dat hij ongelijk had. Dat moest. Het was toch onmogelijk om als welwillend mens je land te hervormen en daarbij zeker drie vierde van de bevolking in de steek te laten in naam van de 'haalbaarheid'. Je moest toch *proberen*? Ik werd bijna fysiek ziek van de consequenties van Nusuto's voorstel.

Guzman keek somber, omdat hij Nusuto's argumenten niet onmiddellijk kon ontkrachten.
'Maar die mensen sterven van ellende!' wilde ik hem toeschreeuwen.

Oswin

Ik kwam die dag als laatste aan de beurt. Achteraf gezien had dat een paar voordelen. Ik had de kans gekregen heel goed naar de anderen te luisteren en mijn plan kritisch te evalueren. Het gevolg was dat er in mijn ogen niets meer van overbleef. Alles wat ik te vertellen had, was al verteld of was door anderen overtuigend als onzin bestempeld.
Ik stond voor een auditorium dat al murw was van het aandachtig luisteren en ik had niets zinnigs te zeggen. Guzman keek vol verwachting in mijn richting en ik besefte dat ik iets moest verzinnen. Op Rimada's sympathie en goedkeuring rekende ik al lang niet meer. Het was nu definitief bewezen dat ik niet tot waardevol denkwerk in staat was.
Zonder in de verste verte te weten waar ik zou uitkomen, begon ik traag, stotterend te praten.
Wat er toen gebeurde, kan ik achteraf alleen een mirakel noemen...

Nusuto

Wat Oswin ons die dag opdiste trof me als een vuiststoot in de maag. Hier zat ik mezelf te verwijten dat ik het lef niet had gehad om mijn echte ideeën, mijn wildste dromen, aan de openbaarheid prijs te geven, in de overtuiging dat ik parels voor de zwijnen zou gooien. En daar stond een in het begin knalrood aangelopen en nauwelijks uit zijn woorden komende bundel zenuwen die echter, naarmate zijn gestotter week voor de opluchting dat niemand de aandrang scheen te voelen hem te onderbreken, bijna punt voor punt de maatregelen opsomde die ik had willen voorstellen. Mijn idee om met de bestaande staatsgronden een autarkische voedselproductie op gang te brengen voor uitsluitend binnenlands gebruik, daardoor in één klap alternatieve werkgelegenheid scheppend voor de uitgebuite plantagearbeiders en het probleem van Indi's afhankelijkheid van de IFM aan te pakken, leverde hem goedkeurend gebrom op. Hij stelde ook onteigening van gronden van de IFM voor om die te verpachten, met als doel concurrentie te scheppen en zo de nodige inkomsten binnen te halen die nu niet uit de belastingen kwamen. Hij pleitte ook voor het aanleggen van wegen en spoorwegen, eigen elektriciteitscentrales en de bouw van een eigen koopvaardijvloot en een echte staatsbank. Er zouden betere arbeidsvoorwaarden komen, een sociale zekerheid en een groot alfabetiseringsprogramma om de mensen in staat te stellen hun eigen rechten te kennen en te verdedigen. Op die manier moest Indi niet tegen de IFM ingaan, maar kon het gewoon de IFM links laten liggen. Er werd een aantrekkelijker alternatief gecreëerd voor wie nu verplicht was bij de IFM te werken, zodat de maatschappij als het ware gedwongen werd om iets aan haar arbeidsvoorwaarden te doen om nog genoeg personeel te vinden. En in geval van eventuele sancties van Chaos, in de vorm van een boycot, verzekerde de autarkische economie voldoende voedselvoorziening en de essentiële industriële goederen.

Rimada

Toen Oswin uitgepraat was, zat iedereen hem met open mond aan te staren. Ik toch. Hij had het gezegd met zo'n vanzelfsprekendheid, zonder enige retorische aandrang, alsof hij een voorzichtig voorstel voor een verjaardagsfeestje deed. Hij verdedigde geen enkele van zijn voorstellen met de overdreven ijver van een student die zijn na lang zwoegen opgebouwde standpunt te vuur en te zwaard tegen dissidente meningen wil beschermen. Hij gaf gewoon een reden voor wat hij voorstelde, ervan uitgaande dat iedereen onmiddellijk zou begrijpen of aanvoelen wat hij bedoelde. En het gekke was dat dat ook nog zo was. Iedereen, of toch tenminste ik, voelde aan dat hij volkomen gelijk had. Dat als er één manier was om Indi te redden, het wel zijn manier was. Ik denk dat ik toen voor het eerst iets als liefde voor hem voelde. De liefde die men voelt voor iemand die als vanzelfsprekend de wijsheid onder woorden brengt die men zelf slechts in flitsen van verlichting meent te ontwaren.

Bull

Wat Oswin deed, was zo typisch Oswin! Er zat geen enkel origineel idee in heel zijn raison. Ik herkende stukken van mezelf, van Rimada en van Nusuto en hier en daar een detail van nog iemand anders. Maar in plaats van één groot stuk plagiaat had hij alles – vraag me niet hoe – in een ongelooflijke synthese gegoten! Ge vroegt u bij elk voorstel af: waarom heb ik daar zelf niet aan gedacht, ik was toch ook in die richting aan 't denken?
Dat is Oswin. Giet er vijfhonderd goede ideetjes in en er komt één magistraal Idee uit dat ze alle vijfhonderd op een of andere manier bevat maar veel meer waard is dan al die kleine ideetjes samen.
Het college was juist gedaan toen hij uitgepraat was, dus Guzman kreeg niet de kans om vragen te stellen. Misschien maar goed voor Oswin, al denk ik eigenlijk niet dat er veel vragen te stellen waren.

Voor alle duidelijkheid: wat ik die dag voorstelde, was pure improvisatie. Ik was me niet eens bewust van het feit dat ik elementen gebruikte die ik de anderen had horen aanbrengen. Achteraf gezien is dat niet meer dan logisch, natuurlijk. Je brein combineert de informatie die nog vers in het geheugen ligt. Toen het voorbij was, zweefde ik ergens boven de wolken.

Ik voelde aan dat er – ondanks mezelf – iets geweldigs was ontstaan. Dat werd me door diverse schouderklopjes van medestudenten bevestigd.

Ook hier moeten we alle verhoudingen in acht nemen. De trance waarin ik verkeerde, was in de verste verte niet in verhouding tot de alles bij elkaar beknopte, onsamenhangende lijst van maatregelen die ik had opgesomd.

Maar die werkte wel inspirerend. Voor enkele problemen die waren opgedoken in de andere voordrachten suggereerde ik ten minste een mogelijke oplossing. En na Nusuto's pessimistische visie op de kansen op slagen van een revolutie in Indi was dat precies wat de meer betrokkenen onder ons wilden horen. Ik had mensen de hoop gegeven dat er altijd wel een oplossing was, hoe moeilijk het probleem ook leek.

Maar wat me vooral met een diep geluksgevoel vervulde, was het onverwachte enthousiasme waarmee Rimada me na afloop bij mijn arm pakte en me meesleurde naar ons stamcafé. Nusuto volgde in ons kielzog, een beetje somber, en Bull, die me een schouderklopje kwam geven, werd tot ieders verbazing door Rimada uitgenodigd om mee te gaan.

We maakten ons los uit de bende medestudenten. In meer dan één opzicht, zou later blijken.

Nec minor est virtus, quam quaerere, parta tueri:
casus inest illic, hoc erit artis opus.

'Een grotere verdienste dan haar te vinden is 't de gevondene te bewaren:
het eerste heeft met geluk, het tweede met kunde te maken.'
(*Ovidius, 'Ars Amatoria' II, 13-14*)

I am trying to move mountains with words
But I am an ant
I scribble
I drool
I move like a worm
whose world (words?)
encompassed a mile
How do I rise above
Where will this worm
find wings?
(*Jewel Kilcher, 'Faith Poem', 1994*)

Nusuto

Het relaas van het officiële ontstaan van ons groepje zal ik maar doen. Ik was degene die er het minste in zag en dus denk ik dat ik er redelijk objectief over kan berichten. Wie aanmerkingen heeft, moet die achteraf maar maken. Ik neem aan dat we dit allemaal te herlezen krijgen.

Rimada troonde Oswin en Bull mee naar ons stamcafé en ik slofte er met tegenzin achteraan. Ik durf nu te bekennen dat mijn ego een zware klap had gekregen. Ik was er voetstoots van uitgegaan dat ik de show zou stelen bij het voorstellen van onze politiek programma's voor 'Indi', al was het maar door de voor velen haast dodelijke dosis realisme waarmee ik mijn plannen had ingekleed. Maar niet alleen was ik overtroefd door Red Bull, die ik in vele opzichten als mijn absolute tegenpool kon beschouwen, ware het niet dat we aan dezelfde kant van het politieke spectrum te situeren waren, maar bovendien was ik overvleugeld door die wandelende bundel twijfel die zich Oswin liet noemen. Het klinkt nu misschien kinderachtig, maar in die tijd waren we jonge twens en ondanks mijn onthechte imago was ik net zo uit op scoren als ieder ander. Voor het eerst had mijn beproefde tactiek – meewarig neerkijken op het gewriemel van mijn walgelijk idealistische medestudenten en op het gepaste moment een vernietigende, een schat aan inzicht suggererende opmerking plaatsen – gefaald.

Want voor het eerst had iemand – Oswin – de moeite gedaan mijn opmerking niet te behandelen als een synthese – om met Hegel te spreken – maar als een nieuwe these en er prompt zijn antithese tegenover geplaatst.

Het was dus met een behoorlijk rothumeur dat ik me door Rimada op een thee liet tracteren. Ik zag in haar blik weer dat enthousiasme dat me zo verontrustte. Ik vreesde dat er weer een 'briljant idee' op komst was, dat vooral mij het slachtoffer zou maken van de gêne die zij toch nooit voelde.

Bull was uitgelaten, nog niet zo stuitend als op de fuif maar het zweemde ernaar. Hij tracteerde op bier, maar ik bedankte feestelijk en bestelde een tweede thee. Tussen mijn twee consumpties door had Rimada met een merkwaardige gelaatsmimiek, aangevuld met lukraak aan het college ontleende anekdotes, een soort primitief, theatraal verslag van de vorige uren ten beste gegeven. Ze ging helemaal op in haar performance en had niet de minste nood aan verbale of andere tussenkomsten van haar twee toehoorders om haar patchworkverhaal gaande te houden.

Bulls rondje onderbrak haar woordenvloed, die – zo wist ik – een teken van verlegenheid was, tot mijn verbazing evenzeer tegenover Oswin als tegenover Bull. Dat ze niet goed wist hoe ze – na weken van kilte – plots joviaal moest doen tegen Marx II kon ik begrijpen. Maar dat de verhoudingen tussen haar en Oswin nu plots totaal omgekeerd leken, was minder normaal.

Toen Bull met de hem eigen omhaal drie pintjes en een thee had gebracht en Rimada haar eerste slok bier binnen had, kuchte ze plots gewichtig en zei op een schooljuffrouwtoontje:

'Jongens...'

Nu komt het, dacht ik en ik zette me al schrap. Maar ze hield me nog even in spanning.

'Wat vonden jullie ervan?'

'Er... was natuurlijk het college.'

'Hoe bedoel je?' vroeg ik.

'Welke voordracht vonden jullie de beste?'

'Die van u, natuurlijk!' slijmde Bull. Uitslover.

'Nee, ik meen het', fronste ze.

'Ik weet het niet', zei Oswin toen haar blik hem tot spreken dwong. 'Wat vond jij de beste?'

'Het is waarschijnlijk omdat jullie mijn vrienden zijn,' begon ze, met een onzekere blik op Bull, 'maar ik vond jullie programma's alledrie heel interessant.'

'Dankuwel, o edele vrouwe Diplomatia!' Ik wou haar wat aanporren, zodat ze ter zake zou komen.

'Doe nu even niet zo, Nusuto. Ik meen het. Er is me trouwens iets opgevallen.'

‘Dat de rest allemaal nitwits zijn?’ probeerde Bull.
‘Dat spreekt vanzelf’, viel ik hem bij, verbaasd dat we voor het eerst aan dezelfde kant van een – zij het onbelangrijke – barricade stonden.
‘Hou nu even op met jullie grapjes.’
‘Jij moet veel zeggen. Je hebt hier net een kwartier lang een act weggegeven waar Freek de Jonge voor zou moorden’, ging ik op mijn elan door, vastbesloten haar plannetje – wat het ook was – te saboteren. Al had ik geen idee waarom mijn onderbewuste dat per se wou.
Ze negeerde me en zei, heel afgemeten en met ingehouden dramatiek, zinderend in haar slotlettergrepen:
‘Eigenlijk vulden jullie elkaar heel mooi aan.’
‘Wat bedoel je?’ piepte Oswin, waarna hij omstandig zijn keel schraapte.
Hij verwachtte kennelijk iets dat hem al op voorhand de keel dichtsnoerde. Lof, misschien? Het idee was waarschijnlijk te nieuw voor hem.
‘Ik bedoel dat Bull een goed plan had, dat Nusuto een reëel probleem opwierp en dat jij met een goede oplossing aankwam.’
Pioenrood, ja, zo kon je de kleur van Oswins wangen toen wel noemen.
‘Ik heb anders wel mijn bedenkingen over die oplossing van hem’, kwam ik tussenbeide. Te intiem moest ze met Oswin nu ook niet worden.
‘Jij hebt bedenkingen over alles’, snoerde ze me de mond.
‘Ge vergeet iets, meisje.’
Iedereen draaide zich naar Bull.
‘Wat doet ge met uw eigen plan?’ Hij wilde haar kennelijk per se nog die namiddag plat krijgen.
‘Laten we het daar niet over hebben’, mompelde ze gegeneerd en ze dook in haar glas.

'Neen,' manifesteerde Oswin zich nu nadrukkelijker dan van hem te verwachten viel, 'Bull heeft gelijk. Jouw plan had ook zijn verdiensten. Jij vulde de details in die wij allemaal achterwege lieten.'
'The human touch.'
Mijn god, dacht ik bij mezelf, waarom moet ik hier getuige zijn van een dubbele verleidingspoging van het meisje dat ik al heel mijn leven zelf wil verleiden?'
Maar Oswin gaf me tenminste voor de helft ongelijk door het gesprek open te trekken.
'Eigenlijk zouden we een grote synthese kunnen maken van onze vier plannen.'
'Dat is precies wat ik wilde voorstellen!' riep Rimada, zo hard dat ze verscheidene cafégasten deed omkijken.
Dat was het dus! Ik had het kunnen weten. Ze was weer eens verdronken in haar inlevingsvermogen. Een professor stelt een oefening voor, kleedt die een beetje realistisch in en wie behandelt de hele zaak als bittere ernst? Precies.
Dat Oswin voor het idee gewonnen was, verbaasde me niet. Hij had immers net de eerste triomf van zijn leven aan Guzmans oefening te danken. Geen wonder dat hij dat gevoel nog wat wilde rekken.
Ik zag in Bulls ogen dat het idee hem minder aansprak. Hij had – net als ik – geen zin om zijn tijd in virtuele politiek te steken, maar toen ik zag op welke twee onderdelen van Rimada's anatomie zijn ogen gericht waren, wist ik meteen dat hij haar spelletje zou meespelen. Dat liet mij geen keus.
'Mag ik jullie eraan herinneren dat het hier om fictie gaat, ontsproten aan het brein van een wat excentrieke professor? Jullie spelen wereldverbeteraartje in een wereld van woorden. Zeggen de woorden "verspilde moeite" jullie niets?'
Het werd even stil. Rimada's vuurogen doofden uit. Oswin zonk weer in zijn stoel en Bull sipte afwachtend van zijn pint.

Even dacht ik dat ik gewonnen had. Het gesprek zou doodbloeden. De band die Rimada tussen ons wilde smeden zou voor haar ogen verkruimelen. Oswin zou geen woord meer durven zeggen. En wat Bull betrof... als Indi werd teruggebracht tot zijn ware proporties, was er voor Rimada geen enkele reden meer om met hem aan te pappen. Buiten de politiek hadden ze niets met elkaar gemeen. Ze zouden allebei afdruipen en ik zou, net als vroeger, Rimada weer opkrikken, haar troosten door haar het nutteloze van haar idee te laten inzien en de rest van het jaar rustig met haar de dwaasheid van de wereld bespreken achter een kop thee en naar de bioscoop gaan.

Maar net toen Oswin reikhalzend naar de deur begon te kijken, laaide het vuur in Rimada's ogen weer op. De teleurstelling sneed door mijn maag.

Wat toen volgde was een van de meest geëmotioneerde betogen die ik haar ooit heb weten houden. En dat wil wat zeggen!

'Neen! Het is geen verspilde moeite!'

Haar pint bonsde op de tafel, als om haar woorden te onderstrepen.

Ze keek ons aan alsof ze een grimmige vakbondsvergadering ging toespreken.

'Ik weet dat Indi maar fictie is, realistische leerstof bedacht om ons aan het denken te zetten. Wel, bij mij is dat gelukt! Ik heb niet alleen nagedacht over een taak, maar over wat ik hier aan deze universiteit zit te doen! Wat ik op deze wereld doe!'

'Mijn god, Rimada...' begon ik nog.

'En nu hou jij je bek!' snauwde ze bijna. 'Nu ben ik aan het woord en ik duld geen commentaar tot ik uitgepraat ben. Daarna kun je doen en zeggen wat je wilt.'

Het werd stil. Ik zag zelfs de schalkse blik van Bull vervagen.

'Wat doen we hier eigenlijk?' ging Rimada verder. 'We leren cursussen uit ons hoofd zonder ons ooit af te vragen wat het praktisch nut ervan is. Hier en daar lezen we iets dat ons interesseert en dat blijft hangen. Als we in ons laatste jaar zitten maken we daar onze thesis over en als we ooit het geluk hebben werk te vinden maken we er ons vakgebied van, publiceren af en toe een artikeltje of, wie weet, een heel boek en we modderen maar wat aan tot ons pensioen. Sorry, maar zo zie ik het leven niet. Ik wil meer. Noem het pretentie maar ik wil iets doén! Ik wil iets betekenen! Niet om er zelf beter van te worden maar om anderen te helpen. Ik heb deze richting gekozen om te leren hoe ik anderen kan hélpen, ikzelf, niet om te weten hoe anderen dat in het verleden hebben geprobeerd.'

'En gefaald hebben', mompelde ik.

Ze negeerde me.

'Ik voel me zo gefrustreerd omdat er van overal goede ideeën aanwaaien, meestal van een van jullie, maar ik nooit eens de tijd of de kans krijg om alles in één groot geheel te gieten. Gewoon een overzicht van hoe de wereld er volgens mij zou moeten uitzien en – liefst – ook een aantal sterke ideeën over hoe we dat doel kunnen bereiken. Ik wil al die goede ideeën niet verloren laten gaan, zodat anderen er misschien ooit nog iets aan hebben.'

'Denk je nu echt dat de hersenspinsels van vier studenten van enig belang kunnen zijn voor de rest van de wereld?' probeerde ik nog.

'Wie weet? Ik weet dat het naïef klinkt, maar je hebt zelf gezien wat er in dat college is gebeurd. Iedereen zat met open mond naar Oswin te luisteren. Zelfs Guzman. Iemand van ons is erin geslaagd een ervaren volwassene met de nodige politieke en academische bagage te verrassen. Misschien was Guzman alleen maar verrast dat Oswin de show stal, misschien was hij ook echt onder de indruk van wat hij zei. Maar eigenlijk interesseert me dat niet zo. Ik stel gewoon een experiment voor: wij met z'n vieren proberen een werkbaar scenario op te stellen voor de ontwikkeling van Indi, zo realistisch mogelijk, rekening houdend met zo veel mogelijk obstakels en met de bedoeling uit te komen bij een ideaal Indi.'

'Je bedoelt: jouw ideaal Indi.'

'Neen, ons ideaal Indi. Dat moeten we eerst bepalen: wat willen wij bereiken? Dat doen we samen en we gaan niet verder tot we het daar allemaal over eens zijn.'

'Als ge niet echt gelooft dat het voor iets goed is, waarom zouden we het dan doen?' Bulls van elke spot ontdane blik suggereerde dat hij op het punt stond in te stemmen. Nog nooit had ik hem zo ernstig weten kijken.

'Om de grenzen van jullie verbeelding te leren kennen, omdat het zinloos en zinnig tegelijk is, omdat het leuk is, omdat het spannend kan zijn... om mij een plezier te doen.' Ze pauseerde even, bekeek de uitwerking van haar woorden op zijn gelaat.

Toen keek ze weer naar mij en beukte op me in.

'Ik wil weten wat er ontstaat als wij gevieren onze koppen bij elkaar steken. Ik kan me niets stimulerenders voorstellen. Laten we zeggen dat ik wil weten wie en wat ik ben... en wat ik kan. Ik ben het beu om me bij elke opmerking die ik maak af te vragen of iemand me een imbeciel zal vinden, een studentje dat het warm water opnieuw uitvindt. Ik wil voor één keer in mijn leven eens kunnen doordenken zonder onderbroken te worden door snobs die alles wat je zegt van voetnoten voorzien en opsommen waar je je ideeën hebt gejat. Alsof dat relevant is. Ik vertrouw jullie. Als jullie kritiek leveren, houdt die steek, is die bedoeld om mij te helpen, niet om me een hak te zetten of me belachelijk te maken. Samen kunnen we al onze ideeën, oude en nieuwe, gejatte en originele, in een nieuw geheel proberen te gieten.'

'Ik weet het niet, Rimada... het zou ongelooflijk veel werk betekenen. Te veel werk voor iets zo vrijblijvends. We hebben ook onze thesis nog en...'
Het bleef even stil. Bull zei niets; blijkbaar wachtte hij af of ik zou toegeven. En ik wachtte op een tussenkomst van hem, in de hoop dat die me een excuus zou geven om definitief 'neen' te zeggen.
'Waarom maken we er geen groepsthesis van?' zei Oswin plots, nauwelijks hoorbaar.
'Wat?'
Ik had gehoopt dat de ergernis in mijn stem hem de mond zou snoeren, maar hij keek me volkomen neutraal en argeloos aan.
'Als we er onze thesis van maken dient het ten minste één doel: ons diploma halen. Bovendien kunnen we er dan tijd in steken die we anders voor het "serieuze" werk zouden moeten vrijmaken. We zouden aan Guzman kunnen vragen of hij onze mentor wil zijn. Hij kan ons helpen, ons wijzen op fouten of problemen die we zelf niet zien.'
Rimada boog zich opzij en kuste hem vol op de mond, enthousiast als een schoolmeisje dat net een barbiepop van haar papa heeft gekregen.
'Oswin, dat is een geweldig idee!'
Haar kinderlijke opwinding miste zijn effect op Bull niet. Elke zweem van scepsis verdween uit zijn blik.
'Zullen ze een groepsthesis wel aanvaarden?' probeerde ik nog.
'Als we ervoor zorgen dat er vier duidelijk te onderscheiden delen zijn, waarom niet?' antwoordde Oswin, die kennelijk al even met het idee had gespeeld alvorens het 'in de groep te gooien'.
'Als ge wilt, kunnen we er ook een computersimulatie van maken', zei Bull, nog altijd met die voor hem ongewone ernst.

Het pleit was beslecht. Ik zat door mijn voorraad – bruikbare – bezwaren heen. Zeggen dat ik geen zin had, had geen zin. De band tussen Rimada en haar twee aanbidders was nu te sterk om voor mijn sarcasme te bezwijken. Ik kon het project nog wel saboteren, maar niet zonder mijn vriendschap met Rimada zwaar op de proef te stellen. En met zoveel vervangvrienden in de buurt wilde ik dat risico niet lopen.

'Een computersimulatie?' vroeg ik dus maar op geïnteresseerde toon, wat me een stralende glimlach van Rimada opleverde.

'Ja, er bestaat zo'n computerspel. "Dictator" heet dat. Het is de bedoeling dat ge dictator speelt en uw land zo goed mogelijk bestuurt, maar als ge fouten maakt, loopt het slecht af. Er zijn verschillende niveaus. Ge kunt de problemen beperken of niet. Zo kunt ge bijvoorbeeld natuurrampen uitschakelen of niet. Als we dat programma aanpassen aan ons idee, dan kan ik er een soort computersimulatie van maken. Zo kunnen we Indi zien evolueren. Het is maar een kwestie van genoeg parameters invoeren om een realistisch beeld te krijgen. We kunnen alle mogelijke problemen op voorhand programmeren. En dan proberen we verschillende scenario's uit en het scenario dat het best scoort, wordt onze thesis.'

'En jij kunt dat, zo'n programma aanpassen?' vroeg ik ongelovig.

'Fluitje van een cent.'

'Ik zou het geheel opbouwen in vier fasen. Een beginfase, die zo veel mogelijk obstakels opruimt, een planningsfase, een uitvoeringsfase en een consolidatiefase. Als ieder één fase voor zijn rekening neemt, kunnen ze ons groepswerk ook individueel beoordelen, en dan kan er geen bezwaar zijn tegen een groepsthesis', preciseerde Oswin.

'Dan vind ik het geen echt groepswerk meer', pruilde Rimada. Haar regressie in het infantiele werd nu gênant.

'Wel als iedereen zijn bijdrage aan de kritiek van de groep blootstelt', zei ik sec. 'Wat niet door iedereen wordt aanvaard, komt niet in de eindversie.'

Ze keken me alledrie zwijgend aan, alsof ik iets onaangenaams had gezegd waar ze echter wel de zin van inzagen. Mijn voorstel bemoeilijkte de zaak, maar het was wel een logische consequentie van een groepswerk. Het bekleedde het thesisidee tevens met het nodige risico. Geen eensgezindheid, geen thesis, geen diploma.

Het was mijn laatste sabotagepoging.

Ze faalde.

'Afgesproken', besloot Rimada voor ons allen. 'We worden het eens, of het gaat niet door. Desnoods heb ik er wel een thesisjaar voor over.'

'En je ouders?' vroeg ik, maar ik intoneerde wel zodanig dat het vraagje van het ergste venijn was ontdaan.

Ze stak speels haar tong naar me uit, als iemand die weet dat ze gewonnen heeft maar haar slachtoffer een laatste eerreddend doelpunt gunt.

Ik besloot me bij de zaak neer te leggen, meer nog, me er ernstig voor in te zetten. Als ik meedeed met dit spelletje, wilde ik zeker niet afgaan. Mijn verzet tegen Rimada's idee berustte immers grotendeels op gêne, de angst om mezelf politiek helemaal bloot te geven aan Oswin en vooral aan Bull, nog voor ik zeker was van de kritiekvastheid van mijn Plan. Daarnaast was er natuurlijk mijn angst voor de concurrentie in de strijd om de gunsten van Rimada. Maar de ontwikkelingen van de voorbije minuten hadden me doen inzien dat ik – om de concurrentie voor te blijven – mijn politieke gêne zou moeten laten varen. Het was of mezelf kwetsbaar opstellen tegenover Oswin en Bull, en dus mijn Plan bekendmaken, of mijn Plan voor mezelf houden en het risico lopen Rimada teleur te stellen en dus af te stoten. Aangezien ik dat

laatste absoluut niet wilde, had ik nu geen andere keuze meer. Mijn Plan moest zijn vuurdoop krijgen. Het was een tegelijk beangstigend en bevrijdend vooruitzicht.
'Ik ga morgen met professor Guzman praten', stelde Oswin voor, met een beslistheid die ons alledrie verbaasde.

Bull

Het had niet beter kunnen gaan! Niet alleen had ik mij in Rimada's aandacht geluld, maar als Oswin alles aan Guzman kon verkopen – en na wat ik de laatste uren van hem had gehoord, twijfelde ik daar niet aan – leverde het me tegelijkertijd nog een onderwerp voor een thesis op ook. En dan nog een onderwerp dat me interesseerde! Ik kon rustig op mijn computer blijven tokkelen, ik moest geen seminarie ondersteboven keren om aan informatie te geraken: we kregen alles van Guzman. En als die gast een modem had, dan kon hij alles naar mij doorseinen, dan moest ik zelfs mijn gat niet lichten. Ik moest alleen zien dat mijn deel van het werk stond als een huis, en daar had ik geen twijfels over. Ik had me al voorgenomen Oswins tweede fase voor mijn rekening te nemen. Iets plannen zonder al te veel rekening te moeten houden met praktische bezwaren had ik al meer gedaan. Al was het maar het plannen van acties voor de studentenvakbond. En mijn oorspronkelijk werkstuk voor Guzman was een goed uitgangspunt.
Had ik geweten wat me nog te wachten stond, ik was misschien niet zo blij geweest met dat thesisgedoe...

Rimada

Ik was in de wolken. Ik was zo blij dat Nusuto was bijgedraaid. En wat te denken van de manier waarop Bull en

Oswin plots openbloeiden tot schijnbaar heel nieuwe mensen? Die snelle geest van Oswin, die eruditie en dat enthousiasme van Bull. Ja, op dat moment was ik me vooral bewust van zijn politiek engagement, zijn bereidheid om een intellectuele uitdaging aan te gaan, al was het dan alleen maar om mij tussen zijn lakens te krijgen. Dat voelde ik heus wel aan, maar omdat het voor mij onbelangrijk was, schonk ik er geen aandacht aan. Had ik dat wel gedaan, dan zou het hele zaakje niet zijn doorgegaan, en dat wilde ik te allen prijze vermijden. Dit was mijn project, mijn troetelkind, mijn bijdrage tot de wereld. Ja, ik was een echte gelovige in die tijd! En als geilheid mij het enige contactpunt tussen die drie superieure geesten maakte, lang leve hun geilheid dan! Je wist nooit wat er nog allemaal kon gebeuren. Kijk maar naar Oswin. Neen, dat is voor later...

Oswin

Rimada's voorstel veranderde alles voor mij. Voor het eerst merkte ik dat wat ik zei en dacht door iemand ernstig werd genomen, zelfs belangrijk werd gevonden. Alleen al daarvoor zou ik alles voor haar hebben gedaan. Maar tegelijk klikte er ook iets in mijn hoofd. Die eeuwige twijfel tussen het vertrouwen in mijn capaciteiten en het terugvallen op een veilige zelfonderschatting was nu verdwenen. Ik denk dat ik op dat moment volwassen begon te worden. Mijn voorstel om er een thesis van te maken was daar één aspect van. Gedaan met spelen, met het vrijblijvende. Het werd tijd dat ik verantwoordelijk werd voor mijn daden, en dat er dus ook daden werden gesteld waarvoor ik de verantwoordelijkheid kon en moest nemen. Als ik dit verknoeide, verknoeide ik mijn thesis en dus – naar alle waarschijnlijkheid – ook mijn diploma. Want vader had me voor aanvang van mijn studies duidelijk

laten merken dat hij geen mislukking duldde. Hij wilde me wel als opvolger, maar dan alleen als ik een, zoals hij het noemde, 'waardig' opvolger was.
Voor het eerst in vele weken liet ik Rimada achter met meer aandacht voor mijn zelf opgelegde opdracht dan voor haar zwoele stem die ik sinds enkele weken constant tussen mijn oren hoorde.

Guzman

Toen Oswin me kwam opzoeken met zijn merkwaardige voorstel was ik lichtjes verrast. Niet omdat hij interesse toonde voor mijn vak, maar wel omdat hij kennelijk met zijn drie vrienden tot een zekere overeenstemming was gekomen. Voordien had ik in dat viertal de 'tragiek van alle progressieven' herkend. Er bestaat in die kringen een grote consensus over hoe de wereld zou moeten zijn. Voor elk probleem is ergens wel een theoretische oplossing aangedragen. Het drama begint bij de methodiek. Vraag twee progressieven – en daarmee bedoel ik mensen die minimaal een gecorrigeerde markteconomie en maximaal een communistische revolutie voorstaan – hoe ze die tot in de details uitgestippelde ideale wereld willen verwezenlijken en je hebt binnen de kortste keren ruzie, of minstens een verlammende onenigheid. Vooral het cynisme van Nusuto stoorde me, al was het ironische superioriteitsgevoel van Bull ook geen bijdrage tot eenheid. En Oswin had ik te onzeker, en Rimada te emotioneel gevonden om van hen een succesvolle verzoeningspoging te verwachten.
En hier stond Oswin nu met het voorstel om een groepsthesis in te dienen, in de vorm van een computersimulatie, met als doel een werkbaar scenario te bedenken voor het verwezenlijken van wat alleen omschreven kan worden als een

modern Utopia in 'Indi', een land dat ik naar aanleiding van een opdracht aan mijn studenten uitvoerig had beschreven. Oswin vroeg me om het beeld te vervolledigen, zodat ze konden starten van een zo gedetailleerd mogelijke beschrijving van hun 'werkterrein'. 'Want,' zo voegde hij eraan toe, 'ik veronderstel dat Indi, net als de andere landen uit de oefeningen, gebaseerd was op de realiteit.' Het zou nog een tijdje duren vooraleer dit soort luciditeit vanwege Oswin me niet meer verbaasde. Te lang had hij de rol van de eeuwige twijfelaar gespeeld. Hij had natuurlijk gelijk. Maar daarover later meer. Veel meer...

Ik verkoos op dat moment niet op zijn vraag te antwoorden, maar beloofde hem wel de gevraagde details indien de examencommissie hun ongewone thesisvoorstel zou aanvaarden.

'Gezien het enthousiasme waarmee u doorgaans lesgeeft,' zei hij zonder het als vleierij te laten klinken, 'twijfel ik er niet aan dat de commissie uw pleidooi gunstig zal onthalen.'

Zijn plechtige taalgebruik – toen nog heel onkarakteristiek – trof me vreemd genoeg helemaal niet als misplaatst. Net voor hij buitenging, draaide Oswin zich om en zei: 'Bull wil weten of u over een computer met modem beschikt. Dat zou ons heel wat loopwerk besparen.'

Het werd me direct duidelijk wie, volgens Oswin, de echte leider van dit project was. Ik was – ondanks zijn voorkomendheid – voor hem slechts een informatiebron. Toch voelde ik me niet beledigd.

'Er staat een computer met modem op het seminarie', zei ik bereidwillig.

Zo verliep mijn eerste contact met wat ik nadien de 'Oswingroep' zou noemen.

Waarom? Dat weet je toch al.
De echte reden?
Misschien was dat mijn oma wel. Je weet dat ze joods was.
En je weet wat er in de oorlog met de joden is gebeurd.
Dat wist ik als kind dus ook al.
Misschien kwam het daar wel uit voort. Uit dat gevoel van onmacht en spijt dat je als kind hebt. Dat je op de een of andere manier iets had moeten kunnen doen om je oma te helpen. En dan later het gevoel dat je iets goed te maken had.
Door andere mensen te verzorgen verzorgde ik eigenlijk mijn oma.
En dat thesisidee was in feite een poging om de wereld voortaan mijn oma's leed te besparen...
Klinkt allemaal een beetje neurotisch, vind je niet?
Maar of het klopt?
Misschien.

Quid moror in parvis? Animus maioribus instat;
magna cano: toto pectore, vulgus, ades.
Ardua molimur, sed nulla, nisi ardua, virtus;
difficilis nostra poscitur arte labor.

'Waarom blijf ik bij futiliteiten? Mijn geest vraagt om grotere zaken;
Wat ik zing heeft belang: houd er al je aandacht bij, publiek.
Ik onderneem iets moeilijks, maar geen verdienste zonder moeite;
onze kunst vereist een zware arbeid.'

(Ovidius, 'Ars Amatoria' II, 535-538)

Zij moesten zich voor de grondslagen van hun nieuwe bouwwerk tot een beroep op de rede beperken, omdat zij zich nu eenmaal nog niet op de geschiedenis van hun tijd konden beroepen.

(*Friedrich Engels, 'Anti-Dühring'*)

Nusuto

In de weken die volgden op onze afspraak bezorgde Guzman ons een ongelooflijke hoeveelheid informatie en details. Het werd snel duidelijk dat – zoals Oswin ons al had laten verstaan – zijn 'Indi' inderdaad op de werkelijkheid gebaseerd moest zijn. We herkenden motieven, gebeurtenissen, biografieën uit de geschiedenis van heel Latijns-Amerika. Maar het bleek onmogelijk het land te identificeren, zodat we concludeerden dat het om een samenstelling ging, waardoor Indi toch weer een hoge graad van fictie kreeg.

De meeste informatie bereikte ons via persoonlijk contact. Na een college of gewoon in het voorbijgaan gaf Guzman ons een dossier, een artikel, een reeks namen en feiten. Af en toe meldde Bull dat hij via de modem iets op zijn computer had ontvangen, maar het was duidelijk dat Guzman dit communicatiemiddel niet echt vlot beheerste.

Na de paasvakantie hadden we een volledig dossier over Indi van zo'n vijfhonderd bladzijden. Het werd driemaal gekopieerd.

Toen pas vernamen we dat ons thesisvoorstel was goedgekeurd.

Over de examenperiode heb ik niets interessants te melden. Die verliep – zoals elk jaar trouwens – volkomen naar verwachtingen en wens, al haalden mijn cijfers niet echt het niveau van het vorige jaar omdat ik het niet kon laten af en toe mijn neus in het Indi-dossier te steken. We zagen elkaar sporadisch tijdens schriftelijke proeven of in de gang voor het bureel van de professor van dienst tijdens de mondelinge examens. Rimada studeerde altijd thuis, waar iedereen voor haar natje en droogje zorgde, en zonder haar bleek er voor Bull en Oswin niet echt een aanleiding te zijn om mij op te zoeken. Tenzij ze het te druk hadden met studeren, natuurlijk. In ieder geval, niemand had tijd om zich in onze thesis te verdiepen. Tenminste, niemand liet er iets van merken.

Onze volgende bijeenkomst van betekenis vond plaats na de proclamatie op de laatste vrijdag van het academiejaar. Het was al juli.

Voor niemand van ons was het de gewoonte dat onze ouders daarbij aanwezig waren. Dat verlengde ons verblijf in Gent met de nodige uren. We vierden ons academisch succes samen in ons stamcafé, aanvankelijk grappend over onze medestudenten, de professoren en anekdotes uit de blokperiode.

Maar onvermijdelijk kwam ook Indi ter sprake.
We beseften dat we geen tijd verloren mochten laten gaan en dat de drie maanden zomervakantie voor een groot deel aan werken zouden moeten worden gewijd. Om te voorkomen dat we allevier in verschillende richtingen zouden denken, stelde Rimada voor elke week één keer samen te komen om ons einddoel te bepalen en daarna af te spreken hoe het verder moest. De vierfasenaanpak van Oswin werd in grote lijnen aanvaard.
Bull stelde voor elke woensdag bij hem thuis te vergaderen omdat zijn vader er dan niet was en omdat hij de computer had.
Oswin meldde nog dat hij begin augustus twee weken met zijn ouders naar Normandië ging, maar beloofde voorts zijn volle medewerking.
We namen afscheid voor vijf dagen na een traditionele proclamatieviering van café naar danstent naar frituur naar ochtendtrein.

Die eerste weken thuis voelde ik me ontheemd. Ik miste Rimada meer dan andere jaren. Misschien omdat er kapers op de kust waren, of misschien omdat die kapers me hadden gedwongen te erkennen hoe verliefd ik eigenlijk wel was. Bovendien was er nu kennelijk weinig aanleiding voor de lange, meticuleuze brieven die ik doorgaans tijdens de zomervakantie van Rimada kreeg, omdat we elkaar toch elke week zagen. Alleen waren die ontmoetingen niet geschikt voor persoonlijke ontboezemingen, net nu ik daar na al die jaren van beheersing de behoefte toe voelde.
Mijn vader probeerde me voor de plaatselijke politiek te interesseren, maar het dorpspolitieke geknutsel waarmee hij zijn dagen vulde en zichzelf wijsmaakte dat hij nog steeds op zijn manier aan een betere wereld werkte, leek niet meer dan zelf-

begoocheling. Zijn gedrevenheid was zelfs ronduit belachelijk, nu ik hem voor het eerst – onder invloed van Guzman – van een geestelijke afstand bekeek. Het was bezigheidstherapie die hem moest doen vergeten dat hij er niet in geslaagd was in het parlement te geraken, hoezeer zijn partij ook oreerde over gelijke kansen voor alle minderheden. Vader was psychiater van opleiding, met een bijzondere interesse voor transactionele analyse, en had hier werk gevonden als psychologisch consulent in een ziekenhuis. Zijn privé-groepspraktijk thuis was geen succes omdat hij door zijn soms zichtbare verbittering de meeste patiënten niet genoeg vertrouwen wist in te boezemen om de transactionele groepstherapie vrucht te laten dragen. Als psycholoog herkende hij perfect zijn eigen geestestoestand, maar hij weigerde die te erkennen. Verdringing, heet dat. Eigenlijk had *hij* behoefte aan een psychiater, maar daar was hij te trots, te Zuid-Amerikaans voor. Ik ging het hem – voor het eerst – kwalijk nemen.

Ik besefte met pijnlijke helderheid dat mijn Wonderjaren voorbij waren. Mijn vader was van de ene dag op de andere niet meer mijn ultieme referentie, en dat resulteerde in paniek. Een gevoel van verlies overspoelde me en door mijn aanhoudend onvermogen om Rimada voor me te winnen kon ik dat verlies niet met een nieuwe aanwinst compenseren. De vriendschap van Oswin en Bull schatte ik toen helemaal niet hoog in, omdat ze werd besmet door de wetenschap dat ze bijbedoelingen had die tegen mijn belangen ingingen. En Guzman vertrouwde ik niet genoeg om hem als mijn nieuwe norm te accepteren. Mijn ontreddering irriteerde me, omdat ik mezelf al jarenlang wijsmaakte dat ik volwassen was, dat ik het allemaal al wel had gezien; nu bleek dat ik – net als mijn vader – mezelf had bedrogen.

Moeder merkte dat ik me niet goed in mijn vel voelde en probeerde me op te vrolijken met haar typische gekruide keuken, zoals de typische Latino-huisvrouw die ze in de grond nog steeds was, ondanks haar dure tailleurs en gepermanent kapsel. Als kind was het voor mij een punt van eer geweest mijn enchiladas even pikant te eten als vader. Het bezorgde me bij mijn leeftijdsgenootjes in dit nieuwe land een vorm van zelfrespect die me vrijwaarde van uit jaloezie jegens mijn intellectuele superioriteit geboren agressie. Als ik stoer moest doen om me te bewijzen, daagde ik mijn belagers altijd uit tot het consumeren van een chilipeper. Met dat doel heb ik een tijdje een voorraad gedroogde pepers op zak gedragen. Mijn in spanbeton gegoten smaakpapillen verzekerden me van een aanvaardbare status. En hoewel de chili's op de middelbare school geleidelijk aan minder effectief werden als schild tegen klappen, wisten ze de schade toch behoorlijk te beperken.

Maar ook die door moeders kookkunst gegenereerde herinneringen waren niet bij machte me mijn zelfvertrouwen terug te geven. Ik voelde vooral onzekerheid over Rimada, over de rest van mijn leven, over de thesis. En over de vraag of ik vaders hooggespannen verwachtingen wel kon inlossen. Zolang de vaderlijke mythe nog bestond, had ik mijn twijfel kunnen begraven onder mijn door hem gesanctioneerd cynisme, maar nu hij – de enige die ik tot nu toe niet cynisch had benaderd – in mijn ogen zo was ontluisterd, begon ik me ook vragen te stellen over mijn kijk op de wereld en op mezelf. Als vader niet was wat hij had geschenen, hoe zat het dan met mij?

Wie was ik, als ik niet was wat mijn vader me had doen geloven? Ik twijfelde niet aan mijn verstandelijke vermogens, maar wel aan de bruikbaarheid ervan in het spel dat leven heet. Was ik gelukkig? Wat wilde ik met mijn leven doen? En had ik daar wel enige controle over?

Ons doorsnee burgerhuisje met het te protserige interieur, het resultaat van jaren verbeten analyseren door vader, drong zich aan me op als een symbool voor mijn huidige toestand. Een late puberteit, een vroege depressie: ik werd me er pijnlijk van bewust dat het beeld dat Nusuto van zichzelf had gehad en wat Nusuto in werkelijkheid was, niet samenvielen. Dat besef, veel meer nog dan mijn wil Rimada te imponeren, deed me definitief besluiten me volledig aan het Indi-project te geven. Als ik erin slaagde die op het eerste gezicht onzinnig veelomvattende opdracht tot een goed einde te brengen, zou ik aan mezelf bewezen hebben dat ik het kon, dat ik de ideale vader uit mijn jeugd niet nodig had om mijn weg te vinden in het leven. Ik besloot alles in het werk te stellen om van de groepsthesis in zo groot mogelijke mate een Nusutothesis te maken. Ik dook in het dossier van Guzman en hervond daardoor een zekere rust, tenminste zolang ik in Indi vertoefde. Nu ik een doel voor ogen had, slaagde ik erin mijn vertrouwde zelfzekere blik te reconstrueren. Mijn ouders hebben dan ook verder niets gemerkt van mijn twijfels, die, ondanks het harde werken, nooit veraf waren. Ik betrapte mezelf geregeld op typisch Oswiniaanse 'monologues intérieures', vol pro's en contra's, ener- en anderzijdsen. Maar voor mijn ouders kon ik die verontrustende zielenroerselen goed verborgen houden. Moeder schakelde weer over op de multiculturele keuken die ze zich in de loop der jaren eigen had gemaakt.

Maar genoeg gezeurd. Misschien is het beter over onze 'woensdagen' te vertellen. Die hebben trouwens ook behoorlijk bijgedragen tot het oplossen van mijn psychische problemen. Geleidelijk aan slaagde ik erin mijn aangetaste gezag te herstellen. En naarmate mijn positie in ons groepje verbeterde, begon ik mezelf automatisch beter te voelen, zonder dat dit een definitief einde maakte aan mijn onrust. Maar ik had tenminste weer iets om me aan op te trekken. Ik kan gerust zeggen dat de in het voorwoord van onze thesis

opgenomen doelstelling, de theoretische blauwdruk van Indi, voor minstens 70% op mijn Plan was gebaseerd.
Maar laten we niet te ver vooruitlopen.

Bull

Die woensdagen? Ja, dat was plezant, hé. In het begin had ik nog mijn bedenkingen, per slot van rekening was ik er alleen ingestapt om aan Rimada te geraken, maar ge weet hoe dat gaat. Ik was nu eenmaal een politiek beest en ge kunt dat misschien efkens vergeten, maar lang duurt dat niet. Zeker niet als Oswin of Nusuto de grootste stommiteiten begonnen uit te kramen, dingen die gewoon niet klopten, die Marx al meer dan honderd jaar geleden had uitgelegd maar die kennelijk nog altijd niet waren doorgedrongen tot de bourgeois-intelligentsia. Al viel het mij mee dat Rimada er kennelijk al wel van had gehoord.
Het kwam erop neer dat Nusuto de krijtlijnen uitzette (die was ook rap van gedacht veranderd: een hevig manneke als hij goesting had), Oswin de gaten dichtte, Rimada voor de details zorgde en ik de kritiek leverde.
We zaten altijd in onze living te discussiëren. Ons moe liep af en aan met drank en koekjes en ik zag haar een beetje nostalgisch glimlachen. Ze dacht zeker terug aan haar studententijd. De eerste keer dat ze hier aankwamen keken ze nogal op. Ze hadden gedacht dat dat hier zo'n arbeidershuis uit de jaren dertig zou zijn, maar bij ons thuis hebben ze altijd goed kunnen sparen. Dat zal wel de reden zijn waarom ik geen geld kan bijhouden.
In ieder geval, Rimada vond het precies wel grappig, een communist in een villawijk. Nusuto had er alleen een wat venijnig lachje voor over. Ik wist natuurlijk dat hij mij niet helemaal vertrouwde, maar dat was zijn probleem, vond ik.

Als hij lomp genoeg was om in clichés te denken, moest ik hem daar niet van afhelpen.
Oswin? Die zat de hele tijd met zijn gedachten in Indi. Hij liet zich een beetje leiden door Nusuto, maar als het hem niet aanstond, maakte hij goed van zijn oren. Pas op, ook met mij had hij geregeld ambras. Hij was het niet altijd eens met wat ik aan te merken had. Ik liep te veel over platgetreden paden, zei hij dan. Dat ik zo'n commentaar nog ooit van hem moest horen! Ja, Oswin had op korte tijd een hele dunk van zichzelf gekregen.
Rimada? Neen, die vergaderingen boden niet echt veel gelegenheid om daaraan te werken. Ik paste wel op om haar niet te bekritiseren. Als er toch iets onnozels uitkwam, probeerde ik het binnen te smokkelen in mijn kritiek op Oswin of Nusuto, zodat ik haar nooit rechtstreeks moest aanvallen. Nusuto trok zich daar allemaal niks van aan, die was even cassant als anders. En Oswin? Ik weet het niet, maar volgens mij was Oswin een beetje uit de running. Het interesseerde hem precies allemaal niet meer zo. Uit niks kon ik opmaken dat hij nog achter Rimada aanzat, tenzij dat ge zijn obsessie met Indi als een soort baltsgedrag zoudt interpreteren. Laten zien aan Rimada hoe serieus hij alles aanpakte.
Maar om eerlijk te zijn, na een tijd vergat ik al die strategische overwegingen. Na een woensdag of drie waren we gewoon een groepje vrienden die werkten aan iets dat hen echt passioneerde. Het was ongelooflijk om te zien hoe uit al dat gepalaver, geargumenteer en gekibbel al na twee keer iets heel schoons ontstond. En op de duur wist niemand meer wie wat had voorgesteld en wiens versie van een detail nu uiteindelijk was aanvaard. We konden het ook al rap van elkaar verdragen dat we lachten om stommiteiten, utopieën, naïviteiten. Rimada bleek een heel stuk realistischer te zijn dan ik haar van die korte contactjes op de unief had leren kennen.

En al was Oswin wel een beetje te 'neig', Nusuto wist hem af en toe met een goedgemikte opmerking af te remmen, en dan kon hij best lachen met zichzelf. En Nusuto... ik verschoot ervan, maar eigenlijk begon ik dat wel een toffe gast te vinden. Hij had last van overdreven voorzichtigheid, maar wat hij voor ogen had stond me wel aan.
Niet dat hij ooit het achterste van zijn tong liet zien, maar ik leidde het af uit zijn reacties op Oswins ideeën, waar hij bijna nooit kritiek op had. En ook kritiek van mij aanvaardde hij verbazend gemakkelijk. Ik had rap geroken dat hij zijn mond hield zolang wat wij voorstelden paste in zijn geheim Plan, dat hij zelf niet uit de doeken wou doen maar waar hij ons allemaal handig naartoe manoeuvreerde. Eerst vond ik het verdacht, maar toen ik zag wat er groeide, had ik door dat het alleen was omdat hij zich geneerde dat hij ons de indruk wilde geven dat we het zelf hadden verzonnen. Het uiteindelijke plan voor Indi paste op het Nusuto-imago als een tang op een varken. Het was eigenlijk meer iets dat Oswin zou verzinnen: knap, slim, bijeengeraapt uit een hoop ideologieën, maar politiek gezien volkomen onhaalbaar, tenminste als ge er open kaart mee zoudt spelen. Rimada was in de zevende hemel. De week voordat Oswin naar Normandië zou vertrekken was de blauwdruk voor Indi af.

Rimada

Die laatste woensdag van juli was... gezellig.
Bulls moeder had voor ons die middag een episch feestmaal bij de meeneemchinees gehaald en terwijl we, met het vetvrij papier en de aluminiumbakjes met lekkers als een weerbarstige, te grote landkaart over de tafel uitgespreid, noedels en sojascheuten naar binnen slurpten, laaide de discussie over de laatste details van onze platformtekst hoog op. Desondanks

had ik een gevoel van warmte en die uit ingehouden vreugde voortkomende spanning op mijn borstbeen die ik altijd heb als ik als een soort buitenstaander sta te genieten van een harmonieus samenzijn waar ik zelf deel van uitmaak. Het gebeurt me wel vaker, vaker dan anderen, denk ik zelf, dat ik kan pendelen tussen deelnemen en observeren, zodat ik volop geniet en achteraf toch een helder verslag van het gebeuren kan maken.

Mijn voldoening was het gevolg van de manier waarop Bull en Nusuto met elkaar omgingen. Hun interacties zaten zoals altijd vol steken en sneren, maar ze misten duidelijk het venijn dat ze vroeger had gekruid. Ik voelde goed aan dat die twee een modus vivendi hadden gevonden: een welwillende schermutseling met uithalen en parades; naar de vorm een dispuut, maar naar de inhoud een samen zoeken naar een hogere synthese. Als echte vrienden zouden die twee waarschijnlijk nooit met elkaar omgaan, maar dat betekende niet dat ze het nooit zouden worden.

Ook de manier waarop Oswin zich niet in een hoekje liet drummen door het zo verschillende verbale geweld van de twee anderen was iets dat me met haast moederlijke trots vervulde. Wat er ook de aard van zij, ik had een grote sympathie voor Oswin en zijn ontbolstering maakte me blij.

En ikzelf? Ach, ik ben niet zo'n planner, maar ik ben wel heel goed in het beoordelen van andermans pogingen. Als ik het gevoel had dat er iets schortte, kwam ik meestal met succes tussenbeide. Soms was het Bull die iets te abstract dacht, de gevolgen voor de gewone mensen niet zag. Dan weer was het Oswin die te hard van stapel liep en geen rekening hield met de gevoeligheden van bepaalde belangengroepen, en soms was het Nusuto die de neiging had een wat autoritaire methode te gebruiken, waar ik me tegen moest verzetten. We hadden namelijk van bij het begin afgesproken: de revolutie van Indi zou op vreedzame wijze verlopen. Bull had nog wel geprutteld dat er dan nauwelijks sprake kon zijn van een klassenstrijd, maar Oswin wees erop dat de militaire fase – het verdrijven van de dictator – volgens het uitgangspunt al voorbij was. Het ging erom te bepalen wat er in de plaats kwam, en dat kon volgens hem alleen een parlementaire democratie zijn. De geschiedenis van de Sovjet-Unie had volgens hem voldoende bewezen wat de gevolgen van een gedwongen revolutie zouden zijn. Nusuto merkte daarbij op dat parlementaire besluitvorming tergend traag werkt, en dat een zo radicaal progressief programma als we wilden uitvoeren geen schijn van een kans maakte in een land dat was gehersenspoeld door Kerk en multinational. Maar ik merkte op dat Nusuto zich te veel blindstaarde op westerse democratieën met hun 'versnipperd politiek landschap' en dat de invloed van Kerk en Kapitaal alleen gold bij gebrek aan alternatief. Guzmans dossier had ons uitvoerig ingelicht over de onvrede bij de boerenbevolking en bij de industriearbeiders. Bovendien was het niet absoluut noodzakelijk om een grote fractie in het parlement te krijgen als de president ruime bevoegdheden had en zijn stempel op het beleid kon drukken. De president moest het hoofd van de regering zijn, zoals in de VS, niet een figuur met grotendeels ceremoniële bevoegdheden zoals in Italië of Duitsland. Het parlement meekrijgen was dan een kwestie van retoriek en charisma, zeker in een Latijns-Amerikaans land.

Ik bemoeide me er niet meer mee, omdat ik het veilig aan Nusuto en Oswin kon overlaten. Toen ik ze zo bezig zag, moest ik denken aan mijn cursus sociologie en het lijstje van 'agents of socialisation' dat de professor op het examen had gevraagd. Hier had ik een perfect bewijs van het belang van de 'peer group' in het socialisatieproces van de mens. Op het eerste gezicht zetten we ons allevier af tegen, of distantieerden ons tenminste van de waarden en bekommernissen van onze familie, onze eerste socialisator. Bull wilde niet dat zijn pa al te veel vernam over onze samenwerking, anders zou die zich er weer mee bemoeien en ons doodslaan met zijn partijdogma's. Het was de reden waarom we 's woensdags vergaderden, omdat Bulls vader dan laat moest werken. De toegevingen die Bull tot nu toe aan ons, bourgeois, had gedaan, zouden bij de oude communist zeker niet in goede aarde zijn gevallen.

Oswin had ons verteld dat hij verondersteld werd zich voor te bereiden op een carrière in de dorpspolitiek.

Nusuto was ook ongewoon scherp voor zijn ouders, die hij van een zekere bekrompenheid beschuldigde. Het verbaasde me, want doorgaans had hij veel respect voor zijn vader.

En ik? Ach, moeder was een simpele verpleegster, hoe kon ik van haar verlangen dat ze zou begrijpen waar ik mee bezig was? Hoe kon ik haar aan het verstand brengen dat ik meer wilde dan individuele mensen helpen?

En mijn oma... Ze... ach, mijn oma. Hoe kon ik met haar praten over een betere wereld na wat zij had meegemaakt? Majdanek. Als kind vond ik het altijd zo'n mooie naam, voor ik *het* wist.

En toch... nu weet ik dat onze 'peer group' ons helemaal niet van onze ouders heeft vervreemd, integendeel.

Ik had die vertederde blik van Bulls moeder wel gezien, maar hem niet geïnterpreteerd. En zou ook Bulls vader uiteindelijk niet blij zijn geweest met wat zijn zoon heeft gepresteerd?

In hoeverre was het gedrag van Oswins vader geen uit tegenslagen geboren verdedigingsmechanisme, dat elk risico met apodictische uitspraken en dictaten probeerde te bezweren? In hoeverre was de carrièreplanning voor Oswin geen poging om zijn zoon ten minste financiële zekerheid te bieden? Nepotisme ontstaat vaak uit liefde.

En Nusuto en zijn pa... hoeveel affectie tussen die twee is er niet omgezet in ironische dialogen, sarcastische opmerkingen? Hoeveel peilloze ambitie heeft zijn vader niet moeten omvormen tot verwachtingen, verpakt in realpolitieke raadgevingen? De nooit uitgesproken maar altijd als toon vermomde hoop dat Nusuto zou bereiken wat hem niet was gelukt.

En mijn oma? Zonder oma... Nee, dat is voor later.

Je denkt als kind vaak dat je je afzet tegen je ouders, maar zonder het te weten doe je precies datgene waarvan zij niet meer durven toegeven dat ze het ooit ook hebben geprobeerd, omdat ze dan moeten erkennen dat het hen niet is gelukt. Hun wrevel komt dan voort uit de vaak terechte angst dat jij dezelfde ontgoocheling tegemoetgaat. En dan waarschuwen ze je, ontluisteren je dromen – die hun dromen zijn –, zetten je 'met je twee voeten op de grond'. Zulke waarschuwingen, doorgaans verpakt als gemoraliseer of dreigementen, botsen tegen een muur van jeugdige koppigheid. Maar die koppigheid heeft wel steun nodig om stand te houden. Zonder ons groepje zouden we waarschijnlijk nooit de moed gehad hebben de ouderlijke waarschuwingen te negeren om de ouderlijke dromen na te jagen.

Maar ik had het over die woensdag.

Bull had na het eten een fles jenever opengetrokken, ondanks het gepruttel van zijn moeder. 'Komaan, moe, we gaan ze toch niet helemaal leegzuipen!' zei hij half lachend, mild gestemd door de onbewust beleefde gezelligheid.

We zaten in het salon zowel de bami als ons gesprek te verteren. Bull en zijn ouders woonden in een prachtige villa, ruim en sober en heel licht, met een koepel in de hal en – vreemd genoeg – een groot venster op het oosten. Toen ik er een opmerking over maakte, grapte Bull dat zijn vader elke och-

tend het morgenrood wilde zien dagen. Het vasttapijt was (natuurlijk) rood, maar voorts bevatte het interieur weinig verwijzingen naar de politieke overtuiging van de bewoners.
'Wat gaat gij eigenlijk in Normandië uitspoken?' vroeg Bull aan Oswin na een lange stilte vol sipjes.
'Mijn pa wil absoluut de Mont Saint-Michel zien. Mijn moeder heeft een hele reeks uitstapjes gepland vanuit ons hotel in Coutances. Het was eigenlijk mijn idee. Een paar jaar geleden had ik een pennenvriendin in Granville en...'
'Oho, nu gaan we het horen!'
Oswin werd dadelijk vuurrood.
'Kom, laat die jongen met rust', suste ik.
Oswin keek nog eens argwanend rond en ging dan verder.
'Om kort te gaan, de streek was me toen goed bevallen en toen mijn moeder vorig jaar vroeg waar we voor onze jaarlijkse zomerreis naartoe wilden, heb ik Normandië gezegd. Vader was direct akkoord: hij houdt van oude steden en gebouwen en...'
'...ja, dat heb je al verteld: hij wil de Mont Saint-Michel zien', vulde Nusuto aan.
'Maar wat was dat met die pennenvriendin?' drong Bull aan.
Ik wierp hem een verwijtende blik toe, maar Oswin negeerde hem.
'Kennen jullie "les îles Chausey"?' vroeg hij.
'Neen.'
'Een groepje mini-eilanden, een halfuurtje varen van Granville. Het enige bewoonde eiland is een soort miniatuurwereld waar je alle in onze contreien denkbare landschappen aantreft. Er staat een oud fort, er is een bos, een rots- en zandkust – met bijhorend wrak van een vergane sloep – weilanden, een dorpje en een herberg. Jammer genoeg is het eiland voor twee derde privé-bezit, al mag je er wel vrij rondlopen. De sfeer daar had me direct te pakken. Ik weet nog

goed dat ik bij mezelf dacht: als ik ooit kan gaan rentenieren, kom ik naar hier. Noem het het Robinson Crusoe-gevoel.'

Hij viel stil, alsof hij zich schaamde dat hij zo openhartig was geweest, maar ik voelde dat zijn argwaan stilaan plaatsmaakte voor vertrouwen. Een week eerder zou dat ondenkbaar geweest zijn.

'Zeg, wordt het geen tijd om een en ander op de computer te zetten?' brak Bull de stilte.

'Goed idee!' zei Nusuto en hij veerde recht. Hij was duidelijk opgelucht dat van hem geen persoonlijke ontboezemingen werden verwacht.

Op de trap haakte Nusuto plagend zijn voet achter die van Oswin en tilde Bull ondeugend mijn plooirok op. Het kwam niet eens meer bij me op dat hij dat deed omdat hij op me geilde. Het was een normale plagerij tussen vrienden geworden. Twee maanden geleden zou het hem nog een oorvijg hebben opgeleverd.

In Bulls kamer las ik onze notities voor, en Bull zette ze om in een door algemeenheid en polyinterpretabiliteit uitblinkende platformtekst, een inleiding bij onze thesis, een blauwdruk voor Indi.

Oswin

De blauwdruk was af de week voor ik naar Normandië vertrok. De tekst luidde als volgt:

- De bedoeling van dit werk is: een gedetailleerd theoretisch model uitwerken voor een democratische staat waarin de rijkdom zo eerlijk mogelijk over de bevolking wordt verdeeld, door het kundig en consequent toepassen van internationaal aanvaarde methodes, rekening houdend met door de geschiedenis, sociologie, psychologie en logica opgeworpen obstakels.

- Uitgaande van de opgegeven beginsituatie impliceert dat:
  - het houden van verkiezingen voor het parlement en het presidentschap;
  - het verbeteren van de arbeidsvoorwaarden van zowel industriearbeiders als landbouwers;
  - een voor iedereen aanvaardbare vorm van herverdeling van het beschikbare land;
  - de uitbouw van een proportioneel belastingstelsel en een systeem van sociale zekerheid;
  - de uitbouw van een eigen, nationale infrastructuur op het vlak van vervoer, energie en communicatie;
  - het organiseren van degelijk en kosteloos onderwijs voor iedereen;
  - het uitbouwen van een supplementaire autarkische economie, naast de bestaande exportgerichte economie, die de voorziening van levensnoodzakelijke goederen zo veel mogelijk garandeert;
  - de uitbouw van een bescheiden maar slagvaardig leger dat in staat is de hervorming te verdedigen tegen illegale vormen van verzet.
- Het grootste obstakel is de medewerking verkrijgen van de in Indi opererende multinational en de machtige buurstaat Chaos, die Indi als een wingewest beschouwt.
- De thesis wordt gepresenteerd in de vorm van een computersimulatie. De parameters van het programma zijn gebaseerd op acties en reacties van verschillende bestaande landen in analoge situaties en werden onderworpen aan interne en externe kritiek. De beste criticus was de computer zelf, die, rekening houdend met alle ingevoerde variabelen, de impact van elke nieuwe maatregel evalueerde en ons dwong enkel die maatregelen te treffen die het einddoel van het programma niet in gevaar brachten.

- Teneinde een individuele evaluatie mogelijk te maken bestaat de thesis uit vier delen:
  1. de verkiezingen en de eerste hervormingen;
  2. de noodzakelijke landhervorming;
  3. de concretisering van de hervorming;
  4. de consolidatie van de getroffen maatregelen.
- Het eindoordeel, op basis van een onderzoek van de door ons gebezigde parameters en variabelen, berust bij professor Guzman, onze mentor, die we hartelijk danken voor zijn interesse en waardevolle hulp.
- In een schriftelijke appendix wordt het opnemen van specifieke variabelen in het programma, zoals het voorspellen van bepaalde reacties, verantwoord aan de hand van erkende sociaal-politieke en psychologische inzichten en/of concrete voorbeelden uit de geschiedenis.
- We houden eraan iedereen te bedanken die ons bij het opbouwen van dit werk heeft bekritiseerd, bijgestaan, geholpen en gesteund.

(Red) Bull Stephens
Nusuto Esteban
Oswin Istvan
Rimada d'Estienne

DEEL 2

Much madness is divinest sense
To a discerning eye;
Much sense the starkest madness.
'Tis the majority
In this, as all prevails.
Assent, and you are sane;
Demur – you're straightway dangerous
And handled with a chain.

(Emily Dickinson)

Quis Cereris ritus ausit vulgare profanis
magnaque Threiciae sacra reperta Samo?
Exigua est virtus praestare silentia rebus;
at contra gravis est culpa tacenda loqui.

'Wie zou Ceres' mysteries durven verklappen aan profanen
en de ontzagwekkende riten, gevonden op Samothrake?
Het is een kleine verdienste stilte te bewaren over zaken;
maar het is een zware fout wat taboe is uit te spreken.'
(*Ovidius, 'Ars Amatoria', II, 601-604*)

I was thinking that it might do some good
If we robbed the cynics and took all their food
That way what they believe will have taken place
And we can give it to people who have some faith.
(*Jewel Kilcher, 'I'm sensitive', 1994*)

Nusuto

Ik waarschuw u: het verslag van mijn 'regeerperiode' in Indi zal wat geduld van u vergen. Bent u zeker dat uw lezers geïnteresseerd zijn in mijn theoretische fundamenten?

– *Ga gerust uw gang, ik heb alle tijd.*

Nusuto

Zoals u wilt. In augustus van dat jaar heeft de wereld me nauwelijks gezien en vice versa. Ik zat iedere dag voortdurend achter mijn bureau, omringd door ontelbare papieren uit het Indi-dossier van Guzman. Ik had me voorgenomen aan het eind van de vakantie klaar te zijn met mijn deel van onze thesis. Dat betekende dat ik het voor september aan de anderen wilde voorleggen voor kritiek, om nog de gelegenheid te hebben eventuele steekhoudende bezwaren op te nemen voor het begin van het academisch jaar in oktober.

Aan tafel suggereerde mijn moeder wel eens dat ik niet zo hard moest werken, dat het mooi weer was en dat ik eens moest uitgaan of mijn vrienden opzoeken. Maar ik zei haar dat ik geen behoefte had aan uitgaan omdat ik al het hele jaar uithuizig was, een sofisme dat ze niet slikte maar ze verkoos het niet aan te vallen. Ik voegde eraan toe dat, als ik mijn thesis klaar had voor het volgende academiejaar, ik de rest van het jaar vrije tijd genoeg zou hebben.

De ware reden voor mijn werklust lag natuurlijk in het onbehagen dat ik voelde zodra ik ophield. Nee, ik heb het daar al eerder over gehad en ik heb geen zin er nog eens over te beginnen. Feit was dat ik door mijn werk de indruk had met iets wezenlijks bezig te zijn, iets dat niet alleen een fictief land maar ook mezelf een stevig fundament zou geven voor latere rijping en ontwikkeling. Maar om dat te verwezenlijken moesten wel een aantal innerlijke weerstanden overwonnen worden. Het acute gevaar Rimada te verliezen was er niet meer om me het utopische, en dus futiele, van de thesis te doen vergeten. Affectief zelfbehoud maakte plaats voor de enorme schroom mijn politieke ziel bloot te leggen, zelfs aan mijn vrienden; vandaar mijn zelfgekozen isolement. Ik kreeg herhaaldelijk telefoontjes van Rimada of Oswin met de vraag of ik hulp of een klankbord nodig had. Zelfs Bull belde om te vragen of ik het computerprogramma wilde zien dat als uitgangspunt moest dienen. Maar ik had dus mijn schroom en ook mijn trots: wat ik bedacht, bedacht ik alleen, opdat het van mij zou zijn, om te bewijzen dat ik het kon én omdat ik de gedachte mijn ideeën voortdurend aan kritiek te moeten blootstellen ondraaglijk vond. Ik wist dat ik bij de eerste relativerende opmerking onmiddellijk mijn zelfvertrouwen zou verliezen. Om serieus aan mijn Plan te werken was het noodzakelijk in de sfeer te blijven, dat heerlijke gevoel dat je de wereld in je handen hebt en met niets en niemand rekening moet houden, behalve met je eigen streefdoelen en beperkingen. Als ik het maar even waagde naar mijn bedenksels te kijken met de cynische blik die ik in de echte wereld bezigde, zou het niet meer lukken. Om dat ten volle te begrijpen moet ik absoluut vertellen wat mijn inspiratiebronnen waren, dan weet u waar ik vandaan kwam.

Eerst en vooral moet u goed beseffen dat ik gebukt ging onder het ontnuchterende inzicht dat er voor elk politiek, economisch en sociaal probleem al een oplossing bestaat. Dat klinkt misschien vreemd, maar toch is het zo. Wat er moet veranderen is al bekend, daarvoor hebben 's werelds knapste koppen gezorgd. Alleen: het gebeurt niet. Want elke oplossing heeft wel zijn praktische bezwaren: meestal is dat geld, het enige wat telt in een kapitalistisch systeem. Wat niet oplevert, sneuvelt.
Voorbeeld: het is best mogelijk de hele planeet van energie te voorzien, met behulp van milieuvriendelijke methodes, alleen... voorlopig is het oppompen en -delven van de dramatisch slinkende olie–, gas–, uranium- en kolenvoorraden nog goedkoper voor de energiemaatschappijen en dus gaat het niet door. Men vergeet dan wel de negatieve gevolgen van die brandstoffen: de verontreiniging van lucht, bodem en water, het afsterven van bossen en bijhorende ecosystemen door zure regen, het broeikaseffect, radioactief afval, de verzorgingskosten voor mensen die ziek worden van de vervui-

ling en... ach... met wat fantasie kunt u er zelf best nog wat andere verzinnen. Die kosten worden echter niet betaald door de ontginners van fossiele en minerale brandstof, maar door de gemeenschap, dus wat kan het hen schelen? Zelfs het minieme deel van deze kosten dat ze wel moeten betalen, via de belastingen, weten ze dankzij handige boekhoudkundige trucs op anderen af te wentelen.

Ander voorbeeld: er bestaan geneesmiddelen voor zogenaamd ongeneeslijke ziekten, maar de farmaceutische firma's die de palliatieve geneesmiddelen voor die kwalen produceren, kopen die uitvindingen op en houden ze in, omdat ze anders een belangrijk deel van hun markt zouden verliezen.

Een laatste voorbeeld: het kapitalistische productiesysteem creëert 'haves' en 'have nots', alle keynesiaanse of andere bijsturingen ten spijt. Wie rijk is wordt rijker, wie arm is wordt armer. De rijken worden verplicht veel geld uit te geven om hun bezittingen te beschermen tegen de armen, die geen andere uitweg meer zien dan de misdaad. Dat betekent dat wie iets heeft, niet meer over straat durft te lopen uit vrees overvallen te worden, en dat wie niets heeft steeds wanhopiger wordt. Op de duur is het risico op sterven even groot als je niets doet dan als je je verzet. Dan – en niet eerder – voorspelde Marx, ontstaan revoluties. In vele landen is er een sociale zekerheid opgebouwd om het leed van de armen te lenigen en hen genoeg te geven om niet in opstand te komen. Als de kapitalistische economie een hoogconjunctuur beleeft, kunnen de bedrijven het zich permitteren om én de sociale bijdragen te betalen én grote winsten te maken én veel mensen in dienst te nemen én hen behoorlijke lonen te betalen, omdat ze veel produceren en veel verkopen. Maar om de zoveel jaren krijgen we met overproductie te maken. Meer productie betekent meer winst, meer tewerkstelling, hogere lonen, tot men te ver gaat: de bedrijven produceren dan meer dan de consument kan of wil kopen. Dat noemt men een crisis. Dan vallen de toverwoorden: 'verhoging van de productiviteit', of het synoniem 'sanering van het bedrijf', wat wil zeggen dat een heleboel mensen hun baan verliezen en de overblijvenden meer moeten werken, zodat het bedrijf zijn winstmarges op peil kan houden om de aandeelhouders tevreden te stellen. Of 'loonmatiging', een andere techniek om hetzelfde doel te bereiken. Want als de aandeelhouders niet genoeg krijgen, gaan ze aan het morren. En dan kunnen ook de bedrijfsleiders werkloos worden. Door de ontstane werkloosheid swingen de kosten van de sociale zekerheid de pan uit, zodat men meer sociale bijdragen moet betalen, zodat de winsten dalen, zodat nog meer mensen worden afgedankt, zodat de kosten van de sociale zekerheid stijgen, zodat... u begrijpt het wel. En dan hoort men de kapitalisten schreeuwen dat de sociale zekerheid de economie wurgt, terwijl de schuldige eigenlijk de overproductie is, een overproductie die *noodzakelijk* voortvloeit uit het kapitalistische systeem. Onder invloed van Keynes hebben de naoorlogse westerse staten geprobeerd de werkloosheid te bestrijden met enorme overheidsinvesteringen om de vraag te stimuleren. (Meer investeringen = meer werk = meer geld = meer vraag.) Maar tot welke roofbouw op het milieu, enorme schuldenbergen en beperkte resultaten dat 'optimaliseren van de groei' uiteindelijk heeft geleid weten we nu al enkele jaren en voelen we ook al enkele jaren. De staten proberen nu niet langer de economie te sturen, maar laten de vrije markt zijn gang gaan – neoliberalisme heet dat – en de kapitalisten hebben winstgevender productiewijzen en -oorden gevonden. De staat is virtueel failliet, wat een werkgelegenheidsbeleid uitsluit. Bovendien weigert de privésector nog mensen in dienst te nemen als het economisch wel weer goed gaat, want machines zijn betrouwbaarder en goedkoper, arbeidsherverdeling is te duur en te omslachtig, en elders zijn mensen bereid voor een hongerloon het systeem zoals het is draaiende te houden. Waarom het dan veranderen? Want winst maken is toch het enige dat telt. En de nieuwe economische sectoren kunnen de werklozen niet opnemen omdat ze te oud – en dus te duur – zijn, niet geschoold zijn voor het nieuwe werk en omdat met de huidige technologie minder mensen hetzelfde werk kunnen doen. Dus, in de huidige internationale markteconomie blijf je zitten met een op de duur onoplosbaar probleem van ongelijkheid tussen mensen en veel ellende. De oplossing? In plaats van duizenden knappe koppen zich het hoofd te laten breken over hoe ze de cirkel van het kapitalisme kunnen kwadrateren, zouden ze eens een ander recept moeten proberen: in plaats van de vrijemarkteconomie de beperkt protectionistische en goed georganiseerde planeconomie, gemeenschappelijk bezit van de productiemiddelen, kortom: het communisme. Alleen: dat communisme maakt wie te rijk is wat armer, en dat kan natuurlijk niet. En de uitwassen van de Sovjet-Unie en elders, waar de planeconomie onvoldoende rekening hield met de werkelijke behoeften, te weinig flexibel was, waar de volksleiders liever een nieuwe elite werden dan gewoon uitvoerders van de volkswil, waar vrije meningsuiting werd beschouwd als staatsgevaarlijk (hoe komen ze erbij?), zijn natuurlijk het ideale excuus om te zeggen dat het communisme niet werkt. Maar het communisme is geen politiek maar een economisch systeem. Ik weet dat volgens Marx de politieke structuur voortvloeit uit de vigerende productiewijze, maar ik bedoel iets anders. De Sovjet-Unie kende geen armoede en geen werkloosheid. Sociaal-economisch was het systeem dus een succes, ondanks de onvolkomenheden door de weinig flexibele planning, wat tot de bekende lange rijen voor de winkels leidde. De repressie, de rigiditeit en de achterdocht in de latere jaren waren de politieke en morele ontsporing van een oligarchisch regime en de oorzaak, niet het bewijs van de tekortkomingen van het communisme. Net zoals de politieke organisatievorm in het Westen niet gebonden is aan het vigerende economische systeem – we hebben zowel dictaturen als democratieën met een vrijemarkteconomie, geen kapitalistischer land dan nazi-Duitsland – zo is er ook a priori geen onverenigbaarheid tussen communisme en democratie. Maar de propagandamachine van de kapitalisten heeft dat experiment waarschijnlijk voorgoed onmogelijk gemaakt. Het communisme in de Sovjet-Unie is ten onder gegaan, niet omdat het communisme was maar omdat het noch van zijn eigen leiders noch van zijn vijanden de toestemming kreeg te leren uit zijn fouten.

Maar ach, voor de publieke opinie is dat slechts irrelevante muggenzifterij, geen belangrijke nuancering van de heersende gedachten (nou ja...) over communisme.

U kent dat aforisme toch: 'Wie op zijn achttiende geen communist is, is een schurk, wie het op zijn dertigste nog is, is een dwaas.' Tegenwoordig durven zelfs de achttienjarigen het woord 'communisme' niet meer in de mond te nemen zonder het met het nodige cynisme te relativeren.

Men heeft een oplossing voor veel economische problemen in diskrediet gebracht door ze te identificeren met het misdadige politieke regime dat ze heeft misbruikt voor eigen doeleinden. Terwijl het kapitalisme een economisch systeem is dat gebaseerd is op het misbruiken van anderen voor je eigen doeleinden, respectabel gemaakt door het voor te stellen als het noodzakelijke uitvloeisel van de zo begerenswaardige democratie.

Vergeef me... ik ben aan het doordrammen.

U begrijpt nu wel wat ik bedoel als ik zeg dat alle oplossingen al bestaan, maar dat er altijd wel iemand met veel macht belang bij heeft dat ze niet worden toegepast.

Dat besef heeft zijn gevolgen gehad voor mijn uiteindelijke bijdrage tot onze thesis. Eerst en vooral kostte het me al veel moeite om te erkennen dat ik heel mijn leven hypocriet was geweest, al was het uit zelfbehoud. Ook ik had me laten intimideren door de kapitalistische logica en had mijn zogenaamd naïeve visies gecamoufleerd achter een verdedigingslinie van het allervenijnigste cynisme. Telkens als ik anderen om hun linkse recepten bekritiseerde, censureerde ik eigenlijk mezelf. Wie me achtereenvolgens in rechts en links gezelschap hoorde argumenteren, moest wel tot de conclusie komen dat ik geen politieke mening had. Want wat ik verondersteld werd te aanvaarden, viel ik aan en de alternatieven, die ik stiekem zelf voorstond, blafte ik ook af.

Mijn verdediging van het communisme daarnet zou toen onmogelijk zijn geweest. Dat was eerder iets voor iemand als Red Bull met zijn revolutionair discours. Dat had ik in menige discussie – waar hij overigens niet bij was – al vakkundig verbaal gedissecteerd.

'Mensen houden niet van revoluties', had ik ooit gezegd. 'Ze betekenen onvermijdelijk dat de ene generatie moet bloeden voor de volgende, en ondanks eeuwen christendom is er niet genoeg opofferingsgezindheid in de wereld om mensen daartoe te brengen. En als je ze bij sommigen toch vindt, gaat het vaak om griezelige fanatici waarmee verstandelijk argumenteren volstrekt onmogelijk is geworden.'

Ik twijfelde te veel aan mijn eigen waarheid om mensen die geloven dat ze de waarheid in pacht hebben te kunnen velen. Maar daar kwam die augustusmaand dus verandering in. Ik had geen andere keuze; ik had me erin laten luizen.

Ik besloot dat de dwang om problemen van verschillende kanten te bekijken en andermans standpunten te overwegen niet langer verlammend mocht werken; ik moest eindelijk tot een standpunt komen dat *mijn* waarheid was, tenminste tot die werd weerlegd. Ik moest durven aanvaarden wat ik dacht. Ik moest uit de hardnekkigheid waarmee mijn Plan mijn tegenwerpingen overleefde eindelijk maar eens concluderen dat het valabel was en dat het voor een land als Indi uitermate geschikt was.

In Indi zou ik – wat men er ook over dacht – een moderne vorm van communisme invoeren, zonder dwang of revolutie. Het probleem was: hoe? Mijn puberplan was gebaseerd op een paar eigen observaties die door de geschiedenis en door enkele knappe koppen werden bevestigd, maar door alles wat tegenwoordig als valabele economische theorie geldt worden tegengesproken.

Ten eerste was er het dilemma tussen het beoogde internationale karakter van het communisme en het verschijnsel dat elke samenleving die te groot wordt onpersoonlijk wordt, waardoor er een emotionele scheiding plaatsvindt tussen overheid en individu. Communisme veronderstelt nu eenmaal een hoge graad van betrokkenheid, solidariteit. M.a.w.: een echte 'samen'-'leving' zoals je die vindt in kleinschalige gemeenschappen. Zo had ik van de geschiedenislessen op de middelbare school onthouden dat de democratie in Athene eigenlijk maar gold voor de twintigduizend 'echte burgers' (met twee Atheense ouders: definitie volgens Pericles). Dat dat die democratie enigszins relativeerde, was minder blijven hangen dan het feit dat de relatieve kleinschaligheid en de veelvoud van officiële functies (vooral in de rechtbanken) een sterke participatie van de bevolking aan de besluitvorming opleverde.

Punt een van mijn Plan was geboren: elke echte samenleving begint bij de kleinschaligheid.

In het eerste jaar aan de universiteit doken in onze cursus sociologie – ter bevestiging van dat inzicht – Ferdinand Tönnies en Emile Durkheim op. Rimada had het graag over de nostalgische socialist Tönnies en zijn verschil tussen de kleinschalige, knusse en gesloten ‘Gemeinschaft’ en de grootschalige, afstandelijke, open ‘Gesellschaft’. Volgens haar moest het mogelijk zijn de solidariteit van de ‘Gemeinschaft’ te combineren met de verdraagzaamheid van een ‘Gesellschaft’ om een ideale samenleving mogelijk te maken. Ze weigerde Tönnies’ pessimisme over de onafwendbare teloorgang van de ‘Gemeinschaft’ te delen. We kwamen uiteindelijk uit bij het ‘subsidiariteitsbeginsel’: zo veel mogelijk beleidsbeslissingen op een zo laag mogelijk niveau nemen. De EG beweert dat te willen toepassen om de besluitvorming ‘dichter bij de burger te brengen’.

Het gesprek sterkte me in de overtuiging dat mijn observatie correct was. Maar de vraag bleef hoe je van een hechte kleinschalige gemeenschap bij het internationale karakter van het communisme uitkwam. Het was een dilemma: de wereld van bovenaf veranderen – door revolutie – leidde tot ontsporingen; de wereld van onderen uit veranderen voorkwam het onmenselijke van een revolutie maar zou hoogstwaarschijnlijk beperkt blijven tot het stichten van nog maar eens een al dan niet succesvolle commune of kibboets, zoals Rimada het noemde.

Ik besloot het principe van de kleinschaligheid toch te behouden, omdat het bevestigd werd door zowat alle erop volgende observaties.

Een tweede principe haalde ik uit lange discussies met Rimada over de Derde Wereld. Ze was in haar middelbareschooltijd actief in de 11.11.11-acties, wat ik gerommel in de marge vond. Maar Rimada’s ‘dossierkennis’ gaf me inspiratie voor mijn Plan: ze wees de koloniale economie aan als de grootste bron van armoede in de Derde Wereld. In de landbouw gingen alle beschikbare middelen naar monoculturen voor de export (koffie, bananen, katoen,...), zodat men er voor de voedselvoorziening afhankelijk was van import. Die moest betaald worden met de opbrengst van de export, maar als het de kapitalistische cenakels beliefde de prijs van de koffie of de bananen te laten instorten, of als de export verminderde omdat de concurrentie door tolheffingen werd vervalst of omdat er overproductie was op wereldvlak, sloeg de armoe toe en was er niet genoeg geld voor voedsel.

Rimada vertelde me hartverwarmende verhalen over mensen die zichzelf behielpen met kleine autarkische 'economietjes': eigen tuintjes, leven van de hand in de tand, ruilhandel. Eén verhaal bleef me bij: hoe de vrijheidsstrijders van Eritrea tijdens de oorlog met Ethiopië in de woestijn een ondergrondse maandverbandfabriek hadden, voor de vrouwelijke guerrillero's.

De boodschap was duidelijk: als een gemeenschap voedselzekerheid wil, moet ze voor haar voedselvoorziening zelfbedruipend zijn, niet afhankelijk van import: de ideale samenleving heeft ten minste een autarkische economie voor levensnoodzakelijke goederen. Dat liet zich prachtig combineren met mijn kleinschaligheidseis: het is gemakkelijker een kleine groep te voeden dan een grote.

De bevestiging kwam in de vorm van het beroemde 'Small is beautiful' van de linkse econoom Ernst Friedrich Schumacher, die ook pleitte voor een kleinschalige economie en een daaraan aangepaste 'intermediaire technologie'. Hij had het altijd over het bevorderen van zelfredzaamheid en over een 'boeddhistische' economie: een autarkische economie, enkel gericht op het dekken van de behoeften. Wat hij eigenlijk deed, was het communisme combineren met het idee van de kleinschaligheid, wat een aantrekkelijk alternatief was voor het 'mammoetcommunisme' van de Sovjet-Unie. Maar het had weer wel iets kneuterigs, iets 'welzijnswerkerachtigs':

jaren werken om één perfect Vredeseiland op te bouwen, terwijl de omliggende dorpen geen stap verder komen. Het klonk allemaal wat minimalistisch.
Niettemin aanvaardde ik als tweede principe de autarkie. Dat was flagrant in tegenspraak met het vrijhandelsjargon in de westerse economische wereld en dus reden te meer om mijn Plan angstvallig te verzwijgen, op straffe van ridiculisering.

Mijn derde principe berustte op het zogenaamde democratische deficit. In een representatieve democratie als België – hoe paradijselijk dat land ook moge lijken voor een inwoner van Birma of Indonesië – ontstaat vroeg of laat de klacht dat de bevolking zich niet meer vertegenwoordigd voelt door zijn vertegenwoordigers. Eenmaal aan de macht handelen politici hun eigen agenda af zonder veel aandacht voor de verzuchtingen van de bevolking. De roep om meer directe democratie wordt steevast de kop ingedrukt door te wijzen op manipuleerbaarheid, de kostprijs en het tijdrovende van een volksraadpleging: als voor elk wetsvoorstel de hele bevolking moet worden geraadpleegd, zou de staat onwerkbaar worden. Die argumentatie leidde me, in combinatie met mijn kleinschaligheidsprincipe, tot de omgekeerde conclusie: in een kleinschalige gemeenschap is directe democratie perfect te organiseren, compleet met voorafgaandelijke voorlichting aan allen die moeten of willen stemmen.
Principe drie: de radicale en rechtstreekse democratie. Die maakte tegelijkertijd ook de verkiezingen overbodig: voor- en bijzitters der stembureaus juicht!

Het vierde principe was het bij veel tieners populaire milieuthema. Het kostte me niet veel moeite om respect voor het milieu toe te voegen aan mijn lijstje. Ook hier kon ik bij Schumacher te rade voor deskundige argumenten. Bijvoorbeeld: als we zo doorgaan met de wereld te ontginnen, blijft er binnenkort geen wereld meer over.

Mijn vijfde observatie betrof de methodologie. Ze berustte op de beroemde anekdote uit de jaren zeventig van de goedbedoelende ontwikkelingsorganisatie die het verbouwen van soja aanprees omdat het heel voedzaam en heel eenvoudig te telen is, zelfs op onvruchtbare grond. Bleek achteraf dat de lokale bevolking de soja niet wilde eten omdat ze geen soja lustte!

Bij het begin van de industriële revolutie kwam er verzet tegen de 'stinkende' fabrieken, gebaseerd op puur ecologische argumenten. Toen werd het weggelachen, omdat de argumenten van de voorstanders, meer welzijn voor iedereen, overtuigender waren.

Veertig jaar voor Jezus van Nazareth zijn goede boodschap bracht, was identiek hetzelfde al verkondigd door een groep progressieve rabbijnen die af wilden van het beeld van een meedogenloze, straffende god. Zij vonden toen geen gehoor; zij misten iets wat Jezus wel had: charisma.

Mijn conclusie was dat, hoe goed je boodschap ook is, de inkleding aangepast moet zijn aan het publiek. En een nieuwe wereld verkoop je niet zonder charisma. Te veel waardevolle ideeën waren al verloren gegaan omdat – vanuit PR-standpunt – de verkeerde persoon ze verkondigde en omdat ze in de verkeerde vorm waren verspreid.

Vijfde principe: vorm is minstens even belangrijk als inhoud: spreek de mensen aan op een manier die aanspreekt.

Dat legde een serieuze hypotheek op de werkbaarheid van het Plan. Een boodschap die iedereen kan overtuigen is – zoals zovele politici dagelijks ondervinden – een droombeeld. Maar hier bood de cursus sociologie een uitweg in de vorm van de vergeten socioloog Gabriel de Tarde (1843-

1904). De Tarde was de toonaangevende socioloog voor het 'regime' van zijn collega Emile Durkheim. Het verschil tussen de twee laat zich ruwweg als volgt schematiseren: de Tarde ging ervan uit dat groepsgedrag gezien moet worden als een optelsom van de handelingen van individuen, Durkheim beweert dat collectief handelen meer is dan de som van de individuele handelingen. Durkheims observatie klinkt diepzinniger en is daarom de tot vandaag geldende norm. Maar volgens de Tarde kan de sociologie uiteindelijk worden teruggebracht tot de psychologie en zijn de regelmaat en gelijkvormigheid in de sociale omgang te verklaren uit het feit dat slechts heel weinig mensen creatief zijn, en dat nabootsing en aanpassing de meest voorkomende sociale gedragingen zijn.

Het is wat ontluisterend, maar waarschijnlijk een vrij realistische visie op de mensheid. Bovendien is het zeer hoopgevend: het betekent dat een boodschap die een aantal charismatische figuren overtuigt de hele samenleving kan meeslepen: de wereld verbeteren wordt zo in principe denkbaar. Dit paradoxaal genoeg hoopgevende cynisme sprak me emotioneel veel meer aan dan de consequenties van Durkheims visie, die het gedrag van mensen in groep veel minder voorspelbaar maakt. Al was ik, ondanks mijn sympathie, niet helemaal overtuigd van de Tardes gelijk, toch besloot ik dat hij voor iemand met utopische plannen zoals ik voldoende ruggensteun bood om het principe van de charismatische boodschapper – oftewel de gewiekste propagandamachine – te aanvaarden.

Mijn laatste observatie betrof andermaal de methodologie en vond zijn oorsprong in een aardrijkskundeles over Tanzania. Een enthousiaste leraar probeerde ons warm te maken voor de UJAMAA-dorpen van president Nyerere: collectieve landbouwdorpen, een soort derdewereldkolchozen. Wat me aantrok, was de manier waarop die dorpen werden opgericht: de boeren werden niet gedwongen, ze werden overtuigd door de resultaten. Als een boer zag dat de gewassen in het naburige UJAMAA-dorp hoger stonden dan bij hem, kreeg hij automatisch belangstelling. Later kwamen er allerlei ontluisterende berichten over de UJAMAA-resultaten, maar veel ervan heb ik altijd onder de noemer 'contrarevolutionaire propaganda' geklasseerd. De les was dubbel: je kunt mensen maar motiveren tot samenwerken als dat samenwerken meer oplevert dan concurrentie. En als de verandering iemands belangen schaadt, kun je problemen verwachten.

Dus als laatste principe: de aanvaarding van een verandering is onlosmakelijk verbonden met het voordeel dat mensen eruithalen. Om je plan dus door iedereen te laten aanvaarden moet iedereen er voordeel bij hebben of mag tenminste niemand er nadeel van ondervinden. M.a.w.: houd iedereen te vriend, vermijd conflicten. Wat ook alweer gemakkelijker is in een kleine gemeenschap.

Dit was – zo rond mijn achttiende jaar – de theorie, maar ik had toen geen duidelijk beeld van hoe die ooit in praktijk moest worden gebracht. Bovendien was de contradictie tussen kleinschaligheid en internationalisme niet opgelost.

Wat me uiteindelijk deed besluiten dat mijn Plan toch waardevol was, was de ontdekking van de 'Scott Bader Commonwealth' uit Wellingborough in Northamptonshire: hét voorbeeld van een kleinschalige moderne onderneming, waar de productiemiddelen eigendom zijn van alle werknemers. Een communistische fabriek in een kapitalistisch land. Om een gevoel van samenhorigheid te verzekeren bevat een vestiging van de chemische fabriek Scott Bader Co. Ltd. maximaal 400 werknemers; als er meer in dienst komen, wordt een filiaal afgesplitst. Alle winsten worden verdeeld onder de werknemers, die aandeelhouders zijn van hun eigen bedrijf. Er bestaat geen hiërarchie en de besluitvorming verenigt democratie met efficiëntie. Ernst Friedrich Schumacher meldt in zijn boek *Small is beautiful* dat het bedrijf in 1971 – twintig jaar na de omschakeling – meer floreerde dan ooit, en in 1978 – na de oliecrisis en een jaar voor zijn dood – kon hij tijdens een lezing in de VS, als directeur van de Scott Bader Commonwealth, triomfantelijk uitroepen: 'Ik heb de toekomst gezien en het werkt!' Voorzover ik weet, draait het bedrijf nog steeds goed; het is in ieder geval te vinden op Internet en telt momenteel – trouw aan Schumachers principe – 365 werknemers.

Zoiets maakt enthousiast: een geslaagd praktijkvoorbeeld van 'mijn' Plan – zij het dan op bedrijfsvlak. Alle elementen waren er: collectief bezit, kleinschaligheid, radicale democratie, een overtuigende boodschap en resultaten en niemands belangen waren geschaad. Zelfs aan de ecologische kant van de zaak werd gewerkt, wat niet eenvoudig is voor een chemische fabriek.

Emotioneel was ik toen overtuigd van de haalbaarheid van mijn Plan, en voor het probleem van de omschakeling van kleinschalig naar grootschalig rekende ik op nieuwe inzichten, die mijn jaren op de universiteit me zouden bijbrengen. Maar het zou nog tot die augustusmaand duren tot mijn rede mijn vaders ideeën over politiek en mijn angst om mezelf belachelijk te maken zou overwinnen.

Het kwam er in die augustusmaand dus op aan mijn ideeën toe te passen op de door Guzman opgegeven situatie van Indi. Wat betekenden kleinschaligheid, autarkie, radicale democratie, respect voor het milieu, een goede PR en het vermijden van conflicten in de Indiaanse context? En hoe kon ik kleinschaligheid verzoenen met het staatsidee?

Toen ik alle details van de staat Indi volledig tot me had laten doordringen begreep ik dat er één ding was dat ik absoluut niet moest proberen: al te snel gaan.
Niets en niemand in dit land was klaar voor een radicale omwenteling; hoe charismatisch mijn alter ego in de thesis ook zou zijn, er was geen enkele manier te bedenken om mijn twee methodologische principes recht te doen als ik te veel hooi op mijn vork nam. Mijn opdracht zou – zoals afgesproken – beperkt moeten blijven tot het voorbereiden van het terrein. Dat stelde me gerust: het betekende dat ik tegenover Bull en Oswin niet het achterste van mijn tong moest laten zien. Anderzijds frustreerde het me, vooral omdat ik het echte werk en de eer dan aan hen moest overlaten, maar de gemeenschappelijke blauwdruk bevatte genoeg elementen uit mijn Plan om me daar bij neer te leggen. Het was de prijs die ik moest betalen voor mijn gemoedsrust. Bovendien nam ik me voor mijn deel van de thesis af te sluiten met een vooruitblik op de nog te nemen maatregelen, kwestie van de anderen een beetje de weg te wijzen. Als ze te veel afweken van mijn doelstellingen kon ik altijd nog mijn veto stellen.
Verwacht dus geen concrete uitwerking van het hierboven geschetste: daarvoor moet u bij Bull en Oswin zijn.
Stap in, u krijgt een rondrit door Indi onder president Nusuto. Een schuchtere omwenteling, dat is misschien een goede definitie.

'President Nusuto werd verkozen met een overweldigende meerderheid. Hij nam de man die de revolutie was begonnen – de populaire militair Oswin – op in zijn regering als minister van Defensie; dat verzekerde hem van de trouw van het leger.
Met de steun van alle zogenaamd revolutionaire partijen – van centrum tot centrumlinks – werd de grondwet omge-

vormd tot die van een democratische rechtsstaat, zij het met beperkingen. Ondanks het feit dat Nusuto in zijn verkiezingscampagne en ook daarna vooral de nadruk legde op de sociale problemen en dat zijn "Nusutisme", zoals hij het noemde, zich duidelijk links van het centrum situeerde, oordeelde hij toch dat het opportuun was om de communistische partij buiten de wet te houden. Hij besloot zijn hervormingen niet te compromitteren door zijn tegenstanders de gelegenheid te geven hem van verdoken communisme te beschuldigen.'

Rimada

Toen Nusuto ons begin september optrommelde om zijn virtuele geschiedenis van Indi te aanhoren, waren we alledrie razend benieuwd. Zijn werkwijze had ons een beetje verbaasd. Hij had zich volledig afgezonderd, zonder zijn voorstellen op tijd en stond aan Bulls computerprogramma te toetsen, wat de bijsturingsfase aanzienlijk had kunnen inkorten. Maar tegelijkertijd was het typisch Nusuto dat hij alleen wilde werken. Hij wilde altijd alles van de eerste keer perfect doen. Dat had hem vaak belet iets te ondernemen als de uitkomst niet vaststond. Dat hij aan de thesis wilde meewerken was dan ook een klein wonder. Dat hij ze naar zijn hand wilde zetten was normaal.

De bijeenkomst vond plaats bij Bull thuis, om de computer bij de hand te hebben.

Het weerzien was hartelijk, al was Nusuto duidelijk nerveus en zag hij ertegenop zijn politieke ziel voor ons bloot te leggen. Bull begroette me door me joviaal te omhelzen, wat Nusuto's humeur niet echt verbeterde, maar na het uitwisselen van vakantieanekdotes, waarbij vooral Oswin over zijn belevenissen in Normandië moest vertellen, zette Bull de computer aan en schraapte Nusuto zijn keel.

Al van bij het begin lokte zijn relaas een hevige reactie uit van Bull en Oswin. Waar hij het vandaan haalde om de communistische partij te verbieden!
Hij verdedigde zich furieus door te wijzen op de strategische noodzaak om elke link met het communisme te verdoezelen. Het woord riep nu eenmaal te veel weerstanden op.
Bull argumenteerde dat een in de grondwet opgenomen 'vrijheid van vereniging' zonder verdere beperkingen op zich discreet genoeg was. De partij moest helemaal niet met naam genoemd worden.
Maar Nusuto schermde met voorbeelden uit de geschiedenis waarbij de meest onschuldige zaken toch als verdoken communisme waren geïnterpreteerd. De naoorlogse geschiedenis van Guatemala was een goed voorbeeld, toen een in wezen zuiver kapitalistische politiek door de paranoïde regering-Eisenhower werd uitgelegd als communisme, omdat ze de monopolieposities bedreigde.
Ze kregen bijna ruzie, maar ik suste Bull en Oswin.
'Laat hem nu uitspreken.'

Nusuto

Toen het gemor was weggeëbd hervatte ik mijn relaas.
'Nusuto oordeelde dat een hervorming van het platteland in de bestaande context niet haalbaar was, gezien de enorme machtspositie van de IFM, de fruitmultinational die de economie van het land bestuurde. Hij besloot zich te concentreren op dat deel van de economie dat de IFM niet aanbelangde: de industrie in de steden. Hij zette zijn regering aan het werk en sprak vooreerst zijn openlijke steun uit aan de bestaande maar zieltogende vakbonden van het land. Snel werd duidelijk dat de Syndicale Federatie van Indi geleid werd door corrupte sujetten en dus concentreerde de regering zich op de

eerlijke Confederatie der Arbeiders van Indi. De regering ondersteunde de eisen die de vakbonden naar voren brachten, en de macht van de industriëlen was al bij al vrij beperkt, zodat hun verzet vooral verbale vormen aannam.'

Oswin

Nusuto's bewering dat het platteland voorlopig niet te redden was vanwege de macht van de IFM lokte een verontwaardigde reactie uit van Rimada, dadelijk bijgesprongen door Bull. Dat kon Nusuto toch niet doen, zich zomaar neerleggen bij de feiten.
Bull merkte ook fijntjes op dat Nusuto de communistische partij verbood maar wel openlijk een communistisch geïnspireerde vakbond steunde. En of dat dan niet gevaarlijk was.
Nusuto werd wat wrevelig en zei dat ze hem wat tijd moesten geven. Een vakbond had niet dezelfde symboolwaarde als een partij. Hij benadrukte dat de hervorming van het platteland niet mogelijk was in de gegeven context, maar dat hij juist bezig was die context te veranderen. Het viel me op dat Bulls verzet onmiddellijk verstomde toen Rimada inbond, wat me duidelijk maakte dat hij nog steeds met een langetermijnverleidingspoging bezig was.

Nusuto

Zowat stervend van de zenuwen ging ik verder.
'Nadat het terrein als volgt was voorbereid, diende de regering na een studieperiode van drie jaar haar ontwerpen van arbeidswetten in bij het parlement. Die wetten werden – dankzij het revolutionaire en patriottische kleurtje dat Nusuto eraan gaf – moeiteloos aanvaard. Ze legden het recht op lidmaatschap van een vakbond, de bescherming tegen ont-

slag, de verplichting voor een bedrijf met meer dan 500 werknemers om een patronale bijdrage te betalen, het stakingsrecht, de veertigurenweek, een humane regeling voor vrouwen- en kinderarbeid en regels voor gezondheid en veiligheid vast. Voorts werd overgegaan tot de oprichting van het Indiaanse Instituut voor Sociale Zekerheid (IISZ).
Als gevolg van de wettelijke erkenning van vakbonden stegen de lonen, maar ook de productiviteit ging – door de verbeterde motivatie – de hoogte in, zodat het aanvankelijke protest van de industriëlen langzaam wegebde.'

Bull

Ik was eigenlijk een beetje teleurgesteld. Ik had gehoopt dat Nusuto eindelijk eens uit zijn kot zou komen en echt doen wat hij altijd al had gewild: de wereld in één klap veranderen. Hij had het gerust kunnen riskeren om voluit te gaan, want wij waren er om hem af te remmen en ook Guzman en vooral het programma zelf zou toch alarm slagen als er onnozeliteiten in stonden. Maar hij had ervoor gekozen zich niet bloot te geven, en dat was aan alles te merken. Wat hij voorstelde was degelijk, en hij had een goede uitleg voor alles wat op het eerste gezicht niet orthodox was, maar het rook allemaal zo muf als overrijpe camembert. Die arbeidswetten, dat was allemaal goed en wel, maar dat veranderde natuurlijk niks aan het systeem zelf, dat op niks trok. Ik weet het wel, ik had zelf ook gezegd dat Indi eerst kapitalistisch moest worden voordat het communisme een kans maakte, maar al dat sociaal-democratische geknutsel? Ik weet het niet, een frisse wind kondt ge dat toch niet noemen! Met een sociale zekerheid verandert ge de wereld niet.
Maar goed, als ik mijn goesting om de echte Nusuto te ontdekken buiten beschouwing laat, kan ik niet anders dan zeg-

gen dat het – gezien de omstandigheden – goed doordacht en waarschijnlijk het enige haalbare was. Alleen was ik niet van plan hem dat te laten merken.

Nusuto

Voor één keer geen commentaar. Maar ik zette me al schrap voor de onvermijdelijke reactie op mijn volgende beleidsdaad.

'Een andere verwezenlijking van het Nusuto-regime was de vrijheid van pers en meningsuiting, die niet alleen in de grondwet werd opgenomen maar ook daadwerkelijk werd gerespecteerd. Alleen tegen openlijk communistische propaganda trad de president – om de hierboven aangehaalde redenen – op.

Toen de clandestiene communisten een school oprichtten waar onderricht werd gegeven in het marxisme en een revolutionair tijdschrift uitgaven, werden beide verboden; de initiatiefnemers, waaronder vakbondsleider Francisco en journalist Red Bull, werden gearresteerd.

Een verdere hervorming werd doorgevoerd in de lokale besturen. Onder de dictatuur werden de gemeenten bestuurd door een intendant, aangesteld door de dictator. Nusuto liet voor het eerst eigen mensen als burgemeesters verkiezen door de plaatselijke bevolking.'

Hier volgde – zoals verwacht – weer een tirade van Bull en Oswin. Wat ik toch tegen communisten had! Ik werd boos: hadden ze dan helemaal niet geluisterd?

Maar Bull lachte mij uit. Ik mocht niet zo geobsedeerd zijn met het te vriend houden van mijn vijanden dat ik vergat mijn beleid te rechtvaardigen tegenover mijn vrienden, zei hij. De Indi-Nusuto kon het zich niet permitteren de Indi-

Oswin en -Bull tegen zich in het harnas te jagen, want ze waren zijn beste bondgenoten. Maar als hij zijn gedrag tegenover de communisten niet wist te verklaren zouden ze hem op de duur ook laten vallen. Daarom sputterden hij en Oswin zo tegen, beweerde hij. Als ik hen kon sussen, kon mijn virtuele president dat ook met hun alter ego's.

'Peptalk is een van de variabelen in het programma. Ge kunt het gebruiken, maar als uw acties te dikwijls uw woorden tegenspreken gelooft op de duur niemand u nog. Ge loopt op een slappe koord, meneer de president. En vallen kunt ge aan twee kanten.'

'Je moet de IFM zoet houden, maar dat mag je bondgenoten niet van je vervreemden', vulde Oswin aan.

'Op hoeveel peptalks heb ik recht?' vroeg ik, een beetje misnoegd omdat ze me hun handelwijze niet op voorhand hadden toegelicht.

'Per onpopulaire maatregel van dezelfde soort moogt ge vier keer de scherven weer aaneenplakken. Als ge nog vier communisten opsluit, kunt ge hun steun wel vergeten.'

'Voeg er dan maar aan toe dat de arrestanten na bemiddeling van minister Oswin discreet werden vrijgelaten', bromde ik. 'En leg dat tegenover de critici maar uit als een verzoenend gebaar in een land dat eendracht tussen de burgers nodig heeft in zijn strijd voor ontwikkeling.'

'Da's dan peptalk nummer één aan de rechtse kant.'

'Toen na een tijdje bleek dat de arbeidswetgeving en de sociale zekerheid in de steden goed functioneerde, werd vanuit de regering, de presidentiële adviseurs en de bevolking de roep om hervormingen op het platteland almaar luider. Nusuto trachtte daarop in te spelen door de vakbonden ook in de landbouw verbaal te steunen en te promoten. Er werd ook onderwijs georganiseerd. Maar de IFM, met de steun van

het moederland Chaos in de rug en een grondbezit van meer dan 1 miljoen hectare, bleef een onneembaar obstakel voor de ontwikkeling van het platteland. Het bedrijf was wel onderhevig aan de nieuwe arbeidswetten, maar door het gebrek aan slagvaardige vakbonden zat er voor de werknemers geen loonsverhoging in. Bovendien was controle op de naleving van de wetten moeilijk door de nog niet volledig uitgebouwde administratie en ook omdat mensen die het slachtoffer waren van misstanden vaak geen klacht durfden in te dienen uit vrees hun job te verliezen.
Om een tegengewicht te bieden richtte Nusuto nieuwe staatslatifundia op in onbebouwde gebieden. De bestaande Indiaanse landbouwbedrijven uit de tijd van de dictator waren wel genationaliseerd na de revolutie, maar om ze te hervormen zou de president moeten ingaan tegen de politieke partijen, die de leidende posities in die bedrijven onder elkaar hadden verdeeld. De kans op interne sabotage was dan niet denkbeeldig. De nieuwe latifundia moesten echter op het oerwoud gewonnen worden. Dat bracht hoge kosten met zich voor de aanleg van wegen en voor het transport. Op het platteland stuitten de hervormingen dus op grote problemen. De grotere afstanden, de noodzaak tot de aanleg van nieuwe infrastructuur en de tegenkanting van de grootgrondbezitters en de IFM tegen de uitbouw van valabele vakbonden maakten het moeilijk de bevolking van zijn nieuwe rechten te laten genieten. Bovendien ontbrak het de regering aan financiële middelen. Het feodale belastingsysteem leverde niet echt veel op, ook al werd er nu op toegezien dat iedereen zijn deel betaalde, ook de IFM.'

Bull

'Waarom kruipt gij toch altijd zo in uw schelp als de IFM in zicht komt? En waarom in de jungle gaan ploeteren? De IFM heeft de helft van zijn gronden braak liggen: onteigen die en ge moet al die kosten niet doen aan uw nieuwe latifundia.'

Oswin

'En waarom hervorm je het belastingstelsel niet? Een proportionele inkomstenbelasting zou toch veel meer opleveren?'

Rimada

'En waarom durf je de bestaande latifundia niet aan te pakken? Je kunt toch nieuwe beheerders aanstellen? Indi is een presidentiële democratie: de partijen hebben toch weinig invloed op het beleid.'

Nusuto

Ik had op voorhand geweten dat dit deel van het werk hen (en ook mij) het minst zou bevallen, maar dat ze zo traag van begrip waren...
'Goed, laten we één ding afspreken: ik stel dit deel van het beleid op. Dat wil zeggen dat jullie me mijn gang laten gaan, zolang ik niet tegen de blauwdruk inga. Als jullie in jullie deel sneller en brutaler te werk willen gaan, moeten jullie dat maar doen. Ik moet het terrein voorbereiden en een radicale breuk met het verleden zou onoverkomelijk verzet oproepen. Vermijd conflicten, dat is een van mijn principes; dat weten jullie. Dat betekent dat je soms trager moet vorderen dan je zou willen. Als jullie er straks met de grove borstel doorgaan, wil ik dat jullie zo weinig mogelijk wrevelballast moeten torsen. Trouwens, de computer zou wat jullie nu voorstellen direct afschieten.'

Oswin was niet overtuigd.
'Je kunt het wrevelniveau ook laag houden door tegenstellingen tegen elkaar uit te spelen. Er staan toch remmen – wettelijke en praktische – op het uiten van wrevel. Als iemand boos is op je maar verder niets kan of mag doen, kan die boosheid toch geen hinderpaal zijn?'
'Dat is een gevaarlijk spel. Wie zegt je dat iedereen zich aan de regels zal houden? Ik veronderstel dat onwettig verzet als mogelijkheid in het programma zit.'
'Een land veranderen is altijd gevaarlijk. Het is een kwestie van handigheid. Ge kunt niks veranderen als ge iedereen content wilt stellen. Waar ge voor moet zorgen, is dat ge de wrevel nog juist in de hand kunt houden. Als de maatregelen zijn genomen zorgt de gewenning automatisch voor minder onvrede. Dat zit ook in het programma. Ge hebt gelijk als ge zegt dat we voorzichtig moeten zijn, maar niet zo voorzichtig dat we niks kunnen doen.'
'Dat moeten jullie dan maar doen. Ik probeer ervoor te zorgen dat, aan het eind van de eerste ambtstermijn, de haviken in Chaos zo weinig mogelijk aandacht hebben voor Indi. Het moet voor hen zo goed als "business as usual" zijn. Ik ben president en we doen het op mijn manier, of we doen het niet!'
Rimada kwam tussenbeide met een zachte stem die de geladen atmosfeer ontmijnde.
'Het is Nusuto's thesisdeel. Laten we alles invoeren en als de computer geen bezwaren heeft, laten we het zo.'

'Voor een belastinghervorming achtte Nusuto de tijd nog niet rijp, rekening houdend met het misbaar dat de grootgrondbezitters maakten omdat ze nu echt moesten betalen. Met een beetje onvrede kon Nusuto leven, maar de grootgrondbezitters hadden tot nog toe de economie van het land

in handen en het leek niet echt verstandig hen te veel tegen de haren in te strijken. Om van de IFM maar te zwijgen.
Op het vlak van de buitenlandse politiek zocht Nusuto toenadering tot de buurlanden door middel van verbroederingsretoriek en zelfs militaire steun voor buitenlandse verzetsbewegingen die wilden afrekenen met hun dictator. De onderliggende redenering was dat het voor Indi gemakkelijker zou zijn om verdere hervormingen door te voeren als de omringende landen een bevriend regime hadden. Bovendien zouden verbeterde betrekkingen nieuwe afzetmarkten kunnen creëren voor de staatsbedrijven, zodat de economie wat minder afhankelijk werd van de IFM.'

Rimada

Hier moest ik Nusuto onderbreken. Het was mijn taak de reacties van de IFM en Chaos te voorspellen en hier zag ik een wrevelpunt.
'De meeste dictators in de buurlanden zijn marionetten van Chaos. Hun tegenstanders militair steunen zal Chaos achterdochtig maken. En als ze aandacht krijgen voor Indi, zullen ze de linkse accenten in je beleid interpreteren voor wat ze zijn: voorbereidselen op een communistisch beleid.'
Nusuto verdedigde zich dat hij geen andere mogelijkheid zag om de plattelandsbevolking te helpen. Hij had nieuwe afzetgebieden nodig om de nationale bedrijven te doen bloeien en dus meer werkgelegenheid te creëren, als alternatief voor de IFM. Alleen zo kon er de nodige druk op hun arbeidsvoorwaarden worden uigeoefend. Als een ontslagen werknemer elders werk kon vinden, kon de IFM zijn hongerlonen niet meer handhaven. Nusuto gebruikte nu op zijn beurt Bulls argument. Hij vond dat met een beetje onvrede van Chaos best te leven viel als de computer het met hem eens was.

Die gaf geen krimp, maar signaleerde wat ik had voorspeld: groeiende wrevel in Chaos. Niet gevaarlijk, maar wel verontrustend, gezien de geringe aanleiding.

Nusuto

'Zo zie je maar,' zei Oswin, 'dan probeer je iedereen tevreden te stellen en dan word je door je eigen keuzes gedwongen iemand tegen de haren in te strijken. We moeten iets doen om Chaos te sussen: zo kunnen we onmogelijk met een landhervorming aankomen.'
'Laat dat maar aan mij over,' zei Bull, 'ik ben de volgende keer aan de beurt.'
Al was mijn visie op Bull ondertussen wel genuanceerder geworden, toch vreesde ik het ergste.

'Dat was alles,' zei ik, 'mijn programma zit erop. Meer kan ik op vijf jaar tijd niet doen.'
'Ik heb nog een paar extraatjes voor u. In het programma zitten nog een paar onvoorziene voorvallen: natuurrampen, economische tegenslagen, overlijdens van ministers en zo? Daar moet ge nog de nodige antwoorden op verzinnen. De rampen worden op willekeurige tijdstippen van uw regeerperiode ingelast en de getroffen maatregelen worden mee in rekening genomen. Als ge alles overleeft, drukt de computer de gevolgen van uw maatregelen voor de economie af. Die mogen in alle geledingen maximaal twee procent slechter zijn dan die van uw voorgangers, anders aanvaardt de bevolking het niet en wordt uw beleid verworpen. Dat betekent dan meer huiswerk voor u. Als alles OK is, kunnen we het aan Guzman laten zien.'
'Kom maar op', zuchtte ik.

Een paar dagen later had Bull alles in de computer ingevoerd. Nusuto's plan werd aanvaard. Hij overleefde ook de crisisronde – onder andere een amateuristische poging tot staatsgreep van een rechtse kolonel. De onvoorwaardelijke trouw van het leger leidde tot vroegtijdige verklikking en Nusuto trof de nodige efficiënte maatregelen. Er werd zelfs geen schot gelost. De computer kwam wel met een extraatje: de kolonel zelf ontsnapte uit de gevangenis door omkoperij, wat hem toevoegde aan het lijstje variabelen.

Het beleid zelf had voor een groei van de economie en de welvaart gezorgd. De staatsschuld was wel wat toegenomen, omdat de bouw van zijn latifundia meer kostte dan er uit de belastinggelden voor kon worden gereserveerd. En op het platteland keek hij tegen een status-quo aan. De onvrede in Chaos was – door zijn buitenlands beleid – groot maar beheersbaar en leidde tot een wapenembargo, wat diplomatiek scheldproza en een geweigerde lening van de onder Chaotische invloed staande Wereldbank; de onvrede in rechtse kringen bleef bij verbaal geweld en in linkse kringen genoot Nusuto nog behoorlijk wat krediet, vooral dankzij zijn arbeidswetten.

Bull riep ons weer samen en liet het programma lopen.

Hij had prachtig werk geleverd. We kregen in duidelijke statistieken de evolutie van de verschillende parameters, terwijl op de rest van het scherm de belangrijke momenten van Nusuto's beleid in detail werden uitgewerkt, compleet met toespraken, landkaarten die de groei van de latifundia illustreerden, een organigram van de IFM en van de Indiaanse staat, virtuele landschappen, gebaseerd op een compositie van verscheidene Latijns-Amerikaanse landen, vaste commentatoren die de reacties van de verschillende belangen-

groepen weergaven, sfeerbeelden uit de verkiezingscampagne, stadsgezichten, beelden van de militaire campagnes in het buitenland... Kortom, je had het gevoel naar een bestaand land te kijken dat verbazend levensecht was. Het had Bull heel wat tijd gekost om de inkleding zo aantrekkelijk te maken, maar hij beschikte dan ook over de nieuwste snufjes, aangezien zijn vader op een computerbedrijf werkte.
Naast die poëtische inkleuring was er ten behoeve van de jury een wetenschappelijk luik met alle relevante statistieken en een technische uitleg over de opbouw van het programma waarin elke parameter werd geduid en indien nodig gerechtvaardigd. Dat deel was eerder een groepswerk geweest – zonder Nusuto dan, die we de hele maand niet hadden gezien. Voor de inhoud van de presidentiële toespraken leverde Nusuto wel zijn medewerking. De rest van de maand werkte hij aan de schriftelijke neerslag van zijn werk.
Het kwam erop neer dat Nusuto's thesis aan het begin van het academiejaar aan Guzman werd voorgelegd, samen met de geschreven 'recensies' – lees: bezwaren – van elk van ons. Want het feit dat de computer Nusuto's plan had aanvaard, betekende nog niet dat wij het noodzakelijkerwijze met alle details ervan eens waren, ook al hadden die dan strikt gezien geen negatieve impact op ons beoogde doel.

Oswin

Guzmans korte antwoord kwam via de modem.
Proficiat aan 'señor' Nusuto. Dit is een 'well balanced policy' in een 'ambiente veraz' met een 'muy bien' resultaat. Aan de 'critics', die 'd'ailleurs' niet verder komen dan 'trifles' en geen rekening schijnen te houden met de 'limitaciones' waaraan Nusuto onderhevig was, wil ik zeggen: laat maar eens zien what you can do!

Nusuto

Terugkijkend is het ironisch te constateren dat wat ik als revolutionaire maatregelen opstelde precies overeenkwam met het soort beleid dat mijn vader zou hebben gevoerd. Toen het me enkele weken later opviel redde ik mijn ego met de overweging dat hij het daar waarschijnlijk bij had gelaten, terwijl mijn werk de deur openzette voor veel ingrijpender zaken.

Vandaag kan ik echt niet zeggen of dat waar was of niet.

Rivalem patienter habe: victoria tecum
stabit, eris magni victor in arce Iovis.

'Verdraag geduldig je rivaal: de overwinning zal aan jouw kant staan, je zal de overwinnaar zijn in de burcht van de grote Jupiter.'
(*Ovidius, 'Ars Amatoria' II, 539-540*)

Your sexual politics have left me all of a muddle.
(*Billy Bragg, 'Greetings to the new Brunette', 1986*)

Bull

Ja, dan is 't nu mijn toer, zeker?
Ik zeg het nog eens, want misschien heb ik wel de indruk gegeven dat het niet zo was: ik deed alleen mee voor Rimada. Voor Rimada werkte ik een hele trimester aan een computerprogramma waarvan ik wist dat het me boven de kop zou groeien. Voor Rimada had ik mijn diploma laten gijzelen door de anderen. Voor Rimada wilde ik mijn beste politieke beentje voorzetten. En na Nusuto's knutselwerk zag alles er rooskleurig uit. Ik kreeg de kans om mij eens goed te laten gaan. Hij had alle kansen laten liggen om mij het gras voor de voeten weg te maaien.
Nee, op zich interesseerde Indi me helemaal niet. Als het nu een echt land was geweest, als we nu een echte revolutie hadden kunnen plannen, dan ja...
Nu was de politiek alleen een weg naar het hart van Rimada. Zouden de Engelsen dat bedoelen met 'sexual politics'?

Maar dat wil niet zeggen dat mijn bijdrage tot de thesis kladwerk was, integendeel. Ik wist dat mijn kansen bij Rimada stonden of vielen met de sérieux waarmee ik mijn deel van het werk zou doen. Alleen was die sérieux meestal gespeeld, al zal ik niet ontkennen dat er momenten zijn geweest dat ik me door wat ik voor mijn ogen zag gebeuren liet meeslepen. Ik heb mij er meer dan één keer aan moeten herinneren dat ik met een virtuele realiteit bezig was en dat ik me niet te veel politieke illusies moest beginnen te maken.

In vergelijking met Nusuto heb ik eeuwen gewerkt aan mijn deel. Ik had tijd tot na Kerstmis en ik heb elke minuut van die tijd gebruikt. Nee, het plan zelf was rap genoeg gereed: dat zat al grotendeels in mijn kop. Er kroop meer tijd in het programmeren van de computer. Dat voordeel had ik wel: ik kon elke zet op mijn virtueel schaakbord direct uittesten, want ik was de man achter de knoppen. Nog meer tijd had ik nodig om alles ook uitgeschreven te krijgen. Ik ben al niet te vlot met de pen en ik denk ook eerder in computertermen dan in volzinnen. En daarbovenop waren er nu ook weer gewoon colleges, die veel tijd opslorpten. Ja, Nusuto had het gemakkelijk gehad: tijd zat.

Maar ik moet niet zeveren: veruit de meeste tijd kroop in mijn hoofdbezigheid: in de buurt van Rimada zijn en het pad naar haar bed effenen. Uit onze vakantiewoensdagen had ik begrepen dat ze me wel een sympathieke vond, maar dat ze helemaal niet gediend was van de directe aanpak. Daarom verstopte ik mijn vrijage achter zogenaamde bezoekjes in het kader van de thesis. Ge weet wel, brainstormen, ideeën uittesten, veel zeveren en af en toe een hengeltje uitwerpen.

Maar sinds hij niks meer om handen had, was ook Nusuto weer geregeld op Rimada haar kot te vinden, of omgekeerd, zodat de bezoekjes met veelbetekenende hints noodgedwongen beperkt bleven. Als ik de situatie goed doorhad, was vriend zijn met Nusuto de eerste vereiste om bij Rimada in de buurt te kunnen blijven. Nu kostte me dat niet veel moeite meer. We hadden allebei mekaars cinema wel door. Nusuto was in de grond een toffe gast, hij durfde alleen niet uitkomen voor zijn ideeën. Te veel angst voor afwijzing, denk ik. Een complex gastje eigenlijk: wilde er graag bijhoren, maar tegelijkertijd altijd boven de massa uitstijgen. Ja, daar heeft hij nog altijd last van. Als ge hem op de tv ziet: dat hautaine trekje rond zijn mond en dan toch dat joviaal taaltje af en toe, dat cassante waarmee hij zijn eigen zo populair weet te maken bij de misnoegde burger.

Hoe het uiteindelijk is afgelopen met Rimada? Da's een lang verhaal... maar als ge tijd hebt...

Ik had een strategie van geleidelijke vordering. Mijn eerste troef was het computerprogramma. Toen ze dat voor de eerste keer zag, was ze zo gelukkig als een kind met een berg kerstcadeautjes. Typisch Rimada, ik ken geen andere mensen die zo echt blij kunnen zijn, zo onvoorwaardelijk dat ge zelf goesting krijgt om u te laten gaan. Neem het van mij aan: als ge u wilt amuseren, neem Rimada mee naar een fuif, voer haar twee pinten op en draai dan haar favoriete platen. 'Paradise by the dashboard light' bijvoorbeeld, of als ge 't intiem wilt houden 'Train in the distance' van Paul Simon, geen bekend nummer, maar ze heeft het altijd bij op een cassetje dat ze op tijd en stond aan de DJ geeft. Ze kan daar zo in opgaan dat ge zoudt denken dat ze aan de XTC zit. Gewoon blij als een kind dat er zo'n schone muziek bestaat en dat zij die mag horen. Als ge dan het geluk hebt met haar te slowen, kan ik u garanderen dat ge niet alleen met een stijve maar ook met een hopeloze verliefdheid van de dansvloer komt. Het is dan gewoon onmogelijk om haar niet gaarne te zien. Ik spreek uit ervaring. Er ging geen fuif voorbij of we waren er allebei. Allevier, dus. Rimada verdeelde dan de slows onder

ons gedrieën. Het was een schoon gezicht om een hark als Oswin met een gracieuze zwaan als Rimada te zien dansen. Maar ik had het over het programma.
Weet ge, ik denk niet dat Nusuto of Oswin ooit beseft hebben wat een prestatie dat programma eigenlijk was. Dat is het lot van de programmeur: ge maakt iets ongelooflijks en de leken vinden het allemaal maar normaal dat die computer de prachtigste beelden laat zien. Terwijl ge dat toch allemaal moet opbouwen met een binaire code. Aan of uit, meer doet een computer niet. Voor mij is dat nog altijd het ultieme bewijs dat er geen god nodig is om de wereld te maken. Als ge met een afwisseling van aan en uit de meest complexe programma's kunt maken op een paar weken tijd, dan kan er op miljoenen jaren toch gemakkelijk uit iets heel simpels iets heel complex groeien, zoals leven.
Maar Indi stelde me wel voor veel problemen.
Eerst en vooral moest het programma kunnen reageren op nieuwe input. Dat betekende dat ik op voorhand alle of toch zo veel mogelijk opties moest invoeren. Ik moest de computer bijvoorbeeld uitleggen wat er zou gebeuren met de bananenproductie van Indi als er bedrijven bijkwamen, wat er zou gebeuren met de inkomsten van de schatkist als de belastingen echt werden geïnd en wat het betekende als er een proportionele inkomstenbelasting werd ingevoerd. Ik moest het tevredenheidsniveau van verschillende bevolkingsgroepen en het wrevelniveau van de oppositie koppelen aan bepaalde gebeurtenissen. Ik maakte een lijst van allerlei maatregelen die de IFM niet zouden bevallen en gaf ze allemaal een 'wrevelcijfer'. Volledige nationalisatie kreeg een 100, het promoten van vakbonden telde voor 10, het organiseren van concurrentie ook 10, enz. Het wrevelcijfer van de IFM was – zij het wat afgezwakt – gelinkt aan dat van Chaos. Een te hoog wrevelcijfer lokte reactie uit.

Een voorbeeld, om een idee te krijgen: Nusuto moest de omvang van zijn nieuwe latifundia exact opgeven. Afgemeten aan de hoeveelheid bananen per hectare van de IFM bepaalde de computer dan hoeveel bananen zo'n latifundium produceerde en wat het de schatkist kostte, gezien de prijzen van de infrastructuurwerken. Die haalden we uit de gemiddelde prijs van een aantal Latijns-Amerikaanse aannemers, die Guzman voor ons opzocht. De computer maakte een kosten-batenanalyse, zodat we uiteindelijk een perfecte grootte, die genoeg opbracht en niet te veel kostte, konden bepalen. Vertrekkend van het aantal mensen dat op één hectare van de IFM werkte, bepaalden we hoeveel mensen op zo'n latifundium konden werken en wat dat betekende voor de IFM. Aan de hand van sociologische studies – die ik allemaal door Guzman liet opzoeken – bepaalden we vanaf welk loonniveau werknemers van de IFM geneigd zouden zijn om in de nieuwe latifundia te gaan werken, rekening houdend met de afstand tot hun dorp. Daarvoor had ik eerst in overleg met Guzman de verschillende dorpen en steden van Indi moeten aangeven op de landkaart, compleet met aantal inwoners en werkenden. En het aantal en de plaats van de percelen van de IFM. Hij gaf me die cijfers en locaties als dictaten, precies of hij haalde ze uit een of andere handleiding.

Om de reacties van de mensen te voorspellen voerde ik een statistische verdeling door. Op basis van andere studies programmeerden we bijvoorbeeld een derde van de betrokken mensen als 'bang' en legden de computer uit wat dat betekende voor hun bereidheid om – in dit geval – van job te veranderen. Anderen noemden we als 'uit op verandering' of 'wanhopig'. Al goed dat ik dat voor grote groepen mensen kon doen en het niet voor die miljoenen Indianen afzonderlijk moest invoeren. Dat gold natuurlijk wel voor de hoofdrolspelers. Ik moest Nusuto, Oswin, Red Bull, Rimada,

andere leden van de regering, de vakbondsleider Francisco, de legerleiding, de corrupte kolonel van de staatsgreep, de president en de administratie van Buitenlandse Zaken van Chaos, de directie van de IFM en bepaalde journalisten en voormannen van het volk karakters geven, voorzover die relevant waren voor het plan. Dat wil zeggen dat ik een manier moest verzinnen om de computer uit te leggen hoe al die mensen zouden reageren op bepaalde dingen. Ik zal het proberen simpel uit te leggen.
Laten we zeggen dat er drie mogelijke reacties zijn: niks doen, kwaad worden of blij zijn. Van elke persoon gaf ik met een cijfercode de waarschijnlijkheid van dat gedrag aan en de combinatie daarvan was dan zijn 'karakter'. Neem nu dat ik een persoon met een overwegend 'kwaad' karakter heb. Er gebeurt iets dat ik voor de computer vertaal als 'tegen de belangen van de persoon'. Ik geef met een cijfercode aan hoe erg de gebeurtenis is en tel dat op bij zijn 'kwaad'-getal. Als dat getal hoog genoeg wordt, gaat de reactiewaaier open. Dan was er het probleem: welke reactie? We hadden een basislijst, die we aanvulden volgens de behoefte. Elk had een cijferwaarde. De computer koos die waarvan de cijferwaarde het best overeenkwam met het karaktercijfer. Dat was altijd een hele discussie, het bepalen van die cijferwaarden. Hoe erg moet het gaan stinken voor iemand zijn neus dichtknijpt, wegloopt, ambetant wordt? Dat soort dingen. De impact van zo'n reactie werd dan afgemeten aan de cijferwaarde van tegenreacties en belemmeringen en zo kregen we een gevolg. De computer bepaalde dan of dat gevolg dichter bij of verder van de doelstelling was en zo konden we een score bijhouden. Zodra een maatregel geen resultaat opleverde of de situatie nog slechter maakte, werd hij verworpen. De situatie werd bepaald door economische cijfers (groeicijfer, werkloosheid, lonen, percentage armen), sociaal-culturele cijfers

(vrije meningsuiting, inspraak, positie van vakbonden, democratisch gehalte) en een veiligheidscijfer (dreiging van interventie, rellen, opstanden). En dat waren dan nog de simpele zaken. De uiteindelijke bedoeling was dat ik alle gegevens digitaal met mekaar in verband bracht, zodat de computer zelf de gevolgen van elke ingreep berekende. Maar zover was ik nog lang niet. Alles hing nog met haken en ogen aaneen en dikwijls moesten we ter plaatse de gevolgen van een beleidsdaad berekenen. Alles op papier zetten zou wel lukken, maar ik wist nu al dat, als we het afgewerkte programma als onderdeel van onze thesis wilden indienen, het lastig zou worden om voor het einde van het academiejaar klaar te zijn. Gelukkig kreeg ik hulp van Rimada en ook van Oswin nadat hij terug was van Normandië. Ze kwamen af met dingen die ik was vergeten en Rimada kwam met het idee een 'ongeluksvariabele' in te lassen, zoals in dat computerspelletje 'Dictator', een lijst van tegenslagen waaruit de computer willekeurig een aantal mocht kiezen per ambtstermijn. En Guzman zorgde voor veel bijkomende informatie. Als hij zelf de gegevens niet aanbracht, wist hij altijd wel te zeggen hoe we ze konden krijgen.

In het begin leek het hopeloos. Het programma waar ik Nusuto's gegevens in verwerkte, was eigenlijk nog betrekkelijk simpel. Dat invoeren duurde op zich al een paar weken. Bijna elke beleidsdaad leverde weer andere problemen op waar we nog niet aan gedacht hadden. Maar tegen het eind van zijn 'ambtstermijn' zagen we dat meer en meer zaken in te passen vielen in wat we al hadden. We hadden een economische blauwdruk van Indi gemaakt op basis van vijf Latijns-Amerikaanse landen. Voor een paar zaken kon ik via onze pa zijn werk op Internet terecht; daar had hier toen nog niemand van gehoord. Onze pa hielp me af en toe zelf ook om iets in computertermen te vertalen: die mens denkt in 'Assembler'! Tegen half oktober moest ik hem – zoals hij had voorspeld – vragen een grotere harddisk mee te brengen van zijn werk, want de mijne was vol. Voor de visuele kant van de zaak ging ik gewoon mee naar zijn werk. Ze zetten me daar dan in een bureau met een hoop visuele software: fotoscanners, filmprogramma's en computers met fenomenale geheugens. Die computeranimaties vreten kilobytes! Dat was dus allemaal nog voor ik aan mijn deel van de thesis begon.

Het werd al rap duidelijk dat – weeral zoals onze pa had voorspeld – ons programma onmogelijk op mijn PC kon blijven draaien. We hadden zwaarder materiaal nodig. En op onze pa zijn werk een terminal krijgen was niet te doen. Ze konden me daar af en toe wel eens depanneren, maar als ik daar te veel kwam, zou ik in de weg lopen.

'Misschien kan Guzman ons helpen,' zei Oswin, 'op de universiteit moeten toch grotere computers te vinden zijn. Als we nu eens een soort privé-seminarie kregen? Dan konden we daar werken. Niemand stoort ons, we hebben alles bij de hand en we moeten niet meer de hele tijd met zijn vieren in een klein kot zitten.'

Ik zag direct de voordelen van zijn voorstel. Op zo'n universiteitscomputer zou ik me echt kunnen uitleven, het zou het programma helpen dat ik niet altijd binnenwegen moest zoeken om geheugen te sparen. Bovendien betekende het dat we daar zouden samenkomen om te werken, zodat bezoekjes aan mekaars kot misschien eens over iets anders dan over het werk konden gaan.

Want Rimada kwam nu al wel een paar maanden zo goed als elke dag over de vloer, maar ze bracht elke keer Oswin en later ook Nusuto mee, en dat maakte elke amoureuze toenadering onmogelijk. Nu het basisprogramma tenminste al 'bruikbaar' was, zou er niet meer elke dag reden zijn om te

brainstormen. Dat betekende dat ik de rest van mijn termijn kon werken aan mijn deel van het plan. Bovendien sloot de universiteit 's avonds om acht uur, zodat de avonden vrij kwamen voor schrijfwerk, denkwerk en... versierwerk.
Oswin regelde iets met Guzman – vraag me niet hoe hij het deed – en geen week later kregen we een lokaal op de faculteit waar een kanjer van een computer stond. Hij had zeker vijf keer zoveel geheugen als mijn PC, en dat was al uitgebreid. De microprocessor was ook eersteklas, zodat alles veel rapper ging. Op mijn bakje duurde het soms vijf minuten voordat de effecten van een maatregel waren uitgerekend; op deze nog geen tien seconden.
Guzman had ook een modem laten installeren. Ik liet Rimada helpen bij het overseinen van mijn gegevens naar de nieuwe computer en toen het gedaan was, maakte ik er groot spel van dat ze alles perfect had afgehandeld. Er was niks aan, maar dat hoefde zij niet te weten.
De eerste dagen zaten we nog veel samen in ons nieuw kot. Ik had veel werk om het programma aan te passen: ik moest alles inkleuren, want de nieuwe computer had een kleurenscherm en op die van mij hadden we altijd in zwart-wit gewerkt. Oswin schikte al onze documentatie in een boekenkast en Rimada wilde telkens opnieuw het programma in kleur zien lopen. Nusuto haalde af en toe op zijn normale cassante manier nog wat dt-fouten uit de geschreven delen van het programma. Maar algauw was er eigenlijk niet veel reden meer om nog samen te komen, toch niet om te werken. Nusuto's beleid zat nu goed en wel in de computer, het basisprogramma stond op punt; we konden geen verdere verfijningen meer verzinnen. Het was nu wachten op mijn plan. Maar daar moest ik nog aan beginnen.
Dat betekende dat ik overdag dikwijls alleen in ons nieuw kot zat, zelfs tijdens colleges, want Guzman had gedaan gekre-

gen dat degene van onze groep die aan zijn thesisdeel werkte, niet naar de lessen moest. Pas op, ook als hij dat niet had gedaan zou ik zijn weggebleven, want Rimada hield toch alle notities bij.
Eigenlijk heb ik mijn plan toen op een kleine twee weken ineengestoken en direct op de computer getest. Ik kreeg goeie punten en haalde toen alles terug uit het geheugen en sloeg het op op een paar diskettes. De anderen moesten niet weten dat ik al klaar was; zeker Rimada niet. Alleen de tegenslagenronde bleef nu nog over, maar die kon ik niet op voorhand afhandelen.
De weken daarop zat ik maar wat computerspelletjes te spelen. Ik had wel altijd een stuk van het Indi-dossier openliggen voor het geval een van de mannen onverwachts binnen zou vallen. Maar ik wist wanneer de colleges gedaan waren. Tegen vijven kwam Rimada meestal binnen en dook in het dossier, waarschijnlijk op zoek naar informatie voor haar plan, al zou dat grotendeels afhangen van wat ik en Oswin deden. Ik zette dan de computer af en hielp haar. Zocht af en toe iets op, gaf een boek aan, haalde een tas thee en zorgde ervoor dat ik geregeld langs haar arm kon strelen, of een hand op haar schouder leggen, of een keer speels op haar kont tikken. Ze keek me dan altijd aan met een blik waar ze volgens mij lang op heeft moeten trainen. Het wou zoiets zeggen als: 'Ik weet wel wat gij in uw kop hebt, maar vergeet het maar, tenminste, voorlopig. Later, misschien...' En ze liet er dan altijd zo'n vriendelijke glimlach op volgen, die ik vertaalde als: 'Bedankt dat ge u inhoudt. En ge zijt nog altijd mijn vriend.' En dan stak ze haar neus weer in haar boeken.
Oswin arriveerde meestal een beetje later, samen met Nusuto, altijd druk aan het discussiëren. Soms over een college of een prof, maar meestal over Indi.

Ja, als Nusuto nog altijd sceptisch tegenover de thesis stond, dan liet hij dat in ieder geval niet merken. Hij ging heel serieus in op Oswin zijn gedram. Rimada had die twee goed gedresseerd.
Als ze uitgepraat waren, zat Oswin meestal van de overkant van de tafel naar Rimada te kijken en nam mijn rol van knechtje over. Nusuto zette zich achter de computer om de tekst van zijn thesis in te tikken voor de geschreven versie. Aan mijn schriftelijk gedeelte werkte ik op mijn kot, tenminste op de avonden dat ik niks anders te doen had, want dikwijls eindigde de dag in ons stamcafé of op een of andere fuif, waar ik voort het Rimada-terrein aftastte. Bij slows soms letterlijk, al keek ik wel uit dat ik niet te ver ging. Ik had de indruk dat ze mijn gefoefel al een beetje gewoon werd. Ja, ik ben nu eenmaal heel lichamelijk in de omgang. Ook Nusuto en Oswin moesten van mij heel wat tikjes of armen op de schouders verdragen.

Soms zeurden ze wel eens aan mijn kop. Of ik al een voorproefje van mijn thesis kon geven? Maar ik speelde het spel goed mee en zei dat het een verrassing moest blijven. Oswin drong wel eens aan omdat hij al aan zijn deel wilde beginnen en toch min of meer wilde weten wat ik van plan was, maar daar trapte ik niet in. Het moest voor iedereen en voor Rimada duidelijk zijn dat mijn plan heel moeizaam vorderde. Ik wilde het juist voor de kerstvakantie bekendmaken, zogezegd heet van de naald.

Waarom ik eigenlijk niks zag in Indi?
Ja, inderdaad, ik heb er veel moeite in gestoken, maar ik heb u al verteld waarom. Hoe, ongelooflijk? Mannen hebben toch al zottere dingen gedaan voor een vrouw? De Taj Mahal bouwen, bijvoorbeeld, of de kop van een doper afkappen, of met duizend schepen een stad gaan belegeren.

Nee, echt, ik geloofde niet in Indi. Waarom niet?
God, jong, moet ik u dat nog uitleggen?
Kijk, ik twijfelde er geen moment aan dat onze thesis een succes zou worden.
Ge moet rekenen: we waren jong en sommigen van ons waren misschien wat naïef, maar we waren allevier knappe koppen. En hoe ingewikkeld het programma ook was, het bleef een vereenvoudiging van de werkelijkheid. Aangezien we het zelf opbouwden, moest het mogelijk zijn de problemen die het zou oproepen op te lossen. Nu hadden we wel de bedoeling het onszelf onmogelijk te maken vals te spelen: alles moest zo waarheidsgetrouw mogelijk zijn en we hadden Guzman als waakhond om ervoor te zorgen dat we geen binnenweggetjes pakten. Maar toch, ook al probeerden we elke relevante parameter in te voeren in het programma, er waren altijd nog wel wat zogenaamd irrelevante zaken waar we geen rekening mee hielden, en die ons dus ook niet voor de voeten konden lopen. Die tegenslagvariabelen van Rimada waren een poging om ons geweten daarover te sussen. Maar de lijst van mogelijke tegenslagen stelden we ook zelf op, dus...
Allez, om kort te gaan: hoe levensecht Indi ook leek, écht echt was het niet.
Om eerlijk te zijn, moet ik erbij zeggen dat ik dat toen zelf niet direct doorhad. Het was onze pa die mijn ogen deed opengaan, toen hij mij hielp met het programma. Hij zei dat de werkelijkheid altijd ingewikkelder was dan wat mensenhersenen konden bedenken. We hebben daar af en toe hevig over gediscussieerd.
Maar goed, laten we nu zeggen dat Rimada gelijk had. Dat Indi echt genoeg was om als model van de werkelijkheid te dienen. Dat de conclusies uit onze thesis dus bruikbaar zijn voor een echt land. Dat kan dan wel kloppen, maar wat zijn we daarmee?

Weet ge waarom onze thesis al bij al onrealistisch bleef? We hadden af te rekenen met één multinational, die één tak van de economie in handen had. De uitgangssituatie was ingewikkeld, maar nog beheersbaar. Waar ter wereld is dat nog het geval? Het Oostblok is weg. Er staat geen rem meer op het kapitalisme. Zelfs China en Cuba beginnen met markteconomie te experimenteren.

Als iemand nu zijn land zou willen hervormen zoals wij met Indi hebben gedaan, zou de hele wereld erover lopen: totale verbanning uit de wereldgemeenschap zou erop volgen, en dat is gezien ons plan nog het minst erge. Want Indi zou autarkisch worden, weet ge nog? Maar ze zouden wel manieren en excuses vinden om de hervorming te saboteren en een braaf liberaal regime aan de macht te brengen. Want stel u voor dat iemand bewijst dat collectivisme werkt!

Dat Indi tenminste bewijst dat het theoretisch mogelijk is? Maar wat hebben we eraan om een land als Indi te redden? Hoeveel landen als Indi zijn er nog? Elk derdewereldland is nu een reservoir van goedkope arbeid en van grondstoffen voor een van de economische grootmachten en zit tot over zijn oren in de schuld bij de Wereldbank of kan geen lening meer krijgen als het niet doet wat het IMF zegt. Zelfs als we zo'n land zouden kunnen losweken uit zijn economische wurggreep, wat heeft de rest van de wereld daaraan? Zoiets als Indi redden was relatief gemakkelijk, omdat het land nog in een prekapitalistische fase zat, zodat we de draagwijdte van de kapitalistische invloed zelf konden bepalen. Maar tegenwoordig besturen de kapitalisten de wereld. Speculanten kunnen een land maken of kraken. Hoe weekt ge een land los van zijn kapitalistische economie die zich onmisbaar heeft gemaakt? Voor alles moet tegenwoordig betaald worden: voor zuiver water, voor zuivere lucht, en wie verdient eraan? De kapitalisten. Wie zorgt ervoor dat er genoeg eten is? De voedingsindustrie. Wie zorgt voor gas en elektriciteit? De energiemaatschappijen. Wie bouwt huizen? Geprivatiseerde huisvestingsmaatschappijen. Wie levert de natuur om in te wandelen? Commerciële recreatieparken. Wie levert medicijnen? De farmaceutische industrie. Wie zorgt voor werk, of juist niet? De privé-sector. Wie controleert de nieuwe technologie? De multinationals. Zelfs een kind kunt ge tegenwoordig letterlijk kopen. Legaal.

De mensen maken zelf niks meer, alleen nog stukjes van brokken van onderdelen, dus als ze zich losmaken van de kapitalisten hebben ze niks meer. En bedrijven nationaliseren? Een filiaal van een multinational is tegenwoordig ook maar een radertje in een groot netwerk: ge zoudt een onderdeeltje van een productiemachine overnemen dat direct door het moederbedrijf wordt afgesneden van de rest. De kapitalisten aan banden leggen via wetten? Gaat gij alle werklozen eten geven als de buitenlandse bedrijven massaal vertrekken? Gaat gij de mensen uitleggen waarom hun koffie, bananen, Japanse auto's en Amerikaanse PC's ineens honderd keer zoveel kosten nadat de speculanten uw munt hebben gekelderd? Nee, het is geen samenzwering, het is alleen een zichzelf in stand houdend systeem. Totdat de wereld is opgebruikt. En dan is het voorgoed gedaan. Met ons allemaal, ook met de kapitalisten. Dat is dan onze enige troost.

Eén ding moet ge goed beseffen: bijsturen gaat niet. En weet ge waarom niet? Luister goed, hé, want wat ik nu ga zeggen is het enige dat ge echt moet onthouden: KA-PI-TA-LIS-ME IS SLECHT! In alle betekenissen van het woord.

In Indi konden we praktisch van nul beginnen, en ge gaat nog zien wat voor ambras dat al gaf. De moderne landen zijn economisch zo met mekaar verweven, het productieproces is zo versnipperd; het kapitalisme heeft zich in alle aspecten van het leven binnengewerkt en de zaak overgenomen. Eigenlijk bestaan er economisch gezien geen landen meer. De wereld wordt niet meer bestuurd vanuit Kremlins, Ovale kantoren of Wetstraten, maar op Beursvloeren en door de raden van bestuur van multinationals. Een regering of een land dat niet wil meewerken, wordt genadeloos afgemaakt. Economisch gewurgd. En het is hun eigen schuld. Ze hebben het kapitalisme gewild, awel, ze hebben het gekregen. Alle waarden zijn vervangen door geld. Dat telt gemakkelijker. Om een tegengewicht te vormen moet ge niet uit één land vertrekken, maar moet ge een hele hoop landen tegelijkertijd zover krijgen dat ze een planeconomie aanvaarden. Kijk maar naar Europa, dan weet ge hoeveel kans daarop is. Mansholt zei ook dat hij daar op termijn een planeconomie van wilde maken. Ge ziet zelf wel wat daarvan terechtkomt. En nu het GATT gebetonneerd is...

Maar dat weet gij toch allemaal al! Daar zijn bibliotheken over volgeschreven!

En dan wat wij doen au sérieux nemen, kom, niet zeveren, hé.'

Wat ik wel serieus nam, waren Rimada's onweerstaanbare billen. En haar tieten, natuurlijk.

Hoe? Hadt ge dat nog niet door?

Komaan zeg, ik en Rimada? Maar nee, jong, ge verstaat het niet. Ik was helemaal niet verliefd, ik was heet. Mijn jachtinstinct was uitgedaagd. Rimada zag er prachtig uit met dat mediterraan velletje van haar, ik werd helemaal wild van haar lijfgeur en zeker als ze die zoete parfum van haar daar nog eens bovenop spoot, maar haar kopje was mij iets te naïef. Ik zou horendol geworden zijn als wij iets serieus met mekaar waren begonnen. Nee, seks, daar ging het om. Ge weet toch hoe Marx over het huwelijk dacht? OK, hij was zelf wel getrouwd, maar dat kon niet anders in die tijd. Ik heb meer geluk. Dankzij het kapitalisme? Zeg maar: als onverwacht bijproduct ervan. Daarbij, mei '68 had niks met kapitalisme te maken. Maar we hadden het over Rimada.

Ik waagde mijn kans na een uitstapje naar de Antwerpse boekenbeurs. Nusuto had aangekondigd dat hij er een dag naartoe ging – hij had geen college op woensdag – en Rimada zei dat ze wel goesting had om mee te gaan en dus was ik ook van de partij. We waren een beetje verbaasd dat Oswin niet meeging. Hij had wel college, maar dat was maar een keuzevak en zo consciëntieus was hij sinds onze thesis niet meer als het over brossen ging.

Maar hij zei dat hij geen goesting had, dat hij in het weekend al met zijn ouders ging en dat hij wat wilde werken. We krabden eens in ons haar en namen dan maar met ons gedrieën een trein.

Ik ben graag op de boekenbeurs: het is zoiets als een warm zwembad. Ik kan me er uren in onderdompelen. Alleen al die geur als ge dat gebouw binnenkomt... Op elke stand vind ik wel iets wat mij aanstaat, zelfs op die flutstandjes van religieuze tijdschriften of encyclopedieverkopers. Het is een soort excuus om eens dingen te bekijken die ik anders nooit lees. Ik koop ook altijd heel rare dingen. Boeken van onleesbare postmodernisten, dichtbundels, filosofie en – als ik ze vind – vertalingen van Griekse of Latijnse klassiekers. Da's nog een overblijfsel van mijn humaniorastudies. Onze pa stond erop dat ik Klassieke deed, dan werd ik tenminste niet opgeleid om iemand anders rijk te maken. Ik heb nooit veel last gehad met Latijn en Grieks en het was wel plezant om te ontdekken waar al die zogenaamde moderne profeten hun mosterd hebben gehaald zonder dat ze het zelf weten. Juvenalis schreef al over homohuwelijken, Lucretius beschreef de evolutietheorie, Aristophanes ontdekte het plezante communisme. En Ovidius leerde mij wijven versieren.

Ja, de *Ars Amatoria*. Als ge wilt weten waar alle clichés over versieren vandaan komen, moet ge dat maar eens lezen. Een perfecte illustratie van 'all is fair in love'. En geloof me, het werkt. Niet altijd, maar toch...

Nusuto was niet geneigd lang te blijven. Hij ging naar de beurs voor de serieuze politieke geschriften en een bepaalde soort humorloze literatuur, en die had hij al rap gezien. De enige reden waarom hij bij ons bleef, was omdat Rimada in meer genres geïnteresseerd was en dus achter mij bleef aanlopen. Maar na een uur of twee begon hij toch te zagen. Of we geen dorst hadden en dat hij tracteerde. We worstelden ons naar de cafetaria in zaal 2, tegenover de stand van de Wolinski-strips, en dronken van dat typisch bitter boekenbeursbier. Rimada bestelde ook een zweterige Smos. We zaten daar een kwartiertje, omgeven door het constante geroezemoes van duizenden mensen, af en toe overstemd door die madam met haar rare stem die in die jaren nog aankondigde wie waar zat te signeren en welk debat in welke zaal begon. We vergeleken onze aankopen, die bij mij nog miniem waren, want ik wacht altijd tot de beurs bijna sluit voor ik iets koop.

Nusuto had iets van Noam Chomski, nog zo'n zeurpiet die altijd maar vertelt wat er mis is met Amerika maar nooit eens zegt hoe het dan wel moet. Pas op, de mens heeft gelijk hé, maar ik weet het nu onderhand wel.

Rimada had *Sneeuwland* van Yasunari Kawabata gekocht en nog wat sentimentele wc-lectuur.

Ik had rap geroken dat hier een kans lag om eindelijk met haar alleen te zijn. Ik begon te vertellen over boeken die ik had gezien en die ze zeker nog eens moest lezen. Ik wist ondertussen wel hoe ik haar enthousiast kon maken en ik zag Nusuto's gezicht betrekken bij het idee dat we nog zeker een paar uur langer zouden blijven. Hij maakte de fout om er een opmerking over te maken.

‘Maar als ge geen goesting hebt, ga dan terug naar Gent. Niemand houdt u tegen’, stelde ik vriendelijk voor.
‘Ja, Nusuto, je hoeft heus mijn handje niet vast te houden, hoor. Ik ben groot genoeg om op mezelf te passen, en Bull is er ook nog’, grapte Rimada, zonder te weten dat ze zijn ergste schrik bevestigde.
‘Nee, nee, ik blijf wel.’
‘Doe niet zo gek. Als je tegen je zin achter ons aan blijft lopen, blijft het zeker niet gezellig. Ga toch naar je kot en lees je boek. We zien je vanavond wel. Of morgen’, voegde ze eraan toe.

Nusuto

Op dat moment dacht ik dat ik Rimada voorgoed kwijt was. Ik interpreteerde haar blik en woorden als een diplomatische vervorming van: ‘Laat ons nu maar even alleen. Ik heb zin in Bull.’ Blijven was niet alleen onmogelijk, het was ook zinloos. Ik nam een trein naar Gent en ben me toen gaan bezatten in ons stamcafé. De uitbater schrok toen ik om zwaar bier vroeg. Maar aan thee had ik toen geen boodschap.

Rimada

Ja, ik weet wel dat hij dat dacht. Ach, Nusuto! Hij dacht dat hij me doorhad, maar ik had meer inzicht in zijn gedachtekronkels dan hij in de mijne. Ik had gewoon zin in een dagje boekenbeurs. Ja, ik weet dat het ongelooflijk klinkt, maar bijbedoelingen had ik echt niet. Nooit, op die leeftijd.
Zulke bijbedoelingen toch niet. Ik was me er wel van bewust dat ik door te blijven Bulls inzet wat aanscherpte. Zo bleef hij tenminste hopen, en dus meewerken. Maar gepland was het niet, enkel meegenomen.

In ieder geval, Nusuto vertrok, wij bleven nog een paar uur. Rond zeven uur zaten we zwaarbeladen op de trein. Er was niks gebeurd, alleen gezellig met ons tweetjes langs de stands flaneren, boeken besnuffelen en bekritiseren, ons ergeren aan prijzen en stillekensaan een nieuwe intimiteit opbouwen. In de trein begon ze dan eindelijk te vertellen. Over haarzelf.

Rimada's familie is een joods nest. Maar haar moeder trouwde met een Franse atheïst, naar het schijnt verre familie van de beroemde lexicograaf Henri Estienne (Stephanus). Hij werkte in Brussel voor een Franse bank en leerde Rimada's moeder kennen toen hij in het ziekenhuis werd opgenomen voor een hartaanval. Hij was toen al ver in de veertig en pafte als een Turk. Rimada's moeder is verpleegster en toen hij ontslagen werd uit het ziekenhuis vroeg hij heel onverwachts haar telefoonnummer. Een jaar later waren ze getrouwd. Dat was in '63. Ze waren op huwelijksreis toen Kennedy werd doodgeschoten.

Terug in België gingen ze in Gent wonen, die sjieke buurt tussen de Zwijnaardse en de Kortrijkse Steenweg. Twee jaar later werd Rimada geboren. Haar vader stierf toen ze één was. Ja, een tweede hartaanval. Rimada kent hem alleen van foto's.

Toen ze in het vijfde studiejaar zat, kwam haar grootmoeder aan moederskant bij hen wonen. Het mens was ondertussen in de zeventig en haar eigen huis werd te groot om op haar eentje in orde te houden. Met die oma, daar is iets mee. Ik vroeg of haar man dan al lang dood was en Rimada klapte dicht. Ik voelde direct aan dat ik op verboden terrein was en gelukkig kwamen we juist aan in Gent, zodat ik over iets anders kon beginnen.

Of ze goesting had in een avondje uit. Gewoon gezellig. Iets gaan eten of drinken, of naar de cinema.
Ze keek me een minuutje aan met lege ogen en zei dan onverwacht opgewekt: 'Prima, ik heb wel zin in een pizza.'
En toen dacht ik eraan. Boeken kosten veel geld.
'Euh... goed, maareuh... ge zult wel moeten tracteren, want ik ben blut. Ik betaal het u volgende week wel terug.'
Ze begon te lachen, het brak het laatste beetje spanning.
'Een fraaie versierder ben jij, Red Bull! Tracteren op mijn kosten!'
'Ik ben voor vrouwenemancipatie,' zei ik, 'al die stomme gedragscodes tussen mannen en vrouwen zijn zo bourgeois.'
'Ja, en dat moeten we te allen prijze vermijden, niet?'
We spraken af dat ik haar over een halfuur op haar kot zou afhalen. Zo kon ik eerst mijn boeken thuis gaan afzetten.
Toen was de Via Appia nog in de Zuidstationstraat, tegenwoordig op de Brabantdam, aan de andere kant van de rosse buurt. In de Via Appia maken ze de beste pizza's van Gent. Nee, niet de goedkoopste, maar het was Rimada haar idee, dus ze moest niet klagen.
De ober met zijn maffiosogezicht (verder een toffe gast, zulle) bracht mij een pizza Giulio Cesare en een Quattro Stagione voor Rimada en een karaf wijn.
Ge kunt peinzen: ik zag mij al in haar armen liggen. Maar het pakte anders uit.
Wijven hé! 't Is dat ik zo'n brave jongen ben, want anders! Nee echt, vrouwen weten niet wat ze aanrichten als ze met iemand uitgaan en dan achteraf zeggen dat het heel gezellig was maar dat er geen verlengstuk aan gebreid zal worden. Ze moeten eens leren dat ja tegen het eten tegelijkertijd ja tegen de seks is. En als ze dat niet willen, moeten ze dat op voorhand duidelijk zeggen! Ik verschiet er niet van dat zoveel grietjes na een afspraakje verkracht worden. Ze hebben er

gewoon geen benul van hoe de hersenen van een jongen werken. 't Is dat ik in die tijd goed aan mijn trekken kwam, maar de meeste gasten kunnen de hele dag aan niks anders denken dan eindelijk te weten hoe het voelt om met een griet in bed te duiken. En als ze dan denken dat ze prijs hebben en dat valt tegen, ja, dan slagen de stoppen wel eens door.

Toen mijn pizza op was en Rimada aan haar tweede helft ging beginnen, dacht ik dat het moment daar was. Het peil van de wijnkaraf was al goed gezakt, al was ik daar zelf grotendeels verantwoordelijk voor, en ik voelde me alsof ik in een doos watten lag. Het sentiment kreeg de overhand en ik was zat genoeg om te denken dat wat ik voelde ook wel voor Rimada moest gelden. Wijn gooit de remmen los. Allez, bij mij toch.

En dus begon ik te leuteren. Ik was nog nuchter genoeg om het me de volgende dag met rode kaken te herinneren. Wat een mens allemaal uit zijn botten slaat als hij zat is!

Dat ze het schoonste meisje was dat ik ooit had gezien (dat was waar!). Dat ik al maanden verliefd was (dat was niet waar). Dat ik elke dag aan haar dacht...

Rimada

...dat hij alles voor mij zou doen. Dat hij niet alleen mijn lichaam maar ook mijn geest bewonderde. Dat hij niet begreep wat ik bij die van elke emotie verstoken Nusuto te zoeken had. Dat hij – als het werk aan de thesis hem boven het hoofd dreigde te groeien – alleen door aan mijn parfum te denken volhield. Dat ik de lief-, zacht-, gevoelig- en intelligentste vrouw was die hij ooit had ontmoet, en dat wilde wat zeggen, liet hij verstaan. En of ik hem nog lang zou laten 'zeveren', zoals hij het noemde, of direct met hem naar mijn of zijn kot ging?

Zijn tirade had ik voelen aankomen. Al van toen hij op de trein zo'n ongewone interesse voor mijn familie aan de dag had gelegd. Maar zijn voorstel was een totale verrassing. Al maanden was hij duidelijk bezig met de trage aanpak; ik had een romantische liefdesverklaring dus wel verwacht, maar dat hij nu al verbaal zijn piemel uit zijn broek zou halen, kon ik enkel aan de wijn toeschrijven.
Ik lachte hem vriendelijk toe, trok mijn hand terug uit zijn greep net voor hij ze wou kussen en dacht bij mezelf: Help! Hoe kon ik hem afschepen zonder hem weg te jagen, weigeren zonder te kwetsen? Want om de waarheid te zeggen: ik vond Bull aangenaam gezelschap, net als Nusuto, zij het om andere redenen, maar hij oefende geen enkele aantrekkingskracht uit op mijn gonaden. Nusuto en ik gingen zo vaak uit zonder dat daar een slaapkamerscène op volgde. Ik had me in mijn omgang met Bull kennelijk iets te veel laten leiden door die ervaringen.
Ja, ik had gehoopt dat zijn geilheid ondertussen grotendeels was overgegaan in een gemeende vriendschap. Ik had geweigerd om zijn vriendelijkheid als louter berekening te zien. Dat dat nu in zekere mate een vergissing bleek te zijn, verschafte me een uitweg. Ik moest er mijn onbevangenheid wel behoorlijk geweld voor aandoen.
'Ik wil best met je meegaan naar je kot, maar dan alleen voor een slaapmutsje of een babbeltje', zei ik zo vriendelijk mogelijk. 'Ik denk niet dat dit een goed moment is om in de koffer te duiken. Ik ben niet het soort meisje dat na een pizza al plat gaat, zeker niet als ik hem zelf moet betalen. Bovendien lijkt het me niet zo verstandig om seks in de weg te laten lopen van onze thesis. Als wij met elkaar iets beginnen, zouden Nusuto en Oswin wel eens definitief kunnen afhaken. En dat jij onze verhouding voor jezelf zou kunnen houden, geloof ik geen moment.'

Ik gaf mijn opmerkelijk koud geserveerde boodschap de kans om te verteren.
Ik zag allerlei emoties langs Bulls gedilateerde pupillen passeren, zoals teleurstelling, woede, maar ook waardering voor de kans die ik hem bood om zijn gezicht te redden.
'Slechte timing, dus', zei hij kort.
Ik knikte en lachte ontwapenend. Ik schrok van mezelf dat ik mijn reacties zo trefzeker regisseerde.
'Goed, maar na de thesis is de jacht open', grinnikte hij, zijn zelfzekere blik al hersteld. 'Wil je nog iets drinken?'
'Nee,' antwoordde ik, 'want ik betaal.'
'Gierige pin', grapte hij, slecht geacteerd.
Ik stak speels mijn tong uit, ook al een B-filmprestatie. Maar we begrepen dat we allebei hadden moeten inleveren om tot deze modus vivendi te komen. Bulls gezicht was wel gered, maar dat betekende niet dat zijn ego de tegenslag even ongeschonden doorstond. En ik besefte dat Bulls geilheid, in het begin een grote troef voor mijn project, me uiteindelijk wel eens zuur zou kunnen opbreken. Hij was erin geslaagd zich onmisbaar te maken en er zou wel eens een moment kunnen komen dat hij zijn medewerking afhankelijk maakte van seksuele gunsten mijnerzijds. Ik hoopte dat onze vriendschap hem daarvan zou weerhouden en dat ik – als hij ooit nog eens avances maakte – enkel met mijn eigen voorkeuren rekening zou moeten houden.

Bull

Enfin, nu weet ge het.
Ja, ze had het schoon gespeeld. Ik moest concluderen dat ze heel goed wist wat ze deed op het gebied van relaties, hoe onnozel ze zich ook voordeed.
Ovidius kon er een puntje aan zuigen.

Ze had me in mijn eigen netten gestrikt. Als ik niet zo geïnteresseerd had gedaan over de thesis had ze die nooit kunnen uitspelen om me uit haar bed te houden. Ik kon geen kant meer op: als ik echt om de thesis gaf, kon er geen sprake zijn van seks met Rimada, en als ik toegaf dat de thesis me niks kon schelen, zou zij zeker niet meer willen. Er was natuurlijk altijd nog de mogelijkheid van chantage, maar zo ben ik niet. Wat denkt ge wel van mij! Ik krijg mijn vrouwen door expertise, niet met laffe binnenwegen.

Daarbij, als ik Rimada zou laten kiezen tussen haar gevoel voor eigenwaarde en haar thesis, dan weet ik nog niet zo zeker of ze de thesis zou kiezen. Nee, ze had me in mijn eigen spel verstrikt, nu moest ik maar meespelen tot het einde. Mijn enige kans was nu mijn best doen voor de thesis. Ze had niks beloofd, maar ook niks verboden. Terug naar plan één, dus.

Maar ze zou me nog meer verbazen. Nog nooit heb ik een vrouw zo slecht ingeschat als Rimada. Misschien daarom dat ik haar nooit ben vergeten.

Maar dat is voor later.

Mijn plan? Och ja, bijna vergeten.

Kijk, het was simpel.

Nusuto's buitenlandse politiek was voor Chaos een te bittere pil. Dus daar moest ik eerst een suikerlaagje over gieten. En dat suikerlaagje heette Oswin.

Oswin was minister van Defensie; hij had het leger behoorlijk versterkt en zich heel populair gemaakt bij zowel de militairen als de bevolking. Ik liet hem zich kandidaat stellen voor de presidentsverkiezingen. Ik gaf hem een biografie mee die hem voor Chaos direct een aanvaardbare kandidaat maakte. Hij had les gevolgd aan een militaire school, waar ook Chaotische instructeurs les hadden gegeven. Hij was getrouwd met een aristocrate, die ik met een beetje tegenzin maar Rimada liet heten, zoals Guzman had voorgesteld, en hij was kapitein in het leger. Hij was wel de aanstichter van de revolutie tegen de dictator geweest, maar het onderdrukken van de daaropvolgende Indianenopstand had in Chaos de indruk gewekt dat hij allesbehalve links was. Zijn tussenkomst ten voordele van de door Nusuto gearresteerde communisten hadden we geheim gehouden. Om het beeld te versterken liet hij zich voordragen door de meest rechtse partij in het parlement en bevatten zijn toespraken alleen vaag patriottisch gewauwel. Maar omdat hij de vader van de revolutie was, kreeg hij de steun van alle partijen.

Wat ik ook in het programma invoerde, maar voor Chaos geheim hield, was zijn uitgesproken communistische sympathieën. Hij was een goede vriend van vakbondsleider Francisco en van de leider van de dan nog niet bestaande communistische partij, Red Bull. Het was Red Bull die Oswins verkiezingstoespraken schreef en hem zijn gematigd imago aanraadde.

Natuurlijk werd ook de Indianen beterschap beloofd, maar dat werd afgeschermd door wat rechtse rookgordijnen, zodat, toen ik alles had ingevoerd en de computer liet kiezen tussen een aantal mogelijke evaluaties van Oswin vanuit Chaos, hij deze tekst eruit pikte. Ik had hem in de vorm van een interne memo van de Chaotische ambassade in Indi gegoten:

'Oswin is volgens mij niet een persoon met een diepgewortelde intellectuele band met de linkse zaak en heeft als dusdanig geen echte sympathie voor de lagere klassen of voor de vele buitenlandse communisten die in Indi zijn geïnfiltreerd.

Oswin is volgens mij in de eerste plaats een opportunist die heeft aangehaakt bij de Nusuto-trein, vooral om persoonlijke rijkdom te verwerven en zijn eigen politieke ster te doen rijzen. Hij

is niet van Indiaansen bloede en heeft in essentie een autocratisch karakter. Oswin lijkt erg graag president te willen worden en hij heeft een vrouw met sterke ideeën, die presidentsvrouw wil zijn.
De conclusie is: Oswin zou een staatsgreep kunnen plegen, met als excuus de noodzaak om Indi te redden van het communisme. Zo'n voorval zou waarschijnlijk het einde betekenen van de druk op Chaotisch kapitaal, een terugkeer van Indi tot de samenwerking met Chaos en het einde van elke persoonlijke vrijheid in Indi.'

Guzman had ons een paar historische studies van Latijns-Amerikaanse landen gegeven en daarin vond ik voorbeelden genoeg van typische memo's om mijn versie geloofwaardig te laten klinken.
Om alles af te ronden liet ik Nusuto een interview geven in een buitenlandse gazet, waarin hij zich liet ontvallen dat Oswin niet geschikt was als presidentskandidaat. Nusuto's linkse reputatie zorgde ervoor dat het wrevelniveau in Chaos daarna zakte tot het nulpunt.
Om wat couleur locale toe te voegen liet ik de verkiezingen niet honderd procent vlekkeloos verlopen. Zo mochten ongeletterde vrouwen niet stemmen en moesten ongeletterde mannen een publieke stem uitbrengen.
Maar bij gebrek aan geloofwaardige tegenkandidaten had de computer geen andere keuze dan Oswin te verkiezen als tweede president van Indi. Een in alle opzichten terechte en logische keuze.
In een van Chaotische ogen afgescheiden segment van het programma bereidde ik de langverwachte landhervorming voor. Dat gebeurde door Oswin langzaam in handen van de Indiaanse communisten te manoeuvreren. Het volstond om – in navolging van enkele bestaande landen – de zogenaamd

revolutionaire partijen te karakteriseren als opportunisten in contrast met de in het begin nog illegale maar hardwerkende en eerlijke communisten.

De communistische partij werd direct na Oswins inauguratie toegelaten – zonder ze expliciet te noemen. Een jaar na de presidentsverkiezingen kwamen de communisten van de Indiaanse Arbeiderspartij met vier leden in het parlement en in de regering. Een van hen was de journalist Red Bull.

Oswin begon zijn vage koers van in het begin te vervangen door een progressiever jargon. Een typische toespraak uit die tijd (ja, ik verzorgde de details van mijn deel: het moest precies zijn of ge naar een documentaire op tv zat te kijken) klonk zo:

'Ik hecht veel belang aan economisch beleid, maar alleen als middel om sociale doelen te bereiken. Al de rijkdommen van Indi zijn niet zo belangrijk als het leven, de vrijheid, de waardigheid, de gezondheid en het geluk van de nederigste van zijn burgers. Hoe verkeerd zouden we zijn als we – door het middel als het doel te beschouwen – financiële stabiliteit en economische groei als de hoogste doelen van ons beleid zouden stellen, en het welzijn van onze massa's eraan zouden opofferen. Onze taak is samen te werken om meer rijkdom te scheppen. Maar we moeten die rijkdom verdelen, zodat zij die minder hebben – en zij vormen de grote meerderheid – er meer van genieten, terwijl zij die meer hebben – en dat zijn er zo weinig – ook genieten, maar minder. Hoe kan het anders, gezien de armoede, de slechte gezondheid en het gebrek aan onderwijs van ons volk?'

In Chaos, waar ze er nog altijd van overtuigd waren dat Oswin komedie speelde (het wantrouwengetal was nog niet bereikt), legden ze dit soort vage toespraken uit als een voor-

bereiding op het invoeren van proportionele belastingen. De IFM zag dat niet graag, maar Chaos kon daar niet echt veel tegen doen, want al zorgt dat systeem voor een bescheiden herverdeling van de rijkdom, communistisch kunt ge het moeilijk noemen. Daarbij, belastingen ontduiken konden ze bij de IFM heel goed, dat hadden ze tevoren al bewezen.
Voor alle duidelijkheid: ik stel de reacties van de computer maar wat levendiger voor. Het was niet zo dat het programma al die blabla op het scherm afdrukte of zo.
Ondertussen werkten Oswin, Red Bull en de vakbondsman Francisco in het geheim aan een allesomvattende landhervorming, die ze onverwacht door het parlement wilden jagen. Oswin kreeg in zijn 'kennisbestand' alle informatie over de toestand op het platteland mee, en dat maakte hem in ons virtueel land tot een expert. Maar Red Bull was de grote strateeg.
Een jaar later was het programma klaar. Drie elementen zorgden ervoor dat het zonder problemen door het parlement kwam. Eén: het charisma van Oswin en zijn op populariteit in het leger en op zijn revolutionair verleden gebaseerd gezag. Twee: het patriottische sausje dat Red Bull over Oswins toespraak in het parlement had gegoten (Indi zou onafhankelijker worden van de IFM en dus op eigen benen leren staan). Drie: het besef bij de partijen dat ze van Oswin afhankelijk waren voor de lucratieve posities die het plan creëerde.
De conservatieve grootgrondbezitters sloegen in paniek en riepen 'diefstal' en 'totalitarisme', toen de landhervorming met een grote meerderheid werd aanvaard.
En ze hadden daar reden toe: het kostte me een paar dagen tijd voor ik de wrevelcijfers zodanig tegen mekaar wist uit te spelen dat niemand in het rood ging. Het bleef bij verbaal protest, voorlopig, want ik had voor Oswin een hele erfenis

achtergelaten als hij die hervorming ook echt wilde uitvoeren. Hij zou over eierschalen moeten lopen.

Wat stelde ik dan voor?

Om te beginnen: onteigening van alle niet-bebouwde grond van grote bedrijven (waaronder natuurlijk de IFM, maar niet met name genoemd om te kunnen ontkennen dat ze geviseerd werd). De grond werd vergoed a rato van de waarde op hun laatste belastingaangifte. (Dat betekende dus zwaar onder de echte waarde, want die grootgrondbezitters fraudeerden massaal, maar ze hadden geen poot om op te staan.) Die grond zou worden verkocht of verpacht aan individuele boeren.

Dat zou getrapt gebeuren. Op lokaal vlak zouden verkozen raden beslissen over de aanvragen en advies uitbrengen aan het departementale niveau. Daar viel de definitieve beslissing en werd verslag uitgebracht aan de regering, die waakte over de goede gang van zaken, en bij betwistingen was het de president zelf die tussenkwam.

Natuurlijk konden we voor het organiseren van de lokale raden rekenen op de steun van de vakbonden. De lokale raden moesten het klassebewustzijn bij de arme boeren aanscherpen. Red Bull zei daarover in een privé-gesprek met Oswin (dat interieur van Oswins kantoor, daar heb ik lang aan gewerkt!):

'We hebben de oprichting van boerenraden voorgesteld om de fundamenten te leggen voor de eventuele radicalisering van de boerenklasse. We willen de controle over de hervormingen van onder uit laten gebeuren. Dat zal de boeren een sterk besef geven van hun gemeenschappelijke behoeften. En als zich uit het systeem van levenslange pacht coöperaties ontwikkelen, zal het zaad van een meer collectieve samenleving gezaaid zijn.'

Ter ondersteuning van de landhervorming werd er een massale alfabetiseringscampagne op touw gezet, zodat de boeren ten minste hun eigen rechten konden lezen.
En er werd ook een Nationale Landbouwbank opgericht, die leningen gaf aan boeren die geen geld hadden om land te kopen of te pachten. Pas op: leningen, geen cadeaus; ze moesten alles terugbetalen. Het was de bedoeling om op twee jaar tijd 100.000 families aan een eigen bedrijf te helpen. Alles was gericht op het ondermijnen van het quasimonopolie van de IFM en dus in feite op het inrichten van een vrije markt. Ook iets waar Chaos in principe niets op tegen kon hebben.

Het laatste deel van het plan waren massale infrastructuurwerken: een wegennet dat het vervoer van landbouwproducten niet meer afhankelijk maakte van de spoorwegmaatschappij van de IFM, zoals vroeger, en het inrichten van een tweede haven voor niet-IFM-uitvoer. (Een VN-rapport over het vervoersmonopolie van de IFM, gebaseerd op een studie over Guatemala: *'De belangenvermenging van de spoorwegmaatschappij en de bananenmaatschappij heeft een situatie gecreëerd die niet altijd zo goed is voor de economie van het land. De treinen die bananen vervoeren krijgen absolute voorrang; wanneer ze rijden, moeten alle andere treinen op een zijspoor wachten. Bovendien krijgen ze een speciale behandeling in de haven en hebben ze voorrang bij het laden en lossen. Daarom moeten treinen en schepen die geen bananen vervoeren wachten. Het laden en lossen van andere goederen wordt zelfs onderbroken om voor de bananen te zorgen.'*)
En ik plande ook waterkrachtcentrales om te concurreren met de IFM-elektriciteitsmaatschappij. Om Chaos koest te houden werden alle onderdelen voor de werken besteld bij

Chaotische bedrijven. Zo probeerde ik de wrevelcijfers van de IFM en van Chaos van mekaar los te koppelen.
De bedoeling was zogezegd om van Indi een moderne kapitalistische staat te maken. In feite moesten alle hervormingen dienen om Indi economisch onafhankelijk te maken van Chaos. Het enige wat Oswin nu in zijn deel van de thesis moest doen was de onvermijdelijke economische boycot van Chaos lang genoeg uitstellen tot de autarkische economie op volle toeren begon te draaien. Mijn werk zat erop. Of toch bijna.
Want Chaos was natuurlijk niet de enige kat die we te geselen hadden. Ik moest ook zien dat het binnenlands verzet binnen de perken bleef. Daarvoor buitte ik Oswins positie in het leger ten volle uit. Met communisme moest hij daar niet aankomen, maar zolang hij getrouwen aan het hoofd had staan en ze vertroetelde met hoge lonen, eigen huizen, vrijstelling van de grondonteigeningen en een soepeler toepassing van de belastingsregels, had hij van die kant niks te vrezen.
Tegenover mensen uit zijn entourage die bezwaar maakten tegen die voorkeursbehandeling legde de president uit dat de trouw van het leger absoluut noodzakelijk was voor het succes van de hervormingen. Dat was de eerste peptalk voor zijn aanhangers. Oswin had er voor zijn thesisdeel nog vier over.
De rest van mijn programma bestond uit details die de invloed van de communisten in het land uitbreidden, zonder ze echte politieke macht te geven.
De band tussen Oswin, de voornaamste machtspersoon in het land, en Red Bull hielp daarbij. Af en toe een paar procommunistische artikels in de regeringsgazet en op de radio zette de revolutionaire partijen ertoe aan om linkse taal te gaan uitslaan om bij Oswin in het gevlei te komen. Er waren contacten met Cuba en de Sovjet-Unie (die bestond toen nog).

Het feit dat de vakbonden in de steden – ook de niet-communistische – van de regering afhankelijk waren voor geld deed ook daar de liefde voor het communisme oplaaien. Ze meenden er natuurlijk geen bal van, maar het linkse gedachtegoed verspreidde zich zo over het hele land. Dat leidde tot meer leden voor de communistische partij en het leverde bij de gemeenteraadsverkiezingen drie communistische burgemeesters op.

Het was een hele evenwichtsoefening, maar het kostte me toch niet al te veel moeite om alles rustig te houden. Dat wil niet zeggen dat iedereen content was. De passiviteit van Chaos was alleen mogelijk omdat het zelf aan de hervormingen verdiende; van de illusies over Oswin waren ze daar nu wel voorgoed verlost. De IFM stond voorlopig alleen met zijn astronomisch wrevelcijfer. Het land verlaten was geen optie; daarvoor waren de belangen te groot, de winsten trouwens ook, nog altijd. In feite was de impact van de hervorming voor de Chaotische aandeelhouders miniem. En zolang de inkomsten van de Indiaanse bestellingen in Chaos zwaarder doorwogen dan het IFM-idee dat Indi wel eens een voorbeeld voor andere landen zou kunnen worden, was er geen gevaar voor een echte Chaotische reactie, vooral omdat mijn landhervorming alleen nog maar een plan was. Er was nog niks van gerealiseerd. Vooral dat laatste overtuigde Chaos en de computer ervan om geen alarm te slagen. Oswin moest de realisatie maar oplossen: hij had er tenslotte zelf voor gekozen.

Mijn 'rampenronde' – een wervelstorm, wat milde corruptie en hevig verzet van de Kerk, de grootgrondbezitters en het verzet van het hooggerechtshof tegen de landhervorming – loste ik tot matige maar voldoende tevredenheid van de computer op. De invloed van de Kerk was vrij klein, omdat ook de vorige regimes nogal antiklerikaal waren geweest; de

grootgrondbezitters speelde ik tegen mekaar uit, zodat ze ondereen begonnen te vechten in plaats van tegen de regering; het hooggerechtshof liet ik door Oswin simpelweg naar huis sturen en vervangen door redelijker mensen. Die laatste zet leverde me wel een paar extra wrevelpunten op in Chaos.
Als ge het zo leest, stelt het allemaal niet veel voor, maar ik compenseerde de beknoptheid van mijn programma door het tot in de puntjes uit te werken, tot en met een volledige tekst van de hervormingswet die in het Indiaanse parlement werd goedgekeurd. Ik kreeg mijn tweehonderd bladzijden wel vol met dat soort details en het gaf alles een schijn van werkelijkheid.
Toen mijn eindquotering op het scherm verscheen, was het stil.
Ik voelde dat er twijfels waren, ondanks mijn digitaal succes.
'Hier moet Guzman toch eens zijn licht over laten schijnen', vond Nusuto. Hij had zelf natuurlijk al ongeveer elke maatregel afgeschoten, maar moest toegeven dat mijn 'verdeel-en-heers'-strategie resultaten afwierp.
Rimada was genuanceerder. Zij was blij dat er eindelijk eens iets voor de boeren werd gedaan, maar ze had toch ook haar bedenkingen. Het was de enige keer dat ze twijfelde of ons computerprogramma wel waarheidsgetrouw was.
Oswin zei niks. Ik zag zijn grijze cellen werken achter zijn ogen.
'Ja, laat Guzman eerst maar eens kijken', zuchtte hij ten slotte.

Guzman

Red Bulls programma tekende hem ten voeten uit. Een briljant manipulator, maar met een voor iemand van zijn eruditie verrassend naïef vertrouwen in zijn remedies. Zijn beleid was

erop gebaseerd het de tegenstander onmogelijk te maken in te gaan op zijn provocaties, ofwel door ze te camoufleren, ofwel door de ander voor een dilemma te plaatsen. Maar hij scheen niet te beseffen dat dilemma's de spanning verhogen, zodat de reacties, als ze dan uiteindelijk komen, veel heftiger worden. Hij speculeerde erop dat het doel bereikt zou zijn voor de bom barstte. Alles hing af van de sterkte van de barrières die hij had opgeworpen tussen hem en zijn tegenstanders. Of van eventuele nieuwe barrières die Oswin na hem zou weten op te werpen. Ook al kon het gevoerde beleid in geen enkel opzicht communistisch genoemd worden, zijn begeleidende maatregelen maakten het voor Chaos wel erg duidelijk wat de uiteindelijke bedoeling was. Mijn eerste opmerking was dat Bull te expliciet was en te snel wilde gaan. Maar zijn antwoord daarop was dat elk uitstel in dit geval meer ellende betekende en dat het verspreiden van de communistische gedachte nu eenmaal niet gaat via telepathie. Rimada viel hem daarin bij.
Mijn tweede tegenwerping betrof de stevige erfenis waarmee hij Oswin opzadelde. De onvrede van Chaos was niet hoger dan na Nusuto's ambtstermijn, maar als je alle wrevelcijfers bij elkaar optelde, zat je met een enorme hoeveelheid haat, die enkel door een aantal dilemma's en de trouw van het leger in toom werd gehouden.
Anderzijds was zijn landhervorming prachtig en was er vanuit sociaal, economisch en ethisch oogpunt niets tegenin te brengen. Dit was een ideaal beleid dat het zogenaamde 'realiteitsprincipe' op heel riskante wijze trachtte te omzeilen. Ik stond – net als iedere protagonist in het project – voor een dilemma. Mijn hart zei me dat Bull gelijk had, mijn verstand dat hier een gevaarlijk spel werd gespeeld.
Ik besloot mijn oordeel te laten afhangen van Oswins bereidheid om op de door Bull geleverde basis voort te werken.

Het duurde drie dagen voor hij me liet weten dat hij wilde doorgaan. Daarop keurde ik Bulls thesis goed.
Maar ik voegde er één voorwaarde aan toe; vanaf nu zou ik me het recht voorbehouden zelf reacties van Chaos te suggereren. Ik wilde te allen prijze voorkomen dat ze aan de wrevelcijfers of de reactiemogelijkheden zouden sleutelen om maatregelen lichter verteerbaar te maken. Ik kende niet genoeg van computers om Bull mijn blinde vertrouwen te geven. Hij had net bewezen hoe riskant dat was.
Oswin stelde daarop voor om van zijn thesis een dialoog te maken. Hij zou elke maatregel aan zijn vrienden en aan mij voorleggen. Wij mochten bedenkingen formuleren en eventueel tegenzetten doen. Hij zou zich dan verdedigen en de computer zou beslissen wie gelijk had.
Oswin had geen geest voor grote, allesomvattende plannen. Hij was op zijn best als hij kon reageren op concrete situaties en bestaande zaken kon aanpassen aan nieuwe vereisten. Met Bulls plan had hij meteen zijn handen vol.

Nomen amicitia est, nomen inane fides
Ei mihi, non tutum est, quod ames, laudare sodali:
cum tibi laudanti credidit, ipse subit.

'Vriendschap is een woord, een ijdel woord is trouw.
Helaas, het is niet veilig wat je bemint bij een vriend aan te prijzen
wanneer hij je lof gelooft, neemt hij je plaats in.'
(*Ovidius, 'Ars Amatoria' I, 738-740*)

Zij zullen ons kunnen onderwerpen, maar de sociale processen worden niet tegengehouden door de misdaad of door het geweld. De geschiedenis is aan ons en ze wordt gemaakt door de volkeren...
(*Salvador Allende, 1973*)

Oswin

Laat ik beginnen bij het begin. Mijn reis naar Normandië.
Mijn handbagage bevatte twee boeken: het Indi-dossier van Guzman en de *Ars Amatoria* van Ovidius. Ik had me voorgenomen om na mijn vakantie goed gewapend het strijdperk te betreden. Zowel het politieke als het amoureuze. Ondanks mijn enthousiasme over de thesis was ik toch beginnen te twijfelen aan de haalbaarheid van een en ander. Ik hoefde dan wel niet de spits af te bijten, maar ik moest toch met kennis van zake de rol van Nusuto en Bull kunnen overnemen.
Hetzelfde gold in verband met Rimada. Ik hoopte dat Ovidius me wat tips aan de hand zou doen om haar hart te verove-

ren. De eerste dagen van de vakantie liet ik mijn ouders dan ook alleen het Normandische culturele erfgoed bewonderen en bleef in de hotelkamer, zogenaamd om wat te werken, maar in feite om mij door de 'praeceptor amoris' te laten onderwijzen.

Het werd mij al snel duidelijk dat ik hier niet mijn gading zou vinden: deze schrijver was me iets te cynisch en te wereldwijs om iets zinnigs over de liefde te kunnen zeggen. Wat ik las, waren allemaal machoclichés over versieren waar geen greintje doorleefd gevoel van afstraalde. Hoe poëtisch ook, inhoudelijk oversteeg dit het gemiddelde geleuter aan een cafétoog niet. Het sloeg mijn liefdesscheepje op drift.

Guzmans dossier was niet veel beter: een eindeloze opsomming van feiten, diagrammen en tabellen, beschrijvingen van landschappen, economische activiteiten en de levensomstandigheden van de bevolking van Indi. Hoe ik in die mesthoop een aanknopingspunt voor een beleid moest vinden bleef me een raadsel.

Helemaal zonder houvast over wat er na de vakantie te gebeuren stond, besloot ik de resterende dagen mijn ouders maar te vergezellen, in een poging om mijn opkomende paniek en wanhoop te vergeten. Dat lukte niet op de Mont St.-Michel, waar mijn vader me naartoe sleepte. Het spel van eb en vloed was wel fascinerend en de smalle straatjes die naar de top spiraalden – voor mijn vader een metafoor voor de politieke carrière; hij was niet vaak zo poëtisch – waren wel pittoresk, maar de drukte en de onvermijdelijke souvenirwinkeltjes benauwden me eerder dan me een gevoel van welbehagen te geven.

Een fietstocht met mijn – het jaren-tachtigimago indachtig – sportieve moeder van Coutances naar Granville slaagde er al beter in een frisse bries door mijn hoofd te jagen, maar het was pas toen moeder er na lang zeuren mijnerzijds mee instemde om de overtocht naar les Îles de Chausey te maken, dat ik het echte vakantiegevoel ervoer.

De zee was spiegelglad en toen we een goed halfuur later de onooglijke eilandjes aan ons voorbij zagen trekken, was het alsof ik in een andere wereld was aanbeland. We legden aan bij het hoofdeiland en als een opgewonden kind rende ik het toeristische pad op, als om lang daarvoor begraven schatten te gaan opzoeken. Het kleine fort, de ruwe rotskust, de verrassend Vlaams – zelfs Kempisch – aandoende weilanden met boerderijen en koeien. Dit land was op mijn maat gesneden. Dit was overzichtelijk. Hier voelde ik me meester over mijn eigen lot. Ik zag mezelf weer als de kaperkapitein die ik een paar jaar geleden was geweest, toen al een te kinderachtig spel voor mijn leeftijd, maar net als het eiland onweerstaanbaar. Het idee dat je alles wat je nodig hebt kunt vinden op zo'n klein lieflijk plekje! Het was nep, natuurlijk, want Chausey is voor zijn bevoorrading afhankelijk van het vasteland, maar toch. Ik had meer aandacht voor het potentieel van het eiland dan voor de werkelijkheid. Hier te kunnen wonen, hier te kunnen leven en overleven, met Rimada erbij dan: diep in mijn binnenste was – en is – het mijn levensdoel.

De betovering duurde nog enkele uren voort en bleef bij me gedurende de terugvaart en de lange fietstocht naar Coutances. We waren uitgeput, en vader zag zich genoodzaakt de kathedraal van Coutances alleen te gaan bezichtigen. Hij had er dan ook een ontspannende dag flaneren opzitten.

Een paar dagen voor we zouden afreizen bekroop me opeens het idee mijn oude pennenvriendin nog eens te gaan opzoeken. Toen ik mezelf later afvroeg waarom, kon ik geen afdoend antwoord bedenken. Mijn huurfiets bracht me naar het onooglijke badstadje waar ze woonde, maar toen ik na lang rondrijden het huis terugvond, durfde ik uiteindelijk toch niet aan te bellen. Ik wilde niet opdringerig overkomen.

Op de terugweg bleef ik mezelf kwellen met de vraag hoe iemand die zijn vrienden aan de universiteit met briljante invallen kon overdonderen, die moeiteloos gunsten vroeg van een professor, op het amoureuze vlak zo verlegen kon zijn. Wat maakte me in de liefde zo'n vijg? Niet dat ik enige affectie voelde voor mijn ex-pennenvriendin, integendeel, maar het idee dat ze mijn bezoek als de wanhoopspoging van een gefrustreerde zou zien, kon ik daar, voor dat huis, niet uit mijn hoofd bannen.

Op de laatste dag stond mijn vader erop samen met mij een glas te gaan drinken in een café op het stadsplein, dat we elke avond frequenteerden. Moeder bleef achter om de koffers te pakken.

Het was een van de weinige keren dat ik mijn vader in lichtjes aangeschoten toestand meemaakte. Thuis was hij altijd de correctheid zelve, wilde niet het risico lopen om als mandataris een slechte indruk te geven. Het maakte hem wat afstandelijk tegenover al te joviale medestanders of burgers die hem ter gelegenheid van kermissen of handelsbeurzen op een pint wilden tracteren. Voor de middenstand was mijn vader de laatste verdediger van hun stellingen. Met grootindustriëlen kon hij niet echt overweg. Hij zag zichzelf dan ook als de verdediger van de belangen van de kleine zelfstandige, ook al wist hij dat de zogenaamde vooruitgang niet tegen te houden was. Ook niet in een achterlijk gat als het onze. Want al gingen de fusiegesprekken in onze gemeente maar over het samensmelten van twee bescheiden landbouwbedrijven en bleven nieuwe investeringen beperkt tot de inplanting van een bescheiden Shoe-Postfiliaal, toch vond vader het nodig om in de gemeenteraad te waarschuwen tegen 'vreemd' kapitaal en de 'monopolieposities' die zouden ontstaan in de witlofsector van het dorp. Maar steeds wisten zijn partijgenoten hem ervan te overtuigen dat de 'indringers' voor werkgele-

genheid zouden zorgen en dat de kiezers vooral dat zouden appreciëren.
Neen, hij was niet kortzichtig: zijn politieke houding was een welbewuste keuze. Hij had een heilige schrik van alles wat naar ongebreideld kapitalisme rook. Hij was beursmakelaar geweest; het had hem veel geleerd over de ware motieven van zogenaamde investeerders en beleggers. Ze waren enkel uit op onmiddellijk gewin en negeerden elke economische realiteit en elk sociaal gevolg. Ze speelden met de koersen van bedrijven – en dus met de bedrijven zelf – alsof het afbeeldingen achter een jackpotraampje waren.
Hijzelf had een heel traditionele visie op de wereld. In feite was hij de oerconservatief bij uitstek. Hij zag de samenleving als een politieke vereniging van mensen, bestuurd door een democratisch verkozen regering, met een private maar hoofdzakelijk nationale economie die instond voor het welzijn van de burgers volgens de wetten van de vrije markt. Diep in zijn hart was hij een voorstander van protectionisme, omdat hij ervan uitging dat buitenlandse concurrentie door megabedrijven de werking van de markt vervalste. Zijn lijfspreuk was dat het kapitalisme was kapotgemaakt door de globalisering en de speculanten. Hij was waarschijnlijk een van de weinigen die de jaren zestig zag als de teloorgang in plaats van als de grootste bloeiperiode van het kapitalisme. Volgens hem was de economische groei na de oorlog alleen te danken aan het feit dat de hele wereld moest worden heropgebouwd en dat men dus een eenmalige ontploffing van de vraag had gekend. De crises die het kapitalisme kenmerkten sinds de jaren zeventig zag hij als een bevestiging van zijn gelijk. Hij verliet daarom het beurswezen en nam deel aan een examen voor kaderlid bij de gemeentelijke administratie van financiën. Zijn achtergrond leverde hem een – alle verhoudingen in acht genomen – supersonische politieke carrière

op; zijn persoonlijke kijk op politiek maakte die carrière kort, zonder hem echter volledig uit te rangeren.
Toen hij daar met mij achter dat vijfde glas Frans bier zat, was hij een gedesillusioneerd gemeenteraadslid met vakantie, door de partij enkel geduld uit electorale overwegingen. In zijn kleine stukje wereld had hij geprobeerd de markt zo gesloten mogelijk te houden, zodat die zich ondanks de waanzin daarbuiten kon reguleren naar het aloude vraag-en-aanbodprincipe, en niet zou ontsporen door wat hij smalend 'behoeftemanipulatie' noemde. Hij besefte de futiliteit van zijn pogingen en zag er ook het inconsequente van in, want export van plaatselijke bedrijven naar omliggende gemeenten en zelfs naar het buitenland steunde hij wel. Maar hij had dan ook allang een definitieve scheidingslijn getrokken tussen zijn idealen en zijn beleidsdaden. Door zijn onvoorwaardelijke loyauteit aan de partij – een mens moet zijn wereld kennen – werkte hij mee aan de ondergang van zijn samenleving, maar hij maakte er wel een punt van dat 'onder protest' te doen. Misschien leefde ergens diep in zijn gemoed nog de vage hoop dat men ooit zou inzien dat hij gelijk had en dat men de ongebreidelde vrijhandel alsnog aan banden zou leggen.
Die avond in Coutances vroeg hij me naar mijn studies. Niet mijn resultaten, die kende hij. Hij wilde eerder weten of ik mijn draai vond, of ik dacht iets van mijn leven te kunnen maken met wat ik leerde. Bij gebrek aan een duidelijk antwoord begon ik over de thesis te vertellen.
Hij reageerde niet geschokt toen ik mijn onmiskenbaar communistische ideeën spuide. Hij luisterde aandachtig, starend alsof hij het bier in zijn glas door telekinese naar zijn mond wilde verplaatsen. Toen ik me afvroeg of hij nog wel wakker was, ademde hij hoorbaar in en keek me recht in de ogen.
'Doe het nu, jongen! Doe het nu, want later krijg je nooit meer de kans. Droom, zweef, maak voor jezelf uit wie je

bent, wat je eigenlijk wilt en hoe je de wereld ziet. Want eenmaal in die wereld zul je jezelf een harnas moeten aanmeten dat je ware zelf verborgen houdt voor anderen. Koester je dromen, al is het maar om niet gek te worden, en zorg ervoor dat, als de wereld door een mirakel Gods ooit de gelegenheid zou bieden je harnas af te leggen, je nog in staat zult zijn die te grijpen. Maar maak je vooral nooit de illusie dat die kans er ooit zal komen.

Jullie thesis klinkt fascinerend. Een spannend spel vermomd als wetenschap. Een stukje jullie, buitengesmokkeld door het vizier van jullie harnas. Ik vind het knap dat jullie je dromen een vorm hebben gegeven die de buitenwereld moet aanvaarden. Daar ben ik zelf nooit in geslaagd. Maar nog eens: maak je verder geen illusies.'

Zijn tirade vervulde me met een voor iemand van mijn leeftijd haast dodelijk intense melancholie. Ik moest al mijn zelfbeheersing bijeenschrapen om niet luid gillend dat café uit te rennen. Mijn handen trilden en ik morste mijn bier over mijn handen en het tafelblad.

Net voor ik zou ontploffen opende vader opnieuw zijn mond.

'Dat land van jullie...'

Hij pauzeerde, alsof hij eerst zijn gedachten moest nummeren.

'Hou het klein. Laat het voor zichzelf zorgen. Scherm het af. Hoed je voor buitenlandse investeerders: het zijn geldwolven die je laten vallen zodra je niet genoeg meer oplevert. Als je ze toelaat, zorg er dan voor dat je er nooit afhankelijk van wordt. En beperk de behoeften. Zo'n junglevolk heeft nog nooit een videorecorder gezien – ze hebben dat niet nodig.'

Hij keek me aan met zijn door alcohol roodgekleurde hoofd en knipoogde.

De beklemming rond mijn hart loste dadelijk zijn greep en maakte plaats voor een immens gevoel van bevrijding. Zoiets als wanneer je vader je komt vertellen dat je mag ophouden met stiekem zijn pornoblaadjes in te kijken en je er eentje cadeau doet. Dat ik hem niet kuste, lag louter en alleen aan het feit dat ik dat nog nooit had gedaan. Intimiteit was een zeldzaam gevoel tussen ons.

Toen ik terug was van vakantie werd ik door Rimada meegesleurd in de voorbereidingen van het computerprogramma. Bull had al heel wat werk verzet, maar we wezen hem op vergetelheden en foutjes. Van Nusuto hoorden we niets meer tot hij met zijn Plan naar buiten kwam. Heel september ging op aan het bespreken van zijn programma. Bull en ik vonden het wat magertjes, maar we moesten erkennen dat het zijn doel bereikte, al had Nusuto's voorzichtigheid er niet voor kunnen zorgen dat zijn hervormingen zomaar werden geslikt door Chaos.

Maar Guzman gaf zijn zegen en ook de computer had geen bezwaren.

Toen het Bulls beurt was, kreeg ik plots meer dan gewone aandacht van Nusuto. Bijna dagelijks kwam hij naar me toe om over Indi te praten. Hij sloeg er zelfs bioscoopavondjes met Rimada voor over.

Hij voelde zich geroepen om de redenering achter zijn thesis uit te leggen, en ik was de enige die hem zou begrijpen, beweerde hij. In de loop van enkele weken ontvouwde hij me een aantal basisprincipes waaraan Indi volgens hem moest voldoen. Hij was bang dat Bull tegen die principes zou ingaan en zo de hele thesis zou doen mislukken. Dat was de reden waarom hijzelf zo voorzichtig te werk was gegaan, zodat Bull niet te veel schade zou kunnen aanrichten.

Ik begreep zijn bezorgdheid niet goed. We hadden toch de blauwdruk als leidraad? Bull moest zich daar ook aan houden, en als hij te ver ging zou de computer hem wel terugfluiten. Maar algauw werd me duidelijk waar het Nusuto echt om te doen was. Hij wilde zich niet rechtvaardigen, hij wilde me de weg wijzen. Ik moest ervoor zorgen dat wat hij in zijn hoofd had ook werd gerealiseerd. Ik moest de situatie rechttrekken als Bull over de schreef zou gaan. En dat betekende: ervoor zorgen dat het beleid in Indi overeenkwam met wat Nusuto zich daarvan voorstelde.

Even was ik op mijn teen getrapt. Nusuto's aandacht voor mij bleek louter te steunen op eigenbelang. Hij wilde zijn stempel drukken op de hele thesis en mij als stroman gebruiken. Maar na een tijdje raakte ik in de ban van wat hij me allemaal vertelde. Ik herinnerde me mijn ontreddering in Normandië en besloot dat Nusuto's ideeën misschien een goed uitgangspunt waren voor mijn eigen thesis. Toen ik me ontvankelijk toonde voor zijn uitleg kreeg ik een gedetailleerde uiteenzetting over welke maatregelen er na zijn ambtstermijn zouden moeten volgen en hoe die het best konden worden ingekleed.

Hij bleef voortdurend schermen met de naam 'Schumacher' en het begrip 'kleinschaligheid'. Tijdens een lange discussie op mijn kot werd het duidelijk dat hij er nog niet helemaal uit was. Zag hij dan toch meer in mij dan een doorgeefluik? Werd mijn mening gevraagd?

'Kleinschaligheid heeft veel voordelen. Het is menselijker, beheersbaarder, democratischer. Anderzijds is het zo kneuterig. Eén kleinschalig collectivistisch bedrijf kan dan wel mooi zijn, maar zo verander je niets aan de gevestigde economie. En als we die van bovenuit willen veranderen, nationaliseren of zo, stuiten we op te veel verzet. We zouden een manier moeten kunnen vinden om de voordelen van kleinschaligheid over te planten op een grotere schaal.'

'Wat zegt Schumacher daarover?' vroeg ik hem, op zoek naar een invalshoek.
'Niet veel. Hij zegt gewoon dat een bedrijf maximaal 400 werknemers mag hebben. Maar wat doe je dan met de miljoenen anderen?'
Even was het voor mij een even groot probleem als voor hem. En dan opeens was het zonneklaar.
'Nog meer bedrijfjes van 400 werknemers oprichten?'
'Hoe bedoel je?'
Een netwerk van kleinschalige gemeenschappen binnen het bestel van de staat. Vele kleintjes maken één groot. Zoals een mostapijt: allemaal afzonderlijke plantjes, maar toch één tapijt: klein- en grootschalig tegelijkertijd.'
Hij keek me aan alsof de eenvoud van het concept een belediging voor zijn intelligentie was.
Maar ik lette er niet op. Want opeens voelde ik het weer: dat alles overstijgende inzicht, alsof een hogere geest zich van mijn neuronen bediende. Het gevoel dat ik in Normandië had gemist. Ik wist dat ik de oplossing voor Nusuto's probleem kende; nu ging het erom geduldig de draad van Ariadne van mijn gedachtegang te volgen.
Het was niet alleen de oplossing voor Nusuto's dilemma, het was tegelijk ook de synthese van een hegeliaanse cyclus die al geruime tijd in mijn hoofd speelde, een probleem dat me al achtervolgde sinds de studentenstaking. Hoe waren de noodzaak tot verandering en mijn afkeer voor conflict met elkaar te verzoenen? Hoe kun je angst loskoppelen van immobilisme? Hoe kom je tot verandering zonder verliezers? Hoe zorg je ervoor dat iedereen de wedstrijd van het leven wint?
Nusuto probeerde met zijn blik mijn aandacht naar zich toe te trekken, maar ik was al ver afgedwaald in het labyrint van mijn nieuw inzicht.

‘Niet *of* maar *en*’, murmelde ik nog, trok mijn jas aan en liet Nusuto alleen, waarschijnlijk in opperste vertwijfeling.

De rest van Bulls periode vulde ik met het opschrijven van losse notities over de consequenties van mijn inzicht, nu volledig gerustgesteld dat – wat Bull me ook zou voorschotelen – ik altijd een uitweg zou hebben als zijn maatregelen uitzichtloos waren. Bovendien kon ik nu ook op wat hij aan goede maatregelen zou voorstellen mijn persoonlijke stempel drukken zonder al te grote wrevelrisico’s te lopen met het programma. Ik hervond een zekere rust en dat stelde me in staat mijn zelfzekere omgang met Guzman te hervatten en hem een werklokaal en een grotere computer af te troggelen toen die van Bull te klein werd voor het programma. Ik genoot van de verbaasde blikken waarmee de anderen mijn metamorfose gadesloegen. Ik was tevreden over mezelf. Ik had nog wel mijn periodes van twijfel, maar ze werden schaarser en korter.

Nusuto probeerde ons afgebroken gesprek weer op te nemen, maar ik was niet van plan hem mijn inzicht te verduidelijken. Hij zou moeten wachten, net als de anderen.

Mijn gemoedsrust gaf me de gelegenheid me op de colleges te concentreren. Vaak was ik leverancier van notities voor de anderen en voor faculteitsroddels konden ze ook bij mij terecht. Zo ging er een gerucht dat Guzman was aangezocht door een politieke partij in zijn geboorteland met het oog op de komende presidentsverkiezingen daar. Guzman wilde het bevestigen noch ontkennen, waaruit ik afleidde dat het waar was maar dat hij nog geen besluit had genomen.

Maar het meest genoot ik van de fuiven. Ook al strekte mijn herwonnen zelfzekerheid zich niet uit tot het amoureuze vlak, toch kreeg ik meer dan eens de kans met Rimada te dansen, mede door haar gulheid. De stevige zachtheid van een vrouwenlichaam was een openbaring voor mij. Maar om Rimada ook in haar, ongetwijfeld majestatische, naaktheid te kunnen voelen, moest een ander soort twijfel overwonnen worden. Een beter bewijs van de multidimensionaliteit van de menselijke geest dan het contrast tussen mijn politiek/academische en mijn erotische alter ego kon ik niet bedenken. Soms deed het me glimlachen, soms huilen.

En dan – tegen het einde van Bulls periode – merkte ik plots een verandering in Rimada. Ze lette er niet meer zo strikt op dat ze de slows onder ons drieën verdeelde. En wat me nog het meest verbaasde: ik genoot het meest van die slordigheid. Voor elke dans die Nusuto of Bull kregen, kreeg ik er twee, later drie. Ze praatte er niet over, het gebeurde gewoon. Ik merkte ook dat ze me steviger vastklemde op de tonen van 'Je t'aime, moi non plus' – in die tijd onontkoombaar op fuiven.

Ik weet wel dat ik daar mijn conclusies uit had moeten trekken, maar twee zaken hielden me tegen: haar zwijgzaamheid (ik had er echt behoefte aan dat ze me zou zeggen wat ze wilde) en Bulls thesis. Eindelijk was ze af.

Toen ik eenmaal had gehoord wat Bull had uitgericht, verdween elke gedachte aan Rimada uit mijn hoofd en had ik alleen nog aandacht voor Indi.

Guzman had bedenkingen bij Bulls wilde plannen en ik moet toegeven: ook ik was er in het begin niet erg gerust in. Uiteindelijk liet Guzman het van mij afhangen of Bulls thesis werd aanvaard. Dat betekende dat ik moest beslissen of ons project zou doorgaan of stranden. Als ik weigerde op Bulls basis voort te werken deed ik ons allevier een extra thesisjaar aan, want dan zou de laatste van onze groep – Rimada – niet meer voldoende tijd hebben om haar deel te voltooien voor de examens, aangezien Bull opnieuw moest beginnen. Drie dagen woog ik de erfenis van Bull af tegen mijn Inzicht, zocht naar strategieën en uitwegen en besloot uiteindelijk de uitdaging aan te nemen.

Ik weet niet of Bull uit pure kortzichtigheid of uit animositeit tegenover mij zo grof te werk was gegaan. Wat ik wel weet, is dat de kritiek die ik uiteindelijk van hem te verwerken kreeg iets wrokkigs had. Nog erger werd het toen ik inzag dat Nusuto in dit steekspel aan Bulls kant stond. Wat die twee bij elkaar had gebracht en tegen mij had opgezet, begreep ik aanvankelijk helemaal niet.

Ik had voorgesteld mijn thesis in het openbaar op te stellen. Elke week zou ik – als ik iets nieuws had – de mening van de groep vragen. Guzman zou via de modem zijn mening kunnen geven.

Ik begon met het realiseren van Bulls landhervorming.

De onteigening van de onbewerkte IFM-grond deed een storm van protest oplaaien in Chaos, maar ik kon naar waarheid aantonen dat de maatregel voor alle grote bedrijven gold, en dus geen specifieke aanval op de multinational was. Ook tegen de betaalde prijs, gebaseerd op de ongetwijfeld frauduleuze belastingaangifte, kon het bedrijf niets inbrengen zonder zijn gezicht te verliezen. Maar het was wel duidelijk dat het wrevelcijfer van Chaos een grenswaarde had bereikt. Een reactie zou nu niet lang meer uitblijven.

Bulls veiligheidsmechanismen bleken voldoende om de landhervorming zonder noemenswaardige conflicten door te voeren. De Landbouwbank was een groot succes. Op twee jaar tijd leende ze 12 miljoen dollar aan particuliere boeren die een eigen stuk grond en materiaal wilden kopen. Aan het einde van het tweede jaar was al 9 miljoen terugbetaald. Honderdduizend families kregen zo een eigen bedrijf in handen.

Om alles te financieren trof ik de enige maatregel die Bull was vergeten: de invoering van een proportionele inkom-

stenbelasting. De inkomsten van de schatkist stegen spectaculair, ondanks de onvermijdelijke fraude. Zo was ik in staat de alfabetiseringscampagne en de openbare werken op het platteland te financieren zonder al te veel van buitenlandse leningen afhankelijk te worden.
Er werd een kleine haven uitgebouwd aan de monding van de grote rivier. Zo kon het transport van niet-IFM-goederen over het water gebeuren. De aanlegplaatsen werden via nieuwe wegen verbonden met het binnenland.
De door Bull geplande waterkrachtcentrales, die gebruikmaakten van de aanwezige watervallen om dure dammen overbodig te maken, zorgden er na een paar maanden voor dat de prijs van de elektriciteit fors daalde. Chaotische bedrijven mochten de onderdelen leveren, maar die maatregel had niet tot gevolg dat de wrevel afnam, zoals Bull had gehoopt. Daarvoor waren we al een paar stappen te ver. Een extra slag in het gezicht van Chaos kwam van de 'tegenslagenronde': een jaar na de presidentsverkiezingen werd de communistische partij in de regeringscoalitie opgenomen. Vanuit Bulls standpunt een triomf, maar qua PR een blunder. De verwezenlijking van de landhervorming werd er wel gemakkelijker door, omdat de regering nu niet meer omzeild diende te worden.
Ik werd onrustiger met de dag. Ik wilde te allen prijze een invasie door Chaos vermijden. In mijn ogen was alles dan verloren. Maar wat ik ook probeerde, de spanning bleef oplopen, ook al omdat de landhervorming elke dag succesvoller werd en dus meer wrevel opwekte.
Na een goede maand werk meldde Bull me dat de Chaotische geheime dienst besloten had me te wippen. De voorbereidingen waren begonnen.
Het nieuws blokkeerde me volledig. Ik trok me terug op mijn kot, zogezegd om na te denken, in feite om apathisch voor me uit te zitten staren. Het was mislukt. Ik had gefaald.

Dat besef trof me als een blok beton. Ik werd van de ene dag op de andere een menselijk wrak. Ik at niet, ik sliep niet.
Na twee dagen kreeg ik bezoek. Het was Rimada.

Rimada

Ik vond Oswin in een meelijwekkende toestand. Hij was niet geschoren of gewassen en hij gaf de – valse – indruk dat hij al een paar dagen stevig aan de drank was. De wallen onder zijn ogen waren groter dan die van Bull na een zware fuif. Ik vroeg hoe het met hem ging, in de hoop hem aan het praten te krijgen, maar hij gaf geen kik. De blik in zijn ogen was glazig.
Al kende ik hem toch vrij goed, zijn haast katatonische reactie op wat hij kennelijk als een totale mislukking beschouwde, verraste me. Ik had niet beseft hoeveel eigenwaarde hij aan ons project had ontleend.
Ik besloot het heft in handen te nemen. Ik duwde hem in de richting van de lavabo en begon zijn naar oud zweet stinkende kleren uit te trekken, een behandeling waartegen hij zelfs niet protesteerde, ook niet toen hij piemelnaakt voor me stond en ik voor het eerst zijn niet echt atletische lijf te zien kreeg. Ik draaide hem om en begon hem van top tot teen te wassen met de schaamteloosheid van een opvoedster die dagelijks enkele volwassen mentaal gehandicapten wast (wat ik tijdens de zomermaanden ook meermaals had gedaan). Ik droogde hem af, duwde hem naar zijn bed en haalde verse kleren uit zijn kast. Toen hij die zonder mopperen had aangetrokken, diepte ik een blikje soep op uit zijn voorraadkast en zette me aan zijn kookstelletje.
Na de soep begon hij eindelijk te praten.
Hij legde de volledige schuld voor wat hij als zijn mislukking zag bij zichzelf. Bulls aandeel erin – zijn voortvarendheid die Oswins bewegingsvrijheid danig had beperkt – wuifde hij

weg als irrelevant. Ik moest denken aan mijn oma en haar gefulmineer tegen het levensgrote joodse schuldgevoel.
Ik probeerde hem aan zijn verstand te brengen dat alles nog niet verloren was. Dat de hervorming die hij moest doorvoeren te belangrijk was. Dat hij ons niet in de steek kon laten. En dat – als het uiteindelijk niet zou lukken – vooral Bull daaraan schuld had.
Maar hij zag de hele zaak als een straf voor zijn hoogmoed. Hij had gedacht dat hij alles wel eventjes zou kunnen regelen, tegen alle verwachtingen in.
Het was even stil, terwijl ik nadacht over de beste strategie om hem uit zijn al te literaire nachtmerrie te halen.
Maar plots begon hij te praten, met een bezieling die iets gênants had, komende uit zijn immer twijfelende mond. Hij schetste een beeld van Indi zoals hij het voor zich had gezien, het plan dat hij had willen uitwerken als de landhervorming eenmaal voltooid was. Hij sprak over collectieve leefgemeenschappen op kleine schaal, een netwerk van communes – gebaseerd op Nusuto's junglelatifundia – dat gericht was op volmaakte autarkie, oorspronkelijk enkel op het vlak van de voedselvoorziening. Geleidelijk aan zouden ook de andere basisbehoeften door die communes zelf worden bevredigd en uiteindelijk zouden ze voor de basisvoorzieningen nagenoeg onafhankelijk zijn van de rest van het land en zijn door buitenlandse bedrijven gedomineerde economie. Dan kon men proberen particuliere bedrijfjes in het communenetwerk op te nemen, op vrijwillige basis. Wie dat wenste, kon zijn bedrijf toevoegen aan de collectieve productiemiddelen. Wie liever zijn privé-bezit behield, kon zijn producten aan het netwerk verkopen, niet voor Indi-dollars maar in het raam van een LETS (Local Exchange Trade System): gesystematiseerde ruilhandel. Zo zou – als alles goed ging – een complete parallelle economie ontstaan naast de nationale, kapitalisti-

sche economie en zou de nood van de 'have nots' in het systeem gelenigd kunnen worden zonder dat ze daarvoor eerst met geweld de productiemiddelen zouden moeten veroveren en dus zonder conflict met de kapitalisten. Voorzover elke commune in zijn eigen basisbehoeften kon voorzien, was differentiatie in het secundaire diensten- en productenaanbod niet alleen een logische maar ook een gewenste volgende stap. Dat bevorderde de sociale contacten tussen verschillende communes en versterkte de banden binnen het netwerk.
De parallelle economie zou amper een daling van de vraag op de kapitalistische markt tot gevolg hebben, want ze richtte zich toch hoofdzakelijk tot degenen die ook vroeger al nauwelijks geld hadden om iets te kopen. De enigen die er misschien onder zouden lijden, waren de buitenlandse leveranciers van basisproducten, maar alleen als ook de gegoede burgers van Indi hun levensmiddelen voortaan van het netwerk zouden betrekken.
Uiteindelijk zou het netwerk in de plaats moeten komen van de kapitalistische economie, maar voorlopig zou het alvast de chantagetechnieken van werkgevers tegenover werknemers onmogelijk maken. Want als bedrijfsleiders geen gunstige arbeidsvoorwaarden garandeerden, zouden ze hun arbeiders verliezen aan het netwerk, dat dan samen met de vakbonden en de milieubeweging zou kunnen ijveren voor een in hoge mate sociaal en ecologisch gecorrigeerde markteconomie. Overigens zou elke commune voor zich kunnen uitmaken in welke mate het leven binnen haar grenzen collectief verliep. Respect voor privacy en mogelijkheden tot zelfontplooiing zouden op termijn worden gegarandeerd. Als de arbeidsmarkt binnen het netwerk verzadigd raakte, zou men in ploegen kunnen gaan werken, wat extra vrije tijd opleverde die naar believen kon worden ingevuld. En als bleek dat het netwerk niet voldoende aansloeg om de markteconomie onder

druk te zetten, kon het toch als een soort alternatief blijven bestaan. Dan zouden tenminste de mensen die er deel van wensten uit te maken aan hun vroegere ellende ontsnapt zijn. Oswin hield ook rekening met de mogelijkheid dat, zodra de markteconomie door de druk van de parallelle economie vermenselijkt was, mensen het netwerk zouden willen verlaten en zich opnieuw in de markteconomie begeven. Zo zou er uiteindelijk een evenwicht tussen de twee systemen kunnen ontstaan en zou iedereen kunnen kiezen op welke manier hij in zijn behoeften wenste te voorzien. Mocht het netwerk na verloop van tijd leeglopen, dan zou het op een minimaal niveau gehandhaafd moeten blijven om te garanderen dat de markteconomie niet meer ontspoorde. Oswin achtte zelfs een parttime job in de markteconomie, aangevuld met een parttime netwerkjob mogelijk. En indien de markteconomie zich volledig zou omvormen naar het model van het netwerk – wat Oswin zelf niet echt verwachtte –, dan zag hij op lange termijn de rol van de staat teruggebracht tot die van interface met andere landen, met Buitenlandse Zaken als zowat zijn enige bevoegdheid, eventueel met bewaking van de doelstellingen van het netwerk en assistentie aan communes met praktische problemen. Maar binnen het ruime kader van het netwerk zou elke commune autonoom zijn eigen beslissingen kunnen nemen en zijn eigen beleid kunnen voeren.

Toen hij zover was, deed ik al letterlijk in mijn broek van ontroering. Het was zo'n grotesk en tegelijk zo'n mooi gezicht om dat doodongelukkige hoopje mens met zijn wat sullige gelaatsuitdrukking al die prachtige gedachten in voldragen en stilistisch verzorgde volzinnen te horen debiteren.

Ik sprong recht van het bed, waarop ik van verbazing was neergezegen, en nam hem van pure, onversneden liefde in mijn armen. Ik kuste hem heet en vochtig op de mond en zei met gelukstranen in mijn ogen:

'Oswin, je bent prachtig! Houd je dan nooit op met me te verbazen? Je plan is prachtig! Dit moet gewoon uitgevoerd worden!'
'Ik heb ervoor gezorgd dat het er nooit zal komen', zuchtte hij.
Ik tilde zijn kin op en keek hem diep in zijn doffe ogen.
'Oswin, het is nog niet te laat. We kunnen Indi nog redden, ik weet het zeker.'
'...Maar hoe? Ik ben niet zo goed in conflicten', pruilde hij. 'Ik ben eerder iemand die ze probeert te vermijden. En dat is me niet gelukt.'
'Ik zal je helpen. Bull en Nusuto hoeven het niet te weten. Luister, Oswin, geef me wat tijd. Laat me er een paar dagen over nadenken. Ik vind wel een uitweg en dan kun je toch nog je plan uitvoeren.'
'Denk je dat echt?'
'Vertrouw me nu maar. En houd op met de zielenpoot te spelen. Zeg tegen de anderen dat je werkt aan een strategie om de dreiging vanuit Chaos af te wenden. Wees zelfzeker. Speel voor een keer eens toneel.'
'Ik weet niet of ik dat kan.'
'Natuurlijk kun je dat. Tegenover Guzman speel je toch ook zo goed de wereldwijze student?'
Ik gaf hem een tweede tongzoen om hem nieuw leven in te blazen. Heel even reageerde zijn tong op de wurggreep van de mijne. Maar toen ik zijn kot verliet, bespeurde ik geen opwinding, enkel bedachtzaamheid in zijn ogen. Het was in ieder geval beter dan lethargie.

Oswin

Wat me de volgende weken overkwam, overtrof mijn stoutste dromen. Op een onverwachte manier had Bull uiteindelijk toch gelijk gekregen: ik had Rimada verleid met politiek. Ze ontfermde zich over mij als een van trots vervulde moeder, gaf me hints, ideeën, oplossingen die ik alleen nog in een voor het programma aanvaardbare vorm moest gieten. In feite was de rest van mijn thesis voor negentig procent Rimada's werk.

Rimada's aandacht voor mijn persoon ontging ook Bull en Nusuto niet. Het verklaart waarom ze de rest van mijn 'ambtstermijn' hun uiterste best deden zich als agenten van Chaos te gedragen. Ze beweerden wel dat mijn deel van de thesis stond of viel met de geloofwaardigheid van het Chaotische verzet, maar zelfs Guzman, die deze uitleg bijtrad, merkte tijdens een van onze informele ontmoetingen op 'dat Bull en Nusuto het counteren van mijn politiek nogal persoonlijk opvatten'. Noem het maar een academisch understatement.

Bull

Ik wist wel wat ze van plan was! Ze wilde de indruk geven dat zij en Oswin een koppel waren om mij op afstand te houden. Speelde ze ons tegen elkaar uit om mij jaloers te maken? Wilde ze wat meer vuur van mijn kant zien? Genoot ze van haar macht? Was ze dan toch een 'cockteaser'? Of was ze echt verliefd op Oswin? Of was het haar manier om mij te laten weten dat ze mij echt niet moest hebben en dat ik het niet meer moest proberen? In ieder geval werd ik roodgloeiend. Niet op Oswin, want die nitwit kon er ook niks aan doen. Nee, ik wou Rimada kwetsen, en dat kon ik het best door haar levenswerk te saboteren. Dat extra thesisjaar moest dan maar! Ik begon dus het programma wat aan te scherpen en drastische maatregelen van Chaos voor te stellen. Guzman, die een realistische thesis wilde, en Nusuto, die ook had gezien hoe Rimada rond Oswin draaide, stonden aan mijn kant. Drie tegen twee en dus kreeg Oswin de volle laag.

Nusuto

Wat ik al die tijd had gevreesd was dan toch gebeurd. Rimada had gekozen, en niet voor mij. Ik zag aan Bulls reactie dat hij hetzelfde voelde. We werden bondgenoten in de strijd tegen onze gemeenschappelijke rivaal. We bestookten Oswin met alles wat onze moordlust kon bedenken en waarvan we wisten dat hij er geen raad mee zou weten. Ik besefte goed dat Oswins mislukking ook het einde van onze thesis zou betekenen, maar die gedachte vervulde me eerder met opluchting dan dat ze mijn wraaklust temperde. De totale vernedering van Oswin en het 'straffen' van Rimada leken toen zoveel belangrijker. Het werd een memorabel virtueel duel op Bulls computerscherm.

Rimada

Het was geen berekening. Het was een impuls. Natuurlijk hield ik door met Oswin aan te pappen Bull op afstand, maar ik besefte ook dat ik hem en Nusuto daardoor diep zou kwetsen en dat dat de thesis in gevaar bracht. Maar Oswins visioen had al die bedenkingen weggeblazen. Ik wist alleen nog dat ik van hem hield. Of die liefde niet eerder voor zijn ideeën dan voor hemzelf gold? Ach, wie weet ooit waarom hij van iemand houdt? Ik was vastbesloten hem te helpen met zijn thesis, want het idee dat zijn visie niet gerealiseerd zou worden bezorgde me fysieke pijn.

Of ik dan helemaal geen rekening meer hield met Bull en Nusuto?

Jawel, ik moest wel. Ze dwongen ons de verwezenlijking van Oswins plan steeds verder uit te stellen. Keer op keer bedach-

ten ze nieuwe obstakels, waardoor we tegen het einde van Oswins periode inzagen dat – als we het al zouden redden – zijn thesis uiteindelijk beperkt zou blijven tot de realisatie en verdediging van Bulls landhervormingspolitiek.
Bovendien vermeed ik in hun bijzijn elk fysiek contact met Oswin, buiten de normale schouderklopjes. Zelfs buiten ons lokaal hebben Oswin en ik elkaar nooit aangeraakt in die periode. Telkens als ik na een nachtelijk gesprek over de nieuwste maatregelen voor Indi de drang voelde hem in mijn armen te nemen om het vuur in het putje van mijn buik te smoren, zag ik in zijn ogen dat hiëratische dat de gedachte aan seks iets ontoelaatbaar profaans gaf. Ik merkte wel dat hij nog steeds van me hield, maar hij slaagde er niet in dat gevoel te uiten. Ik vermoedde dat het iets met de thesis te maken had. Misschien zag hij onze liefde als een soort geestelijke symbiose waar het welslagen van de thesis van afhing en die door een fysieke relatie verbroken zou worden.

Oswin

Zo kun je het ook stellen, maar in feite was het pure doodsangst. Ik had geen enkel vertrouwen in mijn seksuele capaciteiten, ik was gewoon bang om af te gaan. Eigenlijk zat ik te wachten tot Rimada zich eens op mij zou storten, maar dat heeft ze nooit gedaan, wat me dan weer deed twijfelen aan haar gevoelens. En zo is het er eigenlijk nooit van gekomen.
Of toch, eigenlijk wel. Eén keer. In zekere zin. Nee, dat is nog te vroeg.

Rimada

In Indi werd vernomen dat er in Chaos een complot tegen het regime van president Oswin werd beraamd. De eerste fase was de komst van een nieuwe ambassadeur van Chaos, een echte havik met de fijnzinnigheid van een neushoorn met kiespijn. Een hevig anticommunist, wiens niet aflatende kritiek op het Indiaanse beleid bedoeld was om het leger van Oswin te vervreemden, door het bang te maken voor een Chaotische invasie. Tegelijk begon de rechtse pers in Chaos zo'n invasie te suggereren. Die zet beantwoordden we niet; Oswin vertrouwde op het leger, dat hij net als Bull voldoende verwende om er heel populair te blijven. Het wrevelcijfer van het leger bewees dat.

Bull bedacht als tweede tegenzet een bijeenkomst van de Continentale Bond, waar Chaos de dreiging van het communisme op de agenda zette. Ook dat ging gepaard met een bitsige perscampagne en de Chaotische geheime dienst zorgde ervoor dat de Chaotische kranten ook in Indi verspreid raakten. Het was duidelijk dat Oswin het zich niet kon permitteren om weg te blijven.

Maar we hadden onze tegenzet klaar. We slaagden erin een Chaotische spion om te kopen en die bracht het complot aan het licht. Chaos was van plan geweest een rebellenlegertje, onder leiding van de opstandige kolonel die al eerder een staatsgreep had willen plegen, op te leiden en het te steunen in zijn greep naar de macht. Tegelijkertijd had men saboteurs het land binnengesmokkeld. President Oswin maakte alles openbaar, arresteerde een aantal samenzweerders en saboteurs en zette ze het land uit. Dat zorgde voor hevig protest in Chaos, waar men alles voorstelde als een communistisch afleidingsmanoeuvre. De computer reageerde met het (door Nusuto voorgestelde) beëindigen van de militaire samenwerking en het instellen van een koffie-embargo.

Dat zorgde echter voor veel protest in de Continentale Bond, zodat de computer in dit conflict Indi als morele winnaar aanwees. Bull en Nusuto knarsetandden, maar ze troost-

ten zich met een door ons niet voorzien neveneffect van de hele episode. We zagen het angstniveau in het leger stijgen. Meer en meer militairen waren ervan overtuigd dat Chaos zelf Indi zou binnenvallen en de uitdagende houding die Oswins regime had aangenomen vergrootte die angst nog.
Toen volgde de bijeenkomst van de Continentale Bond. Daar stelde Chaos economische steun aan de andere lidstaten afhankelijk van hun veroordeling van Indi. In de openbare zitting had de Chaotische minister van Buitenlandse Zaken het over 'de communistische dreiging van buitenaf'. Bull zorgde voor een aangepaste toespraak:
'De overheersing of controle van de politieke instellingen van om het even welke staat van het continent door de internationale communistische beweging zou een bedreiging zijn voor de soevereiniteit en de politieke onafhankelijkheid van de staten op het continent, de vrede in gevaar brengen en aanleiding geven tot gepaste actie in overeenstemming met bestaande verdragen.'
Met andere woorden: Chaos behoudt zich het recht voor binnen te vallen in elk land dat zich met communisme inlaat.
We werkten twee avonden aan onze repliek. We deden er alles aan om Chaos te ontmaskeren en de andere lidstaten te doen inzien dat het legitimeren van een invasie in Indi een gevaarlijk precedent was dat zich op termijn tegen hen zou kunnen keren.
'Minister Sharp's resolutie is niet gericht tegen een overzeese dreiging, maar tegen Indi. Ze wil agressie legitimeren. Indi's enige zonde is haar poging om soeverein te worden', liet ik minister van Buitenlandse Zaken Nusuto – tegen de zin van zijn alter ego – zeggen in de vergadering.
Guzman en de computer waren onder de indruk van onze verdediging en de vergadering eindigde met een afgezwakte resolutie: alvorens Chaos om het even welk land kon binnen-

vallen moest het eerst de toestemming van de Continentale Bond vragen.
Maar Nusuto wist die nederlaag voor Chaos toch nog in zijn voordeel om te buigen. Een analyse in een oppositiekrant deed velen inzien dat de Continentale Bond veel te zwak was om Chaos tegen te houden als het zou besluiten tot een invasie. Chaos had namelijk genoeg economische stokken achter de deur om iedereen die zich verzette onder druk te zetten. Het was duidelijk dat Indi – ondanks de sympathiebetuigingen op de bijeenkomst – alleen stond. Niemand zou tussenbeide komen in een eventueel conflict met Chaos. En Chaos zou zich niet door bestaande wetten of morele principes van een invasie laten weerhouden.
Die naar mijn gevoel wat pessimistische analyse kelderde het vertrouwen van het Indiaanse leger. Niet dat dit tot een opstand leidde, maar hun trouw aan het regime berustte nu nog enkel op de sympathie voor 'hun' Oswin.
Mijn Oswin raakte opnieuw in een soort paniek, maar dit keer liet hij zich er niet door immobiliseren.
'Nu zijn we echt in gevaar', jammerde hij, terwijl hij de laatste gebeurtenissen telkens opnieuw op het scherm liet verschijnen. Bull en Nusuto waren naar de les. 'We moeten voortmaken met de landhervorming. We moeten tastbare voordelen voor het volk bereiken, voordelen die heel moeilijk af te pakken zijn. Help me alsjeblieft. We moeten doen wat we kunnen. Als we aarzelen, worden we weggevaagd.'
We dachten na, onze ogen gericht op het wrevelcijfer van het Indiaanse leger. Hoe konden we dat omlaag krijgen? Hoe konden we het vertrouwen herstellen? De propagandamachine van Chaos was te groot.
'We hebben het leger niet nodig', besloot ik ten slotte. 'De revolutie is ook zonder de hulp van het leger gelukt. We hebben de militanten van de partij en de mensen die profiteren

van de landhervorming. Als het ooit echt uit de hand loopt, kunnen we die bewapenen; ze zijn met veel meer dan het geregelde leger.'

'Maar hoe geraken we aan wapens? Het leger zal ze niet willen afstaan en er is een wapenembargo van kracht!' pruttelde Oswin tegen.

'Dat kunnen we omzeilen.'

'Maar als we dat zomaar aankondigen, zullen Bull en Nusuto ons saboteren.'

'Nee, dat kunnen ze niet. We voeren het in als een geheime maatregel. Niemand weet ervan, Chaos niet, zelfs de rest van de regering niet: enkel de president, de minister van Buitenlandse Zaken en de IAP.'

'Je bedoelt de virtuele Oswin, Rimada, Bull en Nusuto.'

'Precies: Bull heeft ook al eens geheime data ingevoerd, waartegen Chaos toen niets kon ondernemen. Waarom zou jij dat ook niet mogen? Het zal Bull en Nusuto niet bevallen, maar ze zullen niets terug kunnen doen zolang het programma niet beslist dat de informatie bekend is. Guzman zal dat wel beletten.'

'Misschien is het toch veiliger om ons plan slechts mondjesmaat in te voeren en hen eerst wat te laten raden naar onze bedoelingen. Dat de wapens niet voor het leger bestemd zijn, hoeven ze pas op het allerlaatste moment te weten', schaafde Oswin bij. Het heimelijke van de situatie begon hem kennelijk te amuseren.

En dus maakte de virtuele Red Bull de volgende dag een studiereis met onbekende bestemming, die hem volle twee maanden uit Indi weghield.

Vlak na zijn terugkeer maakte de rechtse pers in Indi gewag van een fikse ruzie tussen president Oswin en zijn minister Nusuto, die daarop ijlings uit het land was vertrokken.

Oswin stelde een mooi artikeltje op voor de ochtendkrant:

'Zoals velen in Indi heeft Nusuto geflirt met communisten. Hij heeft hen op cynische wijze aangemoedigd en op naïeve wijze geloofd dat het altijd mogelijk zou zijn hen te controleren. Hij negeerde, zoals zoveel anderen, het feit dat de Roden Frankensteins zijn, die al wie hen helpt vernietigen.
Nusuto is vertrokken uit Indi en heeft zijn toevlucht genomen in democratisch Zwitserland. Hij kon nog ontsnappen aan de klauwen van de communisten, maar weinigen zijn zo gelukkig geweest. Alle leiders van het continent die met de Roden flirten zijn gewaarschuwd.'
Het gechargeerde toontje deed ons gniffelen toen hij het, de avond voor we het aan Nusuto en Bull zouden voorleggen, debiteerde. Bovendien keerde de virtuele Nusuto na een goede maand terug alsof er geen vuiltje aan de lucht was geweest. Hij beweerde dat hij om gezondheidsredenen in een Zwitsers sanatorium had gelogeerd.
Bull en Nusuto waren in de war door deze schijnbaar zinloze vertoning.
'Wat heeft dit nu weer te betekenen?' bromde Nusuto kregelig toen we het voorval rapporteerden.
'Dat wordt binnenkort wel duidelijk', zei Oswin op vlakke toon, alsof de vraag geen antwoord verdiende.
Maar Bull had voor ons ook een verrassing in petto. Hij had kennelijk begrepen dat we zijn virtuele alter ego voor onze kar wilden spannen en wilde dat wat bemoeilijken. Hij voegde aan het programma een partijcongres van de IAP toe. De Red Bull in de computer was een voortvarend man geweest, maar desondanks een realist. Hij dacht dat alleen het afremmen van de landhervorming tot betere relaties met Chaos zou leiden, terwijl de partij als geheel, volgens haar programma, zeer radicaal – zoals de president – de hervormingen wilde versnellen en eventuele contrarevolutionairen voor te veel voldongen feiten wilde plaatsen om de situatie nog te kun-

nen omkeren. Het computerprogramma knoopte daar het logische gevolg aan vast en Red Bull werd ontslagen als secretaris-generaal van de partij. Het was een handige zet: Bull had gewoon gebruikgemaakt van vroegere elementen van het programma en zijn zet kon dus niet worden bekritiseerd. Tegelijkertijd betekende het dat elke voorzichtigheid nu verdween uit het beleid van Indi.

Ik probeerde Oswin nog af te remmen, maar hij wilde dat de landhervorming helemaal voltooid zou zijn voor zijn ambtstermijn afliep. Hij had nog vertrouwen in het leger. Het zou volgens hem (en de wrevelscores van het programma gaven hem daarin gelijk) trouw blijven als de gehate opstandige kolonel zou aanvallen. Hij was alleen bang dat Chaos dan achteraf zelf Indi zou binnenvallen. Maar die angst weerhield hem er niet van de onteigening van IFM-gronden te versnellen.

Nusuto en Bull gingen voort met hun offensief om het leger definitief los te weken van Oswin. Ze lieten de bisschop in een herderlijke brief het regime veroordelen, ze maakten gewag van trainingskampen van rebellen in buurlanden en van infiltranten in Indi die nieuwe saboteurs trainden. Er was ook sprake van oorlogsvliegtuigen voor de rebellen – zij het oude –, om de indruk te wekken dat ze op de internationale markt waren gekocht.

Ik kon me niet van de indruk ontdoen dat Bull en Nusuto een op voorhand vastgelegd scenario volgden, gebaseerd op historische gebeurtenissen. Zo installeerden ze ook een propagandaradio, die Indi vanuit een buurland bestookte met antiregeringsboodschappen en de nakende val van het regime voorspelde.

Ondertussen was op de virtuele golven een Zweeds vrachtschip onderweg met wapens voor Indi. Bull had snel door dat de vaudeville met zijn alter ego en dat van Nusuto gediend

had om in het buitenland in het geheim wapens te kopen. Red Bull had onderhandeld en Nusuto had de betaling geregeld. Hij wilde dadelijk toeslaan, maar we herinnerden hem eraan dat Chaos over dat schip met wapens helemaal geen informatie kon hebben.
Guzman gaf ons gelijk. Chaos kon het schip niet onderscheppen.

Het was uiteindelijk de tegenslagenronde die ons de das omdeed.
Het toeval wou dat de inhoud van het schip bekend raakte voor Oswin het in het geheim kon laten lossen. Bull en Nusuto sprongen erbovenop en de bal ging aan het rollen. Er werd direct 50 ton wapentuig naar Indi's buurlanden verscheept. Enkele duikboten stoomden op naar de territoriale wateren van Indi. De Chaotische pers werd hysterisch en had het over een sovjetdreiging en over atoombommen in haar achtertuin.
Door de ontdekking was Oswin verplicht de wapens – 2.000 ton geweren – aan het Indiaanse leger te laten, zodat het plan om burgermilities te vormen in duigen viel. De nieuwe wapens verhoogden wel Oswins populariteit, maar de militaire machtsontplooiing van Chaos deed het voordeel dat we daaruit konden putten volledig teniet. Volgens het programma stond het leger op de rand van desertie.
Chaos trof nu de laatste voorbereidselen voor de geplande invasie. Het programma wikkelde zelf de zaak voort af: Bull en Nusuto moesten niet meer ingrijpen, want het scenario van de invasie was al maanden tevoren geprogrammeerd, in de hoop dat het nooit zou worden gerealiseerd.
Alle buurlanden verbraken onder druk van Chaos de diplomatieke betrekkingen. Vliegtuigen wierpen pamfletten uit boven Indi-city om de bevolking de nakende 'bevrijding' van het land

te melden en haar aan te sporen om lijsten van communisten aan te leggen. Chaotische schepen blokkeerden de Indiaanse havens, wat een overtreding van het internationaal recht was. Het was duidelijk dat Chaos voor niets zou terugdeinzen.
President Oswin kondigde de staat van beleg af. De volgende dag begon de eigenlijk invasie onder leiding van de opstandige kolonel.
Oswin gooide de handdoek in de ring. Het was afgelopen, zei hij. Voorgoed deze keer.

Bull

Op het moment dat het woord 'invasie' op het scherm verscheen, besefte ik wat we hadden gedaan. Toen Oswin als een geslagen hond afdroop, kregen we allebei een moorddadige blik van Rimada. De tirade die volgde was navenant.
Nusuto verdedigde ons nog door te zeggen dat we niks gedaan hadden dat niet door de beugel kon; alles was een logisch gevolg van het programma. En Guzman had nooit tegengeprutteld.
Maar Rimada liet zich niet omlullen. Schaamden we ons niet zo'n plezier te scheppen in het saboteren van onze eigen droom, alleen maar omdat we jaloers waren op Oswin, en god wist dan nog waarom? Waar haalden wij het lef vandaan om op hun relatie te reageren als bedrogen echtgenoten? Sinds wanneer was zij onze eigendom? Was het strelen van ons ego dan zo belangrijk dat we er niet alleen onze vrienden voor hadden verraden, maar zelfs onszelf een extra thesisjaar wilden aandoen?
Zonder op een reactie van ons te wachten stormde ze Oswin achterna. We wilden het niet geweten hebben, maar we bleven allebei een beetje beteuterd achter. Dat was het einde van onze thesis, dachten we.

Die dag kreeg ik het bezoek van Rimada. Ze had duidelijk gehuild en was nog heel opgewonden. Zodra ze mijn bureel op de faculteit binnenkwam, begon ze verontwaardigd te fulmineren tegen Red Bull en Nusuto en beschuldigde hen van sabotage.

Ze onthulde dat ze 'een soort relatie' met Oswin had en dat de twee anderen uit jaloezie alles hadden gedaan om Oswins thesis te kelderen. Ze eiste dat een aantal van hun door mij gesanctioneerde tegenzetten werd herzien.

Ik vertelde haar dat ik wel enige animositeit van Nusuto en Bull tegenover Oswin had gevoeld, maar kon niet met haar verzoek instemmen. De tegenzetten die Bull en Nusuto hadden uitgedokterd waren allemaal perfect legitiem geweest, gezien de stand van zaken. Dat ze er een zeker plezier in hadden gevonden om ze te berde te brengen, deed daar niets aan af. Het programma was zodanig opgesteld dat valsspelen niet kon, niet in negatieve maar ook niet in positieve zin, tenzij ze aan de parameters van het programma wilde sleutelen.

Rimada beweerde dat Bull verantwoordelijk was voor de hoge wrevelscore van Chaos aan het begin van Oswins thesis en dat hij voortdurend de zwaarst mogelijke reactie had gepromoot als er gekozen moest worden wat Chaos zou doen.

Ik herinnerde haar eraan dat het vooral de tegenslagenronde was die Oswin in nauwe schoentjes had gebracht. Maar zij counterde dat die hele affaire met de wapens niet nodig was geweest als Bull en Nusuto niet telkens hadden aangedrongen op de harde aanpak. Het kon toch niet dat Indi werd opgeofferd aan het gekwetste ego van twee studenten?

Ik moest haar teleurstellen: ikzelf zou ook hebben ingegrepen als de voorgestelde reacties te slap waren geweest. Bovendien

hadden persoonlijke conflicten wel vaker het lot van een natie bepaald. Oswin had ervoor gekozen op basis van Bulls thesis voort te werken en moest daar de gevolgen van dragen.
Ik zei dat ik het jammer zou vinden als ze het nu opgaven, maar dat ik hun beslissing zou respecteren. Ik was bereid om Oswin nog tot het eind van zijn periode de tijd te geven een tegenzet te bedenken. Ik herinnerde Rimada er wel aan dat als Oswin het opgaf ook de theses van Nusuto en Bull zouden vervallen en dat hen allevier een extra thesisjaar te wachten zou staan.
Toen ze wat te radeloos naar mijn smaak mijn bureel wilde verlaten, riep ik haar nog even terug.
'Rimada, als de ijver van Bull en Nusuto de ondergang van Indi kon bewerken, dan kan jullie gecombineerde inzet misschien nog voor een uitweg zorgen. Probeer je met hen te verzoenen. Ik wacht op jullie beslissing: neem er de tijd voor.'

Nusuto

We zagen elkaar een week lang niet meer. Ik ontweek Rimada, ondanks het feit dat ik mezelf heel de tijd had wijsgemaakt dat mijn persoonlijke animositeit de legitimiteit van de door mij en Bull gesuggereerde tegenzetten van Chaos niet had aangetast. Toch schaamde ik me. Niet dat ik dat ooit in het openbaar zou toegeven, maar om te voorkomen dat mijn gelaatsuitdrukking het zou verraden ontweek ik ook Bull. Oswin hoefde ik niet te ontwijken, die liet zich helemaal niet meer zien. Ik vreesde dat we hem voorgoed in de grond hadden geboord, maar ook die verantwoordelijkheid wenste ik niet expliciet op mij te nemen.
Een paar dagen na die laatste dramatische sessie in ons thesislokaal hoorde ik dat Rimada naar huis was vertrokken. Ik besloot Oswin op te zoeken. Waarom wist ik niet goed, of

liever: wilde ik niet weten. Nu denk ik dat ik me ervan wilde vergewissen of hij niet met zelfmoordplannen rondliep.
Hij liet me binnen, gekleed in een gekreukt overhemd, waardoor ik de indruk kreeg dat hij in zijn kleren sliep. Hij zag er niet echt slecht uit, maar de enthousiaste vonk die bij het begin van ons project voortdurend in zijn ogen had geschitterd, was weg. Hij sprak hees en op vlakke toon.
Hij gaf helemaal niet de indruk dat hij mij verantwoordelijk achtte voor zijn mislukking, maar misschien was dat te wijten aan zijn lethargische staat. Op zijn bureau lag niettemin het Indi-dossier, in de grootste wanorde, alsof hij de hele nacht naar uitwegen had zitten zoeken.
Ik mocht op zijn enige stoel zitten; hij ging op het bed liggen. Hij bood me niets te drinken aan.
'Hoe gaat het met je?' vroeg ik om iets te vragen.
'Ik overleef', zei hij.
Het gesprek stokte.
'Sorry', zei hij na een minuut of twee.
'Waarom?'
'Dat je grote Plan niet gerealiseerd zal worden. Ik had wel een paar goede ideeën in verband met je kleinschaligheidsprobleem, maar dat is nu allemaal academisch.'
'Dat was het eigenlijk allemaal, niet?'
Hij glimlachte. Maar ik zag dat mijn poging om zijn mislukking te relativeren hem niet echt troostte; voor hem en Rimada was Indi echt genoeg om te rouwen om zijn ondergang.
'Het spijt me ook', zei ik.
'Wat?'
Even voelde ik de aandrang om me te verontschuldigen voor mijn gedrag, maar ik zei: 'Dat het je niet is gelukt. Maar ik neem het je niet kwalijk.' Onmiddellijk voelde ik mezelf een nog grotere smeerlap dan voor ik was binnengekomen. Alsof *hem* iets kon worden kwalijk genomen.

'Heb je nog iets van Rimada gehoord?' vroeg ik langs mijn neus weg.
'Neen, ze is naar huis. Ze zei dat ze moest nadenken en afkoelen. Volgende week komt ze terug, heeft ze beloofd.'
'Hoe gaat het tussen jullie?' Ik besefte dat ik de goden tartte, maar ik kon het niet laten.
Hij richtte zich half op en keek me aan met zoekende ogen.
'Ik weet het niet, Nusuto. Het is nooit de bedoeling geweest om iemand te kwetsen. Je wist dat ik verliefd op haar was. En een paar weken geleden... opeens...'
'Bespaar me de details.'
'Neen, zo was het niet! Ik zat helemaal in de put toen het wrevelcijfer van Chaos in het rood sprong en ze is me toen komen troosten. Ze heeft me doen inzien dat een reactie van Chaos nog niet betekende dat er een invasie zou komen. Ik vertelde haar wat ik allemaal nog van plan was en opeens kuste ze me.'
'Klinkt als Rimada.'
'En sindsdien hangt ze voortdurend rond mij. Ze heeft me geholpen met mijn thesis, maar ik weet nog altijd niet wat ze precies wil. Wil ze mij of wil ze mijn ideeën?'
'Je zult het haar toch moeten vragen als je dat per se wilt weten.'
'Ik ben alleen bang dat de liefde over is nu alles is mislukt.'
'Ik denk niet dat jij de eerste bent die zich daarover zorgen moet maken', murmelde ik. Hij keek me vragend aan maar zei niets meer.
'Wat ga je nu doen?' vroeg ik nog.
'Weet ik niet. Afwachten, zeker? Misschien gebeurt er nog iets. Een licht in de duisternis. Maar eerlijk gezegd, ik geloof er niet meer in. Ik denk dat ik volgende week weer gewoon colleges ga volgen en mijn vader zal inlichten dat ik een extra thesisjaar nodig zal hebben.'

‘Ik zie je dan wel volgende week’, zei ik en liet hem alleen met zijn gedachten.
Het gesprek had me enigszins opgelucht. Vooral omdat het ernaar uitzag dat Rimada gewoon weer eens verliefd was geworden op iemands brein, zoals eerder al bij mij en Bull. Misschien hadden Bull en ik wel wat te heftig gereageerd. En vooral voorbarig.

Bull

Ik? Ik heb mijn ‘verdriet’ verdronken op een paar fuiven en met een paar willige wijfjes. In zo’n omstandigheden doet te veel nadenken alleen maar zeer...

Nec plectrum dextra, citharam tenuisse sinistra
nesciat arbitrio femina docta meo.

'Met rechts een plectrum, met links een gitaar vasthouden
dat moet een gecultiveerde vrouw kunnen, volgens mij.'
(*Ovidius, 'Ars Amatoria' III, 320-321*)

I have seen the future, and it works!
(*E.F. Schumacher, 'Good Work', 1977*)

Rimada

Onze thesis werd eigenlijk gered door mijn oma; het is jammer dat ze het niet meer kan horen.
Na mijn frustrerende ontmoeting met Guzman was ik naar mijn kot gebeend, had mijn sportzak ingeladen en was op de eerste trein naar huis gesprongen.
Mama wist niet goed hoe ze op mijn ontreddering moest reageren en liet me dus maar met rust. We hadden een goede relatie, maar hartsvriendinnen zijn we nooit geweest. Ik vertelde haar mijn problemen meestal pas als ze al waren opgelost.
Ik probeerde me zo normaal mogelijk te gedragen. Ik hielp mee in het huishouden, ging met oma wandelen en keek 's avonds mee naar de soap waar ze beiden fans van waren en die ze op drie zenders in drie verschillende talen volgden. Overdag permitteerde ik me echter een uurtje zwakte en lag dan op mijn bed schaamteloos te snotteren. Als ik er nu op terugkijk, reageerde ik op de mislukking van Indi als op

een breuk met een vrijer, al heb ik die in die tijd niet echt gehad. Misschien was het mijn ruzie met Nusuto die de reactie uitlokte. Ik had hem wel nooit als een vrijer gezien, maar het idee dat we voortaan niet meer met elkaar zouden omgaan leek me ondraaglijk. De gedachte aan Oswin vervulde me nog wel met grote liefde en medelijden, maar ik vond dat ik eerst mijn eigen emoties weer de baas moest worden voor ik hem weer onder ogen kon komen. Ik kende zijn fragiele karakter; als hij ook nog mijn misbaar moest ondergaan...

Op een van mijn huilsessies moet ik wat te erg te keer zijn gegaan, want opeens hoorde ik oma onder aan de trap roepen: 'Rimada, is alles in orde?'

Ik wilde haar geruststellen, maar alles wat ik kon doen was nog harder snotteren: het kind in mij wilde getroost worden.

'Meisje, kom eens naar beneden bij oma', hoorde ik.

Ze wachtte me op in haar rolstoel aan de voet van de trap.

'Maak ons beiden eens een lekker kopje thee en vertel me dan eens wat er aan de hand is.'

Ik vond het belachelijk dat ik – een volwassen vrouw – moest gaan uithuilen bij mijn oma. Ik was toch groot genoeg om mijn eigen boontjes te doppen! Maar iets in me dreef me die trap af en deed me een pot rozenbottelthee zetten.

Aan de keukentafel sipten we van de veel te hete drank. Ik nam zelfs niet de moeite om mijn tranen weg te vegen. Ik wilde dat oma een kusje op de zere plek zou drukken en dat het dan over zou zijn.

'Wat is er, meisje? Jongens?'

'Neen... ja..., het is nogal ingewikkeld.'

'Ik heb tijd. En je moeder blijft nog een paar uur in het ziekenhuis, je kunt gerust je hart luchten.'

Het stoorde me dat ze me zo doorzag, en eigenlijk ook weer niet.

Ik vertelde alles. Over onze thesis, met allerlei overbodige details, maar zo ben ik als ik eenmaal aan de gang ben, over de moeilijkheden na Bulls thesisdeel, over Oswins ideeën en onze relatie of zoiets en over de jaloezie van Bull en Nusuto. Ten slotte over Guzmans reactie.

'En nu is alles verloren. Oswin zit helemaal klem en ik ben woedend op Bull en Nusuto en tegelijk voel ik me ook een beetje schuldig omdat ik het allemaal niet handiger heb aangepakt. Ik en mijn impulsen ook.'

Ik viel stil, me afvragend of ze iets van mijn litanie had begrepen.

Oma dacht heel even na en haar gerimpelde gelaat met het opgebonden lichtgrijze haar plooide zich open in een geruststellende maar toch licht berispende glimlach.

'Als je je al zoveel zorgen maakt over iets dat alleen in een computer bestaat, hoe overleef je dan de ellende die elke dag in de echte wereld echte mensen treft?'

Ze zei niets over haar eigen ellende. Toen. Daar. Majdanek.

Ze had me er nooit over verteld. Had me waarschijnlijk willen sparen. Maar ik had het altijd willen weten en had er jaren over gedaan om mijn moeder alle details te ontfutselen.

Oma had nog geluk gehad: ze had het overleefd.

Kriegsgefangenenlager Lublin – Majdanek – is niet zo bekend als Auschwitz of Dachau of zelfs Treblinka, maar het was – als ik de boeken mag geloven – veruit het meest sinistere concentratiekamp dat aan het brein van Himmler was ontsproten. Het stond onder direct bevel van de SS. Himmler bezocht het in 1941.

Mannen, vrouwen en kinderen leefden (nou ja...) natuurlijk gescheiden. Kinderen die in het kamp geboren werden, werden onmiddellijk gedood; officieel werden ze 'overgemaakt aan het Rode Kruis'. De gevangenen werden gedwongen te

werken tot ze erbij neervielen; ze kregen één kom soep per dag; toen mijn oma in het kamp kwam, kregen ze al helemaal niets meer.
Velen stierven door de winterse vrieskou in de onverwarmde barakken. Maar natuurlijk werden er ook regelmatig gevangenen vergast, opgehangen – op elk barakkenveld stond wel een galg – met gif ingespoten, gewurgd, doodgeslagen en – geschopt.
Oma en opa kwamen eind 1943 in het kamp aan.
De eerste jaren van de oorlog hadden ze ondergedoken geleefd in Brussel, tot ze uiteindelijk waren verklikt. Mijn moeder was net voor de oorlog geboren, maar bij het eerste teken van gevaar in veiligheid gebracht in een nonnenkostschool. Daar was ze geconditioneerd voor haar latere verpleegsterroeping. Oma had de contacten minimaal gehouden; het had moeder opgezadeld met verlatingsangst. Tenminste, dat was Nusuto's analyse toen ik hem over de gespannen relatie tussen oma en mama vertelde. Mama verweet haar moeder gebrek aan interesse en oma vond dat haar dochter niet genoeg rekening hield met de toenmalige omstandigheden. Die ruzie werd nooit verbaal uitgevochten, ze bleek alleen uit moeders houding, blikken, gedragingen. Het had jaren geduurd voor de plooien volledig waren gladgestreken. Toen oma begon te sukkelen met haar benen slaagde moeder er eindelijk in het verongelijkte kind in haar te verzoenen met het verleden.
Oma en opa werden onmiddellijk bij aankomst in Majdanek gescheiden.
Opa had geen geluk: op 3 november werd besloten tot een grootscheepse opruimingsactie in alle kampen: 42.000 mensen werden op het 'Erntefest' geëxecuteerd. 18.400 in Majdanek, opa was een van hen; het was een van de laatste beleidsdaden van SS-Sturmbahnführer Herman Florstedt, voor hij wegens corruptie werd gearresteerd.

'Bloedwoensdag' noemden de overlevenden het.
In totaal zouden 800.000 mensen in Majdanek de dood vinden, waarvan er 360.000 werden vergast. De Nazi's verkochten de haren van de vergasten voor 50 pfennig per kilogram aan een bedrijf dat verfborstels maakte.
Oma had natuurlijk vooral met de SS-Aufseherinnen te maken. Vooral Oberaufseherin Elsa Ehrich had haar een heilige schrik ingeboezemd.
Pakkende verhalen zijn er over oma niet te vertellen, tenminste niet voorzover ik weet. Dat hangt waarschijnlijk samen met het feit dat ze het overleefd heeft: wie in Majdanek onderwerp van een pakkend verhaal was, is er meestal niet van teruggekeerd. Zoals Anne Frank.
Oma werkte, at – als ze iets kreeg –, overleefde in de koude, smerige barakken, werd ziek – maar niet té – en ontsnapte elke dag weer aan de gaskamer. Ze kreeg haar deel van de schoppen en slagen, en één keer werd een revolver op haar voorhoofd gericht, maar waarom dat schot nooit was afgegaan, wist mama me niet te vertellen.
In april 1944 werd het kamp onder druk van de oprukkende Russen ontruimd. Oma moest met de andere vrouwen te voet op pad naar Ravensbrück. De mannen vertrokken naar Gross-Rosen en de zieken werden versast naar Birkenau.
In Ravensbrück zaten na de aankomst van de groep uit Majdanek 80.000 vrouwen, en men besloot ook daar een gaskamer te bouwen. Oma had weer geluk. Haar sterke gestel vrijwaarde haar – ondanks de zware dwangarbeid en het minimum aan wat voor eten moest doorgaan – van een immobiliserende ziekte, al hadden ze natuurlijk constant diarree en koorts, sliepen ze in hun eigen drek en hadden ze geen enkele bescherming tegen de kou. Wie te ziek was, werd overgeplaatst naar het jeugdkamp Uckermark, in feite een wachtzaal voor de gaskamer.

Nog een jaar zou oma in Ravensbrück aan de systematische uitroeiingspolitiek ontsnappen en op 27 april 1945 werden alle nog lopende gevangenen op transport gezet, op de vlucht voor de Russen, niet ziek genoeg om te blijven. Drie dagen later werden ze onderweg door een Russisch bataljon bevrijd. Naar het schijnt was ze toen niet meer dan een wandelend skelet en heeft het jaren geduurd voor de fysieke sporen van de kampen waren uitgewist – op haar brandmerk na dan.

Dat allemaal is een mengeling van wat ik via mijn moeder wist te vergaren en voorts uit boeken heb kunnen reconstrueren. Ik zou me niet willen kunnen voorstellen hoe het allemaal werkelijk geweest is.

De emotionele sporen heeft oma heel haar leven zorgvuldig verborgen gehouden. Ze voelde zich nooit geroepen om een soort vrouwelijke Simon Wiesenthal te worden of in een vereniging van kampoverlevenden te gaan. Op een of andere manier is ze er zelf mee in het reine gekomen. Of niet, maar dat zullen we nooit meer weten.

'Iedereen denkt altijd dat zijn leed het grootste ter wereld is. Dat heb ik nooit begrepen. Zeker niet meer na de kampen. Weet je, meisje, ik heb je er nooit mee willen lastigvallen en ik weet wel dat wat mensen als ik is overkomen niet vergeten mag worden, maar toch, alles bij elkaar genomen, en vergeleken met anderen – je opa bijvoorbeeld – heb ik schandalig veel geluk gehad. Zal ik je eens iets vertellen? Dat was het enige dat me overeind hield in Majdanek: het besef dat ik – zolang ik nog leefde – meer geluk had dan de meeste anderen en dat ik dus niet mocht klagen. Dat had mama me altijd geleerd: kijk eerst naar anderen voor je jezelf beklaagt en wees blij met wat God je heeft gegeven. Ik weet dat veel mensen zich achteraf schuldig voelden dat ze de kampen hadden overleefd. Dat mesjogge joodse schuldgevoel! Ik heb me elke dag gelukkig geprezen dat ik mocht blijven leven! Ik

heb getreurd om opa, ik zou alles gegeven hebben om hem te mogen behouden, maar hoe kon ik nu schuldig zijn aan wat hem was overkomen? Hoe kan iemand zich schamen voor iets waar hij niet verantwoordelijk voor is?
Je moeder heeft eens gezegd dat ik niet joods genoeg was voor de gaskamer. Misschien had ze wel gelijk.'

Toen ik haar op die militante toon hoorde redeneren, dacht ik bij mezelf: *Methinks the lady protests too much*, maar ik begreep ook dat het haar manier van overleven was.

Ze zag dat ik wegdroomde en nam mijn pols.

'Vraag je eens af of die problemen waar je zo van onder de voet bent eigenlijk wel zo erg zijn. Het is niet omdat het oorlog is dat het leven ophoudt; geloof me, ik kan het weten.'

Het lichte verwijt in haar woorden ontging me niet, het stoorde me zelfs. Hoe kon mijn kleine leed ooit optornen tegen het kanon dat ze achter de hand hield? Het was de eerste keer dat ze het op mij richtte. Wees gelukkig of ik schiet.

Toch had wat ze zei ook iets troostends. Net als de intussen lauwe kop in mijn hand. Het spreekwoord sprak wel over soep, maar ook mijn thee was ondertussen veel minder heet dan bij het opdienen.

Ik gaf oma een kus, al had ze niet echt mijn blauwe plek verzorgd maar me eerder haar door gangreen aangevreten been getoond, om mij te dwingen de kneuzing te relativeren. Niet dat het probleem nu volledig van de baan was, maar het gesprek gaf me genoeg moed om de volgende maandag naar Gent terug te keren en Bull, Nusuto, Chaos en Oswins depressie te trotseren, vastbesloten om onze thesis te redden.

Nusuto

Mijn gedrag tegenover Oswin was natuurlijk onvergeeflijk, maar dat zou ik toen nooit in het openbaar hebben durven

toegeven. In de beslotenheid van mijn nu niet meer door Rimada's aanwezigheid opgevrolijkte kot kon ik me echter wel veilig wagen aan een analyse van wat ik had gedaan.
Telkens als ik mezelf betrapte op laakbaar gedrag viel ik terug op mijn vaders transactionele analyse. Ik bekeek mezelf door de bril van Eric Berne en vroeg me af welk spelletje ik eigenlijk had gespeeld en waarom. Het verschafte me een voorsprong op eenieder die zich geroepen zou voelen om me op mijn fouten te wijzen. Zo kon ik voor mezelf uitmaken in hoeverre de kritiek terecht was en hoe vehement ik ertegen diende te reageren. Was de kritiek gegrond, dan beperkte ik mij tot hautaine blikken, maar ging mijn criticus te ver, dan kon hij rekenen op een grondige oorspoeling.
U moet weten: in ieder mens zitten volgens Eric Berne een 'ouder' (zorgend en berispend), een 'volwassene' (beredenerend) en een 'kind' (gevoelig, irrationeel). Maar het 'kind' bestaat uit drie lagen. Een 'kind' dat zijn ouders imiteert en daarbij alleen de onderdrukkende aspecten overneemt, gedraagt zich als een 'kleine tiran' of een aangepast kind; een kindvolwassene reageert op interacties aan de hand van zijn intuïtie (de 'kleine professor') en het 'kindkind' reageert gevoelsmatig op de wereld: zuiver, onbezoedeld.
De reden voor mijn wraakzuchtig optreden was duidelijk: de vrees voor een gebrek aan 'aaitjes'. Het ingebakken gevoel dat er nu eenmaal niet genoeg liefde is voor iedereen en dat de genegenheid die anderen ontvangen op een of andere manier afgaat van wat je zelf verdient. Door dat gevoel van verlies was ik gaan reageren als een kleine tiran. Oswin had zich aanvankelijk verzet als een kranige volwassene maar had zich een perfect slachtoffer getoond, door te reageren als een bang kind dat geen partij was voor mijn kleine tiran. Mijn latere bezoek aan zijn kot was begonnen als een gesprek tussen twee volwassenen, maar de situatie had het kind in mij tot

schaamte geïnspireerd, een emotie die ik nu eenmaal niet wenste te erkennen. Toen Oswin dan het kind ging uithangen (zijn verontschuldiging voor zijn mislukking) had de kleine tiran in mij de kans aangegrepen om mijn superioriteit te herstellen.

Het was geen fraai beeld. Menselijk, maar niet fraai. Eens te meer had ik aan den lijve ondervonden dat het vermogen je eigen gedrag te analyseren je niet tegen wangedrag behoedde. Het goede kennen is niet het goede doen. Sorry, Socrates.

Die maandag zag ik Rimada terug voor het auditorium. Ze kwam niet naar me toe: ik begreep dat de eerste stap van mij moest komen.

Zo neutraal mogelijk vroeg ik: 'Nog iets van Oswin gehoord? Heeft hij nog plannen?'

Even zag ik argwaan in haar ogen, maar toen ze geen sarcasme ontdekte, antwoordde ze: 'Ik zal het hem straks vragen.'

'Ik ga wel met je mee', stelde ik voor.

Ze liet me even sudderen, maar ik kende dat gezicht goed genoeg om er vooral opluchting in te lezen.

'Breng Bull ook maar mee, als hij wil', antwoordde ze zo emotieloos als ze kon opbrengen.

Bull

Nusuto kwam naar mijn kot om te zeggen dat hij afgesproken had met Rimada bij Oswin.

Ik had niet veel goesting en hij zag het direct.

Hij had kunnen beginnen over kinderachtig gedoe en over hoe vrienden met mekaar moeten omgaan. Hij had kunnen zeggen dat ik Rimada niet zou krijgen door Oswin af te maken, allemaal dingen die ik zelf al wist maar die me niet van gedacht zouden doen veranderen.

Maar hij kende me goed genoeg om op de juiste knop te duwen.
'Het zou dom zijn onszelf een thesisjaar aan te doen als we de zaak nog kunnen rechttrekken.'
Eigenbelang: de enige reden waarom ik nog kon terugkrabbelen zonder mijzelf belachelijk te vinden.
We zaten dus allevier samen op Oswin zijn veel te klein kot die namiddag. Hij verschoot toen we bij hem binnenstuikten.
'Wat willen jullie nog?' Hij probeerde niet kwaad te klinken. Uitslover.
'We vroegen ons af wanneer je met je volgende zet zou afkomen; het programma wordt ongeduldig.'
Ja, het was misschien het beste dat Nusuto het woord voerde. Die kon het goed genoeg uitleggen om zijn (ons) schuldgevoel te sussen zonder al te veel ego te moeten inleveren.
'Wat valt er nog te doen? Ik zit klem', zuchtte Oswin.
'Je zit niet klem tot het helemaal is afgelopen', probeerde Rimada, maar ik hoorde dat ze niet wist wat ze daarna moest zeggen.
'Het is toch afgelopen: de invasie... hoe kan ik een land hervormen dat in oorlog is?'
Nusuto en Rimada konden of wilden niets zeggen.
Ik voelde de spanning stijgen. Ik zou het hier weer moeten rechttrekken.
'Zit toch niet zo te mekkeren. Gijlie bourgeois denkt altijd dat oorlog het einde van alles is. Gaat daar mee naar de revolutie! We wisten toch al lang dat een invasie niet tegen te houden was. Vallen ze u aan? Awel, verdedig u dan, hé! Is dat nu zo moeilijk? Hoeveel rebellen zijn er, en hoeveel soldaten hebt gij? Ge hebt er zelfs nog nieuwe geweren voor gekocht.'
Ik stelde het simpel voor, dat wist ik, maar het werd tijd dat Oswin eens volwassen werd. Misschien moest hij eens een

mot tegen zijn bakkes krijgen om te weten dat ge daar niet van dood gaat.

'Bull heeft gelijk, Oswin. De rebellen staan aan de grens: als we ze daar kunnen houden, hoeven de hervormingen geen vertraging op te lopen. Een invasie is alleen een probleem als we de oorlog verliezen', viel Rimada in.

'Die halfgare kolonel heeft ocharme 250 soldaten', zei Nusuto.

'En Chaos in zijn rug', pruttelde Oswin.

'Die durven toch nooit zelf aanvallen. Waarom hebben ze anders die kolonel voor hun kar gespannen? Het is te slechte PR', suste ik.

'Oorlog winnen en diplomatiek overleg met Chaos', vatte Nusuto samen.

Oswin keek ons alledrie aan en elke keer als hij naar iemand anders keek, zag ik het geloof in zijn ogen stijgen. Hij moest er precies weer efkens aan wennen dat we terug allevier aan hetzelfde zeel trokken.

'Eens zien of jullie Guzman ervan kunnen overtuigen dat de redding van Indi even geloofwaardig is als de ondergang ervan.'

Het was de eerste keer dat hij liet voelen dat hij ons doorhad. Oswin kon toch zo'n verrekte heilige zijn, soms!

Rimada

Nu ging het allemaal heel snel.

Met z'n vieren zagen we snel hoe we de invasie moesten aanpakken.

De schaarse troepen in de grenssteden boden kranig weerstand. We besloten de rebellen op Indiaans grondgebied toe te laten, om de buurlanden niet de gelegenheid te geven een grensincident uit te lokken, wat Chaos een excuus zou geven om aan te vallen. Na een paar dagen werd duidelijk dat de invasie niet veel voorstelde. In een onooglijk stadje bij de grens was de aanval van de rebellen zelfs afgeslagen door... de politie. Het leek ongeloofwaardig, maar omdat de computer de variabelen 'terreinkennis', 'opleidingsniveau van de Indiaanse politie', 'motivatie' en 'maximaal te tolereren verliezen van de vijand per aanval' meerekende, werden de rebellen gedwongen zich terug te trekken om de verliezen binnen de perken te houden.

Tegenzetten bleven beperkt tot enkele bommen op de hoofdstad, maar zonder veel erg: Bull had voor een goed evacuatieplan gezorgd en de luchtmacht van de rebellen stelde niet veel voor; er mocht immers nooit de indruk worden gewekt dat Chaos de rebellen steunde. Ondertussen stuurde president Oswin 2.000 soldaten naar de dichtstbijzijnde grote stad en gaf de opperbevelhebber – generaal Garcia – het bevel om op te rukken naar de grens.

En toen wierp de computer roet in het eten.

Het angstniveau van het leger was te hoog. De soldaten weigerden op te rukken. Ze vreesden dat Chaos zelf zou aanvallen als ze de rebellen versloegen. De Chaotische propagandamachine had goed gewerkt.

Heel even waren we radeloos.

Oswin kwam met het idee de invasie aan te kaarten in de Veiligheidsraad van de VN. Bull verwachtte er niet veel heil van, maar we redeneerden dat, zolang er geen resolutie was, de rebellen hun eindoffensief niet zouden inzetten en Chaos zeker niets zou ondernemen. Zoals verwacht werd de vergadering van de Veiligheidsraad een typische schijnvertoning, waarbij Chaos zijn bondgenoten zwaar onder druk zette om tegen Indi te stemmen.

Vijf dagen later besloot de raad om Chaos niet te veroordelen. Dat besluit deed het angstniveau van het leger geen goed. We organiseerden een nachtelijk crisisberaad in het presidentieel paleis. Een voorstel om de bevolking te bewapenen werd als onrealistisch van de hand gewezen. Bull suggereerde een communistische militie, maar waar moesten de wapens vandaan komen als het leger niet wilde meewerken? ('Waar moeten ze mee schieten? Met bananen?')

'Waarom ga je eens niet met je soldaten praten?' stelde ik uiteindelijk voor.

Hun scepticisme ontmoedigde me niet.

'De hele tijd heb je Chaos' propagandamachine vrijuit laten praten, maar zelf heb je nooit je leger toegesproken, hen nooit gerustgesteld. Dat ze nog niet in opstand zijn gekomen, bewijst dat ze je nog altijd vertrouwen. Ze zijn alleen bang, ga ze geruststellen.'

'Ja, daar is hij zo goed in.'

Nusuto's cynisme bewees dat hij onze relatie als hersteld beschouwde, anders had hij het nooit gewaagd.

'Laten we Guzmans mening vragen', stelde Oswin voor. Hij hoopte dat die met een beter idee zou komen aandraven. Maar op het scherm van de computer verschenen deze woorden: 'Rimada heeft gelijk. Het angstniveau bij het leger is voor een deel veroorzaakt door het gebrek aan aandacht van de president voor hun gemoedstoestand. Er is in deze delicate situatie te veel aandacht gegaan naar de hervormingen en te weinig naar de veiligheid. Een grote toespraak tot de troepen die weigeren aan te vallen lijkt me geen slecht idee. Het is de gewoonte dat de generaal zijn troepen toespreekt voor de slag.'

Enkele computeruren later kwam vanwege de generale staf van het leger het verzoek om af te treden.

Ik heb hard moeten sleuren aan Oswin om hem zover te krijgen. Maar uiteindelijk begon hij toch aan de toespraak van de laatste kans. In feite hebben we hem samen geschreven. We bleven er de hele nacht voor op.

Oswin

'Mijn soldaten, kameraden.
Jullie hebben lange tijd niet meer van jullie president gehoord. Daarvoor bied ik jullie mijn verontschuldigingen aan. De politiek en het welzijn van ons volk – en dus ook van jullie – hebben mijn tijd volledig in beslag genomen, maar dat kan geen excuus zijn voor mijn zwijgzaamheid tegenover jullie.
Ons land wordt momenteel aangevallen door een bende verraders. Tot nu toe hebben jullie de verdediging van onze bevolking met brio op jullie genomen. Ik herinner me de recente overwinningen aan de grens. Die triomfen bewijzen dat we van de rebellen niets te vrezen hebben.
Ik weet dat sommigen onder jullie echter twijfelen. Dat is begrijpelijk. De laatste tijd hebben jullie veel onheilspellende geruchten moeten horen.
Onze machtige buur is ontevreden; hij betwist ons het recht om onze eigen toekomst te bepalen en hij beschuldigt ons van misdaden waar hij zich eerder zelf schuldig aan maakt. Inmenging in onze aangelegenheden, bedreiging van andere lidstaten van de Continentale Bond, complotten, pogingen tot staatsgreep.
Ik ga jullie niets wijsmaken. Het is overduidelijk dat de leider van de rebellen, met wiens naam ik jullie oren niet zal bezoedelen, steun krijgt vanuit Chaos. De IFM *heeft deze invasie "besteld" omdat ze de hervormingen van onze economie, die vooral onze mensen – en dus ook jullie – ten goede komen, wil saboteren. Ze ziet haar egoïstische belangen aangetast. Ze ziet dat Indi een eigen identiteit krijgt en geen slaaf meer is die naar believen kan worden uitgebuit.*
Maar het zijn juist die motieven die de zwakheid van de Chaotische positie uitmaken. Niemand ter wereld gelooft dat deze invasie het volk, de vrijheid of de democratie dient. Jullie zijn

bewerkt met propaganda, zorgvuldig geselecteerde informatie die jullie moet doen geloven dat Chaos achter de rebellen klaarstaat om de klus af te maken en dat de wereld dat zal goedkeuren.

In werkelijkheid kan Chaos niets doen. Dat is de reden waarom ze stromannen gebruikt. We hebben gezien hoe in de Veiligheidsraad de grofste omkooppraktijken nodig waren om een veroordeling van de invasie te beletten. Chaos kan zich geen verder gezichtsverlies veroorloven. Als het na de nederlaag van haar marionetten zelf ons land aanvalt, zal het zich getoond hebben zoals het werkelijk is: een bullebak die enkel zijn eigen commerciële belangen verdedigt.

Ik kan jullie krantenartikels tonen, foto's, tv-programma's waarin de situatie hier in Indi klaar en duidelijk wordt ontleed en waarin wij de goeden en zij de slechten zijn. En die berichten komen van overal. De hele wereld weet wat hier gaande is. Chaos riskeert niet alleen gezichtsverlies maar ook het verlies van vele commerciële contacten. En als het moet kiezen tussen het redden van de belangen van de IFM *en zijn eigen commerciële positie in de wereld, denk ik niet dat de* IFM *de eerste zorg zal zijn. Er zijn nog andere bedrijven in Chaos, die hun eigen belangen niet zullen opofferen aan die van een concurrent.*

Daarom kunnen jullie met een gerust gemoed afmaken wat jullie is opgedragen: ons land redden van de verwerpelijke mannen die het onteren en bezoedelen.

Eenmaal deze oorlog voorbij beloof ik jullie dat ik diplomatieke stappen zal ondernemen om ons meningsverschil met Chaos tot een aanvaardbaar niveau terug te brengen, en – wie weet – zelfs helemaal weg te werken, zonder het welzijn van ons volk – en dus van jullie – daar aan op te offeren.

Ik, jullie president, jullie vriend, jullie kapitein Oswin, ik verzeker jullie dat aan het eind van deze tunnel niet de ondergang

maar de triomf, het zelfrespect, de vrijheid en de onafhankelijkheid van Indi op ons wachten.
Kameraden, ik vertrouw op jullie. Doe het enige waar een leger zijn bestaansrecht aan ontleent: verdedig de bevolking tegen een onrechtvaardige, egoïstische agressie. Niemand kan jullie dat kwalijk nemen; integendeel: het is jullie plicht.'

Rimada

Ze rukten op. Ze vochten. Ze wonnen.
Oswins thesis was af. Nog net binnen de gestelde termijn. Guzman feliciteerde hem, vooral met zijn oratorisch talent. Ik bloosde ervan.

Nusuto

De kortstondige oorlog had de indrukwekkende economische cijfers van Oswins bewind wat naar beneden gehaald, maar de landhervorming was zo'n sociaal-economisch succes dat zelfs de tegenvallende koffieprijzen op de wereldmarkt geen al te negatieve invloed op de economische groei hadden gehad. Door het ruimere aanbod van inheemse producten – vooral levensmiddelen van de nieuwe landbouwbedrijfjes en de latifundia – verbeterde ook de betalingsbalans, omdat de import daalde.
Het enige probleem bleef nog de fragiele verhouding met Chaos, maar dat was nu een probleem voor Rimada. De invasie was afgewend. Het kon alleen nog maar beter worden.

Bull

Oswin zijn thesis werd gevierd op de paasfuif van onze faculteit: de feestzaal van de Vooruit was al bezet, en zo moest ons presidium content zijn met het zaaltje van de Artevelde: niet klein, maar voor ons te klein.

Het was me nu wel duidelijk dat Rimada een verloren zaak was. Ze was er zo een die niet neukt zonder serieus te worden, en ze had geen intentie om met mij serieus te worden. *No skin of my back*, dacht ik, zoals onze pa nog altijd zegt als hij efkens vergeet dat hij al vijftig jaar in België woont. Het was spijtig, maar een aanval van zottigheid niet te na gesproken (pas op, altijd mogelijk bij Rimada, natuurlijk!) zou ik in het vervolg meer hebben aan de *Remedia Amoris* van Ovidius dan aan de *Ars Amatoria*.

Ik betrapte mijzelf er nog wel op dat ik aan Rimada liep te denken als ik weer eens heet liep, maar ik denk dat ik met zekerheid kan zeggen dat ik nooit echt verliefd op haar ben geweest. Ik heb het in ieder geval niet aan mijn hart laten komen. Tientallen gelukkige studentes kunnen dat getuigen. Dat geval met Oswin? Och, ja, dat was de schok van het moment. Niemand hoort gaarne dat het meisje waar hij achteraan zit met een andere is meegegaan; dat doet zeer aan het ego, zeker als ge verliest van zo'n slappe lul als Oswin. Pas op, het was mijne vriend, zulle, maar als rivaal, als minnaar, als Casanova heb ik hem nooit hoog ingeschat. Da's misschien de reden waarom hij al die tijd mijne vriend was gebleven.

Ik ben zo: ik moet altijd direct doen wat in mijn kop opkomt. En toen was ik kwaad, dus moest ik iemand zeer doen. Achteraf heb ik daar soms wel spijt van, en ik was blij dat Nusuto me een excuus aan de hand deed om de strijdbijl te begraven. Ik wou geen ruzie met Rimada, en och, eigenlijk ook niet met Oswin. Het waren mijn soort mensen niet, maar... ik weet niet: ik voelde me toch thuis bij hen. Misschien omdat zij de eerste mensen van buiten mijn normale kennissenkring waren die mij redelijk normaal behandelden, die naar mij

luisterden zonder me direct een fossiel uit de negentiende eeuw te vinden. Nusuto deed nog wel venijnig, maar ik had ondertussen al door dat dat gewoon zijn manier van doen was. Als hij zat was, was dat best een toffe gast, want dan vergat hij dat hij eerste minister wilde worden.
Ik was dus blij dat we met ons vieren samen naar die fuif gingen en ik was vast van plan mij niet in te houden. Ook tegenover Rimada zou ik gewoon doen, dat wil zeggen: juist niet te ver gaan.

Nusuto

Aan die fuif bewaar ik – tot op een zeker punt – heel leuke herinneringen. Waar mijn geheugen het opgeeft, was ik te dronken om nog te registreren. De kortstondige kortsluiting in ons groepje had me een excuus gegeven om achter mijn cynisch pantser uit te komen. Voor het eerst had ik geen zeven pinten nodig om onvoorwaardelijk te genieten van wat op me afkwam. Bij vorige gelegenheden had mijn preoccupatie met mijn imago me vaak belet de uitbundigheid die ik in mijn bloed voelde koken ongegeneerd te uiten.
Nu was er de vreugde dat we nog een groep waren, de bekommernis om de laatste mogelijke restjes wrevel weg te nemen, wat een overdosis cynisme bij voorbaat ongewenst maakte, en de vage hoop dat wat spontaneïteit me alsnog een kans zou geven bij Rimada. Haar 'liaison' met Oswin was de laatste weken zeer vaag gebleven: iedereen ging er stilzwijgend van uit dat ze nog bestond, maar uiterlijke tekens daarvan waren er niet geweest. Integendeel: Rimada was elke maandag weer gewoon met mij naar de bioscoop gegaan, zij het af en toe samen met Oswin, als die zich kon losrukken van zijn werk. En ook bij die gelegenheden gedroegen ze zich nauwelijks als intieme vrienden, alsof ze hadden afgesproken

in mijn bijzijn de nodige discretie in acht te nemen. Uit voorzichtigheid of consideratie, dat kon ik niet achterhalen.
De fuif vond plaats in de veel te kleine zaal van café Artevelde in de Sint Pietersnieuwstraat. Tegen tien uur droop het zweet er van de muren en was iedereen veel luchtiger gekleed dan de kille avond buiten zou doen vermoeden. De dansvloer lag op een verhoog en de boxen waren naar de vloer gekeerd, zodat het toch nog enigszins mogelijk was een conversatie te voeren zonder je stembanden tot op de draad te verslijten.
Bull loodste ons onmiddellijk naar de toog, waar hij ons met karakteristieke gulheid tracteerde, ook nadat het gratis vat leeg was.
Het was de tijd van de Simple Minds, de Talking Heads, de U2 van *Unforgettable Fire* en *The Joshua Three*, Peter Gabriel met *Sledgehammer*, aangevuld met al wat oudere hits uit het New Wave-circuit (Twee Belgen, Allez Allez, Ann Clark, Fad Gadget, The Human League, Spandau Ballet en de onvermijdelijke Duran Duran). Rimada was niet van de dansvloer weg te slaan.
We zaten met z'n drieën op onze verweerde barkruk en zagen hoe haar lichaam ongegeneerd de liefde bedreef met de raspstem van de in die tijd al evenzeer onvermijdelijke James Brown, die de charmes van zijn *Sex Machine* uitkrijste. Persoonlijk heb ik dat onding nooit gemogen, net als die hele sixties- en seventies-rage me altijd wat klef heeft gesmaakt, maar zoals Rimada daar over de dansvloer kronkelde, betrapte ik me op enthousiast meekwelen.
'Wat een wijf eigenlijk, hé?'
Bull hing zwaar aan mijn schouder en blies een wolk bierwalmen van hoge gisting in mijn gezicht.
Ik was nog helder genoeg om het samenzweerderige, het 'broeders in de nederlaag'-toontje in zijn woorden te herkennen.

'Zeg dat wel', knikte ik iets te nadrukkelijk om spontaan te lijken. Maar het viel hem niet op. Hoofdwiegend kleefde hij zijn begerige ogen weer aan haar heerlijke lichaam vast en volgde haar wervelende traject over de dansvloer.
'Al zeven jaar smoorverliefd op haar', mompelde ik zonder te weten waarom.
Hij was nog niet dronken genoeg om me niet te horen.
'Zeven jaar! Verdomme, man, en nog nooit iets geprobeerd? Dat zou ik nu niet kunnen, zie! Zeven jaar! Goenoene!'
Die uitdrukking had hij opgepikt van een assistent die af en toe op fuiven opdook en dan altijd het middelpunt van nogal wat belangstelling werd.
'Ach, je kent haar toch! Het is zo'n kind. Ik heb altijd veel meer de vader gespeeld dan de vrijer. Ik denk niet dat ze mij ooit anders gezien heeft dan een soort grote broer die haar probeert te beschermen tegen dingen waar ze niet tegen beschermd wil worden.'
'Maar, allez, jong! Hebt ge haar dan nooit laten voelen... nooit iets gezegd...'
'Alle hints die ik dacht te geven waren kennelijk niet duidelijk genoeg.'
'Als ik achter een wijf aanzit, is het heel simpel: ik ga ernaartoe, ziet ze er van dichtbij nog altijd even sexy uit als ze er van ver uitzag, dan betaal ik haar een pint... of een gini of zo, en dan zeg ik: "Ik zou nog een hele hoop cinema kunnen verkopen, maar ik wil uw tijd niet verdoen met hypocriet gezever. Kort en goed: ik heb goesting om met u in bed te duiken. Niet met iemand anders: met u. Wat zal 't zijn: ja of nee?"'
'En lukt dat? Ik zou direct in lachen uitbarsten als ik zoiets hoorde.'
'Dat komt voor. Een derde lacht, een derde wordt kwaad en een derde zegt ja. Als ik het dus drie keer vraag, heb ik één keer prijs. En gij?'

'Ik denk niet dat Rimada "ja" zou zeggen.'
'Nee, dat weet ik. Ik heb het al eens geprobeerd. God, kan dat mens rond de pot draaien.'
'Maar wat een lijf, hé?' porde ik hem in de zij, met een vette knipoog die me verbazend spontaan afging.
Ze stond nu te wiegen op de intro van *All night long* van die houten neger Lionel Ritchie. Ze keek in onze richting en wenkte ons.
'Gaat gij maar,' zei Bull, 'ik ben te zat om te dansen.'
Ik bedacht me nog even, maar wipte dan van mijn kruk om dadelijk te ontdekken dat ik toch meer gedronken had dan ik dacht. Ik zakte door mijn knie en viel tegen Oswin aan, die ook op weg was naar de dansvloer. Hij had nog geen woord gezegd.
Hij hielp me overeind en glimlachte flauwtjes.
Met hem wist je nooit of hij zich wel amuseerde op fuiven. Meestal merkte je de eerste tekenen van plezier pas tijdens de discussies na afloop in ons stamcafé, of een andere kroeg die langer open bleef.
Even dacht ik dat hij 'na jou' zou zeggen, maar toen draaide hij zich om en liep naar Rimada toe. Ik volgde hem op de voet.
Op de dansvloer was het nog minstens tien graden warmer dan in de zaal. Rimada stond ondertussen in haar mouwloze onderlijfje te dansen, haar tieten niet gehinderd door een bh. Ondanks het feit dat de meeste meisjes er in een vergelijkbare staat van ontkleding bijliepen, had zij iets extra erotisch. Ik trok mijn vest uit en gooide ze op een lege stoel voor het dansvloerplatform. Oswin had de mouwen van zijn lichtblauwe hemd opgestroopt.
Terwijl het zweet in bakken van mijn lijf gutste, lokte Rimada mij en Oswin mee in een ongeremde uiting van levensvreugde. Ik vergat Oswin, ik vergat de anderen, had nog alleen oog

voor haar. Ze genoot. Maar niet omdat wij erbij waren. Haar genot was volmaakt solipsistisch: wij dienden enkel als toeschouwers. Zoals een exhibitionist een publiek nodig heeft om te zijn wat hij is.

Het was de maxisingle van *All night long* en die duurt bijna 'all night long'. Het droeg alleen maar bij tot mijn trance. Dat gevoel dat er niets anders bestaat dan die heerlijke vrouw voor je ogen en die tent in je broek en dat het zo moet zijn, dat dat de essentie van het leven is, in plaats van het wat potsierlijke gemanoeuvreer tussen mannetje en wijfje dat het van op een afstand altijd lijkt.

Langzaam voelde ik in mijn maag een bol durf opzwellen die me – mits de nodige tijd – eindelijk in staat zou stellen om Rimada mijn ware gevoelens te openbaren. Naarmate de muziek en de dans alle andere indrukken wegduwden, groeide de bol tot mijn maag op barsten stond. Toen had ik Rimada's hand vast.

Ik trok haar naar me toe en wilde haar mijn liefde in het oor krijsen toen het plots stikdonker werd en de muziek abrupt wegviel. Het ontgoochelde 'ooooh'-geroep ging over in geanimeerd geroezemoes. Aanstekers en lucifers werden aangestoken en iemand rende naar de zekeringenkast. De uitbater kwam met een doos kaarsen op de proppen, en wat net nog een kolkende danstent was geweest, veranderde in een mum van tijd in iets dat weg had van een 'chill out party' *avant la lettre*, in een gelagzaal die de sfeer uitstraalde van een romantisch verlichte Perugiaanse pizzeria.

Maar hoe gezellig ook, mijn moment was weg. Ik kwam met Rimada en Oswin van het podium en we voegden ons bij Bull, die trakteerde op citroenjenever. Terwijl ik me verbaasde over wat ik op het punt had gestaan te doen kwam iemand binnen om te melden dat de panne de hele buurt had getroffen. Dat was voor een heleboel mensen het sein om te vertrekken, zodat de atmosfeer en de temperatuur binnen na een tijdje wat draaglijker werden.

We ruilden de toog in voor een tafeltje bij de dansvloer en verzeilden in een gesprek over trivia, zoals we er in meer dan een jaar geen meer hadden gevoerd. Ik was ondertussen weer veilig in mijn cynismefoedraal gekropen en becommentarieerde het schouwspel van hangende, vrijende, lallende en op licht en geluid wachtende studenten. Vooral de door de hitte en ondanks het kaarslicht goed zichtbare lichamelijke kenmerken van mijn medestudenten verschaften me veel stof voor knapperige oneliners, zoals 'Die vent heeft zoveel haar op zijn borst dat we straks een reddingsexpeditie achter zijn vlooien moeten aansturen.'

We lachten ons haast een breuk toen we zagen hoe een ladderzatte student die in een plantenbak had staan plassen, door de uitbater hardhandig werd buitengesmeten. Kortom, ambiance.

Opeens stond Rimada op en riep luid genoeg om aan te tonen dat ook zij al heel wat op had: 'Zeg, dat duurt hier nogal met die elektriciteit! Ik verveel mij!' Ze liep zo recht mogelijk naar de toog en fluisterde de barman iets in het oor.

Tot onze grote verbazing en mijn niet geringe afgrijzen kwam ze even later terug met een gitaar. Ze ging op het dansverhoog zitten en voor de avond een kwartier verder was, zat een groot deel van de aanwezigen rondom haar kampvuurliedjes mee te kwelen, waarvan de interpretatie Bob Dylan, Paul Simon en consoorten gekrulde tenen zou hebben opgeleverd.

Dat is het laatste dat ik me herinner. Bulls volgende rondje velde me.

Oswin

Ik zweefde op een wolk. Rimada had me naast haar doen neerzitten en ik zong – veilig verdronken in het groepsgebrul – de typische studentenliedjes uit de jaren zestig: *Sound of Silence*, *Blowing in the Wind*, *The times they are a'changing*, *Eleanor Rigby* en andere *Little Wings*, alleen begeleid door de lichtjes ontstemde gitaar die Rimada van de barman had losgekregen. Toen iedereen even op adem moest komen en het dronkemansgelach wat was weggeëbd, voelde ik in mijn ontremde brein opeens de aandrang om de nieuwste U2-hit aan te heffen. Mijn door ettelijke pinten gesmeerde stem hield zich wonderwel overeind, iets wat ze sindsdien nooit meer heeft gekund:

> See the stone set in your eyes
> See the thorn twist in your side
> I wait for you
> Sleight of hand and twist of fate
> On a bed of nails she makes me wait
> And I wait... without you
> With or without you
> With or without you...

Ik had de LP dadelijk gekocht toen ik het nummer op de radio had gehoord. Een dag later kende ik de tekst volledig uit het hoofd en beeldde mezelf in dat ik als een Romeo een serenade ten beste gaf onder Rimada/Julia's balkon. Wat me onmiddellijk was opgevallen, dankzij de door Bull gewekte interesse voor Ovidius, was dat het refrein van de song een letterlijk citaat was uit een gedicht van de Romeinse elegiacus.

> Sic ego nec sine te nec tecum vivere possum
> (Zo kan ik niet zonder noch met jou leven)
> (*Amores III, 11, 39*)

Ik beschouwde het als een voorteken. Betekent 'carmen' in het Latijn niet zowel 'lied' als 'bezwering, toverspreuk'? Ik

begreep eindelijk waarom ik zes jaar op de taal van Cicero had gezwoegd.
Omdat het lied gloednieuw was, kende niemand de tekst en was ik de enige die zong. Rimada viel na een tijdje op het gehoor in met losse akkoorden, die haar verborgen muzikale talenten verrieden.

And you give yourself away
And you give yourself away
And you give
And you give
And you give yourself away

Maar ook al had ik de tekst dan met dat doel uit het hoofd geleerd, op het moment zelf was ik me er nauwelijks van bewust dat ik voor Rimada zong. Dichterlijke inspiratie gebeurt meestal ook onbewust.

With or without you
With or without you
I can't live
With or without you

Toen ik door de laatste, tot het einde toonvast gehouden 'O-o-o-o-o's' heen was, bleef het even muisstil. Het volgende moment floepten de lichten weer aan en trok Lionel Ritchie zichzelf weer op gang op de draaitafel.
De hele bende sprong uitgelaten recht, behalve Rimada en ik.
Bull en Nusuto lagen bewusteloos met hun hoofd op tafel.
Rimada keek me recht in de ogen, alsof ik haar werkelijk had betoverd. Voor ik het wist had ik gevraagd: 'Ga je mee naar mijn kot?'

Ze antwoordde niet, maar nam mijn hand. We schilden onze bovenkleren van de rugleuning van onze stoel en verlieten de alweer kolkende zaal Artevelde. We liepen regelrecht naar mijn kot, voor het eerst sinds maanden niet om naar Indi te reizen maar om elkaar te gaan verkennen.

Rimada

Ja, die ene keer met Oswin. Ja, toen had hij me echt helemaal plat gekregen. Dat hij een briljante geest had, een visionair politicus in spe was, wist ik al, maar dat hij ook nog kon zingen... Het brak al mijn weerstand, die overigens alleen maar uit praktische en diplomatieke overwegingen bestond. Toen hij me ook nog voor het eerst sinds ik hem kende onmiskenbaar zei wat hij wou, was ik bereid om een hele nacht met hem onze seksuele compatibiliteit uit te testen.
Eenmaal op zijn kot begonnen we elkaar te betasten en te kussen. Het duurde even voor hij doorhad wat hij met mijn tong aan moest, maar daarna ging het hem meer dan behoorlijk af, dat tongzoenen. Ik liet me volledig gaan en opeens merkte ik dat we allebei naakt waren zonder me te herinneren dat ik mijn kleren had uitgetrokken.
Oswin was bijzonder nieuwsgierig naar mijn lichaam en draaide me om en om op zijn bed. Dan weer wilde hij mijn billen zien, dan mijn borsten en mijn 'Venusheuvel', zoals hij het noemde. Ik 'hoorde' de hoofdletter. Met een korte blik die om toestemming vroeg, opende hij mijn dijen en ging voor mijn kutje liggen om alles eens goed in zich op te nemen.
Maar ik stond ondertussen op springen en trok hem boven op mij.
'Steek hem erin, meneer de president', grapte ik met een zwoele Marilyn Monroe-stem.

Ik zag dat hij nog erger begon te blozen dan voordien en in zijn ogen blonk nu iets als paniek. Even dacht ik dat hij ondanks alles nog steeds bang voor me was, maar een seconde later begreep ik zijn – overigens terechte – angst. Het idee dat hij me eindelijk zou gaan neuken was kennelijk te veel voor zijn op volle toeren draaiende klieren. Met een ontgoocheld gekreun spoot hij zijn glibberige opwinding in dikke vlokken op mijn 'Venusheuvel'.

Het duurde even voor ik hem over zijn ontgoocheling en schaamte heen had gepraat. Hij zat naast me, zijn handen voor zijn gezicht, tot in zijn diepste vezels vernederd door zijn eigen libido. Hij verontschuldigde zich voor de smurrie, ook al verzekerde ik hem dat ik het helemaal niet onaangenaam vond om door hem te worden besproeid. Hij noemde zichzelf een beunhaas, een groentje; ik repliceerde met de boutade dat de eerste keer altijd moeilijk is, en dat zoiets iedereen kon overkomen.

Na een uur had ik hem ervan overtuigd dat we het nog wel eens konden proberen, maar toen we elkaar opnieuw tot nauwelijks in te tomen paringsdrift hadden opgevrijd, herinnerde ik me plots dat ik al een tijdje niet meer aan de pil was. En hij had uiteraard geen condoom bij zich.

We bespraken onze opties. Snel een apotheek opsnorren betekende dat we – als we er een vonden – weer helemaal opnieuw moesten beginnen en dan bleef er niets meer over van de sfeer. Voorzichtig opperde ik het concept van het wederzijds masturberen, maar Oswin merkte op dat we dat evengoed ergens in een portiekje hadden kunnen doen. Eigenlijk voelden we ons allebei wat ongemakkelijk bij het idee. Als eerste keer leek masturberen een iets te grote inbreuk op de privacy die we net waren binnengedrongen. Neuken kun je gemakkelijker uit het zicht doen.

Het zou niet meer lukken. De sfeer was weg, het onbevangene ook. Oswins slappe lid illustreerde goed het vervliegen van de gelegenheid. Achteraf bekeken was het misschien maar beter zo: stel je voor dat ik zwanger was geworden. Toen ik hem verliet, glimlachte hij wrang en zei: 'Eén ding weten we tenminste zeker: we zullen allebei nog de hand aan onszelf slaan voor we gaan slapen.'
Ik glimlachte. 'Noem het vrijen op afstand.'
Ik gaf hem nog een tongzoen en ging naar mijn kot.

Oswin

'Naïef gezwam!' riep Nusuto toen Rimada mijn netwerkidee aan hem en Bull had uitgelegd.
'Hoezo, naïef? Er zijn toch al communes geweest die een succes waren!'
'O ja? Welke dan? Kom nu, Rimada, dit zijn de jaren tachtig! Kom nu niet af met je romantische jaren-zestigonzin!'
'Als de term je stoort, kunnen we het ook over "vrijwillige associaties" hebben. Dat klinkt wat sociologischer', stelde ik voor.
'Maar zoiets kan toch niet werken?'
'Waarom niet?' zei Bull. 'Gij loopt toch zelf altijd over die Schumacher en zijn Scott Bader Commonwealth te leuteren. Dat is toch ook een commune, al is 't dan alleen op economisch vlak. Mensen in een klooster leven ook in een commune, zelfs mensen in een sportclub zijn lid van een "vrijwillige associatie" of een soort "ontspanningscommune". Het ligt er maar aan hoe ge het begrip "commune" invult. Ik vind het geen slecht gedacht.'
'Maar een netwerk van communes dat de vrijemarkteconomie onder druk zet om de arbeidsvoorwaarden te verbeteren: dat is toch je reinste utopie! Op basis van vrije wil krijg je toch nooit zoveel mensen achter hetzelfde doel!'

'Nog nooit van een vakbond gehoord, zeker? Of zijt ge de coöperatieven uit de jaren twintig vergeten: de bakkerijen van Gent, de Vooruit, de productiecoöperatieven in Duitsland... Toen zijn de grootste sprongen gemaakt in de ontvoogding van de arbeiders.'

'Ja, en wat blijft daar van over? Noem eens één coöperatie die nog bestaat.'

'Die van de apothekers van Vooruit?' opperde Rimada voorzichtig. Ik kende ze; ik had er onlangs een pakje condooms gekocht.

'Het opgeven van de coöperatieven was de grootste blunder van de socialistische beweging. Allemaal de schuld van wanbeheer aan de top!'

'Ja, zo kun je elke mislukking wel uitleggen!'

'Laten we ons concreet geval niet uit het oog verliezen', wierp ik op. 'Het doel is de Indiaanse economie onafhankelijk te maken van buitenlandse investeerders en binnenlandse grootgrondbezitters. Dat kan alleen door een autarkische economie voor basisproducten op te bouwen. Maar het heeft geen zin als we daarmee moeten concurreren op de markt: dan moeten we prijzen aanrekenen die het gros van de bevolking niet kan betalen. Daarom moet onze autarkische economie los staan van de bestaande economie en mag er tussen product en verbruiker geen geld staan.'

'En dat zullen ze zomaar toelaten?' pruttelde Nusuto weer tegen.

'...Ze? Wie ze?'

'De kapitalisten. De bedrijven van de vrije markt.'

'Maar ja, want de klanten van onze economie zijn uitsluitend die mensen die niet kunnen of mogen deelnemen aan de bestaande economie!'

'We beginnen met een aantal modelbedrijven. Coöperatief bestuurd: de grond wordt eigendom van iedereen die hem bewerkt. De staat zorgt voor de nodige grondstoffen en dan moeten de bedrijfjes zichzelf zien te redden. De principes zijn: de productie opdrijven tot we genoeg voortbrengen voor iedereen, en dan de productiviteit opdrijven door intermediaire technologie, zonder de productie te verhogen; m.a.w. de mensen moeten minder werken voor hetzelfde resultaat. En zo krijgen ze meer vrije tijd. Op termijn zou het werk op het land voor het collectief maar een vijfde van de totale werkweek mogen beslaan. Het recht op luiheid, weet je wel.'

'De vrije tijd maakt onderwijs mogelijk en diversifiëring van de activiteiten.'

'Dan is het afgelopen met jullie communes! Diversifiëring betekent handel en handel betekent geld, en geld betekent winst en privé-eigendom.'

'Nusoke, Nusoke, ge snapt het niet, hé?' Nuso was sinds kort Bulls bijnaam voor zijn nieuwste drinkebroer.

'Hoe bedoel je?'

'Ze bedoelen niet dat iedereen afzonderlijk iets anders gaat doen; ze bedoelen dat er tijd zal zijn om collectief andere zaken te gaan doen buiten op het land werken en naar school gaan. Allez, jong: dat is toch allemaal niet nieuw! Het is UJAMAA revisited. Als we leren van Nyerere zijn fouten, en niet zoals de gewoonte is in deze wereld het kind met het badwater weggooien, dan kan het lukken. Simon Rodriguez zei al dat alle jongens moesten leren metselen, timmeren en smeden en dat ook vrouwen een opleiding moesten krijgen, omdat dat de basis is van een zelfstandig leven.'

'Wie?' vroeg ik.

'Simon Rodriguez, leermeester van Simon Bolivar, Bolivië, 1826. Denkt gijlie nu echt dat ik alleen maar Marx heb gelezen?'

'Waartoe leidt deze geschiedenisles?' drong Nusuto aan.

‘Voor wat de mensen nodig hebben, is die basis genoeg. Als iedereen kan timmeren, metselen en smeden en naaien, dan kunt ge ook al die sectoren collectief regelen, en met de juiste technologie ook voor iedereen parttime. En als er veel dingen tegelijk moeten gebeuren, verdeelt ge de verschillende taken, maar ge bouwt een roulement in, zodat iedereen zijn deel van het timmeren, metselen en metaalbewerking doet. Mensen zijn niet gemaakt om heel hun leven één ding te doen: differentiatie is verrijkend. En zo krijgt iedereen een dak boven zijn kop, eten op tafel, stromend water en elektriek.’
‘Bull heeft het begrepen’, zei Rimada.
‘En hoe meer mensen er meedoen, hoe meer we het werk kunnen verdelen, en hoe meer vrije tijd iedereen overhoudt’, vulde ik aan.
‘Goed, dat neem ik allemaal aan. Maar beweren dat jullie netwerk van communes de markteconomie onder druk kan zetten! Kom nu, laten we realistisch blijven.’
‘Maar het bestaan van zo’n netwerk is op zich toch al een druk op de kapitalisten. Als het netwerk een beter leven biedt, dan moeten die uitbuiters hun arbeidsvoorwaarden toch ook aanpassen als ze nog personeel willen houden? Ze kunnen toch alleen maar uitbuiten omdat ze de enige werkgevers zijn en het werkaanbod zelf in de hand hebben!’
Bull zag duidelijk wel iets in onze ideeën: hij verdedigde ze beter dan we zelf zouden kunnen.
‘Ja, zo heb je natuurlijk gelijk. Als het lukt’, gaf Nusuto toe. Uit zijn toon sprak meer opluchting dan frustratie dat hij de discussie had verloren.

Bull

Enfin, om kort te gaan: de thesis van Rimada was veel rapper af dan de vorige drie, omdat ze van iedereen hulp kreeg.

Voor ze dat netwerkidee kon uitwerken, moesten eerst de relaties met Chaos worden ontmijnd.
Rimada liet president Oswin onderhandelen met de nieuwe ambassadeur. Het duurde een tijd, maar met de hulp van Nusuto kon ze een akkoord verzinnen dat verteerbaar was voor de computer en voor Guzman. Chaos en Indi kwamen overeen dat de belastingen voor de IFM naar beneden gingen als gedeeltelijke compensatie voor de confiscatie van de braakliggende gronden. De IFM kreeg de garantie dat er geen nieuwe confiscaties zouden komen en dat de in beslag genomen grond niet zou worden bebouwd met producten die rechtstreeks concurreerden met die van de IFM.
Voor de aan de gang zijnde openbare werken bestelde Indi materialen en onderdelen bij Chaotische bedrijven. De Indiaanse regering beloofde dat ze zich aan alle bestaande verdragen zou houden en dat de communistische partij uit de regering zou worden gesmeten. De vakbonden zouden ook niet meer mogen recruteren binnen de IFM en de regeringsretoriek zou in het vervolg veel minder nationalistisch en vriendelijker voor Chaos worden. Daarbij kwam nog dat Oswin geen kandidaat was voor de volgende verkiezingen.
Allemaal dingen die Chaos kon voorstellen als een grote diplomatieke overwinning (Communisten Verdreven! Discriminatie Chaotische Bedrijven Ongedaan Gemaakt!), maar die Rimada wel peptalk kostten tegenover haar linkse achterban. Het kwam er eigenlijk op neer dat Indi beloofde de kapitalisten op zijn grondgebied niks in de weg te leggen als Chaos zich niet bemoeide met de verdere politiek van Indi.
De computer had een tijdje nodig om de nieuwe wrevelcijfers uit te rekenen, maar uiteindelijk pakte de mayonaise. De oorlog was gedaan.
Toen werden op de staatslatifundia, op initiatief en met steun van de president en van de communistische vakbond, kleine

coöperatieve bedrijven opgericht. 'Schumacherboerderijen' noemde Nusuto ze.
Ik kan het niet beter uitleggen dan het in de thesis van Rimada staat. Luister.

Het leven in een coöperatief dorp

De mensen die op vrijwillige basis in de nieuwe latifundia worden gehuisvest zijn ex-dagloners, werklozen, verarmde pachters. Zij zijn door de vakbond gerecruteerd, met dien verstande dat hun medewerking aan het project volledig vrijwillig is.

Een vierhonderdtal gezinnen woont in één dorp. De grond is hen ter beschikking gesteld door de staat en wordt op termijn hun collectieve eigendom, als ze genoeg opbrengst hebben voortgebracht om de investering van de staat terug te betalen. Aanvankelijk dienen ze dus de Indiaanse staat: de overschotten van de opbrengst – dat wat ze niet zelf consumeren – gaan integraal naar de staat, die ze verkoopt op de vrije markt. De vakbond zorgt voor de ondersteuning. Ze bezorgt de dorpelingen de nodige werktuigen die het werk verlichten, maar die gemakkelijk te bedienen en ter plaatse te herstellen zijn. Het merendeel van die intermediaire technologie werd in Chaos gekocht.

Het werk op het land en met het vee is zo geregeld dat de dorpelingen in ploegen werken. Maar de organisatie van het ploegensysteem wordt aan de mensen zelf overgelaten: zij kunnen beslissen een ploeg een paar uur per dag te laten werken of enkele volledige dagen per week. Voorwaarde is dat de totale werktijd minder moet zijn dan de totale vrije tijd. Op de kalme momenten, als de gewassen min of meer voor zichzelf zorgen, houden de ploegen zich met andere taken bezig. Men bouwt op collectieve basis huizen met het materiaal dat voorhanden is (hout, riet, klei, natuursteen) en voorziet ze van

rudimentair maar adequaat comfort. Enkele collectieve pompen en generatoren zorgen voor water en elektriciteit. De generatoren worden aanvankelijk aangedreven door benzine, geleverd door de staat, maar later door de elektriciteit die ze zelf opwekken, opgeslagen in batterijen. De vakbond stelt de nodige expertise ter beschikking.
Textiel wordt op ambachtelijke wijze geproduceerd, aangezien er geen grote hoeveelheden vereist zijn.
Belangrijk is de vrije tijd. Die wordt gevuld met degelijk onderwijs in alle zaken die de werking van het dorp vooruit kunnen helpen (landbouwtechnieken, bouw, elektriciteit, smeedkunst, mechanica...) en in lezen, schrijven en rekenen, voor hen die het nog nodig hebben. Zo wordt de van buitenaf geleverde kennis op de duur overbodig; de vakbond ondersteunt dit onderwijs door het organiseren van praktijklessen, gegeven door vrijwilligers.
Enkele personen in het dorp krijgen geavanceerde kennis aangereikt die hen moet helpen bij het uitdokteren van alternatieve brandstoffen, milieumaatregelen en het vergaren en recycleren van grondstoffen. Elk dorp beschikt over een aantal computers.
De verbouwde gewassen zijn zodanig geselecteerd dat er het hele jaar door geoogst kan worden en dat het dieet evenwichtig en gezond is. Overschotten worden deels opgeslagen in silo's of bewaard op traditionele (inmaken, conserven) en moderne wijze (diepvrieskamers) en deels afgestaan aan de staat tot de investeringsschuld is vereffend.
De verschillende dorpen worden gestimuleerd om met elkaar contacten te leggen, zonder op economisch vlak van elkaar afhankelijk te worden. Wat wel kan, is een ruilhandel in producten, ten behoeve van de variatie in het geboden menu. Dorpen die hun werkploegen willen laten samenwerken worden gesteund, aangezien dit meer vrije tijd oplevert. De hoe-

veelheid werk wordt immers niet alleen bepaald door de oppervlakte van het te bebouwen land maar ook door de aard van het gewas (minder of meer arbeidsintensief) en de geboden technologie: gemotoriseerde machines worden mogelijk zodra een alternatieve brandstof (bv. graanalcohol) en de nodige expertise voor het onderhoud voorhanden zijn. De samenwerking op het economische vlak hoeft echter niet te betekenen dat de twee dorpen volledig samensmelten, ervan uitgaande dat dit geografisch mogelijk is. Elk dorp beslist volkomen autonoom over de eigen leefregels, op voorwaarde dat dit gebeurt op een radicaal democratische wijze. Iedereen heeft stemrecht. Men bestuurt op basis van afspraken; uitvoerders van beslissingen worden democratisch verkozen. De enige beperking is de vereiste om de basisregels van de landbouwdorpen te respecteren: collectief bezit van alle geproduceerde goederen, kleinschaligheid (in te vullen door de mensen zelf), streven naar economische autarkie, directe en radicale democratie en respect voor het milieu. De andere aspecten van het leven vullen de dorpelingen zelf in. Willen zij buiten het werk niets met elkaar te maken hebben, dan is dat OK. *Willen zij zich daarentegen op geregelde tijdstippen overgeven aan groepsseks of gebedsgenezing, dan kan niemand daar bezwaar tegen hebben als het de democratische wil van het dorp is, op voorwaarde dat de mening en de privacy van de minderheid gerespecteerd worden.*

Recrutering

Als de nieuwe dorpen eenmaal naar behoren functioneren, kunnen ze als voorbeeld dienen voor andere, reeds bestaande dorpen die gebukt gaan onder zware armoede. De vakbond kan het nieuwe systeem promoten en de flexibiliteit ervan is een grote troef om nieuwe leden te ronselen. De landhervorming van de regering-Oswin heeft ervoor gezorgd dat in vele dorpen individuele families een eigen stuk grond hebben. Die families wordt aangeraden om andere gewassen te verbouwen dan de bestaande exportproducten, koffie en bananen. Dat bevordert de inheemse productie van voedsel en helpt de Indiaanse betalingsbalans. Maar de concurrentie tussen de nieuwe bedrijfjes is groot en boeren in moeilijkheden kunnen ervan overtuigd worden om hun land te groeperen in een coöperatie, die de basis kan vormen voor een nieuw landbouwdorp. Belangrijk daarbij is dat de boeren hun producten nu verbouwen voor eigen consumptie in plaats van voor de handel. In de landbouwdorpen zelf is er geen geldverkeer, enkel tussen de landbouwdorpen en de vrije markt.

Het netwerk

Zodra er genoeg landbouwdorpen zijn, kan de vakbond de verschillende dorpen ertoe aanzetten te gaan samenwerken. De economische autarkie en bestuurlijke onafhankelijkheid blijven behouden, maar door samenwerking met anderen worden zaken mogelijk die op kleine schaal moeilijk te realiseren zijn. Op basis van een LETS *(Local Exchange Trade System) kunnen gespecialiseerde diensten uitgewisseld worden, zodat – bijvoorbeeld – een getalenteerd beeldhouwer in een ander dorp een beeld kan maken in ruil voor om het even welke dienst die hij verleend wil zien. Op die basis kunnen ook huishoudelijke taken en kinderopvang geregeld worden. Mensen kunnen zo in hun vrije tijd hun vroegere beroep – garagist, schilder, thuisverpleegster, schrijver, beeldhouwer... – ten dienste stellen van het netwerk zonder zich bekocht te moeten voelen. Op die manier kan er ook een adequate gezondheidszorg worden uitgebouwd, als dokters en apothekers uit verschillende dorpen samen een of meer ziekenhuizen kunnen opstarten die ze in een ploegensysteem permanent kunnen bemannen, naast hun werk in de arbeidsploegen. Dit alles veronderstelt natuurlijk de uitbouw van een elementaire vorm van openbaar vervoer, waarbij alweer alternatieve brandstoffen de onafhankelijkheid van de vrije markt moeten garanderen.*

In het kader van het netwerk wordt een alternatieve bron van grondstoffen makkelijker toegankelijk. Via een beurtrol kunnen ploegen uit verschillende dorpen belast worden met het verzamelen van op voorhand bepaalde grondstoffen uit afval op vuilnisbelten, bij schroothandelaren en bij particulieren. Eenmaal aangewend in de netwerkeconomie moet een doorgedreven recyclagepolitiek de blijvende beschikbaarheid van die schaarse grondstoffen garanderen. De verkoop van overschotten op de vrije markt blijft altijd een alternatieve bron van inkomsten voor de aanschaf van grondstoffen, maar er moet naar gestreefd worden die afhankelijkheid van de buitenwereld weg te werken.

Eenmaal de basisopleiding van dorpelingen voltooid, moet gezorgd worden voor andere vrijetijdsbestedingen, waarbij eigen initiatieven moeten worden aangemoedigd. Het moet ook mogelijk zijn de voordelen van het netwerk uit te spelen om mensen uit de artistieke wereld aan te lokken. Het leven in het netwerk garandeert immers een vast inkomen en genoeg vrije tijd om een creatieve bezigheid uit te oefenen.

Toekomstperspectieven

Als het netwerk een succes wordt, kan de vakbond de vruchten plukken van de investeringen die hij heeft gedaan. Met het netwerk heeft hij immers een middel in handen om de bestaande kapitalistische bedrijven onder druk te zetten bij onderhandelingen over lonen en arbeidsvoorwaarden. Als de vakbond de geboden voordelen te klein acht, kan het personeel in staking gaan zonder vrees voor armoede of ontslag, aangezien het netwerk een gretige afnemer is van aangeboden werk, al was het maar om de werktijden van de ploegen nog te kunnen terugdringen en zo iedereen nog meer vrije tijd te geven. Stakende of ontslagen werknemers kunnen hun

diensten aanbieden in ruil voor om het even welke wederdienst van het netwerk, zodat zij helemaal geen geld meer nodig hebben om een menswaardig leven te leiden. Als de kapitalistische bedrijven voor die druk op hun recruteringsvermogen zwichten, kunnen de werknemers zelf beslissen of zij opnieuw aan de slag willen in hun bedrijf of integendeel permanent voor het netwerk willen werken. Zo kan de vakbond kortere werktijden, hogere lonen, meer vakantie en zelfs milieumaatregelen eisen. Theoretisch zou de vakbond, als hij dat zou willen en als het netwerk de mogelijkheid had om zich snel en efficiënt uit te breiden, op die manier de kapitalistische economie van Indi volledig kunnen wurgen, door de concurrentiepositie ten opzichte van buitenlandse bedrijven te kelderen. Die crash zou voor de werknemers geen ernstige gevolgen hebben als ze in het netwerk terecht zouden kunnen.
Maar het lijkt ons toch realistischer aan te nemen dat het netwerk en de vrije markt op termijn een zeker evenwicht zullen bereiken, waarbij ze elkaar zullen beïnvloeden en elkaars goede kanten overnemen. De kapitalistische economie zou menselijker worden en door de samenwerking met mensen en bedrijven van buiten het netwerk zou het niveau van comfort in het netwerk aanzienlijk kunnen verhogen.

’t Een en ’t ander, hé?

Rimada

Oswin vroeg waarom ik het netwerk per se onafhankelijk wilde maken van de staat.
‘Omdat we nooit weten wie daar in de toekomst de lakens zal uitdelen. Als het netwerk een succes is, hebben we veel kans dat partijen die het steunen aan de macht zullen blijven, maar

je weet maar nooit. Als de regering ooit de geldkraan dichtdraait, moet het netwerk zichzelf bedruipen.'

Een belangrijk probleem was de energievoorziening, als we meer moderne technieken zouden gebruiken voor gesofistikeerde producten. Maar een beetje vindingrijkheid ging hier ver: alcohol – zelf geproduceerd uit een deel van het verbouwde graan – verving benzine, en de productie van hennep die ik voorstelde was een andere troef.

Aanvankelijk reageerde Nusuto met typische opwaarts gekeerde pupillen. Of ik nu volledig mei '68 was geworden? Of ik iedereen stoned wilde krijgen om het familiegevoel te stimuleren? Maar toen ik hem uitlegde dat je van hennep milieuvriendelijke brandstof, papier, verf, vernis, touw en zelfs plastic kon maken, en dat het door hem belachelijk gemaakte marihuanagebruik ook medicinale toepassingen kende, draaide hij bij, al kon hij niet nalaten me te wijzen op het zo goed als wereldwijde verbod op hennepproductie.

'Ik vind het een goed idee. Alleen als het netwerk en dus een groot deel van Indi onafhankelijk kan blijven van de petroleumindustrie heeft ons streven naar autarkie enige kans op slagen', zei Oswin.

'Al goed: jullie hebben erover nagedacht', zei Nusuto.

Eigenlijk was het een tip van Guzman geweest, maar ik zag niet in waarom ik hen dat moest vertellen.

Nusuto

Bull had er een hele kluif aan om Rimada's plan in de computer te stoppen. Eerst moest hij de hele blauwdruk in computertermen vertalen en dan de computer laten bepalen hoeveel mensen in Indi zich aangetrokken zouden voelen tot Rimada's netwerk. Om dat te doen hadden we – op basis van sociologische vakliteratuur – de bevolking van Indi statistisch

onderverdeeld qua karakter, sociale situatie, politieke gezindheid en geografische situering. We hadden een grote opiniepeiling in een vergelijkbaar Zuid-Amerikaans land geëxtrapoleerd naar de totale bevolking van Indi en getracht de verschillende categorieën te verdelen over Indi, in concentrische cirkels rond de staatslatifundia, waar het netwerk begon. Bull dacht er zelfs aan rekening te houden met de beschikbare verbindingswegen.
Je staat er niet bij stil hoeveel werk zo'n computerprogramma vergt tot je een paar nachten bent opgebleven met iemand die het schrijft. Ik werd vaak wanhopig als Bull voor de zoveelste keer een digitale vertaling van een van Rimada's ideeën verwierp omdat de computer er niet naar wens op reageerde. Ik kon zijn kalmte op zulke momenten alleen maar bewonderen. Uiteindelijk lukte het hem toch het volledige netwerk op zijn harddisk te krijgen. De computer reageerde als volgt op de door Rimada aangedragen parameters.
Ongeveer 10% van de bevolking sloot zich op een of andere wijze bij het netwerk aan. De steun van de vakbonden en de daaruit resulterende druk op de slechte arbeidsvoorwaarden in de kapitalistische bedrijven en de latifundia van de grootgrondbezitters leidde tot loonsverhogingen of werktijdverkorting op verscheidene plaatsen. Maar er waren natuurlijk ook problemen. De computer maakte gewag van persoonlijke ruzies, onverenigbaarheid van karakters, wat een aantal communes uiteen deed spatten. En ondanks Rimada's pogingen om alternatieve grondstoffen en brandstofbronnen aan te boren en de hulp van de vakbond bleef het netwerk voor veel zaken nog heel erg afhankelijk van de staat. Die kon de steun aan het netwerk echter moeilijk verkopen aan de andere economische sectoren en aan Chaos. Het netwerk kon daarom maar op dezelfde steun rekenen als de andere sectoren, waardoor vooral de industriële tak van het netwerk een zwak broertje bleef. Rimada

beantwoordde dat probleem met een bewustmakingscampagne, waarin ze de mensen in het netwerk wees op de vele zaken die al waren gerealiseerd en hen bezwoer dat niet in gevaar te brengen door overdreven behoeften. Iedereen tevreden stellen bleek dus niet mogelijk, al moest iedereen erkennen dat de leden van het netwerk nu veel beter af waren dan voordien. Rimada kon niet zeggen dat de sociaal-economische ongelijkheid was weggewerkt, maar een aanzet was zeker zichtbaar. Ondanks de occasionele wrijvingen overleefden twee derden van de ongeveer 2.000 communes die in de rest van president Oswins ambtstermijn werden opgericht hun tweede levensjaar.
De tegenslagenronde trof dit keer enkel de bananenteelt: de prijs op de wereldmarkt stortte in. Dat betekende minder belastinginkomsten voor de staat, maar vooral minder winst voor de IFM, wat ons deed gniffelen.
Waren de economische cijfers van Rimada's 'ambtstermijn' daardoor wat minder, dat deficit werd ruimschoots goedgemaakt door de enorm verbeterde sociale situatie. Ze had bewezen dat economische groei en welvaart niet noodzakelijk synoniemen hoefden te zijn.

'Verdomme, ik ben het beu om in mijn thesis altijd over "het netwerk" te moeten schrijven. Ik heb al naar een goede naam gezocht, maar ik vind niets dat me bevalt', klaagde ze toen we op een avond in ons stamcafé zaten. Bull had nog wel een tijd werk met het bijschaven van het programma en het aantrekkelijk maken van de presentatie, maar zij zou nog veel meer werk hebben om haar in telegramstijl opgestelde plan in een academisch aanvaardbare vorm te gieten.
'Een naam voor je netwerk? Geen slecht idee', vond ik.
'Wat dacht ge van "het Spinnenweb"?'
'Nee, niet van die mei '68-kabouternaampjes. Het moet passen bij Indi, vind ik.'

‘Iets met een vrijheidsstrijder: “de Guevara-associatie”’, probeerde Oswin.
‘Wat heeft Guevara nu met Indi te maken? Dan beter “het Oswin-net”, of “Oswinia”’, zei Rimada, het schaamrood naar Oswins wangen jagend.
‘Laten we dat nu maar niet doen’, fluisterde hij.
‘Icarië.’
‘Neen.’
‘Walden.’
‘Neen.’
‘Plokhoy.’
‘Neen.’
‘Kropotkin.’
‘Neen.’
‘Neo-Parijs.’
‘Neen!’
‘Wat dachten jullie van “Satura”?’ stelde ik voor. Het woord schoot me zo te binnen.
‘“Satura”, wat is dat?’ vroeg Rimada.
‘Ik weet het niet: ik vind het goed klinken.’
‘Betekent het niet “satire” in het Latijn?’ vroeg Oswin met een zuinig trekje om zijn mond.
‘“Satura” is – zoals ge allemaal zoudt weten als ge uw Latijn nog kende – de imperatief presens van “saturare”, wat “verzadigen” of “bevredigen” wilt zeggen. Ik vind dat nog niet zo slecht passen.’
Bulls tussenkomst snoerde iedereen de mond.
‘Maar die imperatief... past dat wel?’ vroeg Oswin na een tijdje. ‘Is dat niet te dwingend?’
‘Noem het een noodkreet van het volk, een eis aan het adres van de kapitalisten: “Verzadig ons, geef ons genoeg te eten!”’ verduidelijkte ik.

'Satura... ja, als je het zo ziet... ik zie er wel wat in', bekende Rimada nu.
Maar Oswin pruttelde nog tegen.
'Ik weet niet of het zo'n goed idee is het netwerk een naam te geven. Dan is het alsof je er een ander land van maakt: een staat in de staat.'
'Maar het netwerk staat toch los van de markteconomie. In dat opzicht is het toch een ander land?' wierp ik tegen.
'Neen, het netwerk stond oorspronkelijk op zichzelf, maar ondertussen is het al geïnfiltreerd in de Indiaanse samenleving: het is geen eiland meer, het maakt volwaardig deel uit van Indi.'
'Maar het staat er toch ook een beetje los van, Oswin', vond Rimada.
'Ja, maar toch...'
Het was Bull die de patstelling doorbrak.
'Ja, zeg, zever er niet over hé! Los van Indi, niet los van Indi; combineert de twee dan, hé: dan is het anders dan Indi, maar zit Indi er toch in.'
'Saturindi', zei Rimada, het woord proevend als een likeurbonbon.
'Ja,' zei ze, 'Saturindi.'

Deel 3

If everything is permitted
If nothing ever is taboo
Then there is always something shattered
When there is something breaking through

Meat Loaf (Jim Steinman), 1981

Ergo, ubi contigerint positi tibi munera Bacchi
atque erit in socii femina parte tori,
Nycteliumque patrem nocturnaque sacra precare
ne iubeant capiti vina nocuere tuo.

'Dus als Bacchus' gaven je te beurt vallen
en er een vrouw naast je ligt op het aanligbed
bid dan de god van de nacht en zijn nachtelijke riten
dat ze zouden beletten dat de wijn naar je hoofd stijgt.'
(*Ovidius, 'Ars Amatoria' I, 563-566*)

Don't push too far,
your dreams are china in your hand
Don't wish too hard because
they may come true
and you can't help them.
You don't know what you
might have set upon yourself.
(*T' Pau, 'China in your hand', 1987*)

– En hoe waren de reacties op de thesis? Kregen ze een onderscheiding?

Guzman

De thesis van de Oswingroep was klaar net voor de examens. Het vele werk aan haar tekst kostte Rimada wel een tweede zittijd, voor het eerst in haar loopbaan. De anderen reageerden daar prompt op door het indienen van hun thesis uit te stellen tot na september. Ik kan me voorstellen dat Rimada die vakantie veel hulp heeft gehad om haar examens voor te bereiden. Red Bull maakte van de gelegenheid gebruik om het programma van de thesis nog te verfijnen via het bedrijf waar zijn vader werkte. Hij kreeg daarbij hulp van professionele programmeurs, zij het enkel bij de digitale omzetting van enkele minder geslaagde passages en de inkleding.

Toen het werk eindelijk werd voorgesteld in september had Nusuto ervoor gezorgd dat het een heel mediagebeuren werd. Via zijn vader – een gemeenteraadslid in zijn woonplaats – werd de voorstelling van de groepsthesis aan de pers gemeld, en de ronkende adjectieven waren niet van de lucht, nog voor iemand een beeld op het computerscherm had gezien.

Ik had – als mentor – natuurlijk de avant-première gekregen en het resultaat had me verrukt. Het programma was een enthousiasmerend werkstuk dat alle valkuilen die men kon bedenken vakkundig omzeilde; die kwaliteit dankte het ongetwijfeld aan de realiteitszin van Nusuto. Desondanks had het een haast utopisch-optimistische tendens die duidelijk toe te schrijven was aan Rimada. De strijdbare momenten, de politieke durf en handigheid kwamen van Red Bull en de adembenemende synthese van allerlei losse ideeën en politieke strategieën droeg duidelijk het stempel van Oswin. Het aantal parameters waarmee het programma rekening hield was duizelingwekkend hoog, wat alleen mogelijk was geweest dankzij Red Bulls computerobsessie en zijn ijzersterke gestel, dat hem doorheen vele slapeloze nachten had geholpen. De kwaliteit van het programma weersprak zijn reputatie van flierefluiter.

Maar wat vooral opviel, ondanks de uiteenlopende karakters van de makers, was de grote doelgerichtheid en de liefde waarmee alles was gemaakt. De onenigheden die er waren geweest hadden in het eindresultaat helemaal geen sporen achtergelaten. Wie het programma draaide, waande zich bij momenten in een roman van Antonio Skarmeta: Bull had het volgestopt met kleine details, gefingeerde nieuwsberichten, persoonlijke noten, commentaren van volksmensen en specialisten op de gebeurtenissen, allemaal zaken die de computersimulatie iets meeslepend reëels gaven.

Mede door die vormgeving waren alle waarnemers laaiend enthousiast over de inhoud. In de juryverslagen benadrukte men de omvang van het werk, de levensechtheid, de praktische waarde zelfs. Men had lof voor de manier waarop het viertal rekening had gehouden met de meest uiteenlopende mogelijke problemen en met de 'ambitieuze bescheidenheid' van de thesis. Het doel – niet meer of minder dan het veranderen van een land – was bereikt door de definitie van 'verandering' zeer bescheiden te houden. Het Indi van het uitgangspunt had geen gewelddadige omwenteling achter de rug: de krachten die het land in hun greep hadden gehad, waren niet verdwenen. Er waren nog steeds grootgrondbezitters, er was nog steeds de IFM, maar hun impact op het leven van de bevolking was verminderd: het netwerk van communes, Saturindi genaamd, had een alternatief geboden en de greep van de economische machthebbers was daardoor genoeg gelost om iedereen ten minste een menswaardig bestaan te geven.

Tekenend voor het nieuwe zelfbewustzijn van Oswin was dan weer de titel die hij had bedacht voor het hele werk: *Saturindi: een ars regendi voor de Derde Wereld*. Het viel me ook op dat Oswin het meest genoot van de lof die het groepje te beurt viel en het minst geneigd was om in de nagesprekken hun prestatie te relativeren. Het speet me dat ik de verdere evolutie van het groepje niet kon volgen. Mijn contract met de Gentse universiteit was afgelopen. Mijn vaderland had me nodig.

Ach, ik denk dat we gewoon een hiaat hebben opgevuld. We hadden iets geprobeerd waarvan iedereen altijd had gezegd dat het onmogelijk was, en tot ieders verbazing – niet het minst de mijne – waren we er nog in geslaagd ook.
Tenminste: de computer had ons gelijk gegeven, en zoals u weet: als de computer het zegt, is het waar. Het heeft me altijd verbaasd dat niemand toen op het idee kwam onze uitgangspunten kritisch te bekijken. Niemand vroeg bijvoorbeeld ooit waarom we aan bepaalde maatregelen een 5 als wrevelcijfer in plaats van een 10 of een 1 toekenden. Misschien had onze rechtvaardiging iedereen overtuigd of charmeerde Bulls verpakking hen zodanig dat elke kritische zin hen verging, maar ik denk eerder dat men vooral wilde dat we gelijk hadden. Onze thesis trok – vooral door de aantrekkelijke en spectaculaire vorm waarin onze boodschap was gegoten – een hele horde wereldverbeteraars aan. 'Het Saturindi-alternatief' was enkele jaren een *household word* in bij het anarchisme aanleunende NGO's. Onvermijdelijk kregen we het aanbod om de thesis als cd-rom te commercialiseren, maar dat stuitte op een ferm veto van Rimada en Oswin, zodat Bull en ik ons de moeite van het vriendelijk afwimpelen konden besparen.
Toch waren er ook mensen die negatief reageerden. Uit jaloezie jegens onze prestatie of uit onwrikbaar cynisme en immobilisme, of gewoon omdat ze er op een of ander niveau belang bij hadden dat ons werk in diskrediet werd gebracht. Feit was dat ze steevast mij aanspraken om hun kritiek te spuien. Zo zag ik mezelf een paar keer genoodzaakt een werkstuk te verdedigen waarbij ik tot op het einde zelf mijn bedenkingen had gehad. Het resultaat van die discussies was dat ik na afloop voor het eerst rotsvast geloofde in wat we hadden bereikt.

Bull

Soms sloeg een zatte student me op een fuif wel eens op mijn schouders en begon te kappen op onze thesis. Naïef gezeik, mei '68-nostalgie, een potpourri van links gebrabbel, oude wijn in een schoon zakje. Van dat gezever.

Die soort kritikasters was de gemakkelijkste. Het enige wat ge moest doen was vragen: 'Hebt ge het programma gezien of de tekst gelezen?' De meesten zeiden dan dat ze dat niet hoefden om te weten dat het onzin was. Dan moest ge gewoon antwoorden: 'Ik hoef u ook niet te horen om te weten dat ge een zeiker zijt!' Als ze het toch gelezen hadden, moest ge vragen of ze wat specifieker konden zijn. Wat ze bedoelden met 'links gebrabbel', bijvoorbeeld.

Weet ge, ik kende dat programma van binnen en van buiten; ik kon het dromen. Het enige wat ik dus moest doen, was de persoon in kwestie wijzen op iets dat hij over het hoofd had gezien. Een opsomming van een paar vergezochte zaken waar we rekening mee hadden gehouden klonk meestal al indrukwekkend genoeg om ze te doen afdruipen. En een zinnetje als: 'Wat is het meest betrouwbaar, denkt ge: uw zatte intuïtie of onze wetenschappelijke afweging van alle parameters?'

Rimada

Ja, er was wel eens iemand die heel negatief reageerde, maar het bleef meestal bij scheldpartijen van rechtse figuren, die niet konden verdragen dat een links beleid resultaten bleek op te leveren.

Ik herinner me wel de receptie waarop de thesis werd voorgesteld. Nusuto had onze public relations goed verzorgd en de vergaderzaal van de faculteit zat stampvol belangstellenden en persmensen. Guzman en Bull demonstreerden het computerprogramma met de gretig beleden trots van mensen die meer kunnen dan anderen. Toen het voorbij was, hing er een bewonderende stilte in de zaal. Uiteindelijk waagde een journalist het een vraag te stellen; dat was het sein voor een kakofonisch spervuur. Als vanzelfsprekend beantwoordde elk van ons de vragen die zijn of haar deel van de thesis aanbelangden. Na afloop viel de receptie uiteen in de karakteristieke groepjes mensen die met een glas schuimwijn of fruitsap napraten over het vertoonde en langzaamaan verder en verder van dat onderwerp afdwalen. Ik zag Oswin zo onopvallend mogelijk van groepje naar groepje sluipen, ongetwijfeld om de commentaren te beluisteren. Nusuto en Bull deden zich iets te gretig te goed aan de drank en Bull werd bepaald luidruchtig, tot hij door zijn drankconsumptie gedwongen werd het toilet op te zoeken.

Ik praatte na met Guzman en hoorde hem met zijn kenmerkende taalvaardigheid onze thesis verdedigen, verduidelijken, ophemelen en te gepasten tijde relativeren tegenover zijn telkens wisselende gesprekspartners.

Maar de reden waarom ik me die dag nog zo goed herinner, had niets met ons werk te maken.

Na een tijdje voelde ook ik hoe mijn blaas steeds nadrukkelijker mijn aandacht begon op te eisen en ik verliet de zaal. Bij het verlaten van mijn toilethokje botste ik op Bull. Ik rook de zoetzure geur van de schuimwijn in zijn adem. Hij leunde tegen de deurstijl om zich min of meer recht te houden. Ik zag aan de vlek op zijn broek dat hij bij het plassen het urinoir niet helemaal had geraakt. Zijn stemming balanceerde op de grens van uitgelatenheid en tranerigheid.

'Ri... Rimada, heb ik u al gezegd dat ge een schoon wijf zijt?' lalde hij, vechtend om zijn veel te dikke tong achter zijn tanden te houden.

Hij klampte zich nu aan me vast en ik bezweek bijna onder het gewicht.
'Bull, je bent dronken. Zou je niet beter naar je kot gaan?'
'Ik zie u graag, Rimada Ik zie u graag. En iedereen mag dat weten. Hij draaide zich om en brulde in de richting van de deur "IK ZIE RIMADA GRAAG".'
Ik duwde hem naar buiten, snel een besluit nemend om te voorkomen dat hij zichzelf en mij hopeloos belachelijk zou maken tegenover andere mensen met een spannende blaas.
'Kom maar mee', zei ik kort en duwde hem in de richting van ons werklokaal, waar hij gisteren nog de laatste hand aan het programma had gelegd. We waren al begonnen met het opruimen; er stonden een paar grote dozen met boeken die weer naar de respectieve seminaries moesten. Ook de computer was al losgekoppeld. Maar ik had nog een sleutel. Ik was van plan Bull daar te rusten te leggen en naar zijn kot te gaan om voor hem een toonbare broek te halen. Maar we waren nog maar net binnen of hij sloeg zijn armen om me heen en ademde tranerig in mijn gelaat.
'Kom, Rimada, ge hebt het beloofd!' blubberde hij als een verongelijkt kind.
'Wat heb ik dan beloofd?'
'Ge hebt gezegd dat ge met mij zoudt vrijen als de thesis af was.' Vooralsnog ging er geen enkele dreiging of triomf van hem uit.
'Dat heb ik nooit gezegd, Bull. Je moet dat verkeerd gehoord hebben.' Ik probeerde een moeder-zoontoontje te bezigen, maar ik hoorde zelf de tremelo in mijn stem.
Hij reageerde niet dadelijk, maar zijn omarming verslapte, alsof hij ter plekke in slaap viel.
Ik wrikte me los en liet hem neerzitten op een stoel.
'Kom, trek die vuile broek uit. Ik zal een nieuwe voor je halen. Geef me de sleutel van je kot en wacht hier op mij.'

Het duurde even voor de boodschap tot hem doordrong. Uit zijn reactie kon ik opmaken dat de registratie enigszins selectief was gebeurd.
'Ja, ik zal mijn broek uittrekken, en trekt gij die van u uit. Ik zal u de sleutel geven: komt ge dan straks naar mijn kot?'
Ondanks zijn toestand slaagde hij erin zijn broek zonder gênante haperingen uit te spelen; ik nam ze van hem aan en vouwde ze op. Ik zocht een plastieken zak om ze in op te bergen toen hij opeens rechtsprong, zijn onderlichaam volledig naakt. Zijn bleke huid contrasteerde wat lachwekkend met het felrode geruite hemd erboven.
Hij stak zijn armen naar me uit, maar ik deinsde op tijd achteruit.
'Bull, hou ermee op! Het is niet leuk meer!' riep ik.
Hij viel bijna voorover toen hij zijn greep miste en keek me mistroostig aan, zich nog steeds niet bewust van het gênante in zijn gedrag.
'Maar ik zie u zo graag, Rimada. Ik wil met u vrijen!'
'Maar zo toch niet, hier toch niet!' Ik wilde hem doen inzien dat het in zijn toestand en op die plaats weinig zin had om met iemand te willen vrijen, maar hij vatte mijn opmerking helemaal anders op.
'Goed, Rimada; straks dan, op mijn kot. Hier is de sleutel.'
'Bull, ik...' probeerde ik nog.
'Gaat gij eerst eens een nieuwe broek voor mij halen! Ik heb die van mij blijkbaar verloren.' Hij liet zich met een zucht op een stoel vallen, waardoor zijn legendarische lid goed in het zicht kwam.
Op weg naar zijn kot kon ik het niet laten me af te vragen of dat ding zijn reputatie wel waard was. Boos op mezelf zette ik de gedachte van me af.
Toen ik weer in het werklokaal aankwam met zijn nieuwe broek zat hij me met gulzige ogen op te wachten. Ik had

gehoopt dat hij in slaap zou zijn gevallen. Maar kennelijk was hij toch wat afgekoeld, want hij nam zonder morren de broek van me aan, zocht zijn weggegooide onderbroek en kleedde zich aan.

Oef! dacht ik. Het is voorbij.

Maar toen we allebei weer naar de receptie gingen – hij nog steeds waggelend en eigenlijk nauwelijks minder dronken dan voordien – zei hij plots: 'Ge weet het, hé? Ik verwacht u straks. We zullen er een plezant feestje van maken!'

Ik was zo verrast dat ik vergat tegen te pruttelen.

In de vergaderzaal werd ik aangeklampt door Oswin die me wilde voorstellen aan een journalist. Ik zag Bull een nieuw glas schuimwijn van een dienblad grissen en het triomfantelijk glimlachend naar binnen gieten.

Na afloop zat ik diep in de rats. Voor wie ik toen was, kon er geen sprake van zijn de afspraak met Bull – hoe twijfelachtig die ook was – niet na te komen. Terwijl Oswin en Nusuto, die de stomdronken Bull naar zijn kot hadden gebracht, de overwinning gingen navieren in ons stamcafé, trok ik – na een vage verontschuldiging – naar mijn kot om na te denken.

Enkele uren later was ik er nog niet uit maar besloot om maar ineens door de zure appel heen te bijten. Ik zou Bull zijn zin geven, één keer. Anders zou ik waarschijnlijk nooit van die piemel van Damocles verlost geraken. En ik zou hem vooraf duidelijk zeggen dat het bij die ene keer zou blijven. En wie weet... zijn reputatie kennende zou het misschien nog leuk worden ook.

Tegen valavond ging ik dus, mijn verstand op betekenisloze libidobevrediging en in mijn achterzak een condoom, naar Bulls kot om het uit te praten en zo... Ik had mijn meest neutrale deodorant aangebracht en mijn openingsspeech een paar keer mentaal gerepeteerd.

Toen ik bij hem aanklopte, ging mijn hart vreselijk tekeer. Tot mijn ergernis voelde ik onder die paniek ook de tinteling van opwinding, maar ik besefte wel dat ik die nodig had om de angst te overwinnen.

Hij deed open met verfomfaaide kleren en donkere wallen onder zijn ogen.

'O, zijt gij het? Kom maar binnen. Ik lag wat te slapen.'

Ik stapte het verduisterde kot binnen en had al dadelijk spijt van mijn beslissing. Bull zag er allesbehalve sexy uit en mijn opwinding vervloog van bij de eerste blik.

Hij bood me een stoel aan, dekte zijn bed op, trok de gordijnen open en stak zijn hoofd onder de kraan van zijn lavabo.

'Ge ziet er goed uit', zei hij toen met een korrelige stem. 'En dat parfum, dat ken ik nog niet. Sexy', ging hij verder. 'Moet gij iets drinken?'

Ik werd me bewust van mijn droge keel en knikte. Hij schonk me een cola in en net toen ik de stijgende spanning in mijn buik wilde wegnemen door van wal te steken met mijn 'ik-kom-nu-wel-met-je-vrijen-maar-dit-is-de-eerste-en-laatste-keer-en-daarna-zijn-we-weer-gewoon-vrienden'-speech ging hij met een pijnlijke grimas op zijn pas opgemaakte bed zitten en vroeg met een vermoeide zucht: 'En wat komt gij hier eigenlijk doen?'

Een uur later verliet ik zijn kot na een gemoedelijk gesprek over onze toekomstplannen, het condoom en de speech ongebruikt.

Bull herinnerde zich niets meer van de hele receptie.

Nusuto

De zwaarste tegenwind kwam uit een onverwachte hoek. Op een dag waren we op bezoek bij Bull thuis – we hielden contact met elkaar de eerste maanden na onze studies – en raak-

ten verzeild in een discussie met zijn vader. Hij had kennelijk al wat gedronken voor we aankwamen.
'Ja, het is niet slecht. Een gemengde economie is altijd een goed gedacht om wantoestanden in te perken. Maar ge kunt dat natuurlijk nergens anders toepassen.'
'Hoe bedoelt u?' vroeg Oswin, duidelijk in zijn wiek geschoten.
'Zo'n coöperatief netwerk werkt natuurlijk maar tot op een bepaald niveau van welvaart. Het kan alleen maar dienen om een ontwikkelingsland uit de stront te trekken, maar om nu te zeggen dat dat netwerk van u de markteconomie zou kunnen vervangen zonder geld en zonder eerst manu militari de productiemiddelen te veroveren, is grote zever.'
'Allez, Martin, ge moet u nu zo niet opwinden', probeerde Bulls moeder de sfeer te redden.
'Laat maar, moe. Ik denk dat Oswin wel goesting heeft in een discussie', grimlachte Bull.
'Ik zie niet in wat er zo utopisch is aan het idee dat het netwerk de markteconomie zou kunnen verdringen. Het zou natuurlijk een paar aanpassingen vergen en misschien zelfs een paar wetswijzigingen, maar zelfs in een vijandig gezind regime dat zich onthoudt van geweld lijkt het mij mogelijk', zei Oswin op de zelfzekere toon die hij sinds de voorstelling van de thesis was gaan hanteren.
'Dan moet ge mij dat toch eens uitleggen.'
'Het grote obstakel voor een verdere uitbreiding van het netwerk is dat het heel moeilijk is om zonder geld aan de grondstoffen te geraken die de productie van luxeartikelen – het enige nog overblijvende lokmiddel van de kapitalistische economie – mogelijk maken. Als op het grondgebied van het netwerk de nodige delfstoffen aanwezig zijn, is dat geen echt probleem, maar we kunnen ervan uitgaan dat de meeste communes geen oliebronnen of ertsmijnen hebben. Maar er

zijn ondertussen alternatieven genoeg voor die grondstoffen. Rimada heeft al een alternatieve brandstof aangehaald en door recyclage van afval kunnen veel grondstoffen worden gerecupereerd. De buitenwereld weet nu al niet wat ze met haar afvalberg moet aanvangen; als we aanbieden om een deel daarvan – het deel dat ons kan helpen – kosteloos over te nemen, levert het hen een besparing en ons de gevraagde grondstoffen op. Als we dan in ons bewustmakingsprogramma de nadruk blijven leggen op het bevredigen van behoeften in plaats van verlangens, kunnen we een behoorlijk aantal producten maken, die eventueel met een beurtrolsysteem voor iedereen beschikbaar zouden zijn. Ingeburgerd comfort zoals radio's, televisies, fietsen en openbaar vervoer zouden voor iedereen beschikbaar moeten zijn, maar de meer gespecialiseerde of overbodige zaken, zoals computers of een eigen auto voor iedereen, kunnen via een centrale uitleendienst worden verzorgd. Die uitleendienst kan trouwens inspelen op de schommelingen in de vraag door de productie van meer exemplaren te vragen, indien gewenst. Zo wordt het leven in de communes ook voor moderne westerlingen aanvaardbaar. En met de korte werktijden wordt het zelfs ronduit aantrekkelijk!'

'Ik zal u eens een voorbeeld geven: een vent wil zijn vrouw voor haar verjaardag een diamanten halsketting geven. Hoe gaat hij dat doen als hij in het netwerk leeft en dus geen geld heeft? We nemen aan dat er geen diamantmijn binnen het netwerk ligt. Hoe gaat ge dat oplossen?'

'Ten eerste: mensen die vanuit de markteconomie naar het netwerk komen behouden natuurlijk hun spaargeld, dat zo veel langer kan meegaan. Maar goed, laten we zeggen dat die man een idealist was die al zijn geld in zijn commune heeft geïnvesteerd. Hij zou dan via een parttime netwerklid contact kunnen leggen met een juwelier en een overeenkomst sluiten dat de parttimer voor hem de halsketting betaalt en dat hij in ruil een aantal diensten of een product van eigen makelij aanbiedt. Ruilhandel, dus. Zo ging het vroeger toch ook.'

'Denkt ge nu echt dat iemand die gewoon is om iets te krijgen door een pak bankbriefjes aan iemand anders te geven, geneigd gaat zijn om bij iemand in de hof te gaan werken tot die halsketting is afbetaald?'

'Waarom niet? Hij zou in de kapitalistische economie toch ook eerst een maand hebben moeten werken om het geld te verdienen dat hij nodig heeft voor die ketting? Daarbij, wie zegt dat hij in de tuin moet werken? Misschien heeft die parttimer meer behoefte aan iets anders. Er kunnen voor mijn part zelfs een soort wisselkantoren ontstaan tussen het netwerk en de kapitalistische economie.'

'En hoe ziet ge dat dan?'

'Bijvoorbeeld: een bedrijf dat een product maakt dat aantrekkelijk is voor het netwerk moet veel geld uitgeven aan een schoonmaakbedrijf om de fabriek te onderhouden of aan een traiteur om eten te bereiden. Dat soort zaken kan het netwerk gemakkelijk overnemen in ruil voor producten van dat bedrijf. Het wisselkantoor zou dan de ontmoetingsplaats kunnen zijn waar de afspraken worden gemaakt.'

'Dan gaan de schoonmaakbedrijven toch reclameren over concurrentievervalsing.'

'Waarom? Dat is toch vrije concurrentie? Dat wij onze mensen op een andere manier betalen, wil nog niet zeggen dat we met verlies werken. En veel instellingen doen toch een beroep op vrijwilligers? Is dat dan ook oneerlijke concurrentie?'

Zoals ik had verwacht, kon Rimada zich niet langer inhouden.

'Ik heb een nog veel eenvoudiger, maar wel wat minder consequente oplossing: het netwerk verkoopt overschotten op de vrije markt, of biedt diensten aan, die gewoon betaald moeten worden met geld. Dat geld komt in een centrale kas per commune en wordt evenredig verdeeld over alle communeleden. Een commune kan dus zelf beslissen of ze de extra inspanning wil leveren om overschotten te creëren of diensten aan buitenstaanders aan te bieden in ruil voor geld dat de mensen comfort kan bezorgen, of niet. Ondertussen kan het netwerk ernaar blijven streven om zijn eigen mogelijkheden tot luxeproductie voort uit te breiden, om de relatieve afhankelijkheid van de kapitalistische bedrijven op termijn overbodig te maken.'

'Ge kunt die mens natuurlijk ook wijsmaken dat hij zijn vrouw beter iets anders geeft dan een diamanten ketting. Wat heeft ze daar nu aan?' kwam Bull kort tussen.

Bulls vader was even stil, alsof hij zijn uiteengeslagen aanvalslinie weer moest verzamelen, maar dan kwam zijn ultieme wapen.

'Ik kan horen dat ge er veel over hebt nagedacht, maar ge vergeet een paar dingen. Ge gaat er ten eerste van uit dat iedereen in uw netwerk even idealistisch is als gij en de omslachtige weg zal kiezen boven snel gewin. Ge veronderstelt zelfs dat mensen buiten het netwerk voor redelijke argumenten vatbaar zijn. Maar ge weet toch zo goed als ik dat mensen dikwijls dingen alleen doen omdat ze ze altijd zo gedaan hebben. Mensen zijn van nature bang en dus conservatief. Alleen als ze zelf de nadelen van iets ondervinden zijn ze soms voor veranderingen te vinden, en dan nog. De meeste werklozen lopen nog altijd met het waanbeeld rond dat ze ooit werk gaan vinden, promotie gaan maken en directeur van een bedrijf gaan worden, ook al zijn ze amper goed genoeg om achter een stofzuiger aan te lopen. Tussen droom en daad staan niet alleen wetten maar ook de menselijke natuur.'

'Wat u de menselijke natuur noemt, is in feite de menselijke gewoonte.'
'En is die dan gemakkelijker te veranderen, denkt gij?'
Rimada liet zich niet overdonderen.
'Het mooie van het netwerk is juist dat iedereen, met om het even welk opleidingsniveau, er zijn gading kan vinden. De basisopleiding is voor iedereen haalbaar. Dat betekent niet dat iedereen een even goede landbouwer, metselaar of elektricien zal zijn, maar een aanvaardbaar basisniveau kan iedereen halen. Bovendien biedt het netwerk op termijn een enorme hoeveelheid vrije tijd: de aantrekkingskracht daarvan mag niet worden onderschat. Hoeveel mensen zouden vandaag niet graag parttime werken als ze evenveel bleven verdienen? Daarbij: het eerste doel van Saturindi is de kapitalistische economie onder druk zetten om ze menselijker te maken. Als dat zou gebeuren, moet het netwerk niet meer groeien. De twee kunnen dan perfect naast elkaar bestaan en elkaar aanvullen. De logische evolutie zou zijn dat de twee systemen langzaam naar elkaar toe groeien en uiteindelijk versmelten. Ik denk dat dat is wat Oswin bedoelt.'
'Ik denk niet dat het allemaal zo vlot zou gaan als gijlie het hier voorstelt.'
'Wie heeft gezegd dat het vlot zou gaan? Als we er hier nu mee begonnen, zou het proces misschien over een drietal generaties voltooid kunnen zijn. Maar als we er niet aan beginnen, zal er zeker niets veranderen. U denkt toch niet dat wij in instantoplossingen geloven?' kwam ik tussen, me er wel van bewust dat Oswin dat waarschijnlijk wel deed. Rimada's tussenkomst was ook al een poging om Oswins wat radicale stelling te nuanceren zonder hem zijn gezicht te doen verliezen.
'Ik blijf erbij dat een revolutie de enige manier is om de kapitalisten weg te krijgen. Kapitalisten zijn namelijk de meest

conservatieve mensen ter wereld. Ze laten zich niet dwingen om hun winstmarges wat af te toppen ten voordele van hun werknemers, zeker niet door concurrenten. En de kapitalisten zijn de bazen van de politici en de legerleiders in de meeste landen. Van het moment dat de patroonsorganisatie uw netwerk als een bedreiging ervaart – terecht of niet – kunt ge u verwachten aan een lastercampagne waar het gedoe van Chaos in uw thesis niks bij is. En als dat niet helpt, zal het niet bij laster blijven. Ge zegt juist zelf: zo'n netwerk zou kunnen slagen als de regering geen geweld gebruikt. Geloof maar dat ze geweld zullen gebruiken. En ge zult er niet altijd zo elegant rond kunnen dansen als in uw thesis.'

'Tegen die tijd maken al genoeg kiezers deel uit van het netwerk om de politici twee keer te doen nadenken voor ze ertegen optreden', poneerde Oswin.

'Gij denkt toch niet dat ze zich daarom gaan inhouden? Die kernraketten in Florennes zijn er toch ook gekomen? Neen, jongen, gij hebt een veel te optimistisch beeld van de mensheid. Het siert u, maar ge moet u er niet door laten meeslepen. Geloof me, een revolutie zonder vechten, dat bestaat niet.'

'Ja, pa, en gij zijt zo'n vechtjas, hé!' zei Bull tot de in een jeansoverall verpakte teddybeer tegenover hem op de sofa.

Het gesprek eindigde daarmee op een schijnoverwinning voor ons, maar ik zal u niet verhelen dat ik veeleer de mening van Bulls vader dan die van Oswin deelde. Alleen de ondertussen ontstane loyauteit had me ertoe aangezet om Oswin bij te springen. Bulls *argumentum ad hominem* was ook een vriendendienst geweest, maar zijn afzijdigheid tijdens de rest van het gesprek gaf aan dat hij zich niet volledig met Oswins standpunt wenste te identificeren.

Zelfs Rimada, nu zo goed als officieel zijn vriendin, had kennelijk haar twijfels.

Maar het gesprek in Bulls huiskamer viel algauw tussen de plooien van de nog maanden aanhoudende lof. Toch heb ik het nooit kunnen vergeten...

Rimada

Eigenlijk heeft onze thesis mijn relatie met Oswin om zeep geholpen nog voor het echt iets was geworden.
Misschien ligt het aan mij. Nee, het ligt zeker aan mij. Maar ook aan hem.
Wat er dan misging? Ach...
Weet u, Oswin was eigenlijk een heel paradoxaal iemand. Hij had al die briljante ideeën en tegelijk had hij het zelfvertrouwen van een incestslachtoffer. Ik denk nu dat het die combinatie was die me aantrok. Het feit dat ik hem kon bemoederen maar tegelijk ook iets van hem leren. Hij bevredigde mijn twee grootste behoeften.
Maar na de hele heisa over de thesis veranderde er iets in hem. Hij verloor die kinderlijke twijfel, veranderde in een soort goeroe die de Boodschap moest verkondigen. Hij had eindelijk iets gevonden waarin hij kon geloven, maar het kwam op mij zo star over dat het griezelig werd. Hij liep met de meest megalomane ideeën rond en was zo mogelijk nog meer met Saturindi bezig dan toen we nog aan onze thesis werkten. Ik had nog een paar keer geprobeerd hem tot seks te verleiden in die eerste maanden na onze thesis, maar het was alsof hij blind en doof was voor alles wat niet met Indi te maken had.
Ik zou echter snel merken dat zijn zelfvertrouwen heel betrekkelijk was. Op een dag stelde ik voor om te proberen een commune op te starten. We zaten op een bank in het park, heel romantisch voor het oog, maar ik had lang en hard moeten pleiten voor hij met me mee wilde gaan. Hij werkte

toen aan een groot artikel over onze thesis, in opdracht van een progressief blad, en hij had werkelijk voor niets anders nog oog.

Zijn reactie op mijn voorstel verraste me. Ik had gedacht dat hij het een goed idee zou vinden, omdat het hem de kans gaf onze ideeën in de praktijk te brengen. In plaats daarvan zag ik in zijn ogen een mengeling van verwarring en regelrechte paniek. Toen hij sprak, trilde zijn stem, ondanks de bombastische toon die hij aansloeg.

'Rimada, hou toch op! Een commune oprichten? Nu? Hier? Dat is toch volslagen onzin! De tijd is nog lang niet rijp voor zoiets!'

'Wanneer is de tijd dan wel rijp?'

'Dat weet ik niet, maar nu in ieder geval niet. Het is opboksen tegen te veel obstakels, onze maatschappij is er helemaal niet op ingesteld een commune te laten slagen. In Indi waren de communes een initiatief van de regering.'

'Indi is niet echt, Oswin. Dat is het enige dat me eraan stoort. Ik wil wel eens zien of zo'n commune ook hier kan werken. Er bestaan er toch nog? Ze mislukken toch niet allemaal.'

'Ja, maar het stelt allemaal niks voor. Het zijn maar kleine eilandjes in een zee van kapitalisme. Er kan geen enkele druk van uitgaan.'

'Nu praat je net als Nusuto! Misschien heb je wel gelijk, maar dat wil ik dan eerst wel eens uittesten. Als we er niet in slagen de buitenwereld te beïnvloeden, dan zullen wij tenminste niet leven in dienst van het kapitaal. Als nooddoelstelling vind ik dat genoeg.'

Hij zag in dat hij me niet van mijn voornemen kon afbrengen en gooide het over een andere boeg.

'Zo'n commune is niets voor mij. Ik ben een man van het woord. Het is mijn ambitie om anderen de weg te wijzen naar een betere wereld. Daar ben ik kennelijk goed in. Een

mens moet doen wat hij het beste kan. Een commune opstarten ligt me niet.'
'Hoe weet je dat nu? Je hebt het nooit geprobeerd!'
'Ach, Rimada, laten we er maar over ophouden. Als mijn artikel af is, zullen we het er nog wel eens over hebben.'
Hij schoof dichterbij en legde een arm om mijn schouder. Hij die al wekenlang al mijn avances had afgewezen, legde nu een hand op een van mijn borsten en gaf me een tongzoen. Het was duidelijk dat hij me het zwijgen wilde opleggen, en hoewel ik al dagen hunkerde naar een stevige vrijpartij wimpelde ik hem af met de kille woorden. 'Laten we maar naar huis gaan, dan kun je voortwerken aan je artikel.'
Op de terugweg dacht ik na over zijn woorden. Hij, de Grote Wegwijzer, de theoreticus van de nieuwe wereld! Volgens mij was het gewoon angst, maar dat durfde hij nu niet meer toegeven. Juist die zelfkennis was vroeger zijn charme geweest. Als hij nu gewoon had toegegeven dat hij niet het risico op mislukking wilde lopen, zou mijn sympathie voor hem intact zijn gebleven. Zijn kwetsbaarheid zou dan een geheim zijn geweest dat ons verbond in plaats van verdeelde.
Ach, misschien had ik dat wat krampachtig vastklampen aan zijn nieuwe gevoel van eigenwaarde moeten tolereren, maar mijn emoties wilden niet mee. Dit was mijn Oswin niet meer. Misschien had ik hem wel weer mee gekregen door hem ervan te overtuigen dat hij de wereld niet hoefde te veranderen om een volwaardig mens te zijn. Maar ik kon de energie niet opbrengen. Kort daarna maakte ik een nooit verwoord einde aan onze relatie en werden we weer gewoon 'goede vrienden'. Ik weet zelfs niet of hij ooit gemerkt heeft dat ik hem niet meer opzocht.
Onvermijdelijk liep hij op de klip van de hypocrisie. Of noem het 'het compromis met de wereld', om wat vriendelijker te blijven. Enkele maanden later vond hij een baantje – mede

dankzij zijn relatieve bekendheid na de thesis en zijn artikel – als journalist bij een NGO-maandblad, en daar paste hij zich doodbraaf aan de meer gematigde redactionele lijn aan.

Met Nusuto heb ik altijd contact gehouden. We woonden in dezelfde stad en bleven elkaar ontmoeten voor onze wekelijkse bioscoopavondjes. Onze families gingen er al van uit dat we een echt koppel zouden worden en onder hun druk hebben we ons ooit wel eens laten verleiden tot een amoureus weekendje bij hem thuis, toen zijn ouders op reis waren, maar het is nooit iets blijvends geworden. In feite waren onze geesten al zodanig met elkaar vergroeid dat onze geslachtsorganen gewoon niet meer in elkaar pasten.

Nusuto

Tot op de dag van vandaag zijn Rimada en ik goede vrienden, al zien we elkaar niet zo vaak meer. Onze respectieve partners moesten wennen aan onze sterke band en het heeft zeker mij heel wat moeite gekost om mijn vrouw ervan te overtuigen dat Rimada geen bedreiging voor haar vormt, net zoals zij geen enkele bedreiging vormt voor Rimada. Soms zorgt het nog voor wrijvingen. Misschien zal ze het beter begrijpen als ze dit allemaal heeft gelezen. Ik zal altijd verliefd blijven op Rimada, want die liefde loopt geen enkel risico om ooit door de werkelijkheid te worden ontluisterd. Dat de liefde voor mijn vrouw die werkelijkheid tot nu toe moeiteloos heeft doorstaan, zou haar moeten geruststellen.
Ik kreeg een wetenschappelijk baantje aan de universiteit en schopte het uiteindelijk tot assistent op het seminarie voor 'Politieke geschiedenis van de Derde Wereld'. Ja, uiteindelijk zal er wel een professoraat uit de lucht komen vallen, al zit ik daar niet echt om te springen.

Mijn vaders politieke ambities heb ik niet waargemaakt. Nog niet, zal ik maar zeggen, want ik ben momenteel wel gemeenteraads- en parlementslid. Nee, ik heb de moed nog niet helemaal opgegeven, maar uit mijn voorgeschiedenis hebt u al wel kunnen afleiden dat ik niet direct in mirakels geloof. De volgende regering zal ik waarschijnlijk nog niet leiden, maar ik heb nog tijd.

Bull

Ikke? Ik werk op het computerbedrijf van onze pa. Ja, ze waren kennelijk onder de indruk van mijn programma voor onze thesis. Ik maak nu nieuwe software, vooral in de spelletjesbranche, en af en toe een paar educatieve cd-roms. En ik ben vakbondsdélégué, natuurlijk. De anderen? Nee, die zie ik niet meer. Oswin belt nog wel af en toe. We proberen dan iets af te spreken, maar onze uurroosters zijn niet echt compatibel.

Nee, er bestaat niet veel kans dat de partij ooit ideeën van onze thesis overneemt. Weet ge, de meeste communisten zijn rare gasten, een beetje zoals professoren: als zij of Marx het niet hebben verzonnen, dan moeten ze er niet van weten. En met Marx bedoelen ze dan de Marx die zij in hun kop hebben. Het partijprogramma heeft het nog altijd over nationalisaties en etatisme en staatsmonopolies à la USSR, alsof het sovjetdebacle niet heeft bestaan. Veel communisten kunnen zich niks anders voorstellen dan het sovjetmodel. En ze zoeken altijd maar zondebokken voor de mislukking. Stalin was te hard, Gorbatsjov was te los. Het systeem was goed, want dat kwam van Marx, maar de mensen die het moesten leiden niet. Ik heb ze allemaal gehoord, de van wishfull thinking overlopende analyses na de val van de Berlijnse muur een paar jaar na onze thesis. Allemaal reageerden

ze op de kreet dat het communisme dood was door het sovjetsysteem tegen beter weten in te blijven verdedigen.
En dan kunt ge nog honderd keer zeggen dat Marx niks met de Sovjetunie te maken heeft. Dat het staatscommunisme allemaal het werk van Lenin was en dat ze van Marx maar eens *Nationalökonomie und Philosofie* moeten lezen, vooral hoofdstuk D over de verschillende vormen van communisme.
Wat we kennen uit de Sovjetunie, noemt Marx het *grove communisme*. Zoals het privé-eigendom negeert het de *persoonlijkheid* van de mens, omdat het in wezen gewoon de veralgemening van het privé-eigendom is. In onze thesis is dat het stadium van de onteigening van de IFM en de landhervorming. Wie de revolutie laat stoppen bij die eerste vorm, zoals in de Sovjetunie, neemt de zelfvervreemding van de mens niet weg en zal misschien wel genoeg eten maar zeker geen geluk kunnen bieden. Het *politieke communisme* moet de staat afschaffen om ze te vervangen door een 'maatschappij'. Rimada zou spreken over een 'vrijwillige associatie'. Daar zijn we in onze thesis niet meer helemaal aan toe gekomen. De derde soort is wat Marx het *maatschappelijk communisme* noemt, het veralgemeende 'Saturindi'.
Of om het met 'de Karl' te zeggen: 'De *maatschappij* is (...) de voltooide wezenseenheid van de mens met de natuur, de ware verrijzenis van de natuur, het doorgevoerd naturalisme van de mens en het doorgevoerde humanisme van de natuur. (...) Het is voor alles te vermijden de "maatschappij" weer als een abstractie tegenover het individu te fixeren. Het individu is het *maatschappelijk wezen*. Zijn levensuiting – ook al doet ze zich niet onmiddellijk in de vorm van een *gemeenschappelijke*, samen met anderen voltrokken levensuiting voor – is derhalve een uiting en bevestiging van het *maatschappelijke leven*. Het individuele en het generische leven van de mens zijn niet *verschillend*, hoezeer ook – dat is onvermijdelijk – de bestaanswij-

ze van het individuele een meer *bijzondere* of meer *algemene* wijze van het generisch leven, of anders gezegd het generisch leven een meer *bijzonder* of *algemeen* individueel leven is.'

Maar dat is allemaal veel te ingewikkeld voor wie zich in dit land links laat noemen. Leg aan een communist maar eens uit dat deze Marx meer met Max Stirner en Kropotkin dan met Lenin en Stalin te maken heeft. En dus blijven ze proberen de scherpe kantjes van het kapitalisme af te slijpen met een vijl zonder profiel.

Och, een mens kan maar blijven proberen, hé!

Rimada? Die heb ik nog een paar keer gezien na haar tweede zit, meestal samen met de anderen. Eén keer liep ik haar in Gent nog eens tegen het lijf. We zijn toen in ons oude stamcafé verzeild geraakt. Het was juist af met Oswin, geloof ik. Na een paar pintjes en tassen thee – dat was nog altijd hetzelfde gebleven – vertelde ze dat ze als opvoedster in een tehuis voor mentaal gehandicapten werkte – meer dan een trap onder haar diploma – maar ze zei dat de academische wereld haar toch niet lag. Ze had het wel geprobeerd aan de univ, maar dat abstracte gedoe waar ge geen concreet resultaat van ziet, maakte haar depressief. Ze speelde wel met het idee opnieuw te gaan solliciteren bij iets als de Koning Boudewijnstichting of zo, want haar moeder zaagde te veel dat ze toch geen vier jaar had gestudeerd om een bedrag met een 3 voor te verdienen. Maar ik weet zeker dat daar nooit iets van in huis is gekomen.

'Eigenlijk zou ik liever in Saturindi werken', zei ze met een lachje zonder plezier.

We babbelden nog wat en ik hoorde tussen de regels dat ze een oogje had op een logopedist van bij haar op het werk.

'En wat is er met Oswin gebeurd?'

'Ach, Oswin. Dat is verleden tijd. Dat jij en Nusuto na de voorstelling van de thesis zouden afhaken, heb ik altijd geweten; voor jullie was de thesis, was Saturindi nooit een doel op zich, maar Oswin... Ik had moeten weten dat hij iemand van woorden maar niet van daden was. Iemand die zo onzeker is kan geen voorvechter zijn.'

'Ge gaat me nu toch niet vertellen dat ge het hebt uitgemaakt omdat hij met u niet in een commune wilde gaan?'

'Neen, ik heb het uitgemaakt omdat hij het wel wilde maar niet durfde en omdat hij dat niet meer kon toegeven. Hij had zijn *moment de gloire* gehad en wilde niet het risico lopen dat de volgende stap een mislukking zou worden. Maar in plaats van dat gewoon te zeggen trachtte hij zijn angst te verkopen als gezond verstand. Ik kan niet houden van iemand die niet eerlijk tegenover zichzelf is.'

'Ocharme, de jongen. Gij zijt ook geen gemakkelijke! Wie is er altijd eerlijk tegenover zichzelf?'

'Ik zou denken dat jij er helemaal geen bezwaar tegen zou hebben dat het uit is tussen mij en Oswin.'

'Ik verschiet alleen dat gij zo weinig compassie hebt.'

'Ach, zeur niet. Ik heb hem niet laten vallen als een baksteen: we zijn nog altijd goede vrienden. Ik ben alleen nogal kieskeurig op amoureus vlak. Denk je dat jij of Nusuto nog mijn vrienden zouden zijn als ik alleen perfecte mensen rondom mij tolereerde?'

'Touché.'

'Je kunt er wel tegen.'

Rimada

Voor het eerst sinds ik hem kende, zag ik in Bulls ogen een blik die niet uitsluitend zelfverzekerdheid uitstraalde – die ene keer op de receptie uitgezonderd. Na een afgemeten nipje van zijn pint schoten zijn ogen even wat gegeneerd heen en weer tussen de tafel en mijn gelaat.

'Mag ik u nu eens iets vragen?'
'Natuurlijk.'
'Waarom is het tussen ons nooit iets geworden?'
De vraag verraste me, ondanks de veelzeggende lichaamstaal waarmee ze was aangekondigd.
'Als ik zeg dat je mijn type niet bent, ben je niet tevreden zeker?'
'Nee.'
'Je bent niet transparant genoeg voor mij. Ik weet nooit wat je echt denkt, nooit of je meent wat je zegt. Misschien is het omdat ik je nog niet lang genoeg ken. Nusuto is ook nogal gesloten, maar hem heb ik in de loop der jaren leren lezen.'
'Wist ge dat hij al jaren verliefd is op u?'
'Ik had mijn vermoedens. Maar met Nusuto zou ik nooit getrouwd kunnen zijn. Ik hou van hem, maar meer als een problematische broer.'
'We hadden het over mij.'
'Wat wil je nog meer horen? Ik mag je graag, ik hou van je gezelschap. Je hebt een zekere elegantie, ondanks je geruite hemden. Je hebt een briljante geest, je kent alle trucjes om een vrouw te behagen...'
'Maar?'
'Ik hou niet van trucjes. Ik hou van naturel. Zoals Oswin, vroeger. Als ik nog maar de indruk krijg dat iemand moeite doet om een goede indruk te maken, haak ik af. Ik heb je zo vaak hele horden meiden rond je vinger zien draaien en telkens weer vroeg ik me af hoe het mogelijk was dat ze je niet doorhadden.'
Hij glimlachte. 'Ik had het kunnen weten: een romantisch type! Gij zijt er zo een van liefde op het eerste gezicht, zeker? Van vlinders in de buik. Het moet vanzelf gaan. Weet ge: al die grietjes waar ik mee aanpap, die hebben me wél door. Maar dat is de ongeschreven wet in het verleidingsspel: nooit

laten merken dat ge weet dat de andere toneelspeelt. Als ge dat doet, begraaft ge al uw kansen.
Er zijn voor een griet grofweg twee manieren om aan een lief te geraken. Ofwel speelt ge het spel mee en laat ge u verleiden door de trucjes, en dan hebt ge de kans om geregeld met iemand in de koffer te duiken en mannen beter te leren kennen, tot er een is die na de seks niet wegloopt en met wie ge iets kunt proberen op te bouwen. Ofwel wordt ge verliefd op afstand en wacht ge tot de jongen de afstand zelf overbrugt, of ge probeert zelf contact te leggen, met het risico dat hij u helemaal niet moet hebben. Bij de eerste aanpak is de afspraak "eerst seks en dan zien we wel"; ge beperkt uw verwachtingen en ge komt tenminste aan uw trekken. En valt het mee, dan valt het mee, des te beter. Bij de andere manier is het alles of niks. Maar meestal niks. Het enige voordeel is dat ge bespaart op condooms. Het gaat niet altijd zoals "in de boekskens". Als ge die logopedist ook zo aanpakt, zoudt ge uw eigen wel eens zeer kunnen doen.'
'Misschien wel. Maar jouw methode lijkt me zo zielig. Zo zielloos. En ik overleef mijn methode wel, hoor. Ik heb altijd Nusuto gehad om op terug te vallen. En als mijn libido opspeelt, speel ik jouw spel even, maar dan nooit met vrienden of met iemand waarop ik verliefd ben.'
'Met andere woorden: als we nu geen vrienden waren geweest, dan had ik u waarschijnlijk wel eens in bed gekregen.'
'Misschien wel. Misschien waren we ooit wel een koppel geworden.'
'Had ik dat geweten!'
'Ja, het gaat niet altijd volgens het boekje!'
Oswin had me verteld over Bulls enthousiasme voor de *Ars Amatoria* van Ovidius. Het was alsof hij de allusie rook aan mijn intonatie.
'Weer touché', snoof hij.

Bull

Een paar jaar later, toen in het Oostblok allerlei muren begonnen om te vallen, zat ze in een commune aan de Côte d'Azur; haar 'kibboets', schreef ze in haar brieven. Het is met de liefde eigenlijk zoals met de politiek, hé? Het gaat nooit volgens het boekje.

Oswin

Maar het ging wel volgens het boekje!
Een paar jaar na onze thesisvoorstelling, midden in de perestroika-heisa eind jaren tachtig – we waren toen allevier behoorlijk gesettled; ik werkte voor een progressieve krant – kreeg ik op een avond telefoon van Nusuto. Ik had hem in geen jaar meer gezien en ook de anderen was ik – op de occasionele kerstkaart na – uit het oog verloren.

'Heb je het nieuws al gehoord?'
Al was ik journalist, ik moest toegeven dat ik van niets wist: ik was net een week met vakantie en tv of radio had ik bijna nooit opstaan. Mijn vakanties waren altijd een zoektocht naar rust.
'Guzman. Hij is verkozen.'
'Waar heb je het over?'
Nusuto legde me in opgewonden telegramstijl uit dat Guzman, onze professor Guzman, zopas was verkozen tot president van zijn land.
'Hij heeft het dus toch gedaan.'
'Ik heb net op CNN zijn inaugurale speech gehoord. Oswin, het is niet te geloven, maar het was een bijna letterlijke kopie van die uit onze thesis, weet je nog?'
'Je bedoelt toch niet dat...'

'Ik weet het niet, maar ik hou het in de gaten. Ik wou je maar waarschuwen. Rimada weet er al van en ik bel zo meteen Bull ook nog.'

'Bedankt: ik zal vanavond naar het nieuws kijken.'

'Op CNN is het een van de headlines.'

Hij haakte in en liet me achter met een hoofd vol wervelende gedachten.

Zou Guzman echt...

Nee, zoiets bestond toch niet...

Nusuto

In de paar jaren die volgden op dat telefoongesprek leefden we allevier een dubbel leven. Fysiek waren we wel aanwezig in onze respectieve woonplaatsen, maar mentaal vertoefden we aan de zijde van president Guzman. Er waren in die tijd voor de media andere, veel belangrijkere omwentelingen te melden, met als hoogtepunten het neerhalen van de Berlijnse muur en het uiteenvallen van de Sovjet-Unie, maar toch zagen we, tot onze niet geringe verbazing, in sporadisch door CNN – onder erbarmelijke omstandigheden – doorgeseinde beelden (voor Guzmans verkiezing was het land journalistiek gezien volstrekt oninteressant geweest) onze thesis stap voor stap tot leven komen.

In de zomer, terwijl horden Belgen zich vergaapten aan de Ronde van Frankrijk, keken we – elk op onze manier (ik stiekem opgesloten in mijn bureau met een draagbaar zwartwittoestel) – naar de laatste flardjes nieuws van Guzman.

Ik zag in de typische videoclipstijl van CNN hoe het land een zeer progressieve arbeidswetgeving kreeg en een sociale zekerheid. Een Amerikaans commentator uitte zijn tevredenheid over de koele verhouding tussen de president en de communistische beweging, maar maakte zich toch zorgen

over de voorkeursbehandeling van bepaalde vakbonden. De plaatselijke multinational mocht bij Larry King steen en been komen klagen bij monde van een hoge regeringsfunctionaris, die over bedreiging van Amerikaanse belangen kwam leuteren en hoe dat mogelijk was. Een debat via de satellietverbinding gaf me de gelegenheid Guzman terug te zien, zij het vertekend door atmosferische storingen: in militair uniform en met Daniel Ortega-snorretje. Hij verdedigde zich met dezelfde retorische brio als waarmee hij ons destijds zo had gecharmeerd. Larry King was duidelijk gegeneerd dat zijn studiogast geen beter weerwerk gaf en schakelde dan maar over op een aantal ultrarechtse telefonische reacties.
We zochten weer contact met elkaar, bezochten elkaar voor het eerst in onze nieuwe levens. We reisden zelfs met z'n drieën naar Zuid-Frankrijk om Rimada te bezoeken. Bull was vrijgezel, Oswin had een fragiele relatie met iemand die hij eigenlijk niet zag zitten, maar ik had alle moeite van de wereld om mijn vrouw van de onschuld van dit 'hengstenreisje' te overtuigen.
Om de lieve vrede te bewaren moest ik beloven al na een week weer thuis te zijn. Het was onze eerste echtelijke ruzie, maar ik liet me niet tegenhouden en het compromis overtuigde haar ten slotte van mijn goede wil. Als ze in latere jaren nog jaloers is geweest op Rimada, heeft ze het niet meer laten merken. Toen ik weer thuiskwam, deelde ze me fijntjes mee dat ik gerust nog een weekje daar had kunnen blijven. Vrouwen, hé!

Bull

Het was het soort commune waar alle 'human interest'-programma's op tv ooit wel eens een documentaire over maken: veel geitenwol en geitenkaas en een veldje koren en druiven

en lang haar met bloemetjes, blakend in de zon en met getsjirp van krekels op de geluidsband. Er was een gemeenschapsruimte waar iedereen 's avonds bij een houtvuur zat en waar liedjes werden gezongen bij een gitaar en een panfluit. Er waren koppeltjes, alleenstaanden, leefgroepen, en ieder had een houten huisje dat ze zo gezellig mogelijk probeerden te maken met veel wierook en patchoeli. Maar er was elektriek, van een paar generatoren aangedreven door waterkracht, zelfgestookte graanalcohol en wind en van een paar zonnepanelen, en er waren een paar waterputten en pompen, om het aanschuiven 's morgens niet te lang te laten duren. Er was geen baas of bazin; de meeste beslissingen werden in groep genomen. Dat ging dan bijvoorbeeld over de vraag of het wel verstandig was om een tv aan te schaffen en of dat niet tot ruzies zou leiden als niet iedereen naar hetzelfde programma wou kijken, want er was niet genoeg geld voor een tv voor iedereen.
Veel vrouwen in die commune, maar het bleek dat de venten dikwijls naar de markt gingen om de eigen producten te verkopen en dat was een eind stappen, want ze hadden geen auto's en er waren nog niet genoeg fietsen voor iedereen, dus om niemand tekort te doen ging iedereen dan maar zolang te voet. In het begin had ik veel goesting om eens hard te lachen met de kneuterigheid van die mensen, maar door de gesprekken in de gemeenschapsruimte kwam ik er rap achter dat iedereen goed wist waar hij of zij mee bezig was. Ze hadden zelf ook vragen bij het alles samen doen: dat bleek niet zo evident. Ze waren zich bewust van de belachelijkheid van veel discussies en ze geneerden zich ook een beetje toen we daar waren, maar het functioneren van hun commune was voor hen belangrijker dan hoe ze op de buitenwereld overkwamen. Er werd ook wel over belangrijker zaken gepraat. Rimada probeerde stilletjesaan het idee te doen doorsijpelen

dat ze ook een commune bleven als ze allemaal verschillende dingen deden in hun vrije tijd. Er moest maar zoveel gemeenschapsgevoel zijn als iedereen zelf nodig had; het diende er niet per se elke avond ingeramd te worden bij die groepsdiscussies. Alleen voor de echt collectieve zaken – voedselvoorziening, geldbeheer en geldbesteding – moest iedereen zijn zeg kunnen doen, maar voor de rest zou er eigenlijk zo veel mogelijk vrijheid moeten komen.

'De meesten zijn bang dat we uit elkaar zullen vallen als iedereen 's avonds in zijn eigen huisje kruipt, maar wie heeft er nu elke dag behoefte aan gezelschap? Het is een kwestie van de controle loslaten, zaken op hun beloop laten, niet alles op voorhand willen plannen, zolang de basisband maar bewaard blijft. De communistische landen waren onmenselijk, juist omdat iedereen aan alles moest meedoen. De meeste communes mislukken vanwege problemen tussen personen, karakteriële onverenigbaarheid. Ik zou een commune willen die bestand is tegen ruzie. Een commune waarin men elkaar zelfs niet moet mogen om toch samen te blijven, waar de band desnoods louter economisch is. Samenwerking uit respect voor elkaar, uit goedbegrepen eigenbelang en uit beleefdheid, niet noodzakelijk op basis van een samenhorigheidsgevoel. Want wie is er in een gewoon bedrijf bevriend met al zijn medewerkers? Het is net als in Saturindi: de communeleden zouden zelf moeten kunnen bepalen in hoeverre ze samen willen horen. Een commune kun je ook bekijken als je job, de plek waar je je boterham verdient, maar dan als deel van een groep eigenaars in plaats van als individu in dienst van een baas. En klikt het ook op andere terreinen met de anderen, des te beter, liefst zelfs, maar het zou geen noodzaak mogen zijn voor het voortbestaan van de coöperatie. Maar het zijn hier allemaal nog te veel neohippies om zo'n jaren-negentigconcept te kunnen begrijpen. Ze willen zoveel moeite doen om het te doen slagen, dat ik soms vrees dat het juist daarom zal mislukken. Vorige maand was er zelfs iemand die voorstelde om maandelijks groepssekssessies in te voeren, 'tegen de bourgeoiskluisters van het huwelijk en om de samenhorigheid aan te zwengelen', je kent het jargon wel. Gelukkig vonden de meesten dat toch wel iets te gortig. Nu is beslist dat wie zo'n sessie wil organiseren dat maar in zijn eigen huisje moet doen. Ach, het is moeilijk, maar we ploeteren voort. We leren elke dag bij.'

'Het is moeilijker als ze tegenspreken, hé', zei Nusuto.

Rimada had ons in haar eigen huis ontvangen met zelfgemaakte wijn: geen slecht spul. En we zaten allemaal in een kring op kussens op de grond rond een olielamp. Voor de gezelligheid; dat ge niet denkt dat dat daar zoals in de Middeleeuwen was. En het rook hier tenminste niet naar die verrekte patchoeli. Er waren niet veel meubels, maar ze woonde dan ook alleen. Voor ons waren er wel drie extra matrassen aangevoerd. Rimada had gekozen voor een sober interieur; in andere huizen met gezinnen was het meeste modern comfort dat niet overbodig is wel aanwezig. Ondanks de kleine frustraties van Rimada scheen de commune goed te boeren.

'En hoe is het met Guzman?' vroeg ze opeens.

'Het laatste wat ik gehoord heb, is dat hij de communistische partij heeft toegelaten', zei Oswin.

'Ik heb een draagbaar tv'tje meegebracht; we kunnen eens kijken of er straks nieuws is', zei Nusuto.

'Hier kun je alleen de Franse zenders ontvangen op zo'n ding; we hebben nog geen kabelaansluiting. Ik denk niet dat er veel te zien zal zijn.'

Dat toestel van Nusuto was zo'n heel kleintje, met een scherm van 15 cm. We zouden er de volgende dagen dikwijls met ons vieren naar zitten staren, in de hoop dat het nieuws op TF1 of A2 iets over Guzman zou zeggen. Maar het was

kennelijk te ver van het Franse bed om er aandacht aan te besteden.
De volgende dagen werkten we mee op het veld of in de stallen of bij de bouw van een huis voor een nieuw koppel. Aan het eind van de dag waren we moe maar content. We hadden goed gewerkt, maar niet overdreven lang. En ik moet toegeven: het geeft een goed gevoel als ge daar met een groep wildvreemden op een veld staat en stilletjesaan het gevoel krijgt dat ge erbij hoort, dat ge samen iets schoons aan 't opbouwen zijt, ook al staat ge dan in een stal stront te scheppen.

Oswin

Die commune van Rimada was niet echt een kopie van Saturindi. Ze was te klein om iedereen heel veel vrije tijd te garanderen. Bovendien diende maar een beperkt deel van de producten voor eigen consumptie en werd de rest verkocht om geld binnen te krijgen voor andere zaken. Ze verkochten dus voedsel om ander voedsel te kunnen kopen.
Rimada verdedigde zich tegen die kritiek door te zeggen dat de commune voldoende voedsel en voldoende gevarieerd voedsel opleverde om zichzelf te voeden 'als ze dat zou willen of moeten'. Maar ze zei dat de groep nu eenmaal had beslist om wat autarkie op te geven voor wat bescheiden comfort, vooral voor de aankoop van technologie die de autarkie nog zou vergroten. Binnenkort zouden ze volledig van het Franse elektriciteitsnet losgekoppeld kunnen worden. Ze maakte zich sterk dat ze – als een basisniveau van comfort was bereikt – de groep wel zou kunnen overtuigen om volledige autarkie na te streven en andere communes te benaderen met het oog op een netwerk. Ze onderhield persoonlijk schriftelijke contacten met communes overal ter

wereld. Ze had de adressen op een internationale beurs verzameld. Van overal ter wereld kreeg ze kranten toegestuurd en door de communes zelf gemaakte tijdschriftjes. Zo had ze ook het nieuws over Guzman vernomen, nog voor Nusuto haar had ingelicht. (Ze bleek trouwens over de toestand ginder veel beter ingelicht dan wij.) Haar commune had nog geen eigen tijdschrift, maar ook daar werd aan gewerkt.
Haar pleidooi kon me niet overtuigen. Het leek me allemaal zo moeizaam, zo vol compromissen, zo traag. Saturindi was gelukt omdat het klein- en grootschalig tegelijk was. De regeringspolitiek had ervoor gezorgd dat simultaan massa's communes ontstonden. Dezelfde situatie opbouwen vanuit een groepje mislukte 68'ers en neohippies leek me onoverkomelijk, al was het wel echt iets voor Rimada om erin te geloven.
'Dit is niet de goede manier, Rimada', probeerde Nusuto haar te doen inzien. 'De realisatie van Saturindi begint niet hier, maar bij Guzman. Hij heeft kans op slagen omdat hij het voor het zeggen heeft.'
Zij zei dat ze geen zin had om te wachten tot de westerse regeringen rijp waren om zelf het bestaande systeem te veranderen. Zij wilde er zelf aan beginnen, al was het maar om te bewijzen dat het voorgestelde alternatief ook in de ontwikkelde wereld kon werken.
Ondanks onze meningsverschillen was ik blij dat ik gekomen was. Sinds ze me bijna onmerkbaar had verlaten, was ik Rimada altijd blijven missen. Mijn liefde voor haar was misschien ooit wel opzij gedrumd door mijn ijver voor Indi, maar ze was nooit echt verdwenen, ook al probeerde ik mijn occasionele liefjes wijs te maken dat het wel zo was. En zoals ze daar rondliep in die commune, met die dunne en daardoor in het volle zonlicht doorschijnende zomerjurk, was ze werkelijk onweerstaanbaar. Ook de innerlijke rust in haar stem

deed me weer helemaal wegsmelten. Maar nooit gaf ze de indruk dat ze ook maar de minste interesse voor me had en dus hield ik wijselijk mijn handen thuis en mijn amoureuze gevoelens voor mezelf.
Na een week vertrok Nusuto weer naar zijn vrouw. Bull bracht het grootste deel van zijn tijd op het veld door, want door de desinteresse van de Franse televisie voor Guzman waren we de oorspronkelijke reden voor ons bezoek (samen de evolutie volgen en aan de thesis toetsen) vergeten. Het betekende dat Rimada en ik weer vaak samen waren. Ze probeerde me bij al haar activiteiten te betrekken en me in lange gesprekken enthousiast te maken voor het leven dat ze had gekozen. Of ze me echt wilde verleiden om te blijven weet ik niet, maar het was op een van die dagen in die Zuid-Franse commune dat Rimada en ik voor het eerst met elkaar naar bed gingen.

Rimada

Nou ja, naar bed... Het ging zo.
Op een avond raakte ik in de gemeenschapsruimte verwikkeld in een bitsige discussie over de wenselijkheid om samen te werken met andere communes. Oswin was ook aanwezig, maar Bull lag – uitgeput van een dag zwoegen op de akkers – te ronken in mijn huisje. Enkelen wilden de commune volledig afsnijden van de rest van de wereld. Ze beschouwden iedere buitenstaander als een pottenkijker en ik voelde dat aan als een verwijt aan mijn adres omdat ik Oswin en Bull had uitgenodigd. Volgens die groep had de buitenwereld ons volledig in de steek gelaten en konden we alleen nog op onszelf vertrouwen. Contacten met anderen zouden tot afhankelijkheid van anderen leiden, en dat wilden ze koste wat het kost vermijden. Ik kon me helemaal niet vinden in dat extre-

me isolationisme, maar de verontwaardiging over het arrogante optreden van mijn gesprekspartners belette me helder te denken en de zaken duidelijk onder woorden te brengen. Ik merkte dat ik het pleit verloor en dat de tegenpartij het publiek op haar hand kreeg. En toen deed hij het weer.

Oswin, die er de laatste dagen nochtans geen twijfel over had laten bestaan dat hij zijn bedenkingen had bij onze commune, maakte van een dreigende stilte gebruik om op zijn ondraaglijk neutrale toon te opperen dat ze de zaak helemaal verkeerd begrepen, zonder overigens te preciseren wie 'ze' waren. Daarop hield hij een lang en vurig pleidooi voor samenwerking tussen communes, niet op basis van wederzijdse afhankelijkheid maar op basis van wederzijdse samenwerking.

Hij poneerde dat een commune in staat was om een basisniveau van welvaart te bereiken, maar er alle belang bij had dat de druk op de communale levensstijl zo veel mogelijk werd verminderd door in een soort netwerk te functioneren. Elke commune zorgde voor zichzelf, was dus onafhankelijk, maar kon met de hulp van andere communes grootsere zaken realiseren die het leven gemakkelijker maakten en de druk van de buitenwereld konden neutraliseren. Als iedere commune zich naast zijn basisvoorzieningen zou toeleggen op een bepaalde activiteit die de autonomie van alle communes kon vergroten, en de producten of diensten daarvan zou delen met de anderen in een ruilsysteem, konden de communes op termijn een soort ministaat in de staat vormen. Die zou zich wel volkomen aan de bestaande wetten houden, maar zou de staat nergens meer voor nodig hebben op het vlak van de bestaanszekerheid en de levensstandaard van zijn bewoners. Hij verwees naar de tuin van Epicurus, omdat er een paar classici onder de aanwezigen waren. Nu moesten de kinderen nog naar scholen buiten de commune. Ook onder-

delen voor machines moesten buiten de commune worden aangekocht; in een netwerk van communes kon dat allemaal intern blijven.
Hij kwam met een eindeloze reeks van concrete voorbeelden aanzetten, in een onafgebroken woordenstroom die de tegenpartij volkomen murwgeslagen achterliet toen hij eindelijk zweeg.
'Maar je doet er natuurlijk mee wat je zelf wilt', voegde hij eraan toe. 'Welterusten.'
Hij stond op met een licht ironisch lachje om zijn mond: kennelijk was hij zich in de loop der jaren goed bewust geworden van het effect dat hij op mensen kon hebben en genoot hij ervan. Iets te veel, wellicht.
Toen hij de gemeenschapsruimte verliet, liep ik hem achterna, na een verontschuldigende blik in de zaal te hebben geworpen, al weet ik nu nog niet waarvoor ik me moest verontschuldigen. Misschien omdat ik de strijd te ongelijk had gevonden of omdat ik zo genoot van de overwinning die hij in mijn plaats had behaald.
Ik haalde hem in voor de deur van mijn huisje, met in mijn borst een gevoel van dankbaarheid, trots en – ik moest het toegeven – seksuele opwinding. Ik voelde me als een primitieve vrouw die haar man net een worstelwedstrijd heeft zien winnen en zo zijn en haar aanzien in de stam heeft zien opkrikken.
Ik legde een hand op zijn schouder en hij keek om. Ik twijfelde even tussen schaterlachen, hem bedanken of hem de hand drukken, als bezegeling van een niet nader te noemen pact – een soort verbaal moordcontract dat succesvol was uitgevoerd.
In plaats daarvan duwde ik hem tegen de voordeur en trok de katoenen jurk uit, waaronder ik volledig naakt was; in de zomer is het warm in de Provence.

Voor ik het goed besefte, had ze met een voor haar onverwacht hoerig gebaar mijn ballen gegrepen en probeerde ze me met haar tong tegen de deur te spijkeren. Ik stribbelde nog even tegen, dacht een seconde aan het meisje dat in België was achtergebleven met de wat optimistische gedachte dat ze een relatie met mij aan het opbouwen was en besloot toen dat het gevoel dat door mijn geslachtsdelen trok oneindig veel belangrijker was dan om het even welke ethische overweging.

Ik had nog net de tegenwoordigheid van geest om me te herinneren dat Bull binnen lag te slapen. Ik wrikte me los uit haar omhelzing en sleurde haar, terwijl de mediterrane maan een zilveren laag glazuur over haar billen en borsten uitsmeerde, mee naar een nabijgelegen groepje struiken.

We deden het daar, op de met afgevallen dennennaalden bedekte korrelige bodem, mijn broek maar tot halverwege mijn kuiten afgestroopt en zij in al haar aardse, zelfs gevaarlijke sensualiteit boven me uittorenend, stevig vastgespietst op mijn paal, die voor het eerst de binnenkant van een vrouw leerde kennen zonder dat het ook maar een seconde onwennig aanvoelde. Dat we geen condoom hadden, wat onze eerste poging destijds had gedwarsboomd, kwam nu zelfs niet bij me op. Ze bereed me met de doelgerichte woestheid van een hyena die aan een bloedend karkas rukt. Langzaam ging mijn initiële verbazing over zo veel en zo lang ingetoomde natuurkracht over in een allesverslindende geilheid die meer in overeenstemming was met de stevigheid van mijn lid. Bull zou waarschijnlijk gezegd hebben dat we neukten als de beesten, maar dat beeld komt niet eens in de buurt van de emoties die me in die korte minuten dooreenschudden.

Toen ik alleen nog een neukende verzameling spierenbundels was, gooide ik Rimada van me af, keerde haar op handen en knieën en bereed haar met de ontembare drift van een hitsige hengst, alle penisafmetingen in acht genomen. Terwijl ik mijn lid telkens opnieuw met een ongetwijfeld obsceen maar toen uiterst opwindend geluid tussen die zilveren billen zag verdwijnen, dacht ik bij mezelf dat ik de rest van mijn leven nog slechts voor dat gevoel zou leven, die overgave, die totale ontremming die de – naar de normen van onze samenleving – meest onfatsoenlijke zaken doet aanvoelen als de ultieme zin van het leven.

Toen ik enkele seconden later voor het eerst in mijn leven mijn zaad in iets oneindig warmers, zachters en vitalers dan een zakdoek spoot en de minder dan menselijke kreet hoorde die uit me ontsnapte, overviel me onmiddellijk een schaamte die me de aandrang gaf om in elkaar te krimpen, iets waar mijn lid alvast mee begon.

Ik schaamde me niet omdat ik Rimada had geneukt – een ander woord was er voor deze paring niet te bedenken – maar om mijn gedachten en emoties, die me in ontnuchterde toestand onuitstaanbaar gênant toeschenen. Het was mijn eerste kennismaking met 'postcoïtale blues', zoals Bull het noemt – een van zijn meer poëtische uitdrukkingen. In de volgende dagen begon ik me zelfs dingen af te vragen als: 'Zouden we seropositief zijn?' of 'Ze zal toch niet zwanger zijn?'

Of ze eigenlijk zelf was klaargekomen, heb ik me toen niet afgevraagd.

Rimada

De volgende dag wisten we niet hoe we elkaar moesten benaderen. Ik herinner me ook helemaal niet hoe ik die nacht in mijn bed ben beland.

Oswin had aan onze escapade een geschaafd achterste overgehouden, dat hem het zitten bemoeilijkte. Bull merkte dat we ons vreemd gedroegen, maar hij zei maar niks, misschien omdat hij iets vermoedde en zijn vermoeden liever niet bevestigd wilde horen.

Oswin moest twee dagen later vertrekken. Het maakte me droevig en luchtte me tegelijk op. Zo was het in ieder geval gemakkelijker om te kiezen tussen de hunkering naar een herhaling van de ongelooflijke ervaring in de bosjes – ja, ik was klaargekomen – en de verstandelijke overweging dat we karakterieel zo slecht verenigbaar waren.

Die ene neukpartij zou later onze vriendschap wat doen bekoelen. Misschien geneerde hij zich voor de manier waarop hij zich had laten gaan, en ik was bang dat te frequent contact het dilemma tussen gevoel en verstand in mij weer zou oproepen. Toen ik me bewust werd van de verwijdering tussen ons was ik blij dat ik nooit echt met Nusuto – of Bull – naar bed was geweest.

Bull vertrok een paar dagen later, in zijn ogen een spoor van spijt. Het deed me plezier toen hij het volgende jaar terugkeerde om zijn vakantie bij ons door te brengen. Hij houdt dat tot op de dag van vandaag vol: elk jaar twee weken werken in de commune.

Nusuto

Toen Guzman zijn grote landhervorming door het parlement sluisde stond Jeltsin in Moskou op zijn tank de staatsgreep tegen Gorbatsjov te verijdelen en was mijn vrouw zwanger van onze eerste. Ik had net mijn doctoraat af en was dit aan het vieren met mijn vrouw in een luxehotel in Parijs, toen CNN het bericht verspreidde. Ik weet nog dat van het geplande avondje vrijen niets in huis kwam omdat ik de rest van de avond zat te zappen op zoek naar nieuwsberichten.

Bull

Ik kon alles tot in de details volgen op Internet en via onze pa en de partij. De hele progressieve wereld had wat ze nog aan schijnwerpers over had allemaal op Guzman gericht. De partijblaadjes stonden vol met zegebulletins, kortegolfzenders waren dag en nacht in de ether, linkse correspondenten van Europese televisiestations die hun ei sinds de val van de Muur niet meer in hun nieuwsuitzendingen kwijt konden, legden het dan maar op de redactietafels van wie maar geïnteresseerd was. De toen nog op één hand te tellen uiterst linkse websites (ge moet rekenen, het was begin jaren negentig) brachten elke morzel nieuws op mijn scherm waarschijnlijk (neen, 'zeker') nog voor Guzman het zelf op zijn bureau kreeg. Die landhervorming van hem was juist dezelfde als die ik had uitgedokterd in onze thesis. Hetzelfde principe: land onteigenen a rato van de bij de belastingen aangegeven waarde, een landbouwbank oprichten en goedkope leningen geven aan de boeren.
Altijd geweten dat die Guzman niet te vertrouwen was. Hij laat ons het moeilijke werk opknappen en stelt het dan voor als zijn eigen gedacht. Typisch een prof, hé!

Oswin

Bull maakt maar een grapje, hoor. We hadden hier door het begrijpelijke maar achteraf bekeken ergerlijke triomfalisme van zijn informatiebronnen maar een vaag idee van de problemen die Guzman moest overwinnen om zijn landhervorming erdoor te krijgen. Van de reactie van de VS konden we ons wel een beeld vormen. Rond die tijd begon CNN te spreken over het terroristische regime van Guzman. Ze beschuldigden hem ervan achter enkele aanslagen te zitten op Amerikaanse doelwitten op het continent, maar wij wisten wel beter: propaganda, stemmingmakerij. Ik deed mijn best om het in de media opgehangen beeld van Guzman te corrigeren via artikelen in het blad waarvoor ik schreef en via lezersbrieven en opiniestukken in andere kranten. Eén keer werd ik zelfs op de radio geïnterviewd voor een Nederlands actualiteitenmagazine, maar in de montage werd mijn boodschap hopeloos afgezwakt.

Rimada

Ik las over de rebellie in een van de blaadjes die me werden toegestuurd door een Zuid-Amerikaanse commune. Het was alsof ik een parafrase van onze thesis las. De opstandelingen, getraind door de VS, werden geleid door een megalomane militair en in het land was een enorme angstcampagne aan de gang. Het leek wel alsof ze bij de CIA ook onze thesis hadden gelezen.

Een ander artikel was natuurlijk vol lof over de 'staatscommunes' die Guzman de voorbije maanden had opgericht en die opmerkelijke resultaten behaalden.

Ik besloot de volgende dag af te reizen naar België: dit moest ik delen met de anderen.

Nusuto

Ik las Guzmans laatste toespraak voor zijn leger de rebellie zou gaan neerslaan op mijn bureau, via Internet op de site van een Zuid-Amerikaans persbureau, een dag nadat hij hem had uitgesproken.

Het was een mooie vertaling, zeer bloemrijk en met typisch Spaanse beeldspraak en veel 'libertad' en 'honor' en 'independencia', maar in essentie weer een getrouwe kopie van Oswins toespraak. Er kon geen twijfel meer over bestaan: Guzman gebruikte onze thesis echt als handleiding.

Bull

CNN was ter plaatse en bracht 'live' verslag uit over de oorlog in Guzmans land. We zaten op mijn appartement met ons vieren voor de tv. Rimada was speciaal overgekomen uit Frankrijk toen het spannend begon te worden.

We zaten allemaal te popelen als voetbalsupporters voor een belangrijke interland. Ik had zelfs een zak popcorn en een bak bier aan onze voeten staan.

Niemand zei iets, maar iedereen dacht hetzelfde: als hij deze oorlog wint, is het volbracht. Dan is onze thesis helemaal gerealiseerd. Dan hebben we het echt gedaan, wij en Guzman: dan hebben we de wereld veranderd.

We zagen zwaar gestoorde beelden van de rebellen, die uit een godverlaten gat werden verdreven door dertig slecht bewapende flikken, en ons moreel kon niet meer kapot. We gingen deze match winnen, jongens!

Een uur later kwamen er beelden van het regeringsleger. We zagen veel soldaten van barakken naar voertuigen lopen en terug, maar er was geen spoor van een offensief. Een officier kwam vertellen dat ze wachtten op een trein met materieel en proviand, maar dat die ergens in panne stond en dat ze moesten wachten tot hij hersteld was.

Er begon toen bij mij al iets te knagen, van de anderen weet ik dat zo niet. Ze lieten in ieder geval niks merken. Nusuto jongleerde met popcorn en Rimada verslikte zich in haar pint toen ze een ad fundum probeerde. We waren precies een

groepje studenten op een kotfuif. En we liepen toch al allevier tegen de dertig!
Die dag kwam er geen verder nieuws meer en ze bleven allemaal bij mij slapen, behalve Nusuto, die naar zijn vrouw moest, want die was hoogzwanger. Hij had er verlof voor gevraagd, maar volgens mij was dat voor iets anders.

Nusuto

Ja, dat werd onze tweede grote ruzie. Dat ik haar zomaar alleen liet terwijl ze hoogzwanger was. Ik was echter zo in beslag genomen door Guzmans vorderingen dat ik haar kortaf had gezegd dat ze niet moest zeuren want dat ze nog een paar weken te gaan had en voorzover ik wist was haar water nog niet gebroken. Trouwens, ze wist waar ze me kon bereiken.
Het heeft wel enkele weken geduurd voor ik die deuk in onze relatie weer had uitgeblutst. Pas toen ze me nodig had om zich aan vast te klampen tijdens de bevalling heeft ze me definitief vergeven. Maar toen had ik ook alle reden om me ten volle op haar te concentreren, al was het maar om niet aan Guzman te moeten denken.

Rimada

Wat er uiteindelijk is gebeurd? Ach...
Het komt hierop neer. De propagandacampagne tegen Guzman was kennelijk iets succesvoller dan die uit onze thesis, ofwel had Guzman niet het retorische talent van Oswin. In ieder geval: het leger weigerde te vechten.
De legerleiding ging in het geheim onderhandelen met de Amerikaanse ambassadeur en eiste daarop het ontslag van Guzman.

Onze monden hingen open toen CNN aankondigde dat Guzman om 15.00 uur 'Central European Time' zijn afscheidstoespraak zou houden.

Oswin

Ik weet nog precies wat hij zei. We zaten weer allemaal samen, dit keer bij mij thuis, en ik heb alles op video opgenomen:

'Ik zeg u vaarwel, mijn vrienden, met bitterheid en pijn, maar vast in mijn overtuigingen. Ik heb besloten het excuus voor de invasie van ons land weg te nemen en zal de macht overdragen aan mijn vriend Enrique Carlos-Diaz, met de hoop de democratische verworvenheden van de Oktoberrevolutie te vrijwaren. Een regering die, hoewel anders dan de mijne, nog altijd geïnspireerd wordt door onze Oktoberrevolutie, is te verkiezen boven twintig jaar bloedige tirannie onder de mannen die kolonel Armado in ons land heeft binnengebracht.'

Het was te optimistisch verwoord om geloofwaardig te zijn. Het was ook niet waar. Binnen de twee weken was het land weer een militaire dictatuur en was de landhervorming ongedaan gemaakt. Het communenetwerk werd met bruut geweld 'geprivatiseerd'.
Het is nog niet zo lang geleden, maar van het Guzman-experiment, zoals het in de ontwikkelingswereld heet, blijft al niets meer over.

Deel 4

Everybody knows we live in a world where they
give bad names to beautiful things
everybody knows we live in a world where we don't
give beautiful things a second glance
Heaven only knows we live in a world where what
we call beautiful is just something on sale
People laughing behind their hands as the fragile
and the sensitive are given no chance

And the leaves turn from red to brown
To be trodden down
To be trodden down
And the leaves turn from red to brown
Fall to the ground
Fall to the ground

We don't have to live in a world where we give
bad names to beautiful things
We should live in a beautiful world
We should give beautiful a second chance
And the leaves fall red to brown
To be trodden down
Trodden down
And the leaves turn green to red to brown
Fall to the ground
And get kicked around

You strong enough to be... beautiful
Have you the faith to be...

Sane enough to be...
Honest enough to stay...
Don't have to be the same
Don't have to be this way
C'mon and sign your name
You wild enough to remain beautiful?
Beautiful

And the leaves turn from red to brown
To be trodden down
Trodden down
And we all fall green to red to brown
Fall to the ground
But we can turn it around

You strong enough to be
Why don't you stand up and say
Give yourself a break
They'll laugh at you anyway
So why don't you stand up and be
beautiful
Black, white, red, gold and brown
We're stuck in this world
Nowhere to go
Turn it around
What are you so afraid of
Show us what you're made of
Be yourself and be beautiful
Why don't you stand up and say
Why don't you stand up and say
'I'm beautiful!'

Marillion (Steve Hogarth), 1995

Tempore difficiles veniunt ad aratra iuvenci,
Tempore lenta pati frena docentur equi.
Ferreus adsiduo consumitur anulus usu,
interit adsidua vomer aduncus humo.
Quid magis est saxo durum, quid mollius aqua?
Dura tamen molli saxa cavantur aqua.
Penelopen ipsam, persta modo, tempore vinces
capta vides sero Pergama, capta tamen.

'Mettertijd komen lastige ossen naar de ploeg
Mettertijd leren paarden soepele teugels te dulden
Een ijzeren ring verslijt door onafgebroken gebruik
Een gekromde ploegschaar vergaat in de geduldige aarde.
Wat is er harder dan steen, wat zachter dan water?
Toch wordt harde steen door zacht water uitgehold.
Penelope zelf zal je mettertijd overwinnen, als je volhardt,
je zal Troje zien vallen, laat, maar vallen zal het.'
(*Ovidius, 'Ars Amatoria' I, 469-476*)

It's a strange game
It's a damn shame
But somebody's going to lose
It don't matter – lose or win
You can deal'em again.
(*Christopher Cross, 'Deal'em again', 1983*)

– *De klap kwam hard aan, vermoed ik.*

Oswin

Guzmans mislukking dompelde mij in een diepe depressie. Op de avond dat we het nieuws van zijn aftreden vernamen werd er gevloekt en geweend. Rimada was ontroostbaar en viel ten slotte als een leeggehuild hoopje ellende in Nusuto's armen in slaap. Dat het niet mijn armen waren, maakte me nog depressiever. Rimada troosten zou misschien de beste remedie tegen mijn eigen verdriet zijn geweest. Bull zei niets, maar schudde vol ongeloof met zijn hoofd, zich ondertussen sluipend maar gestaag te buiten gaand aan de rest van de bak bier en een fles whisky die hij uit zijn drankkast had opgediept, oorspronkelijk met de bedoeling om de overwinning te vieren. Nusuto was de enige die probeerde het gebeuren te relativeren, maar zijn betoog miste overtuiging. Hij was duidelijk bezig zichzelf te beschermen tegen een te grote ontgoocheling, eerder dan ons het betrekkelijke van Guzmans nederlaag te doen inzien. Toen ze laat die nacht mijn huis verlieten, betekende dat de facto het einde van ons groepje. We zijn sindsdien nooit meer allemaal samengekomen. Of ja, toch nog één keer.

Ik heb lange tijd geprobeerd het hele gebeuren te vergeten, heb zelfs de hulp van een psychiater ingeroepen. Maar u kent dat wel, of niet – u bent nog jong: een mens ontkomt niet aan zijn trauma's, hij moet ze onder ogen zien en ze op een of andere manier verwerken. Dit gesprek is een onderdeel van mijn verwerkingsproces. Wat de motieven van de anderen zijn om met u te praten weet ik niet, dat moet u hen maar vragen.

Die laatste ontmoeting? Dat was een paar maanden later.

Nusuto

Ik trachtte mijn ontreddering over Guzmans mislukking weg te duwen met het geluk van het prille vaderschap, en naarma-

te mijn zoontje groeide en zijn ontwikkeling me almaar meer ging amuseren en verrassen, lukte dat ook vrij aardig. Alleen mijn werk was een probleem. Het seminarie herinnerde me te veel aan Guzman en toen ik me daar ook van bewust werd, besloot ik enkele weken ziekteverlof te nemen. Mijn vader was psychiater: een doktersbriefje – iets met 'patiënt is overspannen' of zo – was geen probleem. Het was niet eens gelogen, niet echt.
Op de laatste dag dat ik kwam werken zag ik bij het verlaten van mijn bureel een briefomslag op de grond voor mijn deur liggen. Ik raapte hem op, met de bedoeling hem aan de secretaresse te geven; zij handelde altijd mijn post af. Maar het handschrift kwam me bekend voor. Ik draaide de brief om en liet hem van verbazing uit mijn handen vallen.
Hij was van Guzman.

Bull

Ik had dat gedoe met Guzman niet te veel aan mijn hart laten komen. Als een mens zich dat allemaal moet aantrekken, dan komt hij niet meer aan leven toe, wel? Ja, ik had wel mijn moeilijke momenten, maar een computer is een schoon stuk speelgoed waar ge uzelf grondig in kunt verliezen. Ik had via mijn werk veel andere mensen leren kennen en ik had ons groepje al een beetje begraven. Ik had zelfs al een paar weken een vast lief, toen ik ineens een rare brief in de bus kreeg. Ik krijg zo al weinig post, maar deze was afgestempeld in Zwitserland. Wie kende mij in godsnaam in Zwitserland?
Hij bleek van Guzman te zijn. Hij zou over een paar dagen in België zijn en wou nog eens met mij praten. Zomaar, precies of hij was een ver familielid dat nog eens in het land was! Geen woord over onze thesis of over wat er met hem was gebeurd, gewoon een opgewekt briefje met een uitnodiging. In restau-

rant De Peperbus in Gent. Daar ging hij vroeger ook altijd eten als hij iets te bespreken had met een collega of vrienden. Ik had niet veel goesting om te gaan. Iets zei me dat hij niet zomaar wat wilde praten. Hij wilde iets van mij, en ik had hem al meer gegeven dan ik ooit van plan was geweest. Ik verfrommelde de brief en smeet hem in de vuilnisbak.

Rimada

Ik weet niet hoe hij me had gevonden, maar ook ik kreeg een brief van Guzman. Het zorgde voor nogal wat opschudding in de commune, want iedereen had ondertussen wel weet van de dramatische gebeurtenissen aan de andere kant van de oceaan. Ik was rond die tijd net van plan om mijn moeder en oma te bezoeken, dus kon ik zonder veel problemen op zijn uitnodiging ingaan. Ik voelde me ondanks alles toch een beetje gevleid. De ex-president van een land die mij uitnodigde voor een diner. Hoeveel professoren gaan nog met hun ex-studenten om als die eenmaal zijn afgestudeerd? Behalve diegenen die met een van hun studentes trouwen, natuurlijk. Maar amoureuze motieven zocht ik niet achter Guzmans uitnodiging. Ik wist dat het gesprek vooral over onze thesis en over zijn belevenissen zou gaan. Mijn nieuwsgierigheid naar wat er nu echt was gebeurd won het van de ontgoocheling dat het allemaal was mislukt. Ik was dus op de bewuste avond present in restaurant De Peperbus.

Guzman

Onmiddellijk na mijn afscheidstoespraak was ik met mijn vrouw in een onopvallende legerjeep gesprongen en had ik politiek asiel gevraagd in de ambassade van Mexico. Twee dagen later zaten we al in Acapulco, volkomen incognito.

Daar logeerden we enkele maanden in de villa van een vriend, tot de commotie rond mijn figuur wat was weggeëbd. Al die tijd had ik contacten met medestanders in mijn land en overlegden we over het organiseren van het verzet, maar onze mensen werden systematisch opgejaagd en moesten het land verlaten of ze werden opgepakt en terechtgesteld. We hadden niet de tijd gekregen om een guerrillaleger uit te rusten; ik had te lang vertrouwd op het leger.

De communes werden door de nieuwe machthebbers onteigend en verkocht aan de grootgrondbezitters, behalve enkele die op oninteressante plaatsen waren gevestigd en waarvan de grond niet geschikt was voor de monoculturen van de landbaronnen. Ze werden afgesneden van elke staatshulp, in de hoop dat ze langzaam zouden doodbloeden. De onteigende grond van de Amerikaanse multinational werd integraal teruggegeven.

Met een mobiele radio lieten de bewoners van de gespaarde communes de stem van het verzet horen, maar heel luid klonk ze niet meer. Er waren te veel buitenlandse stoorzenders in de ether.

Alle kopstukken van mijn regime waren ondertussen van het toneel verdwenen – verbannen of gedood – en meer dan een waakvlammetje van verzet konden de communebewoners niet gaande houden. Ze probeerden zich te organiseren in een mininetwerk en slaagden erin in hun eigen onderhoud te voorzien, dankzij de nieuwe landbouwtechnieken die we hadden ingevoerd, maar door het gedwongen isolement was hun invloed op de rest van het land onbestaande. Het repressieapparaat was nog te nieuw, te waakzaam om een subversieve boodschap met succes te verspreiden. Niemand durfde onze zaak openlijk te verdedigen. De politieke partijen waren opnieuw verboden.

De communes kregen ook sporadisch met militaire strafexpedities te maken, bijvoorbeeld als een bomaanslag van enkele roekelozen de regering een aanleiding verschafte, maar vanwege hun ligging – diep in de jungle of in de bergen – waren ze moeilijk te vernietigen en meer dan wat lukraak artillerievuur konden de nieuwe machthebbers daar niet tegenin brengen. Ze overleefden. Nauwelijks, maar ze haalden het. Ze werden door het regime volledig afgesneden van de buitenwereld, maar door hun onderlinge contacten – soms in zeer gevaarlijke omstandigheden – slaagden ze erin een redelijke levensstandaard te behouden. Voor noodzakelijke herstellingen en wisselstukken konden ze klandestien in de omliggende dorpen terecht: de junta had niet de middelen, noch de vasthoudendheid om in de streek een permanente aanwezigheid van het leger te handhaven.
Toen alles gestabiliseerd was, de klok in het land weer een paar decennia teruggedraaid, de 'relaties' met de VS hersteld en het overgrote deel van de bevolking weer even arm als anders, ontstond langzaam aan een soort wisselwerking tussen de communes en de omliggende dorpen. De communes exporteerden vooral expertise – nieuwe landbouwtechnieken en manieren om grondstoffen te besparen via recyclage. Een van mijn beste adviseurs was lid van Greenpeace geweest. De dorpen waren dan weer het venster op de wereld van de communes. Dankzij die contacten bleef ik op de hoogte van de toestand.
Eén keer – het was een groot risico, maar ik wilde het doen – zijn we met een helikopter naar een van de communes gevlogen. Mijn vrouw wilde absoluut mee. De luchtmacht van mijn land stelt gelukkig niet veel voor en gesofistikeerde radar hebben ze ook niet, zeker niet in de streek waar wij naartoe vlogen. De piloot was bang dat we niet genoeg brandstof zouden hebben om terug te vliegen, maar de mensen ter plaatse hadden ons verzekerd dat ze zelf brandstof voor ons hadden.

Het was een beetje gênant, maar ik werd daar onthaald als een heilige. Vrouwen vielen op hun knieën voor mij, ik kreeg geschenken aangeboden, een onfatsoenlijk luxueus feestmaal en een rondleiding door wat ze 'mijn rijk' noemden. Ook mijn vrouw werd met alle mogelijke 'égards' ontvangen. Ik was wel blij dat ze het gezonde verstand had gehad om zich sober te kleden, want de kledij van de mensen was niet in al te beste staat. Ik voelde me dadelijk schuldig over mijn relatief luxueuze leventje in Mexico, maar toen ik in een opwelling voorstelde om bij hen in de commune te blijven, bezwoeren ze me om dat niet te doen. Ik zou mezelf en hen in gevaar brengen en in het buitenland kon ik veel beter de aandacht vestigen op hun strijd. Ze hadden besloten om geen guerrillaoorlog te beginnen, ook al hadden we hen gemakkelijk wapens kunnen bezorgen, zoals onze probleemloze vlucht aantoonde. Ze zeiden dat ik hen altijd de zin van geweldloosheid had voorgehouden. Een oorlog zou het land alleen maar in nog meer ellende storten en uiteindelijk de plattelandsbevolking schaden en van de communebewoners vervreemden.

Ze vroegen mij om vooral diplomatieke druk uit te oefenen, opdat de junta tenminste zou ophouden met de repressie en de boycot van de communes. Ze beseften wel dat de massale staatssteun van in mijn tijd niet meer haalbaar was, maar ze waren ervan overtuigd dat ze het zelf konden rooien en dat ze vele dorpen konden betrekken in het netwerk. Ze waren bereid de grootgrondbezitters concurrentie aan te doen en werknemers bij hen weg te lokken, zoals vroeger. Maar dat kon alleen als het leger zich nergens mee bemoeide en als de privé-milities van de plantages aan banden werden gelegd. Ik moest hen teleurstellen. Ik zei dat ik er alles aan zou doen, maar dat mijn invloed in de wereld bijzonder klein was en dat ze er niet op hoefden te rekenen dat de junta het spel eerlijk zou spelen. De druk van de Amerikanen om de belangen van hun bedrijven te beschermen was te groot en ook de eigen grootgrondbezitters wilden niet het risico lopen dat de aantrekkingskracht van de communes hun arbeidskosten zou opdrijven. Zonder staatsapparaat om hen in toom te houden, hadden ze vrij spel.

De communebewoners antwoordden dat ze al blij waren dat ik het wilde proberen.

Ze gaven me een rondleiding en voor het eerst zag ik met mijn eigen ogen de verwezenlijkingen van mijn beleid en van deze mensen. Ik kreeg uitleg bij hun organisatie: hoe ze in ploegen werkten en hoe ze door het isolement waren teruggevallen op de basisvoorzieningen. Iedereen had dus veel vrije tijd en die probeerden ze zo zinvol mogelijk in te richten. Ik bezocht de werkers op de schrale bergvelden, die door een intelligente gewaskeuze toch een behoorlijke opbrengst opleverden. Ze beschikten over eenvoudig maar tijdbesparend gereedschap, waaronder een paar tractors die reden op graanalcohol, naast de traditionele door ossen of paarden getrokken ploegen. Vooral soja gedijde hier goed; het was het hoofdbestanddeel van hun dieet. Ik bezocht ook de bergweiden, waar schapen werden gehoed die wol, melk, kaas en vlees leverden. Een intelligent beheer van de kudde zorgde ervoor dat er nooit meer dieren werden geslacht dan er geboren werden. Er werd ook graan verbouwd dat weinig rijke grond vroeg: vooral rogge en spelt. Ik bezocht de silo's en de opslagruimten. Vlees werd gerookt, groenten werden gekookt en ingemaakt of gedroogd en er gold een streng recyclagesysteem voor verpakkingsmateriaal. Wie een bokaal brak, verzamelde zorgvuldig de scherven, die dan werden gesmolten en tot een nieuwe bokaal geblazen. Variatie in het menu en de nodige vitaminen kwamen van het eigen moestuintje en de scharrelkippen die iedereen thuis had, en een citrusplantage in een andere commune in het woud leverde fruit, naast de onvermijdelijke bananen. Er was een levendige ruilhandel: fruit uit het woud voor zuivelproducten en soja uit de bergen. Ik vernam dat de woudcommunes een ander maar even voedzaam basisdieet hadden, maar dat het transport tussen de verschillende communes een probleem was, nu het regime niet langer voor de nodige infrastructuur zorgde. Men was dan maar zelf begonnen aan een weg naar het woud, maar om niet te veel de aandacht van het regime te trekken vorderde dat werk maar traag. Ondertussen diende het transport met lastdieren over onherbergzaam terrein te gebeuren, maar dat was vroeger ook zo geweest en niemand leek er een groot probleem van te maken.

In de bergen was er geen tekort aan materiaal voor huizen. Een steengroeve – ook ontgonnen in een ploegsysteem – leverde de nodige stenen. Ook die werden af en toe geruild met de woudcommunes, maar vanwege het gewicht was dat een groot probleem zolang er geen weg was die met paard en kar kon worden bereden.

Ik mocht de bouw van een huis bijwonen: de hele commune werkte eraan mee, alweer in ploegen. Toen ze me een truweel in mijn handen duwden, voelde ik me heel onwennig en voor het eerst begon ik te begrijpen hoe groot de kloof tussen mij en deze mensen was, ondanks hun onvoorwaardelijke dankbaarheid. Ik had in mijn ambtstermijn als president zo goed als nooit de hoofdstad verlaten, me nooit afgevraagd wat de door mij afgekondigde maatregelen in de praktijk betekenden. Zou alles anders zijn verlopen als ik dat wel had gedaan? Ik had nooit zelf de reacties van mijn tegenstanders gehoord – alles werd mij uit de tweede hand meegedeeld. Ik had nooit de ideeën die ik verspreidde uitgetest, dat hadden deze mensen allemaal zelf moeten doen en het leek hen zo natuurlijk af te gaan. Ik besefte dat ik misschien zelf niet kon aarden in de maatschappij die ik had willen uitbouwen.

Maar dat gevoel verdween toen de rondleiding verder ging. Ik bezocht een schooltje – voor deze primitieve plaats verbazend goed uitgerust – waar jonge mensen niet alleen leerden lezen, schrijven en rekenen, maar ook les kregen in landbouwtechnieken – met praktijklessen: ze werden deeltijds ingeschakeld in de ploegen – en metselen en daarnaast nog een behoorlijke algemene vorming meekregen. De leraren had ik zelf nog naar deze commune gestuurd in het raam van mijn onderwijsplannen. Ze hadden zich volledig in hun nieuwe milieu geïntegreerd en hadden vrede genomen met de wat rudimentaire levensomstandigheden omdat hun werk hen zoveel levensvreugde en voldoening opleverde en ze genoeg vrije tijd hadden om aan hun eigen ontwikkeling te blijven werken. Dat was nu veel moeilijker. Om aan didactisch materiaal te geraken moesten ze contacten leggen met naburige dorpen, wat het risico op vervolging inhield. Officieel repte het regime met geen woord over de communes, maar wie zich erbuiten waagde, werd wel behandeld als een opstandeling. Gelukkig was de postdienst tijdens mijn regime behoorlijk uitgebouwd, zodat een boekhandel in een jungledorp – ook daar had ik voor gezorgd – met een kleine maand vertraging toch vrij vlot de boeken kon verkrijgen die hij had besteld in de hoofdstad. Anders konden ze via de plaatselijke scholen besteld worden, als er een was, want het huidige regime was niet echt een groot voorstander van onderwijs op het platteland.

Om mijn knagende geweten te sussen liet ik me door Eduardo, een van deze geestdriftige mensen, aanleren hoe ik een muurtje moest metselen. Van geen enkele andere verwezenlijking in mijn leven heb ik ooit zoveel voldoening gehad als van die loodrechte, waterpas liggende hoop stenen.

Mijn vrouw had ondertussen een aantal huizen bezocht en berichtte me vol enthousiasme hoe gezellig de interieurs waren, nu de mensen zoveel tijd hadden om er aandacht aan te besteden. Ze vertelde me over toneelvoorstellingen op straathoeken, over Salvador, een schilder die het hele dorp versierde met fresco's, over de voetbalwedstrijd die ze had bijgewoond en over de gesprekken die ze had gevoerd met vooral vrouwen.

We mochten een algemene vergadering bijwonen van de zowat 400 inwoners van de commune. Iedereen mocht zijn zeg doen, zelfs de kinderen als de aangelegenheid hen aanbelangde. Er waren natuurlijk conflicten en ruzies, maar er heerste een heel doeltreffende debatcultuur. Men experimenteerde met nieuwe gesprekstechnieken. Zo hoorde ik hoe twee mannen – Jacobo en Fidel – die een dispuut met elkaar hadden, erover praatten alsof het om een ruzie tussen twee vreemden ging. Het maakte een onpartijdige kijk op de zaak gemakkelijker. Zo hoefde niemand zich te schamen om zijn ongelijk toe te geven of afkeuring te vrezen omdat het oordeel van de scheidsrechter in zijn nadeel uitviel: niemand wist immers dat het dispuut over hem ging. Het was een beetje vreemd om twee mensen over zichzelf te horen praten in de derde persoon enkelvoud, maar na een tijdje werd de zin ervan me duidelijk. En Julius Caesar sprak in zijn apologie over zichzelf toch ook altijd in de hij-vorm.

Iedereen leek hier erg begaan met het voortbestaan van de commune. Het gaf hen het gevoel dat ze hun lot in eigen handen hadden en ze wilden er het beste van maken. Niettemin leidde ik uit een gesprek met Antonio, een in de commune wonende schrijver af dat de gemeenschapszin de privacy niet in de weg stond. Zodra zijn ploegarbeid erop zat, kon de schrijver zich zonder probleem afzonderen. Wie geen zin had om mee te doen met het gemeenschappelijke vertier of wie vond dat het in de vergadering besproken onderwerp hem niet interesseerde, kon rustig thuis blijven, zolang hij zijn arbeidsplicht maar nakwam, en die nam niet eens de helft van zijn tijd in beslag. De afwezigheid van televisie, iets dat hij nog kende uit zijn tijd in de stad, verzekerde Antonio van een publiek. Hij las geregeld voor uit eigen werk voor een aandachtig en enthousiast gehoor. Zo kreeg hij ook direct respons op wat hij schreef. De commentaar op zijn werk was soms heel heftig – zowel pro als contra – maar de vergadering had besloten dat hem geen enkele beperking werd opgelegd en dat hij mocht schrijven wat hij wou. Wie bezwaren had tegen bepaalde geschriften had altijd een recht op antwoord en wie aanstoot nam aan erotische passages of teksten die tegen de gangbare moraal indruisten, kon altijd op voorhand naar de inhoud van het voorgelezene vragen en dan beslissen of hij of zij wilde luisteren. Hetzelfde gold voor de kinderen: de ouders beslisten wat ze wel of niet mochten horen, al moedigde de school een zo breed mogelijke opvoeding aan. Die avond zat ik met mijn vrouw op een rotspunt die uitkeek over de jungle in het dal en bewonderde de zonsondergang. We werden er zelfs wat romantisch van, en zoveel schoonheid – zowel van de ons omringende natuur als van wat de mensen hier hadden gecreëerd – vervulde ons met een zalig geluksgevoel. Onze mislukking was toch niet totaal geweest zolang dit nog bestond. Het huis dat ons ter beschikking was gesteld heeft ons toen pas laat in de nacht zien binnenkomen, na een opwekkende avondwandeling en een gezellig gesprek in de plaatselijke herberg over koetjes en kalfjes, bekroond met een epische vrijpartij in het verbazend comfortabele bed dat voor ons was gedekt. Toen we de volgende dag weer in de lucht hingen, had ik de indruk dat ik mijn ouderlijke huis achterliet. Deze mensen hadden niets met mij te maken, waren mij niets verschuldigd geweest en toch hadden ze zich met veel enthousiasme ingezet om mijn droom te verwezenlijken, omdat ze er ook de hunne in hadden herkend. En nu die droom was vermoord, deden ze nog steeds hun best om hem in leven te houden. Een klein beetje, net genoeg om de hoop te laten bestaan. De hoop die misschien ooit weer zou doen leven, al vreesde ik het ergste toen ik, opnieuw in mijn comfortabele villa, op het televisiescherm de boeventronie van mijn opvolger de meest abjecte, fascistoïde, neoliberale onzin hoorde spuien.

Oswin

Ik had niet veel zin om Guzman nog eens te ontmoeten. In mijn ogen had hij gefaald en wat viel er voorts nog te zeggen? Zijn mislukking had mijn zelfvertrouwen een flinke deuk gegeven. Ik had me altijd kunnen optrekken aan het succes van onze thesis, maar nu had hij bewezen dat ons werk in de praktijk niets voorstelde. Anderzijds was zijn aanwezigheid nieuws, en een unieke kans om een interview voor de krant te bemachtigen. Maar als ik eerlijk was, moest ik toegeven dat die argumenten maar rationalisaties waren van mijn eigen verlangen om de details van Guzmans belevenissen te kennen. Ik nam mijn dictafoon wel mee naar het restaurant, maar ik zou hem de hele avond niet gebruiken. En dan was er natuurlijk nog de hoop: zou Rimada er ook zijn?

Rimada

Hoewel zijn brief er niets over had gezegd, verbaasde het me niet dat Guzman ook de anderen had uitgenodigd. Het weerzien was – ondanks de recente verwijdering tussen ons – heel hartelijk. Na het aperitief en het kosteloze hapje vooraf, dat was opgeluisterd met het uitwisselen van laatste nieuwtjes en anekdotes uit ons privé-leven, rechtte Guzman gewichtig zijn rug en stak van wal.

Guzman

‘Ik heb jullie uitgenodigd omdat ik vond dat dat nodig was.

Toen jullie me voorstelden om jullie thesis te promoten, was ik gevleid, maar ik verwachtte er eerlijk gezegd niet veel van. Maar naarmate jullie resultaten binnenkwamen, begon ik meer en meer te beseffen dat ik geen echt negatieve kritiek kon bedenken op jullie werk. Even was ik bang dat Bulls bijdrage wat te radicaal was, maar Oswin en Rimada hebben zich er toen prima uit gered.

Natuurlijk had ik mijn bedenkingen. Ik vond het op z'n minst riskant, en zelfs utopisch om mijn eigen politieke plannen te baseren op jullie thesis. Ik vertelde mezelf voortdurend dat jullie maar studenten waren, jong, naïef, onervaren. Dat jullie vanuit jullie ivoren toren de wereld probeerden te veranderen zonder echt contact met de werkelijkheid. Aan utopieën heeft de wereld geen gebrek.

Maar anderzijds was ik in die zaken waarschijnlijk nog groener dan jullie. Ik kwam uit een land waar politiek al decennialang beperkt was gebleven tot knikken als de dictator iets zei. Subversieve boeken waren verboden en culturele contacten met andere landen miniem. Ik had – via clandestiene kanalen – wel toegang tot buitenlandse kranten, waardoor ik me kon verdiepen in de dagelijkse praktijk van de politiek, de realiteit van elke dag, die ik scherp leerde analyseren. Die kennis was de achtergrond van mijn colleges. Mijn aanpak was voor jullie kennelijk een openbaring, omdat hij vertrok vanuit de praktijk, terwijl jullie vooral onderlegd waren in de theorie. In de loop van jullie thesis maakte ik nader kennis met mensen als Marx, Kropotkin, Schumacher, Tönnies en de Tarde, kreeg ik een dieper inzicht in voorbije experimenten met coöperatieve dorpen of communes en begon ik in te zien dat die dingen – indien ze vakkundig werden aangepakt – inderdaad een alternatief vormden voor de maatschappij die ik kende. Jullie thesis behandelde vooral een virtuele wereld, al had ik die dan grotendeels gebaseerd op mijn eigen land. Jullie herkenden het niet omdat het hier zo weinig in het nieuws komt en omdat jullie de aanknopingspunten te ver in het verleden zochten. Toen jullie de problemen van jullie virtuele wereld, vooral de tegenkanting van Chaos, wisten te overwinnen, dacht ik eerst dat men in de virtuele realiteit alles zelf in handen heeft en dat jullie succes te danken was aan ongeoorloofd knoeien met de uitgangspunten. Maar naarmate ik Bulls programma beter en beter begon te begrijpen, zag ik in dat jullie het basisprogramma zo complex hadden gemaakt dat valsspelen volkomen onmogelijk was. Ook de verantwoording van elke basiswaarde of van het opnemen of weglaten van elke afzonderlijke parameter was heel overtuigend. Het kwam erop neer dat jullie – voorzover jullie informatie dat toeliet – de werkelijkheid vrijwel identiek hadden gekopieerd in jullie computer. Mijn laatste bedenkingen over de onmogelijkheid van zo'n simulatie werden uiteindelijk onderdrukt door het idee dat wat er nog aan praktische waarde ontbrak wel door mijn ervaring kon worden ingevuld.

Na de voorstelling van de thesis, toen iedereen zo verrast en enthousiast reageerde, stond mijn besluit vast. Ik zou de kandidatuur voor het presidentschap aanvaarden en jullie werk gebruiken als blauwdruk voor mijn politiek als ik verkozen werd. Nog één keer moest ik mezelf overtuigen dat jullie jeugd geen obstakel was voor de doorwrochtheid van jullie theorieën: ik hield mezelf voor dat jullie niets nieuws hadden bedacht, maar oude ideeën in een doeltreffende synthese samengebracht; die oefening achtte mijn door maatschappelijke vooroordelen beïnvloedde geest wel binnen het bereik van jonge geesten. Maar vooral het ad-hockarakter van veel maatregelen – het aanpassingsvermogen dat jullie aan de dag legden – gaf de definitieve doorslag.'

Oswin

De vriendelijke waardin kwam onze bestelling opnemen. Terwijl we vlug de kaart doorsnuffelden, lieten we Guzmans woorden even bezinken. Wat we uit de CNN-beelden al hadden afgeleid, bleek inderdaad te kloppen. Maar wat was er dan uiteindelijk misgelopen? Toen iedereen had besteld en de wijn al op tafel was gezet (Guzman had met zijn karakteristiek flegma voorgeproefd), kon ik de vraag niet meer binnenhouden.

Guzman

'Alles verliep wonderwel. Ik volgde jullie thesis op de voet, en paste hier en daar wat details aan aan de concrete situatie. Ik moest bijvoorbeeld met verscheidene vakbonden rekening houden. Maar – zoals gezegd – Indi was gebaseerd op mijn land, tot in de kleinste details, dus ik kon vrij dicht bij jullie werk blijven.

Ik kon het me natuurlijk niet permitteren om te laten merken waar ik mijn mosterd haalde. Ik vrees dat ik veel van jullie ideeën als de mijne heb voorgesteld, al fluisterde ik ze soms ook anderen in, zodat ook zij zich belangrijk genoeg bleven voelen om gemotiveerd te blijven.

Over de onteigening van onze IFM hebben we lang gedebatteerd, maar de argumenten die jullie thesis me gaf, hebben het uiteindelijk gehaald. Soms liep het plan vertraging op door onvoorziene omstandigheden – noem het jullie tegenslagenronde. Er waren een paar overstromingen en wat muiterij in het leger, maar niets echt spectaculairs. Ik werd probleemloos herkozen na de eerste ambtstermijn, en ik lag toen ongeveer op het schema van Nusuto in Indi.

Maar na de onteigening begon het mis te lopen – net zoals bij jullie. De VS reageerden ongemeen heftig, en ik moest

veel diplomatieke aanvallen pareren. De details verschilden wat van jullie thesis: er is bijvoorbeeld nooit een bijeenkomst geweest van de OAS: de VS zagen er kennelijk geen graten in om cavalier seul te spelen. Ook ik overleefde een paar complotten, omdat ik door jullie thesis wist in welke richting mijn inlichtingendienst zou moeten zoeken. Dat vond ik toen wonderlijk: hoe accuraat jullie wisten te voorspellen wat er zou gebeuren en van waar het gevaar kwam. We kregen zelfs een nieuwe ambassadeur op ons dak, net als Indi.
Misschien heeft dat me de das omgedaan. Ik was geneigd om wat afstand te nemen van jullie werk in mijn aanpak van de VS-crisis, omdat ik vermoedde dat er onvermijdelijk verschillen zouden zijn, maar het complotincident leek te suggereren dat jullie zelfs dat conflict nauwkeurig hadden voorspeld.
De rest weten jullie. Mijn grote ultieme toespraak tot het leger, uitgezonden in het hele land, bleek niet in staat de door de Amerikaanse propaganda ontstane angstpsychose te counteren. En het leger keerde zich tegen mij. Ik trad af, vluchtte naar Mexico en later naar Zwitserland, om hier in Europa mijn diplomatiek offensief verder te zetten. Maar de Europese Unie heeft weinig interesse voor mijn land en ik denk niet dat ik veel staatshoofden of ministers zal kunnen ontmoeten.'

Nusuto

'Waarom heeft uw toespraak toen gefaald, denkt u? U bent toch welbespraakt genoeg.'

Guzman

'Ik heb me al suf gepiekerd. Ik denk dat de mislukking nogmaals aantoont dat het krampachtig vasthouden aan blauwdrukken een gevaarlijke manier van werken is. Ik heb mijn vermogen om in te spelen op concrete situaties en te improviseren aan banden gelegd omwille van een vast plan. Ik was – denk ik – niet flexibel genoeg.'

Oswin

'Maar als de rest van het plan perfect heeft gewerkt, tot in de meest utopische details toe – zelf heb ik nooit echt geloofd in de haalbaarheid van een communenetwerk op zo'n korte termijn – waarom functioneerde het dan niet op het einde? Er was toch geen enkele reden waarom uw leger anders zou reageren dan het onze?'

Rimada

'Je vergeet een detail, Oswin. In onze thesis was de president een militair, een vertrouwensman van de soldaten. Wat hij zei slikten ze als zoete koek. Professor Guzman is een academicus, dat roept veel argwaan op in het leger.
Ze vertrouwden hem gewoon niet genoeg. Om hetzelfde effect te bereiken als in onze thesis was een veel intensiever contact tussen president en leger nodig om een even grote vertrouwensband op te bouwen. Weet je nog dat het gebrek aan persoonlijk contact met het leger ons even in de problemen heeft gebracht? Door te rigide aan ons plan vast te houden heeft de professor die fout niet rechtgezet. Zonder blauwdruk had hij dat ongetwijfeld wel gedaan, omdat het voor de hand ligt.'

Nusuto

'Bovendien was het verzet dat wij aan Chaos toeschreven, gebaseerd op historische voorbeelden. Het is logisch dat de

VS vandaag de dag andere propagandatechnieken en drukkingsmiddelen zouden gebruiken dan vroeger, al was het maar om de tegenstander niet te veel kansen te geven de ervaring uit het verleden te gebruiken.'

Guzman

'Het gebrek aan menselijk contact, zowel met het leger als met de bevolking, was inderdaad de grote fout in jullie thesis. Voor de landhervorming was dat geen probleem: de maatregelen brachten de mensen voordeel genoeg om de president te blijven steunen en zijn beleid en plannen onverkort uit te voeren, maar het leger hadden jullie wat diplomatischer en psychologischer moeten aanpakken. Ook bij de onteigening van de IFM had wat meer diplomatie veel kunnen helpen.'

Bull

'Ge bedoelt: gij hadt dat moeten doen. Subiet is het nog onze schuld dat gij mislukt zijt.'

Rimada

Guzman glimlachte flauwtjes. Maar voor hij iets kon zeggen, werd het voorgerecht geserveerd en tien minuten lang zaten we stilzwijgend te eten en het voorgaande te verteren. Toen vond Oswin het tijd om de discussie weer op gang te trekken.

Oswin

'Als ik het goed begrijp, is het te rigoureus vasthouden aan een plan volgens u de reden van uw mislukking.'

Maar anderzijds hebt u alles wat u wel hebt bereikt voor de invasie toch te danken aan onze thesis, en aan de inzet van uw mensen – uiteraard –, maar dat is altijd een conditio sine qua non. Met andere woorden: het werken volgens een plan heeft schitterende resultaten opgeleverd. De wereld laat zich dus wel degelijk in een keurslijf dwingen, als het keurslijf op de juiste maat is gesneden.'

Nusuto

'De fout die gemaakt werd, is dat ook onze aanpak van de invasie uit onze thesis als een soort algemeen geldende blauwdruk is beschouwd. Het counteren van de invasie was een aanpassing aan de door de beginsituatie vastgelegde omstandigheden. Als die verschilden, zou onze thesis er ook anders hebben uitgezien. Daar werd niet voldoende rekening mee gehouden. In conflictsituaties moet je rekening houden met heel veel factoren, vooral psychologische, en de reacties uit onze thesis waren niet aangepast aan de situatie van de professor.'

Bull

'Zeg, jongens, sorry, hé, maar die discussie heeft al een baard van een paar eeuwen. Ge moet geen genie zijn om te weten dat ge een conflict niet aanpakt met starre principes.'

Oswin

'Ik weet best dat dat niets nieuws is, maar de vraag die nooit wordt gesteld is of uitgaan van vaste principes bij een conflict steeds mislukt omdat het a priori onmogelijk is of omdat de gebruikte principes nog nooit hebben gedeugd.'

Rimada

'Wat bedoel je precies?'

Oswin

'Ik bedoel: de principes die wij gehanteerd hebben in het conflict om Indi waren waardeloos voor professor Guzman omdat zijn uitgangssituatie anders was. Als hij een plan had opgesteld uitgaande van de correcte beginsituatie, dan zou het hem misschien wel gelukt zijn. Werkt een plan nooit of werkte *dit* plan niet, dat is de vraag.'

Bull

'Met andere woorden: wiens schuld is het dat het is mislukt, die van Guzman omdat hij het heeft geprobeerd of die van ons omdat ons plan niet universeel genoeg was? Komaan, Oswin, nu gaat ge toch een beetje ver, vind ik.'

Rimada

'Ja, het zoeken naar een schuldige is nu echt niet aan de orde, vind ik!'

Nusuto

'Wat zijn we dan anders aan het doen?'

Oswin

Nusuto lachte ondeugend en vulde aan.

'Het is toch niet meer dan normaal dat we de reflex hebben om iemand met de vinger te wijzen als iets wat ons nauw aan het hart ligt mislukt. Als nieuwe inzichten falen, klampt het onderbewuste zich vast aan vertrouwde stereotypen. Zoals dat van de zondebok.'
Hij zei het met de nodige ironie in zijn stem, maar die viel weg toen hij zijn gedachtegang afmaakte.

Nusuto

'Dat is trouwens de reden waarom na een mislukte revolutie de oorspronkelijke toestand in een land zo snel wordt hersteld, met medewerking van een groot deel van de bevolking.'

Bull

'Amai, da's nogal een analyse! Een paar boeken gelezen de laatste tijd?'

Rimada

'Neen, zijn pa is psychiater. Het is besmettelijk.'

Oswin

Rimada's grapje ontmijnde de sfeer van lichte wrevel en toen de hoofdschotel werd gebracht, lieten we het onderwerp een hele tijd rusten. Nusuto trachtte ons te vermaken met een aantal psychologische oefeningen. Hij analyseerde enkele van onze gesprekjes volgens de transactionele analysemethode. Het leverde hem veel speelse verontwaardiging en kritiek op, tot Bull plots vroeg:

'En hoe analyseert ge deze bijeenkomst? Is dit ook een transactie tussen volwassenen of is hier een ouder een kind naar zijn voeten aan het geven?'
We waren weer bij de schuldvraag aanbeland.

Nusuto

'Als we hier met z'n allen samenzitten om uit te vissen wat er is misgelopen en om van gedachten te wisselen, is het een transactie tussen onze volwassenen, maar als een van ons het gesprek zou aangrijpen om iemand ergens de schuld van te geven, laat hij zijn kleine tiran overnemen. Als er dan ook nog iemand schuld bekent, gaat die over in zijn kindkind. Als een van ons de anderen een wijze raad wil geven of wenst te behoeden voor latere fouten, dan is dat een ouder-kindtransactie.'

Rimada

'En wat heb je er nu aan als je weet met welke transactie je te maken hebt?'

Nusuto

'De diagnose van een egostaat leert je drie dingen: het gedrag van degene die wordt geobserveerd, de reactie van de waarnemer en de mening van degene die geobserveerd wordt. Als ik bijvoorbeeld tijdens een observatie het gevoel heb dat jij je kind aan het woord laat, dan is dat omdat ik bij mezelf ouderlijke reacties bespeur en dan zal ik je dat ook zeggen, zodat jij bij jezelf kunt nagaan of je kind echt aan het woord is. Zo kan iemand inzicht krijgen in zijn eigen egostaten. Als je iemand lang observeert kun je eventueel merken dat hij bepaalde egostaten nooit aan het woord laat of ze camoufleert, en dat duidt op een gebrek aan flexibiliteit bij de betrokkene. Ook de interacties zelf zeggen veel. Een gesprek verloopt maar vlot, er is maar sprake van echte communicatie als de transacties parallel – tussen twee identieke zijnswijzen – of complementair zijn, bijvoorbeeld tussen ouder en kind. Als je merkt dat transacties gekruist zijn (niet complementair) en het gesprek stokt, is dat een duidelijk teken dat er een spelletje wordt gespeeld, dat iemand de transactie gebruikt om er emotioneel voordeel uit te halen. Om zijn script te bevestigen, zou Eric Berne het noemen. In het bedrijfsleven gebruikt men de transactionele analyse om te achterhalen hoe men het best met de klant kan omgaan. Mijn vader noemt dat verraad, omdat de observator zich dan in een machtspositie bevindt en de analyse niet wordt gebruikt om iemand te genezen maar om zo veel mogelijk winst te maken. Het is een manier om mensen te manipuleren, om te krijgen wat je wilt. Ook in de politiek kan de methode zo zijn nut bewijzen, maar het heeft inderdaad iets van valsspelen. Het geeft je een voordeel als jij op de hoogte bent van de methode en de geobserveerde persoon niet. Als we in ons werk de tegenstanders wat beter hadden "gelezen", dan hadden we misschien een paar conflicten kunnen voorkomen.'

Guzman

'Je bedoelt, als *ik* dat had gedaan.'

Rimada

'Ach, het is een beetje eenvoudig om politieke ontwikkelingen toe te schrijven aan het gedrag van enkelingen. Het gaat hier toch bij uitstek om groepsgedrag en dus eerder om sociologie dan psychologie.'

Nusuto

'Gabriel de Tarde zegt dat dat hetzelfde is. Het gedrag van de groep wordt bepaald door het gedrag van enkele charismatische figuren, want de meest voorkomende gedragspatronen zijn aanpassing en nabootsing.'

Rimada

'Durkheim heeft dat toch weerlegd! Groepsgedrag is altijd meer dan de som van het gedrag van alle individuen van een groep.'

Nusuto

'Juist omdat de meeste mensen hun gedrag aanpassen aan dat van de leider. Ze onderdrukken hun eigen neigingen omdat ze "normaal" gevonden willen worden.'

Bull

'Wat maakt het nu uit? Ge vergeet één ding. Wat hebt ge eraan als ge de psyche van uw tegenstander kent als hij u daarna toch op uw bakkes slaat? Er zijn nu eenmaal mensen die niet meer te beïnvloeden zijn, en zeker niet op de korte termijn van een vergadering of zo. Denkt gij dat de bazen van de IFM er wakker van zouden liggen dat gij doorhebt dat hun gedrag bepaald is door irrationele doodsangst en egoïsme? En als ge hen dat in hun gezicht zoudt zeggen, zouden ze u dan geloven, denkt ge? Of zouden ze zich daar iets van aantrekken? Als ge ze buiten hun uren als psychiater op uw sofa krijgt, dan kunt ge misschien hun karakter wat veranderen, hun door hun kleine tiran gemanipuleerde volwassene wat meer naar hun zorgende ouder laten luisteren en hen zo laten inzien dat wat ze doen eigenlijk een hoop mensen in de ellende stort en dat ze dat allemaal niet nodig hebben om zelf veilig en gelukkig te zijn. Maar begin daar maar eens aan in een politiek debat of over de telefoon! Kom, laten we serieus blijven. Met transactionele analyse hadden we het hier niet gered!'

Oswin

Het viel me op dat Bull blijkbaar goed naar Nusuto's uitleg had geluisterd, of anders zelf stiekem Eric Berne had gelezen. Maar vooral stoorde het me dat hij over 'we' sprak, terwijl het toch enkel Guzman was die gefaald had. Tenminste, tot die conclusie was ik gekomen, omdat ik de verantwoordelijkheid voor zijn daden niet wenste te dragen, zelfs al waren ze gebaseerd op 'richtlijnen' die ook van mij kwamen. Ik had hem nooit gedwongen mijn richtlijnen te volgen.

Maar ik had wel de pretentie gehad dat mijn richtlijnen universeel toepasbaar waren. Het was een gedachte die ik nog niet bereid was op te geven.

'Bull heeft gelijk. Wat er gebeurd is, is niet te wijten aan een gebrek aan psychologisch inzicht van de professor of van onze thesis, maar aan de VS. Zonder hun tussenkomst zou alles perfect verlopen zijn. Onze thesis is wel degelijk een prima handleiding voor een betere wereld, maar wat kun je inbrengen tegen bruut, egoïstisch en dom geweld?'

Nusuto

'Wat meer psychologisch inzicht bij de aanpak van de VS had misschien wel dat dom en bruut geweld kunnen voorkomen,

omdat we dan meer voorzichtigheid aan de dag hadden gelegd bij het invoeren van bepaalde maatregelen.
Je moet nu wel even eerlijk blijven, Oswin. Onze thesis wilde niet alleen een blauwdruk voor een ideaal Indi zijn, maar ook een methode om de klassieke obstakels – dus ook politieke en militaire druk – te omzeilen. Op de computer is het gelukt, misschien zijn er wel landen in de wereld waar het ook echt had kunnen lukken, maar wat de professor heeft meegemaakt toont gewoon aan dat onze methode niet universeel toepasbaar is. We moeten tenminste durven toegeven dat dat onderdeel van de thesis een mislukking is gebleken, in die zin dat het de praktische test niet heeft doorstaan.'

Bull

'Maar dat stuk van de thesis was toch helemaal geen handleiding, dat was een ad-hocoplossing voor onze problemen, die kon toch nooit toegepast worden op een andere situatie! Dat hebt ge daarstraks zelf gezegd.'

Oswin

'OK, goed, dat deel van de thesis is niet overal bruikbaar. Maar dat hoeft toch niet te betekenen dat het a priori onmogelijk is om een strategisch plan op te stellen dat wel zou werken.'

Bull

'Kom nu, jongens! Een beetje realisme, alstublieft! Ge denkt toch niet dat ge achter een bureau alle mogelijke obstakels kunt inventariseren die er zouden kunnen opduiken in zo'n conflict! Dat kan gewoon niet. Dat is zoals de Chaostheorie:

ge kunt bepaalde processen nu eenmaal niet voorspellen; de variabelen zijn gewoon te talrijk. Ten hoogste kunt ge een paar heel algemene richtlijnen opstellen, zaken die ge geval per geval concreet zult moeten toepassen, aangepast aan de specifieke situatie.'

Oswin

'En dat zeg jij: de computerfreak die ons altijd heeft voorgehouden dat ons Indi de werkelijkheid nagenoeg perfect nabootste.'

Bull

'Maar daar zit het hem juist in, in dat 'nagenoeg'! Eén onnozel feit kan de geschiedenis van een land veranderen: alleen al het feit dat een generaal de dag tevoren ruzie heeft gehad met zijn vrouw kan bepalen of hij zijn president de volgende dag verraadt of trouw blijft. Hoe kunt ge zoiets nu voorzien? Met alles wat ge doet, is een dosis toeval gemoeid. Ge kunt dat wel wat na-apen met een tegenslagenronde, maar het echte toeval komt meestal met zaken af waar ge nooit aan denkt als ge zo'n mogelijke lijst van tegenslagen opstelt! In plaats van uw tijd te verdoen met het zoeken naar een plan dat wel honderd procent perfect is, kunt ge veel beter een paar grote lijnen uitzetten en dan in het diepe springen. Onderweg ziet ge dan wel waar ge uitkomt en wat ge moet doen. Ge lost de problemen op als ze zich voordoen.'

Oswin

'Dat lijkt mij wel heel kortzichtig! Politiek is toch vooruitzien.'

Bull

'Maar dat wil niet zeggen dat ge alles op voorhand moet voorzien, want ge kunt niet alles voorzien! Ik bedoel dat ge veel rapper vooruitgaat als ge u concentreert op wat ge wilt bereiken en de obstakels pas omzeilt als ze opduiken. Ge moet een beetje vertrouwen hebben in uw improvisatievermogen. Allez, zo iemand als gij, Oswin... Met die geest van u kunt gij alles bereiken wat ge wilt doen, elk probleem dat zich voordoet aanpakken, in plaats van uw tijd te verspillen aan het bedenken van oplossingen voor mogelijke problemen. Stel u eens voor dat we onze plannen in het echt bij Guzman hadden moeten doorvoeren, dan ben ik er zeker van dat het gelukt zou zijn. We hadden dan rekening kunnen houden met de echte problemen, op het moment dat ze zich voordeden, in plaats van met die die we op voorhand hadden bedacht.'

Nusuto

'Maar niets verzekert ons dat, als professor Guzman was uitgegaan van zijn specifieke situatie, hij het wel gered zou hebben. Wij hebben in ons werklokaal lang kunnen nadenken over elke maatregel, maar als de zaken snel evolueren is daar geen tijd voor. Je mag van improvisatie ook niet te veel verwachten. Planning heeft zijn beperkingen, maar improvisatie ook. Wie alleen reageert op concrete situaties weet niet waar hij uiteindelijk uitkomt, en wie alleen zijn plan voor ogen heeft, struikelt over de eerste de beste steen die niet in het plan was voorzien.'

Bull

'Ik zeg niet dat improvisatie alles kan oplossen, maar al dat gedoe om op voorhand het succes van uw onderneming te willen verzekeren door een plan is verloren moeite en tijd. Nu zijn we erachter gekomen dat ons plan kan slagen maar ook kan mislukken, dus succes is niet gegarandeerd en dus moeten we weer kijken hoe dat komt en alternatieven zoeken of schuldigen aanwijzen, en ondertussen gebeurt er op het terrein niks. Waarom kunnen de progressieven eens niet gewoon aan iets beginnen met alleen een idee waar ze naartoe willen en een paar algemene richtlijnen over hoe ze daar willen geraken en dan ziet ge wel onderweg!'

Oswin

'Maar als er geen plan is, komen we bij het vrije initiatief uit. Dat is de discussie tussen vrijemarkt- en planeconomie. Je klinkt zoals de voorstanders van de vrije markt. Progressieven zijn mensen die nog geloven in de maakbaarheid van de wereld en dat veronderstelt een plan.'

Bull

'Maar ik heb toch helemaal niks gezegd over de vrije markt! Natuurlijk moet er een blauwdruk zijn, een plan waarin staat wat ge wilt bereiken, en natuurlijk moet er ook een strategisch plan zijn. Maar ge moet daar niet mee overdrijven. Waarom moet er in al die plannen altijd staan wanneer en hoe dikwijls en met welk papier de mensen hun gat moeten afkuisen?
Ik weet wel, zeggen dat de plannen om de wereld te verbeteren niet deugen klinkt liberaal. Maar liberalen en anarchisten zijn het op één punt met mekaar eens: de staat moet zich zo weinig mogelijk met de mensen bemoeien, ze moet alleen een ideaal klimaat creëren. Voor de liberalen is dat om ongestoord te kunnen uitbuiten, voor de anarchisten om de men-

sen te leren voor zichzelf te zorgen. Een anarchistische samenleving creëert alleen het ideale klimaat voor het ontstaan van communes en coöperatieven, maar laat die dan zelf hun eigen boontjes doppen. Alleen als het misgaat, moet de staat ondersteunen. Utopisten en wereldverbeteraars hebben altijd een ideaal model van een samenleving in hun kop en alle communes moeten dan aan datzelfde beeld beantwoorden. Het moeten allemaal kibboetsen zijn of allemaal Familistères of allemaal Scott Bader Commonwealths of allemaal Waldens. We leven godverdomme toch in een multiculturele tijd. Als de productiegoederen gecollectiviseerd zijn, laat de mensen dan toch zelf beslissen hoe ze verder met mekaar willen leven.'

Rimada

'Maar dat was in Saturindi het geval. De communes waren toch volledig autonoom? Ons plan voor het netwerk liet genoeg ruimte voor vrijheid en eigen initiatief.'

Bull

'Ja, dat weet ik wel, en dat stuk van onze thesis was ook bij Guzman een succes. Maar ons plan om te geraken waar we wilden zijn werkte alleen bij ons. Waarom? Omdat het geen plan was maar gewoon een paar krachtlijnen. Onderweg hebben we die zeker vier keer aangepast. Ieder van ons had zijn eigen methode en soms moest iemand halverwege nog van strategie veranderen. En dat is normaal: een strategisch plan kan maar werken als ge het onderweg bijstuurt. Maar Oswin gelooft kennelijk nog altijd dat ons strategisch plan op alle mogelijke beginsituaties toepasbaar is of dat het tenminste kan omgewerkt worden tot een gedetailleerd, *vooraf vastge-*

legd plan voor de situatie van Guzman. Maar dan mag er geen militaire interventie komen, want dat is valsspelen! Dat is het nu juist: ge kunt geen abstractie maken van buitenlandse inmenging. Een goed plan moet rekening houden met valsspelen. Maar een vooraf uitgewerkt plan kan nooit alle mogelijkheden om vals te spelen voorzien. Ge moet dus wel improviseren.'

Nusuto

'En dan vind ik je nog heel optimistisch als je beweert dat met een soepel plan en goede improvisatie een project als het onze zou kunnen slagen zonder de kapitalistische grootmachten naar de wapens te doen grijpen. Wat wij willen is voor hen onaanvaardbaar, hoe je het ook wilt invoeren. Ik begin me sterk af te vragen of een markteconomie – met sociale correcties – niet het enige haalbare is in deze wereld.'

Rimada

'Dat vind ik een vreselijke gedachte. Een gecorrigeerde markteconomie blijft een markteconomie. De correcties zijn al evenzeer onderhevig aan de schommelingen van de markt als de aandelen van de bedrijven en de werkgelegenheid. Het kapitalisme blijft in zo'n systeem heer en meester. En kapitalisme is slecht. Als winst de enige waarde is, moet al de rest wijken. In moderne democratieën misschien wat minder snel dan elders, maar toch. Als het kapitalisme zijn gang mag blijven gaan, zal het alles wat mooi en menselijk is aan het winstprincipe opofferen.

De uiterste consequentie van het kapitalisme hebben we in de Tweede Wereldoorlog gezien. De mensen in de concentratiekampen werden niet alleen gebruikt als de goedkoopst mogelijke werkkrachten; als ze eenmaal waren "opgebruikt", werden ze ook nog opgeruimd en hun "onderdelen" werden als goedkope grondstoffen verwerkt. Mijn oma kan erover meepraten; zuiver kapitalisme eindigt in Majdanek! Dat je nog maar durft te suggereren dat zo'n systeem misschien nog wel te aanvaarden is, vind ik walgelijk!'

Nusuto

'Ik heb niet gezegd dat een gecorrigeerde markteconomie wenselijk is, alleen dat het waarschijnlijk het enige haalbare is. Je moet toch eens het verschil leren tussen het constateren van een feit en het aanvaarden ervan, hoor, Rimada.'

Guzman

'Goed, als ik onze bevindingen samenvat, moet ik zeggen dat er te veel vertrouwen werd geschonken aan een vooraf vastgelegd plan. Er is gestreefd naar garanties op voorhand, maar die zijn er nu eenmaal niet in deze wereld. Als de imperfectie van het plan op tijd was ingezien, was een bijsturing misschien nog mogelijk geweest.
Anderzijds is het sociaal-economische deel van het plan heel doeltreffend gebleken, maar de resultaten daarvan zijn tenietgedaan door de fouten op politiek-diplomatiek vlak.'

Nusuto

'Met andere woorden: een betere wereld is misschien wel realiseerbaar, maar we hebben nog steeds behoefte aan een doeltreffende PR-campagne. En die kan je niet op voorhand plannen.'

'Ach, al bij al is onze thesis toch een bescheiden succes geworden. Het samenlevingsmodel is bruikbaar gebleken, ook al hebben we het niet kunnen redden van zijn belagers. Laten we maar zeggen dat perfectie niet van deze wereld is, maar dat we – voor onvolmaakte mensen – toch goed werk hebben geleverd. Het kan dienen als uitgangspunt voor andere en betere wereldverbeteraars. En ze kunnen van onze fouten leren.'

De ondertoon van lichte wrevel en onderhuidse verwijten was met die afstandelijke appreciatie, die loskoppeling van tekst en realiteit, even plots verdwenen als hij voordien was opgedoken. Alleen Oswin zat er wat stilletjes bij; de rest van ons zette de conversatie voort op het niveau van coauteurs die de laatste komma's aanbrengen in hun collectieve roman. Alsof Guzmans poging tot realisatie slechts een laatste researchdaad was geweest.

Het was onze ultieme verdediging, want ondanks het somptueuze maal was het gevoel van ontgoocheling en mislukking dat de conversatie had opgeroepen niet helemaal doorgespoeld.

'Laten we er een appendix aanbreien en de tekst persklaar maken', stelde Nusuto voor.

Bull opperde ook het indertijd verworpen idee om van het programma een cd-rom te maken en er misschien nog een 'doe-het-zelfspelletje' aan toe te voegen.

Guzman bestelde een cognac en vroeg of iedereen nog een dessert wilde.

We bestelden nog ijs toe, maar toen Oswin zijn bestelling moest opgeven, vloog hij opeens heftig uit.

'Nee, hier speel ik niet in mee. Ik ben niet bereid om van een levenswerk een curiosum voor in de bibliotheek te maken. Jullie stellen me zwaar teleur: ik dacht dat jullie het ernstiger meenden met de wereld! We hebben een jaar gewerkt aan die thesis en ik heb er alles ingestoken wat in me zat. Ik geloofde in die thesis; ik geloof er nog in! En nu moet ik hier horen hoe jullie plots beginnen te relativeren, hoe jullie het belang van een goede planning en zelfs de verbeterbaarheid van de wereld in twijfel trekken! Als het zo zit, als jullie al bij de eerste de beste tegenslag de handdoek in de ring gooien, dan vraag ik me ernstig af wat ik hier nog zit te doen! Die thesis is een bruikbaar model van een betere wereld, dat is bewezen. De mislukking van professor Guzman is niet te wijten aan het plan maar aan de gebrekkige implementatie ervan! Het is zo modieus om te zeggen dat de wereld niet meer beheersbaar is, dat de mens geen echte greep heeft op zijn omgeving en dat men daarom maar beter een meer bescheiden levensdoel nastreeft. Voor mij is dat een zwaktebod dat door de conservatieve krachten van deze wereld als een nieuw wetenschappelijk dogma wordt geponeerd, en door alle zogenaamde progressieven van vandaag de dag wordt aangegrepen om niet meer progressief te moeten zijn. Want dat is toch zo vermoeiend en lastig, meneer! En kijk, we moeten de wereld niet meer veranderen, want het is toch onmogelijk! Zelfs de Chaostheorie leidt tot die conclusie. Larie! De wereld is heel goed te verbeteren: het zijn de promotoren van dit bescheidenheidsdiscours – de conservatieven, de opportunisten, de profiteurs, de gedesillusioneerde progressieven – die tot grote voldoening van de geldwolven van deze wereld hard hun best doen om van hun stelling een "self fulfilling prophecy" te maken. De wereld verandert niet, omdat zij elke verande-

ring tegenhouden of saboteren, en de beste sabotage is de verbeteraars op voorhand de zin tot verbeteren ontnemen. Als zij zich nergens mee bemoeien laat de wereld zich best verbeteren, zijn de mensen niet bang voor een goed voorbereide verandering.
Ik geef toe: ik had gedacht dat ons plan perfect was, dat het zelfs bij zware tegenkanting toch nog zou slagen. Een plan dat niet verknoeid kon worden door wie het moet uitvoeren. Dat was misschien wat naïef van mij; maar aan de intrinsieke waarde van wat we toen hebben bedacht twijfel ik nog altijd niet. Ik beschouw deze mislukking niet als een bewijs van de onbruikbaarheid van het Saturindi-model. Dat jullie dat kennelijk wel doen, is de grootste ontgoocheling van deze hele affaire. Ik dacht dat jullie het meenden, toen en nu. Nu zie ik dat jullie alleen maar een spelletje spelen: nu, en misschien ook vroeger al. Ik wens jullie nog veel spelplezier. Ik ga naar huis.'

Rimada

Ondanks ons protest en de door onze verschillende karakters gekenmerkte pogingen om hem te sussen en zijn standpunt wat te relativeren ('Ontkenning is altijd de eerste reactie bij een Groot Verlies'; 'Zeg, Oswin, jong, wat hebt gij gegeten? Bonen? Zoveel wind dat gij maakt'; 'Ja, Oswin, wordt eens een beetje volwassen, alsjeblieft!') trok hij zonder nog een woord te zeggen en rood aangelopen, als was hem een schreeuwend onrecht aangedaan, zijn jas aan, gooide een briefje van duizend op tafel en beende het restaurant uit.
Toen ons dessert kwam, had ik geen trek meer. Ik maakte me zorgen over Oswin. Dat hij veel belang hechtte aan die thesis wist ik al, maar dat hij er blijkbaar zo afhankelijk van was, vond ik beangstigend. Ik besloot hem de volgende dag te bezoeken.

De rest van de avond was – na een wat schuchtere tweede start – best nog gezellig, al praatte niemand meer over *Saturindi* of Guzmans presidentschap.

Guzman

Oswins reactie was voor mij geen echte verrassing. Ik had altijd geweten dat hij het meeste belang hechtte aan het welslagen van de hele onderneming, ook al was het – naar ik ondertussen had vernomen – oorspronkelijk een idee van Rimada geweest. Wat me een beetje teleurstelde, was dat hij niet doorheen de wat afstandelijke houding van Nusuto en Bull had gekeken. Hun luchtige, niets-aan-de-handreactie was al even kenmerkend voor hun karakter als de uitbarsting van Oswin voor het zijne. Volgens mij leden zij evenveel onder mijn mislukking als hij.

Rimada was minder ver gegaan in haar distantiëring van hun 'jeugdwerk'. Maar zij had ingezien dat het geen zin had om perfectie te verwachten en was als enige niet bang voor het gevoel van ontgoocheling dat daaruit voortvloeide. Eigenlijk ging zij er nog het best mee om. Ze kon haar rouwproces nu rustig doorworstelen en de ervaring zou haar nieuwe inzichten opleveren en haar emotioneel en intellectueel laten groeien. Ze zou nooit tot de conclusie komen dat deze mislukking absoluut was, zoals Nusuto leek te doen, of dat het niet eens een echte poging was geweest – Bulls houding –, maar ze zou zich ook niet krampachtig aan een achterhaalde oplossing vastklampen, zoals Oswin. Zolang er mensen zijn zoals zij, is er nog hoop voor de wereld.

Nusuto

Mijn evaluatie?

Ik heb me tijdens Guzmans poging wel even laten meeslepen door zijn aanvankelijke succes, maar eigenlijk heb ik onze thesis nooit beschouwd als een handleiding. Voor mij was het een denkoefening, een poging om mijn algemene ideeën op een concreet geval toe te passen. Mijn grootste bijdrage tot de thesis was de invoering van het idee dat een land als Indi zijn kapitalistische fase kon verzachten en tegelijk al met de communistische fase beginnen als er een regering aan de macht kwam die niet naar de pijpen van het kapitaal zou dansen. Ik was me ervan bewust dat ik daarmee zwaar tegen het wetenschappelijke socialisme inging en dat Bull het er moeilijk mee zou hebben, maar ik sta nog steeds achter het idee. Eerst het veralgemeende kapitalisme invoeren om het daarna te laten overvloeien in het communisme veroordeelt een volk tot jarenlange ellende die nog erger is dan deze die ze kende in de semi-feodale beginsituatie van Indi. Het was mijn idee om de bestaande kapitalistische bedrijven een sociale wetgeving op te leggen en de bevolking een alternatief aan te bieden, door de overlevingseconomie in de dorpen te stroomlijnen, te moderniseren en te collectiviseren. De dorpen van Indi zouden mijn grootste aandachtspolen worden. Ik was van plan ze verregaande autonomie te geven, en ze door het voorbeeld van de staatslatifundia de voordelen van de collectieve productiewijze te tonen. Ik zou ze op termijn land hebben bezorgd, door onteigening en door staatsgronden ter beschikking te stellen, en zo een parallelle economie hebben ingevoerd die de vlucht van werkkrachten naar de plantages van de IFM en naar de stad had moeten tegengaan. Zoals gezegd, het was een denkoefening die ik wilde uittesten in de virtuele realiteit. En misschien zou het in zijn perfecte vorm wel bruikbaar geweest zijn als handleiding voor Guzman.

Maar mijn plan werd ongewild gesaboteerd door de voortvarendheid van Red Bull, die de IFM brutaal uitdaagde. Hij

ging voluit het conflict aan, wat ik altijd had willen vermijden. Ook ik had op termijn misschien land van de IFM moeten onteigenen, maar de manier waarop Bull het deed, was veel te arrogant en te snel. Hij wilde het kapitalisme invoeren in Indi door van iedereen een kleine bedrijfsleider te maken en zo de concurrentie aan te wakkeren. Op termijn had dat dan automatisch tot een revolutie moeten leiden. Bull is nooit van plan geweest het communisme in Indi rechtstreeks in te voeren. Daarvoor gelooft hij te veel in de marxistische idee dat communisme alleen kan ontstaan na een kapitalistische fase. Ik dacht dat die idee na de Sovjetunie, na China en na Cuba – allemaal vooral agrarische, prekapitalistische samenlevingen ten tijde van hun revolutie – nu wel voldoende weerlegd was, maar hij haalde altijd het latere ontaarden van die revoluties aan (behalve die van Fidel, die hij door dik en dun verdedigde) om Marx' gelijk te bewijzen. Ik heb het hem nooit kwalijk genomen: een mens is het product van zijn opvoeding, en het bleef tenslotte een denkoefening. Ik vond het alleen jammer voor Guzmans experiment.
Door de dubbelzinnigheid in de thesis was Guzmans mislukking eigenlijk al op voorhand ingebakken. De irritatie die Bulls groveborstelpolitiek opwekte, compromitteerde mijn aanpak. Oswins en Rimada's idee van een netwerk van communes sloot nog wel aan bij mijn plannen, maar zodra Guzman door slaafs Bulls politiek te volgen meer problemen kreeg met zijn supermacht dan wij met de onze, was zijn netwerk veroordeeld, omdat de VS het zeker niet zouden tolereren als concurrent voor hun bananenmultinational.
Het afwikkelen van het conflict met Chaos heb ik overigens altijd het minst geloofwaardige deel van onze thesis gevonden. Voor mij was dat het bewijs dat er iets schortte aan onze uitgangspunten of waardecijfers, maar door de algehele euforie had ik daar nooit eerder een opmerking over gemaakt.

Jammer dat Bulls bijdrage de thesis eigenlijk onbruikbaar heeft gemaakt als handleiding. Ik had wel eens willen zien wat er gebeurd zou zijn als we consequent hadden geprobeerd de economie via de politiek te veranderen, in plaats van het kapitalisme zijn gang te laten gaan en noodzakelijkerwijze te laten uitvloeien in het communisme, zoals het historisch materialisme voorschrijft. Gebrek aan consequentie: dat was volgens mij het probleem. Eerdere pogingen om via de politiek de economie te veranderen zijn volgens mij mislukt omdat men de verkeerde politiek volgde. Ik had de onze wel eens willen uittesten. Ik ben nog een van die mensen die gelooft dat we behoefte hebben aan meer politiek in plaats van minder, zoals de neoliberalen schreeuwen.

Bull

't Is simpel, jong. Die thesis staat op hetzelfde niveau als de utopieën van Saint-Simon, Fourier en Owen. Daar zaten we in onze ivoren toren uit te dokteren hoe de wereld er zou moeten uitzien.

Lees Marx maar eens goed, of lees Engels – de *Anti-Dühring* – die is wat beter te verstaan, en dan zult ge begrijpen waarom het allemaal niks voorstelt. Pas op, de analyses van die utopisten vallen best mee, maar hun remedies zijn gedoemd te mislukken omdat ze geen rekening houden met de realiteit. Ze zweven ergens in de lucht. Begrijpt ge nu waarom ik die thesis nooit au sérieux heb genomen? Gelooft ge nu dat ik het alleen maar deed om Rimada te krijgen? Het is simpel: als ge geen volledig kapitalistische staat hebt die aan zijn eigen tegenstrijdigheden ten onder dreigt te gaan, heeft geen enkele communistische – of anarchistische – revolutie kans op slagen. Ge kunt de dictatuur van het proletariaat niet vestigen zonder proletariaat. Ik geloof wel in communes, maar

dan alleen als eindpunt van de revolutie, niet als beginpunt ervan. Zolang de productiemiddelen niet zijn gecollectiviseerd, zolang er geen planeconomie is, is al dat gedoe met communes bezigheidstherapie. Ja, ik weet dat ik de coöperatieven en het netwerk heb zitten verdedigen tegen Nusuto, maar dat was meer om Rimada een plezier te doen en Nusuto te koeioneren dan omdat ik er echt in geloofde. Ik ben er wel van overtuigd dat – als ge alleen maar een gecorrigeerde markteconomie wilt – een collectief tegengewicht tegen de kapitalisten onmisbaar is, maar op die manier het kapitalisme afschaffen? Neen, vergeet het. Toch niet als ge er in een land mee begint. Communisme is internationaal.
Ja, ik heb de kapitalistische fase in de geschiedenis van Indi wat willen versnellen. Laat u niks wijsmaken: ik had de situatie met de IFM volledig onder controle. Ze konden geen kant op: ze konden me niet van communisme beschuldigen, want de landhervorming was minder radicaal dan die van de Verenigde Staten na de Burgeroorlog (want we weten allemaal waar Chaos op gebaseerd was). In feite ging het om niks anders dan een modernisering van het kapitalisme, het afschaffen van de laatste restjes feodaliteit in het land. Ze hadden dus geen stok om de hond mee te slaan. Het is maar toen Oswin met zijn netwerk afkwam dat alles in duigen viel. Toen was het natuurlijk direct duidelijk dat we op termijn naar een communistische staat wilden! Communes door een regering laten invoeren is smeken om ambras. Vraag het maar aan Nyerere. In de thesis hebben we het nog kunnen indijken, maar in het echt luisteren grootmachten meestal niet naar redelijke argumenten. Ja, dat hebt ge met dat ivorentorensocialisme: het houdt nooit rekening met de werkelijkheid. Ook stom van Guzman dat hij dan probeert om zoiets te realiseren! Maar ja, 'indianen zijn te stom voor het marxisme', heeft Sam Zemurray ooit gezegd. Wie dat is?

Zoek dat maar eens op: het is geen vriend van mij en ik geef hem niet noodzakelijk gelijk.

Rimada

Ja, ik weet dat iedereen me naïef vindt, en misschien was ik dat ook wel, ben ik het nog steeds. Maar in tegenstelling tot wat Bull en Nusuto suggereren, heb ook ik de thesis nooit als een handleiding voor wereldverbeteraars gezien. Ik wilde gewoon een fictief maar geloofwaardig pad op weg naar een betere wereld aanleggen. Gewoon mezelf de indruk geven dat het kon, dat het principieel mogelijk was, zelfs ondanks een aantal vertrouwde obstakels. Ik was me er goed van bewust dat ik met een utopie bezig was, maar ik heb dan ook een grote bewondering voor utopieën. Als kind was ik een grote fan van Tolkien, met zijn volkomen geloofwaardige fictieve wereld, als tiener genoot ik van Thomas More en vooral van Fourier. Die heerlijk gedetailleerde, hedonistische utopie van Fourier. Marx leek me altijd zo saai, zo streng; bij Fourier was er tenminste plaats voor de geneugten des levens! En zijn analyse van de wantoestanden in het kapitalistische systeem is zeker even scherp als die van Marx. Het enige wat hen wezenlijk van elkaar onderscheidt, is dat merkwaardige idee van Marx dat de communistische revolutie onvermijdelijk voortvloeit uit de tegenstrijdigheden in het kapitalisme.
De geschiedenis heeft bewezen dat dat niet zo is. Het kapitalisme heeft zich verbazend flexibel getoond. In de geïndustrialiseerde wereld heeft het het revolutionaire enthousiasme en het klassenbewustzijn van het 'proletariaat' vakkundig afgekocht met sociale voordelen, hogere lonen en arbeidsduurverkorting, zij het onder druk van de sociaal-democratie. Er zijn een paar zware confrontaties geweest tussen kapitaal en arbeiders, maar toen is gebleken dat het proletariaat

niet bereid was te sterven voor de goede zaak; dan is het enige alternatief het verbeteren van zijn levensomstandigheden. Daar hebben de socialistische partijen zich sindsdien mee beziggehouden. Ze hebben onder druk van stakingen en betogingen en in ruil voor het in essentie aanvaarden van het kapitalistische systeem concessies losgekregen van het kapitaal. En de beroemde 'spiraal der crises' van Marx hebben de kapitalisten weten uit te rekken door almaar nieuwe markten te creëren. Niet alleen door de koopkracht van de arbeiders te vergroten en hen via grote reclamecampagnes de producten te verkopen die ze zelf hebben geproduceerd, maar ook door overal ter wereld nieuwe markten aan te boren. De echte, grove uitbuiting werd uitgevoerd naar de Derde Wereld; daardoor is het proletariaat in de industrielanden weer mak genoeg om het systeem te laten draaien. Neen, ik denk niet dat het communistische paradijs er automatisch zal komen: het is een kwestie van langzame bewustwording. Op een dag zullen de gevolgen van het kapitalisme voor milieu en gezondheid zo erg worden dat een andere levensstijl plots niet meer absurd zal lijken. En dan moeten er alternatieven voorhanden zijn, dan moeten de mensen een geruststellend theoretisch voorbeeld voor ogen hebben van hoe het anders zou kunnen. Onze thesis is zo'n voorbeeld. Ondertussen kunnen we in de marge aan de concrete uitwerking van die theorie werken, om het nog tastbaarder, nog aanvaardbaarder te maken. Vandaar de commune. Bull lijkt er ook wel wat in zien, want ondanks zijn stoere taal komt hij toch elk jaar tijdens zijn zomervakantie bij ons in de commune werken. Hij noemt het wel 'zijn vakantie', maar die kan hij ook elders nemen.

Toen ik de volgende dag bij Oswin voor de deur stond, zag ik in zijn ogen dat hij niet veel zin had om me binnen te laten.

Hij voelde zich verraden omdat ik in het restaurant geen weerwerk had geboden tegen het gerelativeer van Bull en Nusuto, die volgens hem gereageerd hadden als Petrus na de dood van Christus.

'Alleen het hanengekraai ontbrak nog!' snauwde hij.

Maar na een tijdje kalmeerde hij en bood me iets te drinken aan. We zaten een tijdje tegen elkaar aan te zwijgen.

'Oswin, wat is er met je?' vroeg ik opeens, niet langer in staat mijn onbehagen te beheersen. 'Ik ken je zo niet. Je was altijd iemand met een open geest, je trok je nooit veel aan van de apriorismen van Nusuto of de dogma's van Bull. Daarom hield ik van je.'

Hij zweeg even.

'Het was geen open geest, Rimada. Het was onwetendheid. Ik was een eersteklas proleet. Alles wat ik weet, heb ik van Bull, van Nusuto, van Guzman, van jou geleerd. En toen bleek dat ik jullie met mijn ideeën kon verrassen, was ik zo trots, voelde ik me zo volwassen. Guzmans mislukking was de ontkenning van dat gevoel. Het was alsof iemand me toeschreeuwde dat ik nog altijd naïef en onvolwassen was. Dat alles waarin ik geloofd had, onzin was. Dat kan ik niet aanvaarden, ik wil me niet meer voelen zoals vroeger, verloren in een wereld die ik niet begrijp en waar ik niet in thuishoor.

Ik wil best geloven dat er met de bruikbaarheid van onze thesis iets mis is, maar daaruit besluiten dat zo'n onderneming bij voorbaat zinloos is, zoals Nusuto en Bull, gaat me te ver. Dat kan en wil ik niet. En met mensen die dat wel willen, wil ik niets te maken hebben, want die mensen zeggen eigenlijk dat wat ik met mijn leven wil doen nergens op slaat.'

'Als je dan zo gebrand bent op het verbeteren van de wereld, waarom wilde je dan nooit met mij aan die commune beginnen? Waarom ben je weggelopen de dag nadat we...' De her-

innering deed me nog blozen. Seks is altijd gênant in een andere context.
Hij keek me aan met een om hulp smekende blik, maar hoe ik hem kon helpen was me niet duidelijk. Hij was weer zo'n vat vol tegenstrijdigheden, hij leek het kapitalisme wel!
Eindelijk kon hij zijn verwarring voldoende overwinnen om te spreken.
'Zoiets kan ik niet, Rimada. Ik... ik hou eigenlijk niet van mensen. Wel van *de* mens, maar niet van mensen. Ik kan me niet voorstellen dat ik zou moeten samenwerken met wildvreemden en me al hun hebbelijkheden laten welgevallen. Ik voel me ook zo vlug begluurd en beoordeeld in gezelschap. Ach, misschien moet ik maar eens met Nusuto's vader gaan praten.
Zie je, zoiets als onze thesis, dat is iets voor mij. Ik hoefde er niet voor onder de mensen te komen. Ik liet Guzman en jullie de gegevens aandragen en al wat ik moest doen was ermee jongleren, ze hercombineren en er een zinnige tekst over schrijven. En tot mijn verbazing was iedereen zo enthousiast over wat ik had bedacht, dat ik echt ging geloven dat ik de waarheid in pacht had. Mijn psychiater heeft me helpen inzien dat ik me moet losmaken van de thesis, maar ik kan het nog niet. Het doet nog te veel pijn. Het is te veel een deel van mezelf.
Ik ben een eenzaat, ik hoor in een kluis, mijmerend over de dwaasheid van het leven, maar daar ben ik dan weer niet ascetisch genoeg voor. In zo'n commune zou ik me ongelukkig voelen. Alleen zo'n ideale commune zoals in onze thesis, waar je maar de helft van de tijd in ploegen moet werken, lijkt me nog draaglijk, maar zolang een echte commune niet in een klap zo perfect wordt, zal ik er nooit van in het begin aan kunnen meewerken. Misschien als ze al wat geëvolueerd is, als ik tijd genoeg krijg om alleen te zijn.'

'Maar er zijn toch andere manieren waarop je aan de commune kunt meewerken. We hebben toch het concept van de parttime communard bedacht! Dan blijf je volledig zelfstandig en bepaal je zelf hoever je je in de commune wilt engageren. Je kunt een link met de buitenwereld zijn, voor onze PR zorgen, ons zaken bezorgen die we zelf nog niet kunnen maken...'

Oswin

Ze ratelde weer door met dat aanstekelijke enthousiasme van haar en ik vroeg me af waarom het ooit was misgelopen tussen ons.

'Kom volgende zomer eens met Bull mee, dan kun je zien of het je ligt en hoever je wilt gaan. Misschien bevalt het je wel. Ik meen me te herinneren dat je de vorige keer geen moeite had om je te laten gelden.'

'Ik weet niet of Bull me nog wel wil zien.'

'Ach, til toch niet zo zwaar aan Bull en Nusuto. Het zijn je vrienden: je zou ze nu toch al beter moeten kennen! Ze zullen nooit toegeven dat ze ontgoocheld zijn. Nu doen ze alsof het allemaal niet ernstig bedoeld was, alsof ze het maar hebben gedaan om mij een plezier te doen. Ik zal dat geloven op de dag dat Bull uit de partij stapt en Nusuto premier wordt in een kabinet met de liberalen.'

'Toch is het jammer voor Guzman.'

'Ik weet het niet. Ik heb het gevoel dat hij er ook de nuttige kant van inziet.'

'Wat bedoel je?'

'Ik beweer niet dat hij zijn land nooit echt heeft willen hervormen, maar volgens mij heeft hij altijd rekening gehouden met een mogelijke mislukking.'

'Hoezo?'

'Waarom heeft hij ons gisteren uitgenodigd, denk je?'

'Omdat hij onze thesis heeft gebruikt? Omdat hij ons wilde terugzien? Omdat hij hoopte dat we hem konden zeggen wat er was misgelopen, zodat hij ervan kon leren de volgende keer?'

'Ik denk niet dat hij nog veel kans maakt een volgende keer, jij wel? Neen, volgens mij was dat etentje zijn laatste college aan ons.'

'College?'

'Welja. Je kent hem toch! Hij laat je altijd conclusies trekken uit concrete gevallen. Hij wou niet dat wij hem uitlegden wat er fout is gegaan maar dat wij het onszelf uitlegden. Hij wilde ons laten leren van zijn ervaringen, om ons de ervaring zelf te besparen. Hij kwam ons niet vertellen: "Jullie hebben gefaald. Wat jullie wilden doen, kan niet werken." Wat hij eigenlijk zei was: "Er zitten nog een paar zwakke punten in jullie plan. Misschien kunnen jullie daar nog eens over nadenken"....'

'Volgens jou heeft hij ons dus een tweede zittijd gegeven, zogezegd.'

'Precies. En als ik hem goed ken, is hij ook bereid ons een derde, vierde en vijfde zittijd te geven. Hij wil ons niet afschrikken, hij wil dat we het opnieuw proberen. Anders, en beter. De mislukking van een communistisch experiment betekent niet de mislukking van het communisme, dat is de les die hij ons wil leren, denk ik.'

'Jij ziet ook altijd het goede in mensen, hé?'

'Jij had vroeger nooit een mening over mensen voor je ze kende: dat was je grote charme.'

Was het de sfeer – Rimada's hoopvolle boodschap had hulp gekregen van een plots door het raam vallende zonnestraal –, was het mijn lang ontkende en geketende verlangen naar haar? In ieder geval: voor de enthousiaste blik in haar ogen

de tijd kreeg om te vervagen, sprong ik recht en sloeg mijn armen om haar heen. Ze droeg een diep uitgesneden truitje, zodat ik een duizelingwekkende inkijk in haar decolleté had. Even leek ze verrast, maar het volgende ogenblik klampte ze zich aan me vast en gaf me een van die kussen met het effect van drie glazen sangria in de ochtend. Met fruit.
Binnen de kortste keren hadden we elkaar tot op de laatste draad uitgekleed, wat geen eenvoudige gymnastiekoefening was, aangezien we weigerden elkaar los te laten. Onze wilde striptease ging over in een tedere, haast mystieke paring op het tapijt in mijn woonkamer, zij weer in al haar glorie boven me uittorenend, zoals in alle andere aspecten van het leven. Het was alsof ze me met elke lendenstoot meer en meer zelfvertrouwen inpompte, meer levenswijsheid, meer enthousiasme, meer... leven. Toen ik mezelf uiteindelijk in haar leegschreeuwde, vertelde de gelukzalige blik in haar ogen me dat ze toch ook iets aan deze transactie had gehad.

Zo, dat was het dan. Ik ben uitverteld. Ik hoop dat u er wat aan hebt gehad, jongeman.

Zeker. Maar... hoe is het afgelopen? Met de commune van Rimada, bedoel ik. Bent u teruggegaan?

O, u houdt van mooie afgeronde verhalen?

Veel valt daar niet over te vertellen. Ik ging met Bull mee naar Rimada's commune. En, ja, ik doe het af en toe nog wel. Ze woont nog altijd ginder, de commune draait, soms rond, soms vierkant, maar ze houden het vol.

En hoe staan de zaken nu tussen u beiden?

Tussen ons... Ach, weet u, ik ben nooit een man van harde keuzes geweest. We hebben ons dilemma – hevige aantrekkingskracht maar niet-compatibele karakters – opgelost in de beste traditie van ons groepje. We kunnen niet met en niet zonder elkaar leven, dus leven we met en zonder elkaar. We hebben een langeafstands LAT-relatie.

Hoe stellen de anderen het? Ze waren wat terughoudend over hun privé-leven en...

Bull heeft ondertussen zijn turbulente vrijgezellenleven opgegeven. Niet dat hij getrouwd is, maar hij woont nu samen met een tweeling: ja, iets normaals doen kan hij toch niet maken!

Nusuto is gelukkig getrouwd en heeft ondertussen drie zoontjes. Zijn inzet voor de goede zaak is nu – net als bij mij – vooral verbaal. Hij probeert af en toe wel een beetje *Saturindi* in zijn colleges te smokkelen.

Professor Guzman woont in Zwitserland en wordt nog regelmatig gevraagd voor lezingen over zijn ervaringen als president. Naar ik verneem verzuimt hij bij die gelegenheden nooit om onze thesis te vermelden. De ondertussen ontwikkelde cd-rom gebruikt hij als illustratie.

En de wereld?

Hoe bedoelt u? Of die er beter van geworden is? Zal ik hier

het beeld van het keitje in de oceaan gebruiken? Neen, dat is me al voorgedaan.
Maar wat dan nog? Onze hele thesis was ook al eens eerder gedaan, op originaliteit hebben we nooit aanspraak gemaakt. Wat is het verschil tussen een origineel idee en een oud idee dat niemand meer kent? Als uw interview een paar mensen ertoe aanzet om al die oude, waardevolle, sinds de val van de Berlijnse muur ten onrechte van tafel geveegde ideeën opnieuw te gaan ontdekken, dan heeft het toch enige zin gehad. Misschien bedenkt iemand dan wel een nieuw *Saturindi* en een doeltreffende manier om het in te voeren.
Want één ding is zeker: het kapitalisme – het zuivere kapitalisme – zal het niet redden. Het moet vervangen worden door een meer solidaire en milieubewuste economische structuur, want als het doorgaat zoals het bezig is, zal het op niet al te lange termijn de wereld en dus zichzelf vernietigen, hoeveel energiebesparende technische snufjes er ook nog worden uitgevonden.
Oplossingen zijn er genoeg. Maar tot nog toe heeft niemand een verpakking en een reclamecampagne gevonden om ze aan de wereld te 'verkopen'.
Ik dank u voor dit interview.

Wat ga je er nu mee aanvangen? Het lijkt me nogal lang voor een artikel.
Wel... ik... ziet u... Ik moet u iets bekennen.
Ja?
Ik ben geen echte journalist. Ik ben student. Pol en soc. Neen, niet in Gent. Ik was een beetje zoals u. Ik studeerde wel, maar ik wist eigenlijk niet goed waarom. Weet u, de universiteit tegenwoordig, dat stelt niks meer voor. Je wordt er klaargestoomd om zo soepel mogelijk mee te draaien in deze maatschappij. Maar die maatschappij zelf in vraag stellen, dat

gebeurt haast niet meer. Ach, in uw tijd was het waarschijnlijk niet anders. Maar u had tenminste iemand als professor Guzman.

Ziet u, een vriend van mij is hoofdredacteur van een tijdschrift met een bedenkelijke smaak en een uitgesproken bourgeoismentaliteit. Hij is zelf een yuppie van de ergste soort, een die zichzelf voor een kunstenaar aanziet. In een tweedehandszaak had hij een exemplaar van jullie cd-rom ontdekt. Hij vond het kennelijk allemaal nogal belachelijk, want hij wilde jullie opsporen en interviewen met het oog op een smakelijk artikeltje over die gekke linkse rakkers die tien jaar geleden de wereld wilden verbeteren. Maar hij had er zelf de tijd niet voor en niemand op zijn redactie was er erg happig op. En omdat ik een vakantiejob zocht en maar aan zijn oren bleef zeuren, heeft hij me achter jullie aan gestuurd. Ik zag het wel zitten: veel heen en weer reizen en alles vergoed door het tijdschrift.

Zo, zo! En waarom vertel je me dat nu?

Omdat ik eigenlijk helemaal geen zin meer heb om iets over jullie in dat lor van mijn vriend te schrijven.

Waarom niet? Niet smeuïg genoeg?

Ik heb gewoon niet de behoefte om jullie belachelijk te maken. In het begin was ik helemaal niet geïnteresseerd in jullie werk. Ik liet jullie maar praten, in de hoop een invalshoek te vinden voor mijn artikeltje, en ondertussen genoot ik van wat ik meer als een vakantie dan als werken aanvoelde. Maar naarmate ik jullie beter leerde kennen en jullie me lieten kennismaken met Saturindi, merkte ik dat ik vooral geïnteresseerd was in jullie echte verhaal, niet in de karikatuur die ik ervan moest maken. Daarom bleef ik maar terugkomen, heen en weer pendelen... ik wilde alles weten.

Waarom?

Omdat ik voor het eerst te maken kreeg met mensen die me echt interesseerden en omdat jullie me hebben doen nadenken over wat ik aan de universiteit zit te doen, over de politiek ook. Jullie waren zo ongelooflijk open, zo eerlijk en, vooral, helemaal niet beschaamd over jullie verleden, ook al wisten jullie het goed te relativeren. Wat me vooral charmeerde, was dat jullie het risico hadden durven nemen om jezelf belachelijk te maken, om geen rekening te houden met alles wat mensen ervan kan weerhouden om een onderneming als die van jullie aan te vatten, niet uit naïviteit, maar willens en wetens. Ik weet hoe moeilijk het is om je eigen mening tegen de druk van je 'peer group' in staande te houden, om niet mee te huilen met de wolven in het bos, om het cynisme te trotseren. Die heldenmoed leverde jullie mijn onvoorwaardelijk respect op.

Wat ga je nu doen met al die uren interview?

Dat weet ik nog niet. Misschien giet ik het ooit nog eens in een boek, of heb ik er iets aan voor mijn thesis. Als u me ten minste vertrouwt. Ik kan de tapes ook vernietigen als u dat wilt...

Laten we dat maar niet doen. Ook een virtualiteit heeft haar bestaansrecht. Hoe moet ze anders ooit reëel worden?

Dan ga ik nu maar. Doet u de groeten aan de anderen. O ja, nog één ding...

Ja?

Hebt u niet toevallig een goede vertaling van Fourier liggen? In de universiteitsbibliotheek hebben ze hem kennelijk verloren gelegd.

Laat eens kijken... Fourier, zeg je?

Ja, om te beginnen.

Maar dat is een ander verhaal.

All you want to do is something good
So get ready to be ridiculed and misunderstood
'Cause don't you know you're a fucking freak in this world
In which everybody's willing to choose swine over pearl.
(*Aimee Mann, 'It's not safe', 1995*)

Literatuur

Morgenrood

STEFAN VAN DEN BROECK

In *Morgenrood* brengt Stefan van den Broeck verslag uit van de hilarische belevenissen van Mike, een dienstweigeraar die tot zijn schrik in de zwakzinnigenzorg wordt tewerkgesteld. Om zijn frustraties af te reageren slijt hij zijn weekends in de jongerencafés en discotheken van de provinciestad. Daar doet hij met veel branie en alcohol zijn eerste erotische ervaringen op.

Stefan van den Broeck (°1966) is leraar klassieke talen. Sinds 1988 maakt hij vertalingen van poëzie. Eerder verschenen van hem al vertalingen van Apuleius, Sophocles en Shakespeare. *Morgenrood* is zijn debuutroman.

Omslagontwerp Robert Nix
Isbn 90 6445 069 2
Nugi 300
Hardcover 12,5 x 20 cm
224 blz.